切骨

阿拉里克·杭特 著　陶泽慧 译

相见，只为索取你的生命

作家出版社

uts Through Bone

献给迪安·希尔、罗素·斯皮策和达里埃尔·马内尔

三位意志坚定的老者

还献给那位在意志坚定上执牛耳的老者

我的祖父

1

从曼哈顿中城第34街上传来的汽车喇叭轰鸣声，透过了一间矩形办公室远端的两扇高大窗户。蕾切尔·瓦斯克斯感到心烦意躁，但她的目光只是越过那杂物堆积如山的办公桌，扫了她的老板克莱顿·格思里一眼，便又重新回到她的电脑显示器前。这位来自波多黎各的年轻女子已经为这位小个子侦探打了三个月的工了，但他好像没接到多少正经的侦探活儿。在春天找到这份工作时，蕾切尔把它视作上帝的礼遇，可如今它就像一道枷锁。克莱顿·格思里简直是个疯子。三天前下班回家的时候，瓦斯克斯一心想要辞职，但她最终也只不过是想想罢了。

那个早晨的任务一开始显得一帆风顺。瓦斯克斯驾驶着格思里的蓝色福特，两人正在曼哈顿下城跟踪一对夫妇。男的是个身材矮小、肌肉发达的意大利人，毛茸茸的黑脖子上挂着一条闪亮的金链子。他周身仿佛笼罩着一层制胜者的光芒，可以像摆弄棋子般使唤身边的人。瓦斯克斯觉得他很招人讨厌。至于女的则身材高挑，淡棕色的头发在阳光的抚摸下闪着黄油般的光泽。她在这个意大利人面前搔弄着自己圆润的曲线，仿佛一份礼物，包裹在白色的短裙和蓝色的紧身上衣里，她一脸不爽的表情，只有在男人看她的时候才挤出一丝笑容。

瓦斯克斯觉得这对夫妇很像黑帮漫画里的人物，但格思里却清醒得像是公务员一般，一边盯梢，一边跟拍。这两位侦探像特勤局的特工一样耳朵里塞着对讲耳机，而瓦斯克斯开车时还在她的夹克衫口袋里别着另一枚摄像头。

整个上午，这对夫妇都在苏豪区和特里贝克区的商店慢慢闲逛，然后在布隆街街角的一家高档烤肉馆落脚享用午餐。他们落座的桌子在餐馆靠外的角落，透过两边沿街的窗户都能够清楚地看到。格思里让瓦斯克斯待在布隆街一家鞋店前继续跟拍，他自己则迅速绕过街角，从另一条街道取证。那位满脸怒气的意大利人和他皮笑肉不笑的夫人坐定后开始点菜。瓦斯克斯则按部就班地拍摄着。她这一处的视线非常清晰，连那个男人喋喋不休的嘴里的每颗金牙都能看得一清二楚。

饭吃到一半时，意大利人打了个电话。街道上车辆不多，多是一边走路一边打电话的雅皮士。瓦斯克斯为了打发时间，开始猜测哪些路人会走进那家烤肉馆，还数着有多少辆计程车在空载行驶。她瞧不上这种监视活儿。格思里听烦了她的喃喃自语，问她是不是更乐意去开计程车，好让她知道她的麦克风还开着呢。又过了好几分钟，瓦斯克斯突然意识到，餐馆里的那个意大利人已经注意到她了。他开始大笑并用手指着她。他的夫人转身向这边投来目光，而瓦斯克斯录下的最后一段影像便是她脸上惊怖的笑容。

一位身材魁伟的意大利小伙子抓住了瓦斯克斯的右臂拽着她团团转。"喂，我说！"他带着开心的语气大声嚷道，"你在干什么呢？"他下垂的髭须盖住了大半边嘴巴，脸粗糙得像块混凝土砖块，肌肉盘结的肩膀则像是一道拱门。他的身旁站着另一位身着慢跑服的意大利小伙子。这位的身材尽管没那么魁梧，脸上却带着同样顽皮的表情。

"放我走！"瓦斯克斯要求道。接着，她为了强调她的意思，用膝盖对准了他的胯部，但他却扭过大腿转向了一边。

"我们可碰上个斗士。"他低声道。就像往常一样，一些路人耸起肩膀快步离去，而另一些则伸长脖子想要看个明白。扭打很快就结束了，两位意大利重量级选手没花多少时间就把这个梳着黑长马尾、骨瘦如柴的波多黎各女孩子给制服了。他们要的是摄像机，而且成功拿走了。格思里赶到时，瓦斯克斯的耳朵还在嗡嗡作响，但她抓住了那个大个子恶徒的手腕，想要越过他长长的手臂给他一拳。

那个蓄着髭须的意大利大个子把瓦斯克斯甩到鞋店的玻璃窗上，但他冲向格思里时却突然打了个趔趄。瓦斯克斯看着格思里收回的手里空空如也。随着一声巨响，那个意大利大个子四脚朝天滑倒在地上。

"唔，戴夫，发生什么了?"他咕哝道。

格思里跨步走向另一个恶徒，夺回了瓦斯克斯的摄像机，然后俯身从这个男人的脸上拾起了自己被弄皱的棕色软呢帽。就在这两个意大利人挣扎着想要站起来的当口，瓦斯克斯也挣扎着从鞋店门口的玻璃窗前起身。她又能听到车来人往的声音了。她朝他们踢了几脚，尽管力道不大，两个意大利人则沿着人行道狼狈地爬走了。看热闹的围观群众爆发出骂声和嘘声，一位牧师从鞋店里冲了出来。

街对面的那对夫妇正透过烤肉馆的窗户看着这一幕。那位意大利人满脸愠色，一边指着他们一边对着手机大喊大叫。七月炽热的阳光照射着布隆街的街心，而格思里恰好站在人行道的阴影里，他掸掉软呢帽上的灰尘，把它恢复原来的形状。他看向帽子的内里时，面部因为嫌恶都扭曲了，丝质的内里被新鲜的血斑给污染了。他把帽子在腿上拍了拍，没有戴回到头上去。

他们回到那辆老福特里时，这位小个子抬起了瓦斯克斯的下巴，满脸阴云地审视着她的面庞，"你还不赖嘛。"他说道。

她甩开他的手，发动了汽车，她的正后方停着一辆巡逻警车，她驶出停车位后便进入了布隆街街角的十字路口。她用手背擦了擦仍然刺痛的鼻子，看看有没有出血。

"你怎么一点都没发觉就让他们偷偷接近了?"格思里问道，"我还以为你是在下东区长大的呢。"

"你真是脑子有病，老家伙。"瓦斯克斯吼道。"他们能逮到我，是因为你根本没提醒我要小心！那人到底是什么鬼东西？"

"也可能是你光顾着在数计程车？"

"去你的。你本该告诉我他有眼线。话说回来，你干什么要监视他？"

"我们监视的是那个女人。"

瓦斯克斯狠狠地在方向盘上敲，倒出一堆西班牙语的骂人话。侦探笑了，用一些她没用上的骂人话顶了回去。原来他会说西班牙语，这个发现让她闭了嘴。

"也许我是本该把我的一些疑虑告诉你。"他过了一会儿说道。老福特车驶过了华盛顿广场。"又或许你更该小心谨慎。他注意到你了，所以你已经搞砸了。推卸责任不能掩饰过失。你得明白这一点，蕾切尔。这是门苦差事，但我对你有信心。你是个聪明的女孩子。你会明白怎么做的。"

瓦斯克斯回到家时气愤不已，她想做完下一项调查就辞职，但她却完全忘了脸上有伤痕这回事。那天晚上，在她父母的廉租公寓里，《公告牌》的广告都显得不再那么有吸引力。甚至连她的两位哥哥都很安静，一脸震惊与愤怒地盯着她的面庞。爸爸又重述了一遍她得申请读大学的二十七条理由，说完后用手指无声地指着她的脸。就在那个时刻，她发现她决心要继续为克莱顿·格思里工作。晚些时候，当整间公寓都安静下来的时候，瓦斯克斯的母亲来到她卧室敞开的门前。她安静地伫立着，仿佛构思着想要吐露的话语，最终只是叹口气，安静地走开了。

就这样，蕾切尔·瓦斯克斯并没有中途退出，而她马上就得到了任务，她得回去研究那些监视录像带。研究完后，小个子格思里跟烤三明治一样拷问她有没有注意到他希望她注意的所有细节，尽管他事先并没有告知她需要注意哪些要点。克莱顿·格思里非常疯狂，而他办事处的宁静也快让瓦斯克斯发疯了。至少办事处下面第34街上传来的喇叭轰鸣声意味着这个世界仍然在运转，孩子们正推着衣服架子过街，阻缓了交通的行进。这样的情形每天都在时装区发生着。她又越过堆满杂物的办公桌扫了格思里一眼。然后有人敲响了办事处的外门。

瓦斯克斯的目光越过一件胡乱摆放的家具，看到一个身影，填满了外门的整面毛玻璃。门随着一阵短促的敲击应声而开。一位一头银发、身着浅灰色西服的高大男子走了进来，身后跟着一位身着海军蓝连衣裙的年轻女子。格思里把手头的杂志放回到书桌上。"下午好，惠特里奇先生。"他招呼道。

办事处非常敞亮。每张办公桌都对着一张沙发，中间放着一张低矮的咖啡桌，上面摆满了图书和杂志。瓦斯克斯的桌对面是一面刷成绿色的灰泥墙，墙中间是那扇嵌着毛玻璃的外门，此外还有张年代久远的深红色皮沙发，让人想到这个房间也有过体面的时候。而高窗视线内的那张破旧沙发，用的则是棕色的人造毛皮面料。墙上黑色的木质护墙板（中间被外门隔断）和格思里身后的两扇黑色木门（一扇是储藏室的，一扇是盥洗室的）也让人回想起已经消逝的那个贵族年代。

一头银发、身材高大的惠特里奇先生虽然看起来和格思里一般年纪，都是人到中年，但他衣着讲究，气度不凡。他的灰色西装就像一名将军的军装般笔挺合身。而同样的年岁却让格思里看起来皱皱巴巴的。格思里身材矮小、体形单薄，尽管他那头军人的短发还是黑色居多，但身上却笼罩着一层沉重的灰色。他的桌头放着一顶深棕色的软呢帽，身上穿着一件白色的长袖衬衫，别在黑色的裤子里。惠特里奇绕了进来，坐在深红色的沙发上。这个高大男人的坐姿和一举一动都带着贵族的完美姿态；反衬得格思里就像个工人，满身都是闲散懒汉的标志特征。

瓦斯克斯的头上斜戴着扬基队的棒球帽，下着蓝色牛仔裤，上身的红色防风夹克袖管挽到了臂弯处。她的一头黑长发绑成了马尾，显得耳朵特别突出，就像是敞开的车门一般。随惠特里奇而来的那位年轻女子穿着一条宽松的海军蓝印花连衣裙，遮不住的起伏有致的身材似乎自玛丽莲·梦露后便不再流行了。她肤色白皙，双眼湛蓝，用一条海军蓝的丝带把自己咖啡色的头发绑成一束挂在脑后，仿佛耳际后开着一束鲜花。尽管身材有致、衣着光鲜，她的相貌却是平平。瓦斯克斯尽管穿得跟个男孩子似的，瘦得又像根竹竿，但她的黑眉毛和尖下巴衬得她的脸庞不只是好看，简直算得上美丽了。脸上淡掉的疤痕并不让她显得脆弱，反而更令她显得坚毅。那个年轻女子犹豫了一下，然后坐在了那张棕色的人造毛皮沙发上。

"韦茨人呢?"高大的男子环视了一圈办事处后问道。

"我想她是受够了，"格思里说道，"这位是蕾切尔·瓦斯克斯，我手下的新侦探。"

惠特里奇打量了一番这位波多黎各女孩，然后赏了她一个外交官式的笑容。"我想米歇尔应该会比我解释得更清楚。"他说道。

格思里点点头。

"你是个私家侦探，对吗?"那位年轻女子问道。

"算是吧。"格思里回答道。

米歇尔皱了皱眉头，咀嚼着他的话。她心里想着"算是吧"到底算不算正面回答时，她的面容生动了起来，突然让她显得不那么平庸了。"我需要你帮我找出到底是谁杀了我的堂妹，"她说道，"那帮警察以为他们确定了凶手，但他们错得一塌糊涂。"

瓦斯克斯电脑上的录像还在播放着，但她已经无心分神于此。她在用心地听着。她春天找到这份工作的时候，就盼着能遇上些性命攸关的案件。克莱顿·格思里尽管只是个私家侦探，但他却能打通关系违反法律，给一位十几岁的年轻人就配上一把手枪[①]，还给她办好了持枪证。工作的第一个月，她每天花六个小时在一个室内手枪练习场练习射击。小个子侦探在一旁喝着咖啡，帮她给弹匣填上子弹；他触动目标开关，大喊"开枪"，同时用秒表给她计时。瓦斯克斯每天都端着史密斯威森"长官专用"型手枪射击，累得两手手腕都酸了，就是因为格思里还教她换手射击。这一练习意味着她未来会碰上性命攸关的案子，就像格思里藏在底层抽屉里的左轮手枪所无言暗示的那样。

---

① 美国手枪的持枪准许年龄是21岁。——译注

接下来的几个月里，他们每天不是研究监视录像，就是坐在公园里或大街上监视着无所事事的行人。他们还会做点背景调查，也就是找到有关的人，问问他们是怎么看待他们的调查目标的。或者调查履历上的条目，搞清楚上面写的是不是真的人和真的公司，由此来判断他们有没有逃税，或者有没有犯罪记录。瓦斯克斯心想这大概也算是侦探的工作吧。也许人们靠这些营生也能过活。可当格思里把手枪递给她，跟她说"击中你的目标要像吐气一样容易"时，她指望做的可不是这种工作。而现在这两位拜访者，其中一位大声问出的问题已经足够抹消掉她的无聊，唤醒她的期待。

格思里回复给这位年轻的棕发女子一个吃惊的表情。他看了眼惠特里奇，然后问道："你是指鲍曼谋杀案么？"

"没错！格雷格绝没可能杀了她，可警察却在昨晚把他逮捕了……"她说到这里话就断了，脸上凝着一团疑云。

在她提出第二个问题之前，格思里说道："这是桩上流社会的谋杀案，这么说你也来自上流社会了。"侦探向惠特里奇投去怀疑的眼色。

"噢。我向哈里叔叔求助，他让我来找你。我猜你应该有点本事吧。"她又扫了格思里一眼，心里算着他到底值不值他预开的报价。

格思里点点头。"我听着呢，小姐，"他说道，"但我好奇你是不是不看报纸。这个因为鲍曼谋杀案而被逮捕的家伙，都不用我来指出，警察所有的证据都指向了他。"

"可他没犯事！"她坚称道。

卡米尔·鲍曼遇害的新闻已经在每座城市的头版头条登了一个礼拜了，近来遇害的人物里，她可算是新人一枚。她一头金发，美得摄人眼球，又是一个遇刺后遭到抛尸的年轻女子，还找不到任何重大的嫌犯。新闻记者们把这类案子叫作"芭比娃娃谋杀案"，因为死者都是貌美的女子。对于媒体来说，这类谋杀案简直就是一场嘉年华，潜逃的罪犯、性的意味、警匪大战，简直一应俱全。对于案件的最新发展，读者简直无所不知。

"我给那位小伙子指派了名律师。"惠特里奇主动说道。

"那位律师有没有门道？他手段怎么样？"

惠特里奇笑了。"恐怕那家律师事务所并不专精于刑事案件。这帮家伙通常对我都没什么用。然后警察找到了一把枪。"

"一把枪？"格思里一边在他的椅子里坐定，一边问道。

"看吧，你就觉得是他犯的事，"年轻女人说道，"警察也跟你错得一模一样！不是格雷格干的！他爱着她！"惠特里奇拍了拍她的肩膀，她才坐回到棕色的毛皮沙发上去。

银发男子的面容非常冷峻，看不出他到底在想什么。"你能接下这个案子么？"他问道。

格思里点点头，"我会从头调查到尾的。"

"谢谢。"惠特里奇说道。

瓦斯克斯走到窗前，看着第34街上的惠特里奇和他的侄女钻进了一辆配有司机的林肯城市汽车。这一次，街上并没有推着衣服架的孩子们挡道。林肯城市开走时，连喇叭轰鸣声都停歇了。"他到底是谁？"她问道。

"H. P. 惠特里奇，"格思里说道，"大名是哈里·佩恩·爱德华·惠特里奇。"

在格思里给那位律师和几个警探打电话的当口，瓦斯克斯在办事处焦躁地踱着步。她不知道该做些什么，但她又想要做点什么。即便是在这个发生过一系列类似谋杀案的城市，卡米尔·鲍曼谋杀案在电视新闻上也是头条。整整七天，那段视频剪辑一直在电视上出现，肮脏的河岸边奔袭而来的一辆救护车，一台医用轮床，那位在哥伦比亚大学就读的美丽金发女郎的头部特写拼接。就像其他的谋杀案一样，鲍曼谋杀案没有任何目击证人。那些手上没有任何事实材料的记者蜂拥而至，用鲍曼本该一片光明的未来编造故事，为了她的悲剧而惊声尖叫。

在几通电话之间，格思里解释道，警察找回来的那把枪，以及紧接着由纽约警察局逮捕的嫌犯，可能意味着这桩案子就要结案了。H. P. 惠特里奇想让他查验一遍警探的调查过程，好打消他侄女的疑虑，但他本人似乎并不像他侄女那样，对逮错人的事情这么确信。

"所以我们要做的是抚慰受伤的心灵？"瓦斯克斯问道。

格思里耸耸肩，"也许吧。不过重案组的警探们可不是蠢货，但他们也会犯错。我估摸他们会非常谨慎地处理这桩案子，他们想在各路律师密切关注的情况下完成一记漂亮的扣篮。所以我们得谨慎地对待这个案子。这一回，重要的是我们的客户。"

"H. P. 惠特里奇？"

"正是。他名下管理着惠特尼家族的一大笔财产。其中有一部分就是他自己的。他是给整个家族办事的人，他绝对不愿意看到家里任何事情曝光到报纸上去，除非是在时尚或是名流版块，明白吗？"

"见鬼，"瓦斯克斯抱怨道，"我第一个案子就碰上个畏首畏尾的家伙。"

"别担心，"格思里说道，"等等你就知道我们怎么搞定这件事情。之前的都是小打小闹。这次就是真枪实弹了。"

她不爽地看了格思里一眼，"小打小闹？"

"你以为我为什么要雇你？"他反问道。

"干侦探活儿，对吧？"

"不是为了什么，而是为什么是你？"

瓦斯克斯脸上凝起了一朵疑云。"我自己知道吗？"她问道。爸爸可能是对的，她想着。这个白人是个疯子。对于上面那个问题，她家每个人都有各自的猜测，但他们都有同一个疑问。到底是什么样的人，会雇用一个刚刚从高中毕业的波多黎各女孩，还给她配手枪？爸爸不关心她做的是什么工作。他就想让她回学校上学，不断进修，好成为一名医生。他的长子受过良好教育，在纽黑文有一份白领工作。他的女儿也应该享有这些。至于他的次子因迪奥和三子米格尔，这两个没用的废物就算了吧。他们嘴巴也不太干净。因迪奥也许是在开玩笑地乱猜说，那个小个子侦探也许就想要个年轻漂亮的波多黎各女友。但一连几个礼拜的监视打消了这种嫌疑。格思里好像并没有特别关照她，这个问题在她心里始终都是一个结，尤其她父亲在一边不断添油加醋、唉声叹气。

"我不明白。"瓦斯克斯一边说着，身子向办事处的外门倾去。透过门上的毛玻璃，可以看到"克莱顿·格思里侦探事务所"这几个反着的金字。

格思里咧嘴笑了。"你是个聪明的女孩子，"他说道，"你会搞明白原因的。"但凡是他不乐意直面的问题，他都喜欢这么回答。"走吧，我们得到曼哈顿下城的刑事法院走一遭。格雷格·奥尔森就被他们关在那里。"

瓦斯克斯沿着百老汇大道向南驶去。当他们驶出了曼哈顿中城高大的建筑群时，天空展现在他们头顶，可一到曼哈顿下城的边沿，它便又被掩盖住了身形。车流并不繁忙。七月末午后明媚的阳光照射在灰色的大理石建筑上，显得它们沉闷而又冷峻。他们把车停在坚尼街旁，逆着那个下午从这个区域涌出的人群，步行走向了刑事法院大楼。

律师的调查员亨利·达伦正在拘留所的外面等候他们。他是个体格魁梧的白人男子，留着髭须，身着一套深灰色的西装。在等待与奥尔森会面的这段时间里，他大略描述了整件案子的事实情况。重案组昨天开出了搜查证，点名要搜出一把点44口径手枪，还派警官盯着奥尔森以免他试图跑路。两个小时后他们就找到了手枪，然后就地逮捕了他。奥尔森是死者的未婚夫；他们一同在哥伦比亚大学进修。警察一对他提出指控，他就要求自己的辩护律师到场，不过在最初的几句问询中，他承认了对那把手枪的所有权，但仍然声称自己是无辜的。重案组并没有提及动机。逮捕完全是因手枪而起。

两名警卫护送奥尔森缓缓地走进了会面室。这位高大的金发男子一脸不知所措的表情。身陷囹圄令整个世界都天翻地覆，他突然对自己周遭的一切都不太确信了。警卫们戒备地盯着他；他肩宽腰窄，体格就好像一名伐木工人。即便步履不稳，他的个头也显得来势汹汹。他滑进一把椅子，身体前趋，一手托着下巴，一手放在不锈钢桌子下。

"不是我干的。"他低声说道。他朝每个人都看了一眼，他的眼里满是疑问。"卡米尔不是我杀的。我怎么可能做出这种事。"

"警探都对你说了些什么？"格思里问道，"他们就是想用话来吓你。都是些什么话？"

奥尔森皱了皱眉头。"他们直接把照片摆在我面前，"他轻声说道，"他们问我怎么能如此残忍，把她糟蹋成那个样子。她挨过揍。"他说话的方式缓慢克制，留心让别人听懂他的意思。这个大个子方方面面都显得帅气。即便是他深锁的眉头、话语的停顿和他专心思考时揉着下巴的动作都显得很潇洒。他看起来城府不深，和这座城市的快节奏并不合拍。他有一种缓慢的气质，好像来自一个更加悠闲的城市，在那里，清楚明白要远比迅捷重要。

格思里点着头，仿佛这些事他也都是第一次耳闻，但实际上出示照片是警方的标准伎俩。警察常常会突然拿出一张血肉模糊的照片，好从嫌疑人身上震出点反应。这些照片像一阵凉风倒灌进奥尔森的衣领，但他没有被吓倒。

"所以他们就不停地发难，问我为什么要杀害她，我怎么矢口否认都没用。他们说如果我有合乎情理的作案动机会对我有利，比方说她在外面和人鬼混，使我恼羞成怒。他们觉得真相就是这么回事，好像我刚刚还大发雷霆一样。"他巨大的手掌时而在桌面上缓缓摩擦着，时而抹着自己的下巴，他有时候好像下了很大的力气，像是想把什么东西擦干净一样。

"他们说致她死亡的就是我那把枪，可那把小手枪是我买给她的，以防她碰上入室盗窃，他们却说他们能够证明这把枪发射过。他们还说已经找到了和它匹配的子弹，不过这些其实都是谎言。自从我帮她校准过这把枪后，只有她一个人用它开过枪。我不像她那样还需要射击练习，其他的话也是谎言，因为我根本就没有杀害她。"

"放轻松，奥尔森先生，放轻松。"格思里说道。座椅里的这个大个子全身都紧绷着，说到手枪时更是满脸通红。他复述警探的问询时低头看着桌面，自己解释时又抬头看着格思里。

"所以你确实有一把点44手枪？"小个子侦探问道。

奥尔森默然地点点头，眼睛看着地面。

"你知道卡米尔·鲍曼的真实背景吗，奥尔森先生？"

"我知道她很富有。"他顿了顿，脸色又开始发红。他的手又缓缓地压到桌面上。"但就算她很有钱，也和我无关。我有足够的钱做自己想做的事情。她这会儿可赚不了几个钱。"

"谁有可能杀死卡米尔？"

"谁也不可能！大家都喜欢她！"

格思里冷峻地点了点头。他把自己的名片递给奥尔森，然后两位警卫就敲门进来，把这个大个子带走了。他们靠近时，奥尔森全身都紧绷着，这令他们有些犹豫到底要不要碰他。奥尔森走出房间时一手插在腰带里。他走后亨利·达伦耷了耷肩。这位律师的手下已经是第二次听他讲这个故事了，但他对这个案子没什么想法。

2

"一名合格的侦探，不会跟任何人谈论案件，"格思里带上他那辆蓝色旧福特的副驾驶车门后说道，"一名合格的侦探，不能在人前谈论案件。"

瓦斯克斯皱着眉头发动了汽车。

"尤其是当这个案件牵扯到惠特里奇的时候。"

她调头向南，从坚尼街开进了百老汇大道。多数的车辆都流向北方。纽约城正在慢慢变得空荡。四周高大的建筑像山峰一样隐现于他们四周，而流火般的夏日晴空在建筑的罅隙中炙烤着。他们周围奔流的人群和模糊的车影像庆典的彩带一样缓缓落下，仿佛一场显然要落下帷幕的运动。瓦斯克斯径直从百老汇大街开到巴特里公园。

"或者说就这个案子而言，牵扯到他的侄女。"她说道。

"怎么说?"他看了她一眼，然后又转过头去，目睹着百老汇大街从身旁掠过。

瓦斯克斯得意地笑了。"我看到他后就马上想到了。她有把他从监狱里救出来的理由……等等，要是她……"

"对了，"格思里说道，"这就让她最先从我们的怀疑名单里被除名了。未婚妻死了，接着她大发慈悲要挽救未婚夫，不是么?"

"可要是她是……"

"是什么?"格思里问道,却没有转头与她对视。"我们可不是警察。我们是在替惠特里奇干活。"

瓦斯克斯眉头紧蹙,沉默地驱车驶进了公园。她找了一个停车位,麻利地把老福特停了进去。"你的意思是说我们可能在掩盖真凶?"

"欢迎来到未知的世界。也许拒绝探究和掩盖真凶其实是两码事。要是真不是她干的呢?要是她是清白的,你到时候可别后悔。"

瓦斯克斯白了侦探一眼。"你干过这事?"

"有也不是为了掩盖杀人犯。"他的嘴唇非常冷峻。他这会儿显得有点苍老。

"那也掩盖过比杀人轻的罪。"她喃喃自语道。

他们走进了公园边上一家名叫"马科"的工薪阶层酒吧。酒吧里非常昏暗,只有一台电视机播放着棒球比赛,酒吧里也非常空旷,只有几个中年男人一点点地啜饮着他们酒杯里的液体。他们挑了里面的一个卡座。格思里点了薯条和一大罐生啤。一头黑发的服务生拿来了两个杯子。瓦斯克斯咧嘴笑了,格思里只是耸耸肩。他们要待好一会儿。于是他们便开始慢慢推杯换盏,饮酒闲谈。

瓦斯克斯看他吃着薯条,然后问道:"你觉得是他干的吗?别跟我说这无关紧要。"

他嘴里还吃着食物,咕哝道:"他当过兵,这令他嫌疑很大。"对于她一脸吃惊的表情,他只是耸了耸肩。"他身上带着明显的军旅生涯记号。但我不认为是他干的,或者说他至少不是有意为之。他谈论他们感情的时候,语气明显是在当下,而不是过往。他没被那些照片吓到,而且他还记得问询的经过。他以前也在高危地区待过。在我看来,这又能把前面的所有推论给推翻。"

"你真是能把话说得跟议会候选人一样圆。"

"毕竟谁也不想在判断上失误。"

"但要赚钱总得有一技之长。"瓦斯克斯说道。她给自己倒了杯啤酒。"所以我到底是漏过了哪里?"

"你什么也没漏过。你目睹了全程,我就告诉你答案吧。不是他干的。我不知道嫌疑是怎么被栽到他身上的，但确实不是他干的。这么回答是不是更让你满意？"格思里咧嘴笑了。

"没有，因为我还是没搞清楚原因。"她说道。

"那么，我们不妨这么来，我们可以做个交易，"小个子侦探说道，"你告诉我你觉得奥尔森有哪些地方不对劲儿，然后我告诉你他清白的原因。"

她大笑起来。格思里把装着薯条的盘子推到她面前，又看了看她正在喝的啤酒。她摇摇头表示不吃。"老家伙，奥尔森身上没有任何不对劲儿的地方。他是我这辈子见过的最英俊的男人，也许还没帅到让人为他心生杀意吧，但我能看明白为什么那个姑娘这么着急要还他一个清白。他能有什么不对劲儿的地方？你恐怕是疯了吧？"

"这么说来你没注意到他身上有残疾。"

她吃了几根薯条。他吊了她一会儿，才让她从自己的钩子上下来。"奥尔森的左臂有残疾，"他说道，"他左臂从来都没动过，一次也没有。他显然为此练习了很久。也许是他手臂畸形，也许是动不了。我想他这个毛病大概是在国外落下的。"

瓦斯克斯突然明白过来，为什么她要一直看那些毫无意义的监视录像。她得练出观察的本领，把那些没有事先想好要找的东西给找出来。这个小个子侦探乐意浪费她的时间、他自己的金钱，看看她能不能学会这种观察，尽管她当时都没意识到他在教她这项本领。她暗自庆幸这家酒吧灯光昏暗，也许他看不清自己脸上的表情。这三个月来，这不是她第一次希望能回到学校，至少在那里，一切都很安稳，所有期待也都按部就班。她突然意识到格思里又在等她开口说话。

"所以他在战争中受过伤，"她笨嘴笨舌地说道，"他当过兵。"她顿了一下，"她死于枪击给他震动很大。也许他在这方面也有点什么过往。"

"不错，"格思里说道，"所以你要说的是，你认为他没有嫌疑。"

"我最好还是这么认为吧。"她喃喃自语道。

小个子侦探笑了，"看来你喜欢他。"

瓦斯克斯无语地耸耸肩，"你刚才可说了，你知道他清白的理由。"

他扫了一眼酒吧里渐渐拥挤的人群，皱着眉头盯着门口说："我也可能判断失误。"他们在等待某人，而这一等待正在继续。"不管怎么说，他没有试图把嫌疑推给别人。他已经在看守所蹲了几个小时了，心里明白警察认定他就是凶手。如果真是他开枪杀害了她，那么这段时间里他就应该已经编好谎言了。可对他而言，她是个完美的可人儿。怎么会有人想要杀害她呢，就这些。"

缓缓拥入的人群让酒吧人头攒动。格思里不停地扫视着人群。酒吧里的人们对着电视机彼此喊叫着，听不清到底是谁的声音，那些不连贯的叫喊声连酒吧音乐都盖不住。三名女侍应生端着酒杯和盘子在人群中往来。突然有两个人从人群中冒了出来，对着包厢探头探脑，格思里则放松了下来。较为年长的那个大腹便便、步履散乱，仿佛他没法决定该把自身的重量压到哪只酸痛的脚上。也许他是踩着烂鞋子走了太远的路吧。他姜黄色的头发里点缀着白发；脸上的金属镜框后端用绳子绑着。他的身后跟着一名满脸怒容的青年男子，个头高大、威风凛凛，头上端正地戴着道奇队的棒球帽，像一面战旗一样耸立着。年长的男子发现了卡座里的格思里，吃力地走来坐下。

"傍晚好，格思里。"他招呼道。他疑惑地看了瓦斯克斯一眼。"韦茨上哪儿去了？"

"她奔自己的前程去了，"小个子侦探回答道，"这位是蕾切尔·瓦斯克斯。"他耸耸肩，招呼一名女侍应生，示意再上一大罐生啤。"这位是迈克·英格尔伍德。他……"

"别听他瞎说，小姑娘。"英格尔伍德说道。他把眼镜推回到鼻梁上端。"我打在中城南区分局工作的时候就认识这家伙。他可不是什么好人。他随时都会对你说谎。"

另一位小伙子也坐了下来，一脸阴沉。英格尔伍德对他抬了抬眉毛说："我跟你说了她很漂亮吧，而且这位甚至还不是我原先对你说的那一位。所以别摆出你那张臭脸……"他转回头对格思里说："我跟这孩子说让他蓄点胡子，也许还能盖住这张臭脸。"

侍应生端来了一大罐新鲜的扎啤和一盘薯条。英格尔伍德又讲了几个冷笑话来活跃气氛。他的搭档埃里克·兰德里刚到重案组不久，这是曼哈顿下城负责知名大案的警探队伍。格思里和英格尔伍德已经相识多年。后者和他的搭档尽管并没有直接接手鲍曼谋杀案，但这位老警探就像浴室的地漏一样，能够过滤组里的传闻。几乎所有的情报都会传到他这边来。

英格尔伍德知道格思里喊他过来，是想让他提供点情报。而警探开出的条件则是一大罐生啤和一个汉堡，以及为什么私家侦探会对这个案子感兴趣。当这个小个子告诉警探，他受人所托时，英格尔伍德并没有表示出好奇，只是显得很安静。他一口一口吃着薯条和汉堡，而兰德里则啜饮着啤酒，避免把目光投向瓦斯克斯。英格尔伍德的精干体现在当对话转向严肃时，他就安静地聆听着，没有出言打断，也不再随意调侃。

"所以你不会介意我知会一下巴伯吧？"英格尔伍德问道，"线报找上的他，也许这么手到擒来是因为他长得比谁都好看吧，当然还是没我们兰德里帅。然后他还是我们新老大，履历漂亮极了，反正就这么个人。不介意吧？"

"知会他也没什么损失，"小个子说道，"我今天在市监狱签到出入过。他这么厉害一个警探，怎么也会知道的。"

英格尔伍德咧嘴笑了笑，又把眼镜推回到鼻梁上端。他喝干了杯子里的酒，把酒杯像个句号一样嘭地放回到桌面上。"你信赖这个新来的小姑娘么，格思里？"他端详着瓦斯克斯。

"我觉得这算是他对你的夸奖吧——他能在这里见到你，"格思里说道，"不过是啊，她值得信赖，坚韧不拔。"

"就像韦茨一样。"他一边说着，一边咯咯地笑着，"你还记不记得那次她因为用机关炮轰了列克星敦的那个皮条客，被逮到局子里的事情？真是个桀骜不驯的女人。"他又盯着瓦斯克斯，一脸严肃的表情。"得，不小心说漏嘴了，你此后短暂的一生会是一场噩梦，你懂吧？"

"懂，当然懂。"她说道。

警探点点头。"听好了，格思里。你跟你的人谈过了。我可没有。我不知道还发生了什么。也许你知道。就这个案子来说，我知道的就这么多。你那个帅小伙和那个漂亮姑娘是一对。她被一把点44给打死了。可你知道吗，那个小伙就有把点44。

"我的上司巴伯，语气非常确信，拿来了帅小伙的那把点44。手枪就放在小伙说的那个存放点，保存得好好的。这把手枪闻起来像是刚刚开过枪。巴伯把它带回下城的局里，让情报分析部试射了一发。

"格思里，你应该清楚作案的是同一把枪，就是被你那个帅小伙锁得好好的那把该死的点44。就算你跟他聊过了，他言谈举止不像是犯了事。可他也许有两种，甚至三种人格，而那个和你聊天的人格善于言谈。也许潜藏的其他人格中就有一个是大兵肯。你懂吗？就是那个肯和芭比娃娃连环杀人案里的家伙，而这人还当过兵。好吧，说他是大兵肯算我口不择言……也许你不喜欢这种比喻？没关系。可这个人——"这位头发姜黄的警探把手从桌子上举了起来，然后突然放下去——"已经堕落到地狱去了。"

回办事处的路上开车的是格思里。英格尔伍德的情报对他的观点提出了怀疑。但是他相信自己对奥尔森的判断，但光有判断可说服不了纽约警察局。这一逆转让瓦斯克斯猝不及防。格思里则一直都很放松。即便是在他们为了摄像机在苏豪区和那几个意大利人打架的时候，他都神态自若。而现今，他突然显现出不达目的誓不休的锋芒。

他们回到办事处时，整栋建筑安静得就像一个墓园，格思里打开了一个口袋，里面藏的都是些见不得光的手段。瓦斯克斯觉得他们折腾了这么久后亮出这些手段倒也合适。他拿出几台崭新的笔记本和几部崭新的手机，尽管并不贵重，但用来挖掘情报已经绰绰有余。他打开了那些用海明威小说人物取名的手机。然后用电子钥匙在人们意想不到的地方打开了数据库的大门。他给朋友们打了电话，为明天约好了见面的时间。瓦斯克斯在电脑文件中筛选着数据。他打完电话后也帮着她操作。

格思里想挖出背后的故事。他的手法像是拆解一份简历，检视到底有什么东西被故意省略掉了。这一次，几乎所有的东西都得靠他们去查找。他们手头只有几个名字。而真正有意义的情报得靠几条有限的线索从真空里挖出来。才过了几个小时，瓦斯克斯就注意到他干的事还真是见不得光。

"你用的有些法子是违法的吧，是吗？"她一边翻看一串提款单一边问道。

小个子侦探耸耸肩说："可这样很有效率。我就想知道他们在什么时间去过什么地方，所有都要记下来。只要是带有这些名字的每条资料都要拷贝下来。然后整理成文档存到磁盘里。我们要从这些文档开始搜索其他资料，就跟社会保险号一样。"

他们收集着数据，每发现点什么东西，就会来回安静地提醒对方。格思里从事件的发端着手。受害人是卡米尔·鲍曼。有杀人嫌疑的是格雷格·奥尔森。米歇尔·汤普金斯是他们所知的唯一一个也有作案动机的人。这三位都在哥伦比亚大学求学。这便是一切的开始。

鲍曼是三人中最天真烂漫的一个，大概是因为她也是三人中最为年幼的一个。年轻人大多涉世不深，不会在他周边的世界里留下多少足迹。她是位没有选定专业的大二学生，成绩平平，有着上流社会的背景。这个世界直到她死后才开始关注她，爆出一系列令人震动的照片，以及人们津津乐道的消息。死亡把她推到了聚光灯下，仿佛过去的二十年岁月是把她整饰成被害人所必要的后台时光。

汤普金斯较为年长，更为随和，所处的社会阶层也要更高。《名人录》里记载了她的生年。她在哥大成绩优异，在研究院的成绩也是名列前茅。她还出国留学过。这两个年轻姑娘的履历乍看都非常清白，但格思里马上指出，仅靠粗略的一番浏览，发现不了那些被刻意隐藏的东西。只有缜密的思考和反复的查验才能让一些情况暴露出来。

格雷格·奥尔森在三人里面显得较为后进，大概是因为他是最年长的那个吧。这个说话温暾的人来自威斯康星，服役年份很长，但表现优异。他以中校的军衔退伍，然后又重拾了中断的学业。格思里对他官至中校很是不解，毕竟他年方二十八。这个大个子曾在威斯康星大学獴队打过球，他在哥大的学费都是政府资助的。

直到命案发生，奥尔森遭到逮捕之前，这三人的日子都过得普普通通。他们做的都是普罗大众做的事情，买买CD买买书，买买车票飞机票，走到哪里周围的人也不太注意。鲍曼和奥尔森因为长相出众而更引人注意。汤普金斯则几乎是个隐形人，仿佛有一部机器保护着她永远都被人忽略，也不知道这是不是她想要的生活方式。夜色变得越来越浓，已近黎明时分，格思里才心满意足地收工。

此时的瓦斯克斯清醒却又消沉。"这些资料对我们来说都有什么用呢？"她问道。

"也许什么忙也帮不上。但假使我要问问奥尔森的某位前女友他是不是容易嫉妒的那种人。我该怎么找到她呢？"

她握着铅笔在桌面上有节奏地点触着。"我们去威斯康星找人？"

"这么做也没错。或者我们可以打几个电话，或者我也可以雇个什么人。最终我们会敲响一扇门，提出我们的问题，然后决定是否相信我们所得到的答案。可你怎么知道他女友就在威斯康星呢？"

"好吧，这段算你赢了，"她说道，"现在可以结束了么？"

"还没呢。现在我们要出去一趟。完事儿才算结束。"

"还要出门？我们难道得忙一整个通宵？"

格思里哼了一声没有回答。有时候忙至深夜，甚至忙个通宵都是这份工作的一部分。"你来开车。我们马上要到华盛顿高地走一趟。"

当他们抵达高桥公园的时候，夜色静谧得有些许诡异。哈莱姆河在他们近旁僵硬地流淌着，节奏十分缓慢。瓦斯克斯绕过它两次才找到地方，目的地藏在一个急弯的后面，需要绕过一条飓风护栏，而这里是人们丢弃垃圾的天然场所。旧福特的前灯照在几段犯罪现场的隔离带上，长而晃眼的断带在空中恍然地摇曳着。格思里让她在步出汽车前把灯给熄了，然后他们在原地站了一会儿，好让眼睛适应周围的黑暗。鲍曼就是在这座城市这样一个黑暗、安静的角落里被杀害的。

河流给垃圾增添了一道刺鼻的气味。远方的桥上响着汽车呼啸而过的声音和喇叭的轰鸣声。在一片黑暗中，林立的柱子仿佛教堂带拱顶的中殿，而昆虫的鸣叫则是其中细微的祈祷声。细碎的隔离带残片飘摇在绿色的垃圾装卸卡车周围，组成了这座祭坛的护栏。而柱子和扶壁上的涂鸦则构成了东正教华丽的圣障。格思里手上拿着一把小手电筒。他们搜索着卡车周围的区域。几面证据指示旗插在一片碎玻璃和垃圾堆里，指示着干燥的尘埃上一块黑色的污迹。

"有发现别的什么东西么？"格思里问道。

瓦斯克斯摇了摇头。她踢到了一个瓶子。

黑暗中突然升起一阵笑声。"你们以为这儿有派对？"那个像是喝醉的声音听起来有些许疯狂。

"在城市的这个角落里，竟然还有人醒着。"格思里回话道。

"那些死板的爱尔兰人已经不再喝得醉生梦死了。"

接下来是一片死寂。仅有液体轻轻地从瓶子里汩汩流出的声音。

"你常常到这里来，是吧？"小个子侦探问道。

一阵石子搅动的声音。"你不是条子吧？"

"不是。"

"我想也不是。条子的搭档里可没有这么漂亮的姑娘。"

"你能露个脸么？"瓦斯克斯问道。

"露脸干什么？给你打？不行，我醉得不轻。"又是一阵笑声。

格思里在垃圾堆里探着脚往前走，而瓦斯克斯则低声说着些要挟的话语。

"怎么？你想知道关于那个小女孩的事情吗？是这事儿吗？"

"你都知道些什么？"格思里问道。

又是一阵笑声，然后砰的一声，一个空瓶子砸到了地上。"她包里的钱可不少。我已经整整一个礼拜都没清醒过了。"

格思里的面庞突然严峻起来，他挥手示意瓦斯克斯别过来。"你是案发之后来的，还是说行凶之时你就在近旁？"

"这是我的地盘，小矮子。"然后安静了一分钟，这份安静似乎带着威胁的意味。石子搅动的声音从另一个方向响起。"他慢慢地走进来。我感觉他脑子很不正常。所以我跑掉了。等我回头看时，他已经在跟那个女孩子玩耍了。他让她摆出时装模特的造型。我可不知道他手上有枪，然后砰的一声巨响！"石头在移动，有个沉重的物体滑进了碎石里。"然后又是砰的一声巨响！可不是爆竹声，而是超大的一声。"嘶哑的笑声后紧接着响起了脚步声。"后来他朝四周看了看。这可把我吓了一跳，好像他能看到我一样。"

"他长什么样？"瓦斯克斯问道。

"样子？"笑声中穿插着喘气声和石子滚动的声音。那个人声正在渐行渐远。"我可不是什么目击证人！"

"我们得把他逮住！"瓦斯克斯低声吼道。

格思里摇了摇头。"别着急，好吗？松鼠不用追，它们还会回来拿坚果的。"小个子侦探慢慢踱回到汽车近旁。瓦斯克斯犹豫了一会儿，也跟着他去了。

3

第二天一早，格思里驱车来到瓦斯克斯父母位于亨利街的廉租公寓前，接走了瓦斯克斯。清晨的下东区，大街上的交通挤得像冷糖浆一样，而人行道也不遑多让，满满地都是赶赴通勤铁路的工薪阶层。道旁的公寓大楼像是从黑暗中生长出来的灰色阴影，在阳光的沐浴下缓缓地散出光芒。在去下城的路上，两位侦探在车上喝了咖啡，瓦斯克斯总算醒得差不多了。她喝干净杯里最后的一点咖啡时，用愤怒的眼神瞪了小个子侦探几眼。

"老家伙，你昨天肯定是疯了才会放走那个醉鬼。"她说道。

"也许吧，"他回答道，"但我还需要一些和他相关的证据。"他把车停在了布鲁克林大桥的阴影下，离警察局广场只有几个街区远。"我们已经听到了足够多的细节，现在可以把他的见闻跟新闻报道相对比，如果发现纽约警方已经找他聊过了，那么我们也就不用激动了。对吗？如果报纸上没有任何他的踪迹，那么我们就得再去和他谈谈了。"

瓦斯克斯嘟囔了一句，小个子侦探的话很有道理，但光靠道理是逮不到醉汉的。下东区的醉鬼和瘾君子有那么多。她对他们再了解不过。世上可能也就只有牧师比他们更善于低调行事和躲避警察。两位侦探把车锁好，步行到广场的南边停下等候。

在他们等待的过程中，曼哈顿下城慢慢被人潮挤满。通勤铁路和的士搭载着繁忙的专业人士们像潮水一般奔流不息。女士们把钱包夹在臂弯下，把手机举在耳旁。而身穿深色西服，脚踏翼纹皮鞋的男士们则像挥舞着盾牌一样手持着他们的公文包。办公室和隔间在等待着他们的到来，每一个人在这高峰时期的熙熙攘攘之后都被指派了一个属于他们自己的位置。

随着清晨的大潮渐渐变成溪流，两位侦探仍然在等待着，就像路边被人们忽视的路灯柱。一位身着深蓝色警方慢跑服的高大男子，在警察局广场南部的一辆的士上下了车。他就像一名追逐持球进攻队员的橄榄球防守后卫一样向警察局入口冲去，可在看到格思里的时候突然停住了脚步。

"哟，这不是古思嘛！我本该猜到你会在这里等待的。你得有人带……"他愣愣地看了瓦斯克斯一眼，甚至摘下了他的宽边墨镜。"天啊！你多大了？有十二岁吗？"

波多黎各女孩仰着头笑了。他高大的身材把她整个都罩住了，然而他并没有蓄胡子。

"汤米，我知道你看起来像个金发碧眼的傻大个，不过认真点，"格思里说道，"她叫蕾切尔·瓦斯克斯，她至少有十四岁吧。不如问问她要不要去滑旱冰，干嘛不去呢？"

"好吧！别不爽嘛，古思，走吧。"

"这位是汤米·约翰逊，"小个子侦探说道，"他还没长到这么大个子的时候我帮他换过几片尿布——他家在俄亥俄州。现在他是名高超的工程师，和警局里的化学仪器打交道。"

"我不过是个技术员，"他说着耸耸肩，"我毕业的时候格思里帮我找的这份工作。"

这位年轻人带他们通过了安检，然后带他们穿过了光亮的大理石大厅。从电梯出来后的房间和先前稍有不同，没有那么气派，却显得更人性化，不会让他们感到时时受到监视。工作空间里竖着几面玻璃墙，给人造成空间上的错觉，不过视线还是会被来往的人、成排的桌子和机械、冷冻机、架子和昏暗的区域挡住。调查组负责帮纽约警察局处理证据。这座城市的所有调查过程都要从调查组的实验室中经过。

汤米·约翰逊的上司是贝丝·惠特科姆，一个四十多岁的骨干。几缕黑发从她的纸质实验帽上泻下，静静地垂在耳后。她看到这位年轻人和他的访客时不耐烦地叹了口气。

"你就是那个想要我帮你捋一遍鲍曼案的人吗？"她问道。

"是的，女士。"格思里回答道，"报纸上透露的信息很少，而如今你们又逮到了罪犯……"

"罪犯啊，我得说也许吧，"惠特科姆出言打断，"我们的资料不宜公开报道，而且我们也不会谈论罪犯，我们只谈犯罪。特定的罪行。我们只研究罪行，而不管所谓嫌疑。对吗，汤米？"

"是的，女士。"年轻人含糊地答道。

她抿嘴笑了笑。"那么，好。现在我们就分享了同一种乐趣，站在了同一条起跑线上。"她把他们招呼进了她的办公室。汤米把门带上。在玻璃墙的另一头，一张长长的桌子上摆着一排显微镜。两位技术人员在几个样品前重复地忙碌着。微弱的化学制品气味和臭氧混杂在一起，给她的办公室加入一层辛香的气味。

"现在我们手头有枪和子弹，"惠特科姆说道，"不过那是最终取得的结果，一开始它们到我们这边的时候可不是这样。"她打开了她那张凌乱的办公桌上的笔记本电脑。"我的时间表是这样的。二十四日的时候，我们收到了一具尸体，一位娇小的白人女性，金发碧眼，身体状况良好，显然不是名逃犯。脸上挫伤还没来得及开始瘀青。衣着光鲜但没有其他个人物品。两道枪伤。一道伤口被击穿打烂，而另一道只有一个创口。我们初步判断这是一桩谋杀。犯罪现场只发现了少量的血迹。所以尸体有可能是被抛尸到现场的。"

瓦斯克斯阴沉地看着格思里，心里第三次想着，放走那个醉酒的流浪汉真是个错误。

"你有什么想跟同学们分享吗？"惠特科姆问她，"没有？好吧，到了二十五日，我们暂时确定了尸体的身份，她可能是卡米尔·鲍曼，一位失踪的哥大学生。我们在下午一点确定了死者身份，然后开始研究尸体上的枪伤。其中一枚子弹严重变形；它先是击中后穿过了身体，然后击中了地面，反弹后又重新回到伤口里。这一顺序解释清楚了创口的形状和子弹的状况。创口里还带有犯罪现场的痕迹，她被射杀在发现尸体的原地。尸体下方的少量血迹表明子弹是从俯卧的身体上方发射的。刚刚说到的那枚子弹两次击穿心脏，但却不是致命伤。第一枪就把她打死了，并阻断了血流。第一枚子弹从脖子根部进入，一直往下，创伤一直通到了横隔膜才停住。所以我们在这个部位又发现了一枚干净的子弹。一共有两枚，一枚变形了，一枚完好无损，都是44口径。这个女人身材如此娇小。这种44口径的子弹简直是屠刀。她血液里的酒精浓度是0.02%，没有其他可疑的化学成分。"

"她受的殴打怎么说？"格思里问道。

"我们对此也有不同的观点，不过大家都同意她只是在死前挨了几下子。要么是被拍击，要么是被拳击，并没有使用武器的迹象。挫伤面积很大，不像是用武器造成的，也没有武器的角或边形成的痕迹。殴打大概发生在死前十到二十分钟。"她深深地吸了口气。"也没有其他特别的痕迹——没有勒痕，她并没有被人绑缚。显然也没有受到性侵犯。只有她衣服上的口袋被扯坏了，所以有可能是抢劫，不过这只是一个猜测，但很明显的是她身上有样东西被人拿走了。"

惠特科姆一边叹着气，一边敲击着笔记本的键盘。"过了好多天，没有什么明显的进展，我们有的只是一枚子弹。三十号一早警方给我们送来了一把手枪，一把点44史密斯威森'长官专用'型五发手枪，近期刚刚开过枪。我们研究了弹痕。这把武器能够完美地和我们那枚干净的子弹匹配起来。所以我们就找到了发射那枚子弹的手枪——"她看了看瓦斯克斯，"你要喝水吗，你看起来好像都要透不过气了。"

第四次了，瓦斯克斯更加确信不该让那个流浪汉给溜了；这种手枪非常袖珍。瓦斯克斯之所以知道，是因为她配的就是同款点40口径的手枪。格思里瞪了她一眼，可惜已经太晚了。

"你们在搞什么鬼？"惠特科姆问道，"这是个马戏团吗？

汤米？"

"古思，搞什么鬼？"年轻人问道。

"这把枪是这个案件的关键点，"格思里说道，"你把第一次弹痕测试提前的时候就已经心知肚明了，是吧？

惠特科姆狠狠地扫了汤米·约翰逊一眼。"我猜我们今天就到此为止了，"她说，"带他们出去，汤米；然后你再给我回来一趟。"

下行的电梯里一片沉默。有好几次，格思里和汤米·约翰逊都想开口说话，但话到了嘴边又闭口不提了。瓦斯克斯通过电梯不锈钢门的反射，研究着他们的表情。这两人的神态简直像是一个模子里刻出来的；甚至连他们低头沉思时撑着头的动作也很相似。瓦斯克斯一言不发，因为她知道自己把事情搞砸了。她表现得太兴奋了。他们本不该让纽约警方知道自己露出了马脚，让他们有迹可循，因为毕竟他们不是站在同一边的。电梯不断地下沉，她意识到只有一件事情比现在更糟糕，就是泄露出那个目击证人的情报。

走到外面，冷冽的清晨已开始转暖。警察局广场周围车水马龙。格思里和汤米·约翰逊握了握手。"别往心里去，"年轻小伙说道，"她有时候就喜欢摆谱，好像是我老大一样。"他看了眼瓦斯克斯，"也许我们还会再见，不过最近大概都会是在这附近见吧。"

"也许吧。"她说道。

汤米·约翰逊返身回了警局，而瓦斯克斯则赶忙跟上格思里。小个子侦探正朝着他停在巴克莱大街的老福特车快步走去。她挤过了人群才赶上他。"对不起，"她说道，"我没考虑周全。"

格思里摇了摇头说："这怪我，蕾切尔。我先是跟英格尔伍德谈过了，再去找他确实会让他为难，你明白吗？我太想抓紧时间了，以为可以侥幸地避免问题发生。现在我得赶在事情变糟之前去下城见一个熟人。"他快步赶着路。道旁的人群有种单调的相似性。赶到车旁，他把钥匙丢给她，然后打了个电话。

他们在午餐时间行至巴特里公园，在一家名叫"托尼鱼排"的烧烤小店里等候着。格思里给了侍应生十美元的包厢费。他们一边看着渡轮在港口进进出出，一边浏览着互联网上的新闻，查验那个流浪汉是不是从别的什么地方掌握的那些细节。午餐时分的"托尼鱼排"慢慢坐满了人，格思里点了三盘鱼加一份柠檬汁，不加冰。

鱼肉还烫的时候，一位黑发女子突然出现在他们桌旁。她顿了顿看了几眼瓦斯克斯，否定地摇了摇头，坐了下来。她留着短短的齐刘海，摘下眼镜后露出一双蓝色的眼睛。她肤色很白，身材粗壮，系着一条细长的皮带却还是很显腰身。一身深色的长裤套装表明她是一名办公室职员，但她盯着格思里时显露的笑容却像一条饥饿的鲨鱼。"你好啊，克莱。"她打招呼道。

"抱歉这么突然，"他说道，"莫妮卡，这位是蕾切尔·瓦斯克斯，我收下的新侦探。"他把一盘鱼肉和一杯柠檬汁推到她面前。

莫妮卡耸了耸肩，又看了眼瓦斯克斯。格思里看着她小口小口快速地吃着。他们尽管一言不发，却笑得前俯后仰。瓦斯克斯在掌上电脑上刷新着新闻报道，没有理会他们，他们也没有理会瓦斯克斯。当她吃完后，莫妮卡把一张光碟递给格思里，然后把她光亮的指甲滑到他的手臂上。

"这就办好了。"他说道，"里面都有什么?"

"就是些关于鲍曼的资料。"她回答道，"没拿到的那些部分可是有辐射的。"她笑了笑。"我抹掉了我访问第十九组档案的记录，那组的组长简直是个草包，不过要再取得其他资料就有点太冒险了。"

格思里咕哝了一声。

"别这样，克莱。"她说道，然后停顿了一下，"你以为他们雇了个窝囊废?"

"这就是为什么我还有饭吃。"他说道。

莫妮卡站立起来，戴上了她的深色眼镜。小个子侦探笑了笑。"这情报还喜欢吗?"她问道。

"就像你喜欢鱼一样。"

"喵——"她说完便快步走了出去。

格思里把光碟塞到自己的口袋里。"纽约警方有大动作，"他说道，"莫妮卡是内部人士。她通常都能搞到所有资料。我看他们还在继续关注奥尔森，想挖出他背后的那个芭比娃娃，这才说得通，但目前还没有任何细节可供研究，我们还是得先关注鲍曼谋杀案。"

"那怎么会成问题呢?"瓦斯克斯问道。

"也许不成问题。"格思里一边回答，一边拿着一根薯条抹着碟子边沿的番茄酱，"我估计那会让我变老实吧。"

午饭后，格思里致电奥尔森的律师詹姆斯·伦德尔，与他约好了见面的事宜。那家律师事务所的办公室位于华尔街，夹在周围几所同样有些年头的建筑中间，它们在周围曼哈顿下城的摩天大楼包围下，在阴影中扬起了它们贵族的下颚。"里德、惠特克&唐事务所"在街上开了个入口，进门是一个会客室，大理石的地板和墙壁打磨得镜子一般光洁。厚实的墙壁显出一种令人敬畏的宁静。门外的城市仿佛远在数英里之外。

从伦德尔的办公室窗户可以直接俯瞰华尔街。尽管他和格思里并没有合作关系，但他已经早早地来到了办公室。房间里的真皮座椅、旧木家具和石膏雕像使得这个房间闻起来就像一个枪支俱乐部。几侧墙壁都摆满了图书，但是办公桌上却连一片纸都没有。这位律师的工作依赖各种数码产品。一台打开的笔记本电脑和一台台式机分享着他的桌子。一头黑发的詹姆斯·伦德尔衣着整洁，年纪三十多岁的样子。他的下巴方而有颚裂，外观其他特征都平平，身材瘦削，着一身炭灰色西装。

他直奔主题说道："乔治·利文斯顿推荐的你。"他快速地在笔记本键盘上打着字。"我得承认，我对动用一个局外人不太放心，但亨利·达伦也就能干干监视老式公寓和给人开车的活。这件事我需要一把快刀，一个好手。"他对着瓦斯克斯皱起了眉头。

格思里坐下后伸手招呼她也坐下。律师像是并不打算浪费口舌跟人寒暄。

"你跟奥尔森聊过了，"伦德尔说道，"你有没有从他身上看出点什么?"

"他受了过度的惊吓，伦德尔先生，"格思里说道，"大概等他镇定下来之前，都派不上什么用场了。但是现在，我正在找一名目击证人，纽约警方在调查中把他漏过了。"

　　律师的注意力集中到他身上。"你在开玩笑吗?"

　　"我可没这么自来熟，"格思里说道，"在他像鬼魂一样消失前，我曾跟他有过一段短暂的对话。不过已经足够确认他话语的可信度，无论是开枪的次数，小型的大口径手枪，还是他抢走了尸体上的财物，不过他说来说去也没提到开枪的人。那个目击证人是个流浪汉，大街上的那种。我非得把他找到不可。"

　　律师放松地靠在椅子上，"那么你要花多少时间才能找到他?"

　　格思里耸了耸肩。律师显得有些失望，他看了看窗外，好像又把信心找回来了。就像每个人一样，他也希望事情能轻松办妥，但世事并不总是如此。这个时候他就会向下看着华尔街。伦德尔在电脑上敲打了一会儿，点了点头，然后说即便是有目击证人可能也于事无补。尽管当下奥尔森只被怀疑谋杀了卡米尔·鲍曼，但媒体一门心思想要挖出这桩案子和其他谋杀案的关系。只要奥尔森没有不在场证明，他极有可能还是会遭到指控。在伦德尔看来，就算奥尔森不被牵连到更多的指控中去，他最多也只能谋求一个最轻判决。律师并不觉得奥尔森有多少获得无罪宣判的希望。就算现在找了鲍曼谋杀案的目击证人，他们还得对付紧跟着而来的其他指控。

　　格思里询问了奥尔森不在场证明的相关细节，虽然他被纽约警方逮捕的事实木已成舟。律师敲着电脑，然后大概地描述了他所知道的情况。谋杀发生的当晚，奥尔森和一位喝醉的退伍军人在一起，那人名叫菲利普·林尼。但这份不在场证明没撑住几天，纽约警方就使了点手段让他供了出来。他们两人确实在谋杀案发生的前后好些天都有保持通话，但林尼承认他绝大部分时间里都烂醉如泥。不在场证明本来还能管用，但当纽约警方把目标锁定到那把点44手枪上时，它就再也没有用处了。

　　"这也许也可以算是一个角度。"格思里在笔记本上记下笔记后说道。"顺着同一条线，我还要查查是谁得到了鲍曼的信托基金。

这也是一种动机，也许能找出另一个嫌疑人。"

伦德尔的嘴唇抿成了一条严峻的直线，"卡米尔是独女，"他说道，"所以不用查我也敢赌，她的信托基金都发给了她的父母，或是更年长的长辈。"他说话的时候，手指在笔记本键盘上啪啪啪地敲打着。

律师没有再说话，但格思里一直等着这位年轻人，没有显露丝毫的不耐烦。伦德尔恼怒的一瞥并没有让他放弃。

"我会给你安排的，"伦德尔终于开口说道，"不过恐怕鲍曼家的人在葬礼后已经离开了这座城市。跟警方打交道已经让他们受够了。"尽管律师没有明说，但他的口吻似乎在暗示，他们现在所在街道的一部分都为某人所有，不仅仅是建筑，还有建筑里的一切。

"我有我的理由。"格思里说道。

"我会安排打电话。但是你要拿它来做点什么就是你自己的事情了。"

等他们下了楼，穿过那个像墓室一样死寂的大理石会客室，回到这座城市的嘈杂声中时，格思里看起来好像没那么矮了。压在他身上的一些重负消失了。他们周围的生意人在人行道上行色匆匆。瓦斯克斯和小个子侦探似乎和周遭格格不入。如果他们是雨滴的话，他们就不会在华尔街上逗留这么久。他们会飞快地冲入雨水沟底下那一片黑暗之中。瓦斯克斯把老福特开回了办事处。

那个傍晚他们早早地结束了工作，格思里开车把瓦斯克斯送回了家。亨利街燥热而又拥挤。街上和人行道上到处都是年轻人，听着道旁停放的车辆里放着的音乐，饮着酒，善意地互相调侃着。老人们坐在太平梯上，从缝隙中观看着人群。蕾切尔的两个哥哥因迪奥和米格尔，把这些老人叫作"高空拳师"，仿佛他们正坐在扬基体育场，身处高处俯瞰众人。坐着的老人们非常安详，而下面街道上的年轻人则熙熙攘攘。

对瓦斯克斯来说，这才是宇宙的自然秩序，而沉静不动则离死亡最近。老人才沉静不动。所以在她为格思里工作的时候，最困扰她的总是那些监视、阅读和撰写报告的时候。忙碌于新案件使得这份侦探工作不再显得那么意义寥寥，而亨利街似乎也突然有了不同的景象。年轻人们就像往常一样看着她，也像往常那样不对她说任何话。这种沉默源于她的两个哥哥。他们两个都脑子有病，没人想和他们扯上关系。

瓦斯克斯在门前露台上稍站了一会儿，享受着这个时刻的喧嚣，才走进家中。爸爸把楼梯打扫过了。他喜欢在下午将尽的时候出来坐一会儿。屋里的妈妈一边烧菜，一边操着一口压低的西班牙语打电话。主卧里正播放着音乐，大概是爸爸在听吧。

她进来的时候，妈妈的电话突然讲到一半收住了嘴。这是一个非常明显的信号。无论是好话还是坏话，妈妈聊的正是她呢。她把掌上电脑放在起居室摆满东西的咖啡桌上，然后走进厨房。妈妈看到她时愤怒地向她示意，指指电话表示自己不方便。

"罗伯托有几句好消息，"她一边用她那只棕色的小手盖住送话口，一边轻声说道，"这次的机会完美极了。你可得跟他谈谈。"

瓦斯克斯的胃一阵搅动。她突然没有了食欲，希望自己还在加班工作。即便如此，她还是接过了电话。"什么事？"她说道，却盖不住自己身上的疲乏。

"一切可安好，蕾切尔？"罗伯托问道。她的大哥和家里人总是说西班牙语。他和爸爸吵过的事情不多，但语言算是一个。

"还好，没什么特别的。我刚刚回到家。"她回话说。

"工作回来？"

"是的。"

一阵沉默向着崩断的边缘延伸着。罗伯托在掂量着他接下来要说的话，担心它会伤害到自己的妹妹。他简直就是父母口中的别人家的孩子。他的一口英语说得和大学教授一样好，但却从来不乐意和家里人说。也许他需要提醒自己是个波多黎各人，也许是因为他的样子和爸爸如出一辙。他和父亲一样有着一头金棕色的头发，瞳仁里点缀着绿色和金色，即便是在蕾切尔这样光彩夺目、犹如一杯奶油里的咖啡的人物身旁，他也显得一表人才，非常出众。

"我知道你还没有申请读大学吧，"他说道，"我从我一个福坦莫大学的朋友那里得知，他们可以免除预先登记的手续。你还是可以在秋季学期入学。"

瓦斯克斯转过身去，不让自己面朝着母亲。她不想让妈妈看到自己生气的样子，自从高中毕业后，她需要一再地重复自己说过的话。她不想读大学。这段对话重复了这么多次，就像考古挖掘一样，已经到了很蠢的地步。"我有工作，罗伯托，"她说道，"你要知道，我可没有闲散在家里放任自流。"

"我没这么说，"他坚持道，"没有人这么说。"

光含沙射影大概不算说过吧，瓦斯克斯忿忿地想道。她的家人想要她依从他们的期望，和她的两个哥哥截然不同。他们对此开过不少玩笑。好几年前，他们给她戴上王冠，管她叫"公主"，直到她意识到那个王冠是用一副破烂内衣卷起来的以后，她就再也不乐意这么干了。

"福坦莫大学在城里面有所分校，"罗伯托说道，"你都不用跑到布朗克斯区去上学。你甚至都不用马上选定专业，大一上的基本上都是些必修课程。"

瓦斯克斯想要放声尖叫。爸爸从一开始就是这套说辞，她已经听够了。他逼迫她去参加测试。她从那时候起就应该拒绝了。她取得的分数可以帮她申请到奖学金，可她一点都不想要这张金门票，但正是从这个时候开始，她的生活就开始在家人的喋喋不休中分崩离析了。"我有工作！"她瞪了妈妈一眼，然后柔声重复说，"我有工作。"

"那我们不读医学院了，好吗？"罗伯托安慰道，"我也不想当什么医生。但是那个工作，得了吧，蕾切尔，那根本就不算什么工作。你都干些什么活，打字么？你在浪费你自己。懒惰是一回事，可这么让妈妈伤心……"

"你根本就没有认真听我说话，罗伯托。你没听懂我的意思。"瓦斯克斯生气极了，她想要开口骂脏话，不过她现在可不行。罗伯托想怎么惹她发火都可以，因为妈妈听不到他说的话。她不算走运。一怒之下，她说出一句她一开始掖着没说的话。"就这份我也许没干啥活的工作，你甚至都不知道我赚多少钱，罗伯托。"

"再多也不值你的前途。"他说着，不过语气变弱了，因为她这一下正中靶心。他又很快地把话转过来。"所以呢？有多少？你的人生又值多少？"

她耸耸肩，把脏话咽了回去。要是能问问他，他的尊严值多少该多棒啊！"一个礼拜一千二，"她说道，"我可没无所事事，罗伯托。我干的是正经活，虽然我还没有完全上手搞清楚。"

"才一千二？你一个小时就能赚这么多，蕾切尔。"

也许得先读二十年的书吧，蕾切尔想到这里笑了。"你什么时候一个小时能赚到一千两百块了？啊，罗伯托？"

"什么时候把话题转到我头上了？"罗伯托的口吻里突然带上了邻人的冷漠，这种和爸爸的相像让人觉得很可怕。"那你到底在做些什么，能有这么重要？会把你推向职业的巅峰吗？你是在给人打字，还是在给人擦鞋？"

瓦斯克斯气得满脸通红。"这是机密。"她说道。格思里不允许她跟别人谈论案件，尤其是现在他们有案件可以谈论的时候。格思里开车送她回家的时候跟她明确说明了这一点。

上午调查组实验室里的那一幕还历历在目。他们需要为客户考虑。报酬的一部分就是封口费，尤其是这位特殊的客户。

"你现在都堕落到开始撒谎了吗？"罗伯托问道。"你就学会这些了吗？一个半大不大的女孩子住在家里，却假装在干什么大事……"

瓦斯克斯把电话还给了妈妈。"让他闭嘴，妈妈。"她说道。在她母亲黑色的眼睛里，她可以看到疑虑正在和疑虑搏杀。

4

上午的曼哈顿苍穹笼罩着一层雾气。厚重、潮湿的空气预示着今天将会是非常炎热的一天。格思里接上瓦斯克斯后就朝着曼哈顿上城开去。他经过第34街的时候，她还在喝着咖啡，然后她判断说他们肯定是往犯罪现场开去。

"我们能趁着那个醉汉睡着的时候把他逮到吗？"她问道。

小个子先生摇了摇头。"除非你已经山穷水尽，或者你对他了如指掌，不然永远别指望这样的事情会发生。你和一名流浪汉擦身而过，他也许北上去了波士顿，也许南下去了费城。你永远都见不着他了。"

"可这个醉汉都一把年纪了。"瓦斯克斯说道。

"他是喝了不少酒，但他脑子可清楚得很。他说的话让我觉得他像是一名退伍老兵，或者曾经和老兵一起闯荡过。"

"他声音那么苍老，格思里，怎么可能打得动仗。"

格思里笑出了声："这个国家可不止和伊拉克打过仗。你听说过越南吗？"

她皱了皱眉头。"你在开玩笑吧。那些老家伙早就入土为安了。除了约翰·麦凯恩，他看起来简直像年过百岁了。"

"还差得远呢。"他从口袋里取出了一张光盘放在了控制台上。"把你的掌上电脑调到安全模式，再读取这张光盘，知道了吗？这里面都是些警察的报告，一不小心就会给你惹上麻烦。"

找到这个流浪汉是他们的当务之急，因为警察的调查报告里并没有提及他。格思里昨天花了好几个小时来梳理这些资料。纽约警方确实发现了一名证人，而格思里也想去向他问询一番，但他们却错失了这个亲临谋杀现场的流浪汉。重案组展开的调查几乎马上把奥尔森锁定为目标，因为但凡是谋杀案，警探们总是从最理所当然的思路查起。杀人犯通常都显而易见。丈夫射杀妻子，或者妻子射杀丈夫，抢劫、强奸，这些罪犯的动机都是显而易见的。嫌犯通常会自行跳入罗网之中。因毒品和黑帮而起的枪杀案会比较麻烦，因为会有很多嫌疑人都有同样的作案动机。所以纽约警方几乎毫不犹豫地把嫌疑扣在了这位未婚夫的头上。他们手上这把登记过的手枪和尸体里发现的子弹完美匹配。助理地方检察官只要把这个证据兜售给陪审团，就能够很快结案。如果反面证据只能够停留在疑虑的层面上，那么这桩罪名就基本上洗不脱了。而既然格思里和瓦斯克斯相信奥尔森并没有谋杀鲍曼，那么他们就需要有些比铁证更有力的证据。等到他们开到华盛顿高地，瓦斯克斯已经从格思里的解释中，看出了他们眼前的任务有多么严峻。

小个子侦探把他的福特停在砾石停车场一栋红砖房的阴影里。高高的屋顶上探出了几扇老虎窗。屋檐下则贴着一个标识，上书"救难庇护所"五个大字。在房子的另一侧，飓风护栏围出一块空地，其中被建筑阴影覆盖的一侧长满了常春藤的枝条。哈莱姆河就在近旁，早晨的凉意还没有退去。

在那片空地的一个角落里，几个衣服破烂，身上脏兮兮的孩子把一个瓶子丢来丢去。他们上方的多数窗户都敞开着，洗涤干净的衣物像旗帜一样被晾晒在窗前。其他闲散在空地里的人，脸上都是一副失业已久的表情，每个人都面目污浊，神色迷离。他们满脸疑虑地看着格思里和瓦斯克斯从车子里出来。那些孩子停顿了好一会儿，才断定他们不是警察。近处的护栏显示出被很多人爬过的痕迹。这里的人显然出入频繁，地面上甚至都留有明显的印迹。

出去奋斗的人们此时都不在庇护所，要么去干些白日的活计，要么就是去捡破烂。空地边缘的一个男人慢慢地向他们蹑来。他有一头黑色的卷发，凹陷的脸颊十分苍白，冰蓝色的眼睛在凝视时似乎带着一丝疯狂的色彩。他胡子刮得很干净，下巴有如新生儿一般。他灼热的注视滑过了瓦斯克斯，仿佛她根本就不存在。他在格思里身前放缓步伐，却没有完全停步。他的步伐拖曳着，令他围绕着一个仿佛每几秒就向前移动一点的窨井转圈。

"从夏天开始就再也没见着你了。"他露出一口完美的牙齿让人觉得完全错乱了。人们看着他这一身破烂的衣服和佝偻的身姿，定会想象他会有一口残缺的脏牙。

"我这段时间很忙，黑发约翰。"格思里说道。

"这个夏天我们可饿坏了。"

小个子侦探脸上现出了怀疑。"你完全可以打电话给我。"

"也许吧。"黑发约翰往他脚下的砾石地踢了一脚。"假如你给我们的那部电话还在的话。"

格思里双手抱胸，皱起了眉头。

"我把它交给了辛迪。我不清楚她拿它去干什么了。很有可能用来砸人了。"

"这是报酬。"格思里说完从口袋里拿出一部廉价的手机，把它包在一张五十美元的钞票里。"拿去。"

这位流浪汉缓步向前，绕过格思里时拿走了他手上的东西。他瞅了东西一眼，又满眼疑虑地看着格思里。"我们现在可没饿着。"

"给孩子们买点冰激凌吧，约翰。"

他慢慢地点着头，检视着手机。"按一吗？"

"就跟往常一样。"格思里朝护栏扫了一眼，继续说道，"我在找个人。"

"这人我认识吗？"他的视线虚无地飘渺着，就像一朵云一样。

"你也许认识。他在街上流浪、酗酒，也许常常待在马球球场那边的桥附近，就是那个女孩遇害的地方。"

"我可见过不少死掉的女孩了。什么样的都看过。年轻的、老去的、漂亮的、黄皮肤的……"他顿了一下，然后反方向逆时针绕起圈来。"辛迪！过来！"

一名身形修长的年轻女郎从阴影中的护栏里走了过来，她的一头金发脏兮兮的。黑发约翰把钱递给她。"要不去买点冰激凌吧？"他说道。

金发女子微微一笑。她的美貌有一层梦幻的色彩。她把钱塞进了自己破烂牛仔裤的口袋里。"当然了，约翰。你准备好就马上去。"她放松了端庄的身形，端详起瓦斯克斯来。

黑发约翰又换了个方向绕圈，"你刚才说的是哪里？"

"马球球场那边……"

"是啊，一个礼拜前可闹出些声响。我记得。尖叫哭号持续到黎明。"

"对，就是这个地方。有什么人是从那个地方来的吗？"

他点了点头。"你要找的人是鬼魂埃迪，他可不是什么善类。"

"我可没想去难为他，我就想知道他看到了什么。这事儿跟警方没什么瓜葛。"

"哈！"

格思里盯着他绕了一会儿。年轻的金发女郎则被一堆孩子环绕着。几位老人从庇护所楼上的窗户里俯视着他们。

"鬼魂埃迪是个老独行侠。一大把白胡子，硬得跟猪鬃一样。他尽管块头很大，但行动十分迅捷。可别惹他。"黑发约翰擦了擦嘴，继续说道，"我会替你找到他。你等好了。"

"好吧。我明天会再来。"

约翰点了点头，不过他已然移步走开了。孩子们围上来，跟在年轻的金发女郎后面。格思里把福特的钥匙递给瓦斯克斯，自己坐进了副驾驶座。他指示了接下来想去的地方，然后她便向南部的阿姆斯特丹大道开去。

小个子侦探和这些街上的游民家族合作过好些年了。他警告黑发约翰说，要是说话不老实，他们马上就能听出来。不过走运的是，黑发约翰给他们透露了些信息，他们四处询问时这些信息可以帮得上忙。这位流浪汉自己也会去找。因为他既不虐待人，也不利用人，所以他在游民的派系里有一大帮人手。辛迪有约翰给她撑腰。她有一手丢石头的绝技，可以从一百英尺开外把瓶子上的瓶盖砸下来。而那些孩子则有她在撑腰。曼哈顿的这个南部角落，没多少事情能够逃过他们的耳目。

"他们可真是些怪人，"瓦斯克斯说道，"我以为他们都是些三只手。"

"不是的，他们只是没法融入都市这台大机器。"

随着晨曦的散布，瓦斯克斯驱车来到了晨边高地。很快，她就觉得自己像一枚弹球被弹来弹去，因为格思里不停地从一个角落追逐至另一个角落，时而停下探查一些小巷和空地。她在位于西170街和西145街中间的百老汇大道和阿姆斯特丹大道上反复穿梭。小个子侦探寻找着那些他知道能提供信息的街上游民，然后交流一些事情。一路上，他不断地在可能的地方破冰前行。他给人递出苏打水、香烟和小笔钞票。那些游民都听过埃迪的大名。他是个卑鄙的醉鬼，总是小心地观察四周。即便是那些虚张声势的捡垃圾黑帮，在谈到这个大白胡子的时候，也会倒退几步。

在西153街和第八大道的街角处，他们遇到了一位玛丽大妈，她是一名身着涡纹毛料裙子的老年肥胖妇女。提到流浪醉鬼的名字时，她的手像中了魔法一样乱舞。她警告说，寻找这个人可碰不上什么好事，而找到他更是要倒大霉。她拍了拍格思里的头，捡起了她的几个包裹，匆匆地消失在大道上。小个子侦探耸了耸肩。他在这个街角逗留了一会儿，仿佛她会回来一般，结果她一去不复返。

稍后，格思里把半包骆驼香烟送给了一位名叫惠齐的瘦骨嶙峋的老汉。这位流浪老汉穿着蓝色吊带牛仔短裤，露出一双不配对的袜子。他的声音嘶哑，带着沉重的呼吸声，几乎被交通的噪音给完全盖过了。鬼魂埃迪可不会被轻易逮到，他说道。曾经有两个巡警想拘留他。这个白发流浪汉等到只有一个人扣着他的时候，抬起那人砸晕了另外一个警察。他们还没回过神来的时候，他就一溜烟跑了。瘦骨嶙峋的老汉一边捏着他毛糙的下巴一边大笑起来。

一路问过来，格思里答应每个人他会小心注意，但这个忙碌的上午却似乎没有带来任何希望。他指示瓦斯克斯最后一次绕出百老汇大道，停在了哥伦比亚大学的访客停车位。在晨边高地的街景里游荡了一个早上后，校园的风景看起来清凉而又好客。小个子侦探打算从校园警卫处着手他的搜寻。

行政大楼里的校园警卫一听到鲍曼和奥尔森的名字，就马上开始给自己寻找托词。毕竟，谋杀案并不是在校园里发生的。格思里和他们继续交谈着，并没有指出嫌疑人和受害人都是哥大的学生。当格思里向他们申请检视奥尔森的宿舍，并拿到访客通行证时，最为年长的警卫似乎并不情愿，这引起了格思里的注意。其他人开着奥尔森的玩笑时，这位警卫一直绷着脸，然后又主动提出，要领他们去参观那个位于利文斯顿学生公寓的房间。

当他们走到大楼外面的时候，他向格思里伸手说道："我叫迈克·海因斯。"这位校园警卫个头高大，有点发福。一道浓密的灰胡子上长着一个红红的鼻子，一看就知道是经年酗酒所致。他把帽子戴到头顶，向头顶的阳光斜看了一眼。

"他们逾越了界限，试图让格雷格·奥尔森的嫌疑变得昭然若揭，"他说道，"奥尔森从来没给我们惹过麻烦，尽管你也可以说他来的时间也不算久。"他皱起了眉头。

"这故事背后还有什么料吗？"格思里问道。

"我不认为他会做出这种事情，"海因斯答道，"我们先过去。我得先在脑子里顺一顺。"

格思里和瓦斯克斯跟在他身后。校园里的人并不多。现在是夏季学期，大部分本科生都不在学校，除非他们有功课要赶。也是因为这个原因，利文斯顿学生公寓里十分安静。夏天留校的学生通常都比较认真。他们进到公寓开着空调的房间里时海因斯顿了顿。

"奥尔森是个棒小伙，"他说道，"我猜我得先就此解释一下。住在我们这儿的大部分人都还是孩子。他们都幼稚得很，也不知道自己想要些什么。但奥尔森知道。他不是那种跟在女孩子后面团团转的类型，也不是个沉迷于派对的人。他非常专心于学业。"

"真的?"格思里问道,"你是怎么知道这些的?"

海因斯耸了耸肩。"我们这些从183哨兵团退役的人有一个互助组。我就是在那里第一次和他说上话的。我其实意识到他是这边的学生,但他并不知道我在这边工作。他后来是知道了。但那个组跟学校没关系,是退伍军人用来相互联络的。和我共事的这些小狼崽们,他们很喜欢添油加醋,即便他们对自己谈论的东西一无所知。"

"你觉得他就这么可靠吗?"

"可不止我一个人这么想。你可以四处问问。要是那个女孩子真是他杀的,才会让我大吃一惊。"

"那么那个女孩子呢?你了解她吗?"

海因斯摇了摇头。"我从没注意过她。抱歉。"

这位校园警卫领着他们上了楼,为他们打开了奥尔森的宿舍房门。朝房间里扫视了一圈后,他耸了耸肩。房间里几乎空空如也。他解释说纽约警方来调查取证过。奥尔森如今被逮捕了,学校的管理部门还没决定该怎么处理这个房间,但他们多半会打包好他为数不多的私人物品,存放起来,直到有人来认领它们。他又耸了耸肩,提醒格思里探查完毕后记得锁上门。

格思里和瓦斯克斯只需要几分钟就能搜索完这个小房间。奥尔森因为年长所以能住单间。房间只有几本书、几本笔记本、些许衣物和一些洗漱用品能够显示出住人的迹象。奥尔森要么是喜欢轻装生活,要么他实际上住在别的什么地方。瓦斯克斯刚把他的笔记本丢回到桌子上,就有一个高大的年轻人冲到了门口。

"是你们!"他说道,"上次我错过了没碰上你们。"他停下话语,盯着他们。他戴着一副黑色的墨镜,身穿T恤和牛仔裤。一头蓬乱的黑发使他显得跟门框一般高。他的目光定在了瓦斯克斯身上。"你们来这儿是为了洁哥的事情,对么?"

"你是指格雷格·奥尔森吗?"瓦斯克斯问道。

年轻人咧了咧嘴:"当然了。你们全部搞错了。卡米不可能是他杀的。"

"他那晚是跟你在一起吗?"格思里问道。

"那没有。我只是想说他不是那种人。我的意思是,我们在别的晚上一起参加过派对,他是我的猎艳拍档。"

瓦斯克斯挑衅地看着他:"好吧,你猎艳为什么还需要拍档呢?"

他笑了笑:"一开始也没这么计划,不过我们这对组合就这么奏效了,懂么?洁哥不跟那些联谊会的人玩,他就像老天派来的一样。那些家伙恨他。他们想拉他入伙,所以才恨上的他。他喜欢跟我搭档算我运气好,懂么?"

"那有什么幸运的呢?"格思里突然发问。

"女孩们都追着他跑。"他像看着一个弱智一样看着小个子侦探,"这就是为什么我开始管他叫洁哥,因为他从不跟她们乱搞。而且这名号还押'格雷格'的韵。"

"所以那些女孩子就转头瞄上你了吗?"瓦斯克斯问道,"就算是二手货你也乐意要?"

他大笑起来。"这是大学,至尊神探。除了上课外就是找乐子。不管怎么说,卡米真不是他杀的。"

"我们来这儿就是为了帮他洗脱罪名,"格思里说道,"顺便,还没请教你的名字呢。我们替格雷格·奥尔森的律师干活。"

"哇!"年轻人说道。他摘下了墨镜,又重新细看了他们一番。"你们不是条子?"

"不是。我们替他的律师詹姆斯·伦德尔干活,"格思里说道,"知道我们的身份有没有让你后悔跟我们搭话?"

"哪里会!也许不是条子才好,懂吗?"他皱了皱眉头,"我叫罗伯特·德亚顿。"

格思里递给他一张名片。"也许你有什么证据说卡米尔·鲍曼不是奥尔森杀害的?"

德亚顿犹豫了一会儿,然后走进房间关上了门。"他没必要跟她发这种疯,因为她是他的人。她很认真对待和他的感情,对吧?为了奥尔森,她和联谊会的所有人都断绝了关系,简直化身成为一个一本正经的公主。"

"所以就因为这样，他就是个好人了？"

"好吧，我懂了，"德亚顿说道，"你们只要事实真相，对么？洁哥确实有那么一件不太对劲儿的事情，他背后有只老鼠。"他久久地看了一眼瓦斯克斯，然后继续说道，"你看，你就不是老鼠。"

格思里耸耸肩，"好吧，我可会咬人。老鼠是什么东西？"

"样貌普通的女孩子。洁哥很让女孩子着迷，懂么？有些女孩子有自知之明，明白她们勾搭不上洁哥这样的男人，懂么？竞争太激烈了。所以漂亮女孩子一出现她们就退缩了。但洁哥身后有一只老鼠，"他皱了皱眉头，"也可能是卡米身后的。我也搞不清楚。这只老鼠总是跟在他们两个人身后，所以我大概也说不清楚她到底追的是谁。"

"这只老鼠有名字吗？"格思里问道。

"大概是叫米歇尔吧。我估摸她是个研究生，因为我从没在课上遇到过她。"

"也许她是他们的朋友？"瓦斯克斯提议道。

"不可能。自从洁哥真正和卡米确定关系之后，他就不怎么用这个房间了。所以我是在他还住在这里的时候注意到的，懂么？所以这两人进到这房间，搂抱亲热，完事后这只老鼠就会过来。他们好像是在里面死记硬背地读书，却不是为了应付考试。这可不像洁哥的为人，倒是像卡米和那只老鼠会干的事情。"

"也许那是你喜闻乐见的事情？"格思里问道。

德亚顿皱起了眉头，用手顺了一下他的一头乱发。"怎么可能。这不过是一件怪事。就算他在搞什么鬼也无关紧要，我就是这么看的，懂么？"他耸了耸肩。"无论如何，洁哥会被怎么处置？"他这个问题是向格思里提出的。

"我们也正在关注，"格思里说道，"要是有律师给你打电话，你可别惊讶。"

5

从利义斯顿学生公寓的阴凉里出来后，正午的阳光强烈得令人
眩目。格思里一声不响，独自思忖，而瓦斯克斯则在快步走着。她
想要抓紧时间，但是小个子却不断地停下脚步，无意识地倒腾头上
的软呢帽。她拿着两人的访客通行证去行政大楼注销登记，好给他
时间慢慢磨到汽车边上，待会儿就不必让她再等。当她办完手续向
福特车走去时，侦探已经坐进了副驾驶座上。她钻进汽车，观察了
他一会儿，明白他现在正在专注思考问题。他现在的表情和昨天让
汤米·约翰逊两边都不是人之后，大家提前坐着电梯从调查组实验
室下来那会儿一模一样。

"你一般多久才会碰上一桩这样的案子？"她安静地问道。

"你在考虑退出吗？"格思里毫不犹豫地发问，他也许一直在等
她提起这个话题。

她大笑起来："你在开玩笑吗？我干这份工作就是为了这样的
案子。"

"那你很快就会考虑退出了，"格思里阴郁地说道，"如果你想
钻研谋杀案，你其实得去当个警察。因为这类案子对私家侦探来说
并不寻常。"他叹了口气，"选个能好好坐一会儿，吃个饭的地方。"

瓦斯克斯发动了福特，开出了停车位。她经过了圣约翰神明大
教堂，开进了西110街。路上的交通并不繁忙。"你没回答我的问

题，格思里，"她说道，"多久会碰上一次?"

小个子笑了笑，"你在过去的几天里也学到点东西了。这些是我必须教会你的。不过像这样的重大案件几年也就冒出来一桩。有时候甚至是一桩接着一桩。"他耸了耸肩。"可你要知道，我们不是靠这种案子赚钱的。而是靠它来赚名声。你在这种案子上展示了自己的才能，人们就会把你铭记在心里。"

"可是我们却不靠这些案子赚钱?"

"你是要一路开到伊斯特河去吗?"

"我就开到东哈莱姆区，老板。我知道那边有一家卖墨西哥卷饼的非常实在，你干嘛问这个?"

"没什么。我只不过在想我们午饭后该去哪里。也许我们还真得去趟伊斯特河。不过没关系。"

她点了点头："钱，接着说钱。"

"大部分私家侦探都靠离婚案、物品保管和保险赚钱，这些钱来得比较稳当。你也注意到我们也搞背景调查，还偷拍点东西，有时候则只是坐在那里监视别人。"

她皱起了眉头，凌厉地瞥了他一眼，然后变道超过了一辆在慢车道上缓缓行驶的卡车。"惠特里奇和他的侄女是我见过仅有的两个从大门进来的人。"她说道。

"正是如此。我可不干鸡毛蒜皮的活。只有常客和熟人推荐才能找上我。"

"惠特里奇是我们的常客?"

侦探点了点头。一栋栋褐砂石筑成的富人住宅滑过福特车的窗外。道旁的孩子们站成一团，等候着汽车先通过。

"他怎么就成了你的常客呢?"

"你大显一番身手后人们就会记住你，"格思里说道，"曾经有一次，我在一个正确的时间，在一个正确的地点做了一件正确的事情。"

"所以你算运气不错?"她大笑道。

"当然了。而且我办成了。这些人知道我能做什么，而且他们也信任我，把事情交给我来办。到底是选择我，还是选择一个各色侦探人来人往的大所，这种题目的答案对他们来说一目了然。"

格思里和瓦斯克斯把车停在"波里肯之歌"的道旁，这是东哈莱姆区的一家餐馆。这里烤肉味非常刺鼻，混杂着胡椒和番茄的气味，仿佛离烤焦只有一步之遥。各个小隔间里零散地坐着些客人，一张桌上有四个老人围着玩多米诺骨牌。一台方顶的收音机里淌出轻柔的音乐。瓦斯克斯挑了一张靠窗的桌子坐下，没有理会那些老人的调笑，然后开始点菜。

"爸爸总是把我带到这里来。"待到餐馆又回到原先的节奏时，她开口说道，"这些老人从我不记事起就认得我了。过去我们总是搭通勤铁路来这边，时间都过去这么久了，可这儿还是一点都没变。"这些桌子的装饰艺术风格可以追溯到二十世纪五十年代，摆放在红白砖地板上显得十分陈旧。"你知道吗？我已经想通了问题的答案。"

"什么问题？"

"为什么你要雇佣我。"

"那就说吧。"格思里一边说着，一边从桌上的篮子里捡起了一片玉米粉圆饼，把它放在嘴里试着嚼了嚼，然后赞许地点了点头。

"你需要我在你问话的时候，帮你分散对方的注意力。"

侦探大笑起来。"你注意到这点了，哈？这些小男孩太容易对付了。而且你干得非常棒，出言挑衅他，让他想要说服你。你学得很快。"他停下话头又吃了几片圆饼，让她先享受一会儿她的胜利。"不过好事在于，我雇你可不光是为了这个，不是么？我敲开你家大门的时候，我可不知道你长得这么漂亮。这事儿就是运气好。"

"噫！"她叫道。

"你以为侦探活就那么简单，哈？不过也不成问题，你是个聪明的女孩子，你会想明白的。"

等他们吃完午饭的时候，格思里拿定主意说，他们的下一步动作将去检查奥尔森的不在场证明。纽约警方的取证记录里有一处位于韦斯切斯特广场的地址。这一天的下午是这座城市典型的三伏天，外面热得如天降流火。瓦斯克斯取道罗伯特·肯尼迪大桥横跨了哈莱姆河。社区里除了孩子以外没什么人，即便是孩子也都挤在细长的阴影中。瓦斯克斯把车停在林尼的住址前时吹起了口哨。公寓大楼的正面散布着几个睡眼惺忪的人，他们的午餐用瓶子装着，包裹在棕色的纸张里。公寓附近没有孩子，只有几个女人。菲利普·林尼的住所是一处租金异常低廉的公寓。

这位退伍军人的房间位于三楼。整个门厅里唯一没有异味的东西，竟是一块铺在地上还没有嵌好的胶合木板。住户透过敞开的房门盯着他们。这些狭小的房间里放着成对的单人床和配套的迷你梳妆台。大部分房间都喜欢用空瓶子、满溢的烟灰缸，以及皱成一团团的快餐包装袋作装潢。他们经过门厅的时候，一个身穿浴袍的白皮肤老人（他那只鼻子和两只耳朵合起来几乎和头的余下部位一样大）拖着步子走进门厅，非常随意地把他的小号垃圾篓丢在门厅的地板上。他阴沉地咕哝出一声招呼，然后转头就走。他的浴袍破烂不堪，屁股基本上就没能盖住。

菲利普·林尼住在318号房间。他们敲过门后，他大喊着招呼他们进来。这位瘦削的深黑皮肤男子正垂头丧气地坐在一张单人床上，两眼盯着窗外。他的上唇上骑着一抹淡淡的髭须，而头发则乱得出奇。一件大得极不合身的T恤耷拉在他的身上。他一手抓着一袋饼干，另一只空着的手则负责把它们送到自己嘴里。在一处未经打扫的角落里，一台破烂的小电扇正在牛奶箱上缓缓地转着，但是整个房间仍然闷热，带有一种酸臭的气味。阳光从窗户折射进来，却照不亮这个房间。

"你是律师派过来的侦探，对吗？"他问道。

"正是在下。"

他专注地看了一会儿瓦斯克斯，又低头看着他那袋饼干。"你要知道那些警察可不相信我，"他忿忿地说道，"他们把队长给关起来了。"

"我知道，这也是我们前来此处的原因，林尼先生。"小个子侦探环视着房间里的包装袋和容器。房间尽管酸臭，却没有酒精的气味。"你最近是不是酗酒成性了，林尼先生？"

"去你的，才没有。"他轻声说道。他吃了一片饼干，"这两天没喝。见鬼之后就再也不喝了。"

"那你之前是喝的。"格思里的这句话吊在空中，仿佛是一个提问。

"我知道。我真是个蠢货，跟个小屁孩一样。我本来有机会帮队长作证的，结果被我搞砸了。"他用袖子擦了擦脸。"队长从监狱里给我打了电话。他不停地打电话跟我核实。他没干那档子破事。他当时就在这儿。试图帮我振作起来，从这儿搬出去。我妈被害死了，我就开始过得很不如意。"他又擦了擦脸。

"所以你现在正在戒酒？"

"戒掉了。不过太晚了。队长一直劝我戒掉的。"他吃了一片饼干。"甚至花钱给我头这些。"他指着一堆袋子，堆在朝窗一侧的床边，"果汁和饼干，队长的戒酒药方。告诉我要像照顾妹子一样照顾好自己，就没再说别的话了。"

"律师说警察在日头上给你下了套子。"格思里说道。

"在日头上，"林尼说道，"不过白天无关紧要，要紧的是晚上。他每天晚上都在这里。事情就是从那个时候起开始变糟的。"他扫了一眼窗外，然后发起抖来。外头的光亮似乎让他心安了些。"我在队长麾下服役了两年。他们说阿富汗现在要比过去更糟糕，可这是胡扯。只不过是因为有更多的人在抱怨才让它听起来更糟，因为会发牢骚的嘴越来越多了。"

格思里翻动一个牛奶木箱好让自己能坐在上面。"我能来点饼干吗，林尼先生？"

"当然可以了。"他把袋子递了过来，"你要薄片的还是带花生酱的？我还没打定主意该搭哪种果汁一起吃。我这儿有柠檬汁、苹果汁和橙汁。"

"柠檬汁和巧克力薄片就行了。"格思里说道。当他向前一步接过递来的零食时，瓦斯克斯仔细地看了看墙面，最终决定靠在上面。"既然说奥尔森每晚都在这里，那么你怎么在日头上搞错了？"

"我通常都在日落前把自己灌醉，知道吗？这么做是为了更好地度过夜晚。我记不清队长是在哪天把饼干带过来的，所以我就随便挑了一天，结果袋子里就有收据，我把日子给搞错了。"他又转头看了看窗外。"可他每晚都在这里。整晚都在，这是事实。队长总是会完成他的任务。有时候我挺讨厌他这一点的。就算过去讨厌过他，这事儿也已经过去了。队长才是真正要紧的事情。"他看着格思里喝了一口柠檬汁把饼干咽了下去。

"你知道AK-47会发出一种独特的声音吗？那些愚蠢孩子玩的游戏里就有，我从外面的大街上就能辨出这个声音。它用的子弹比一般玩意儿更重一些，击中目标时发出的声音也不太一样。就好比一滴雨滴砸到石头上。"他大笑起来，"我刚到阿富汗服役那会儿，他们把我派到北方。那里的兵大多是些联军里的欧洲佬，不是么？他们讨厌开枪的声音。我的态度倒更像是道上混的，我很顽强，这些鬼东西算不了什么，诸如此类，就好像外面的那些小孩一样。现在我比当时更明事理了。因为当我被派到南方的时候，一切都改变了。在南方，你组织的很多部队在北方压根就见不着。你会被派去做这做那，还会被临时分派任务，还得延长服役。也许他们曾经有过那么一个管理系统，但当他们的步兵开始折损时，这种系统就马上没用了。你只要去到南方，你就会明白原因的。"

"我初到阿尔法的时候，算是个临时人员，不过我适应得非常快，"他说道，"南方的狙击手多如苍蝇，他们能够把那些蠢货给逼疯了。整个部队都要失控，大屠杀，我们管它叫对鬼魂的空袭。那些普什图人痛恨我们。不过我要说，他们对什么都痛恨，连自己呼吸的空气都痛恨。可现如今，山姆大叔才是当务之急。"

"所以我就加入了阿尔法。由于我是个新兵，结果误打误撞跑到阵地边缘。那些狙击手等到晚上就出来。砰，啪，砰，啪。用的其实是AK-47，接着就是子弹击中的声音。才执行了一个小时的任务，我就吓得缩成一团，仿佛经历了枪林弹雨一样。两双靴子走了过来。是队长和滑头仔。滑头仔像往常一样什么话都没说。队长开口说，'看来，你并不知道他们其实打不中你？'我这个说不出话的大个子可怜虫杵着跟一棵树一样，嘴里吓出来的唾沫跟屎一样流出来。这可怜的家伙足足过了十分钟才能说出话来。

"然后他把我扶起来，指着前方的黑暗，'他在哪里，林尼？把他指给我看。'我看了，砰，啪。队长连缩都没有缩一下。我连一丁点火光都没看到。'他也看不到你，林尼。他不过是在朝建筑开枪，因为他知道至少你是在这个大方向上。他们那边也笑哈哈地换岗。'那就是队长。当他站在那边的时候，你会感到自己的胆子变得更大了。"

林尼缓缓地站了起来，仿佛换个姿势会给他带来疼痛一样。他一伸直身子，就变成了一个六英尺高的瘦子。他爬到窗边，瞥了一眼外面的白天。"离黄昏还远着呢。"他轻轻地说道。他转过身来，"你现在都在做些什么帮队长脱离险境，还是说他已经没救了？"

"你每天都和他交谈吗？"格思里问道，"而且没对他隐瞒任何事情？"

格思里的两个问题仿佛跌入了这个昏暗房间的沉默之中。

退伍军人回到床上，把手伸进了饼干袋里。"老兄，你在对我进行什么狗屁讯问吗？不过既然如此，放手去干吧，"他说道，"可你最好记住队长可没犯事。"

小个子侦探站起身，把木箱底朝地放好。"谢谢你的饼干，"他说道，"请继续保持清醒，林尼先生。奥尔森也许还需要你。射杀发生在夜幕降临之后。"他顿了顿，"告诉他让他给我打个电话，好吗？"

林尼点了点头，"他最好还用得上我。我可把酒给戒了。"他大笑起来。

格思里和瓦斯克斯又回到了城市之中。那栋廉价的公寓就像某种需要被擦除掉的东西，就像一层汗，并不受人待见。那边的黑暗、恶臭和滴水可闻的寂静恰好是城市的反面。格思里的这部老福特可不够快，没法把记忆甩在脑后。瓦斯克斯开回到晨边高地的这段路上，他一直在沉思。

穿过哈莱姆区的时候，她问道："你是不是觉得林尼可能把事情搞混了？"

格思里耸了耸肩，"我认识一个跟他一样的退伍军人，以前人还清醒的时候非常耀眼，幽默风趣，"他说道，"大家都管他叫'大汤姆'。打仗之前他是个拳师，赢过业余比赛的金拳套、银拳套奖，看起来可是威风凛凛。战争夺去了他的双腿，但他的拳头还硬得跟榔头一样。退伍军人管理局给他安排了制作义肢的工作。

"大汤姆手头总有多的假腿。他有一条假腿是拿来喝啤酒用，而特制的另外一条要稍长一些，让他可以从更远的地方踢到别人的屁股。汤姆在战后大量酗酒。他喝醉后会躺倒在床上，拿着一把科尔特左轮手枪把墙壁打得满是枪眼。他总说他是在打蟑螂，但我猜他打的是那些一到晚上就开始出没在他世界里的阴魂。"格思里突然沉默了，似乎又回到刚才的沉思中去。藏在那顶棕色软呢帽下的他看起来有些苍老。

"他后来怎么样了？"瓦斯克斯问道。

"他挨到1975年，给自己脑袋来了一枪。"

前一天晚上，格思里通读了纽约警方的报告，但里面只有一名目击证人供他调查取证。他觉得这份文档真是薄得让人讶异。这些警探根本就没做多少工作就把嫌疑钉死在奥尔森身上。一位路人在"漫长的清晨之后"（第124街上的一家夜店）外面的人行道上捡到了卡米尔·鲍曼的手机。警探们跟酒保聊了聊，而这一对话内容似乎让警探印象深刻，以至于被囊括进调查报告里去了。随机采访一般是不会被写到报告里去的。

他们把车停妥在第123街上后，便向那家夜店行去，而格思里则额外观察了一番这家"漫长的清晨之后"的外观。窗户上布满了花纹，都是些柠檬和橙子的图案，被厚厚地涂在玻璃的内侧。隔壁那栋建筑的正面被封住了，再往边上走，则有一条小巷从街上直插进去。低音炮的音节敲打着窗户，仿佛一盏节奏错乱的闪光灯。格思里目送着两位年轻人走了进去，注意到锁住的门上有一扇小窗。小个子侦探打量着这家店的招牌，仿佛有什么东西缺失了一样。

"这很显然是一家夜店，"他低声说道，"典型的爱尔兰式夜店。"

瓦斯克斯咧了咧嘴，"不规矩的那种？"

"也许，"格思里答道，"这些孩子不去上学却飘到这边来。刚刚那两个男孩怎么看都不像年满二十一岁，但他们还是进去了。我们进去试试，看他们会怎么招呼你。"

这位年轻的波多黎各女孩挽起了她那件红色防风夹克的袖口，然后打开了临街的大门。窗户边上的人打量了她一番，然后招呼她进来。格思里则需付了入场费才能进去。他推开人群进入到昏暗的酒吧里，瓦斯克斯已经在里面等待了，嘴里抱怨说大概是因为她漂亮才让她进来的。头顶上悬挂的功放传来一阵阵浩室音乐。"漫长的清晨之后"正在暖场，大多数酒吧都是这样，在轻松舒缓的氛围中打发冷场的时间。一座老式的吧台坐落于右手的墙边，对着一排凳子和一段狭长的舞池。为了扩大舞池的面积，这家店把连接隔壁建筑的那面墙给打通了，只剩下墙柱，狭长的舞池一直通到远端，尽头是一排昏暗的卡座。粗糙的改造被廉价的画作和昏暗的灯光掩盖住。而吧台处的灯光被镜子和玻璃反射到各处，成了这家店里的主要光源。

他们进来的时候这家店里还没什么顾客。酒保正擦着吧台的台面，等候着顾客的光临。巨大吧台使得这位女酒保看起来身材矮小。她的一头黑发十分短俏，脸上的唇钉和眉钉似乎也带动着嘴唇和眉毛闪烁。格思里朝着吧台走去时她有些阴郁地注目着他。

"你就是那个跟老板打过招呼的人？"她大声说道，飞快地瞄了瓦斯克斯一眼。

"是我，那么你就是桑德·惠滕了。"

她耸了耸肩，又瞄了瓦斯克斯一眼。"正是在下。不过我可不会抽空和你细聊，"她说道，"派对室在楼上，除非你想点些饮料。"她用下巴指了指后墙。

瓦斯克斯把她的扬基队棒球帽转到后面，然后说道，"我跟他是一起的。"

"该死,真的?"酒保问道,"你们两个是分开进门的。"她攥着抹布擦着吧台台面的手没有停下来,阴沉地说道,"那些条子过来的时候我真该把嘴给闭严实了。"

"所以有个女孩子就在这大门外被人掳走,你也无所谓吗?"瓦斯克斯一边逼近吧台一边问道。

"该轮到我去管闲事吗?犯事的家伙都蹲进监狱了,不是么?还是那个芭比娃娃杀手接下来该找上我了?"她傻笑了起来,"我可不觉得自己跟这种时装秀搭得上关系。"

"放轻松,好吗?"格思里说道。手里突然变出两张五十美元。"把你跟他们说的都告诉我们,然后再领我们上去,好吗?"

"手法真利落,"她说着便把钱收下了,"两道招牌菜马上就端上来。"她朝着他们身后的什么东西傻笑着,然后双手又开始在杯盘瓶罐中忙碌了起来。

格思里通过吧台后面的镜子看到自己身后有三个人在跳舞,一个女孩和两个男孩。他们都戴着深色的墨镜。女孩一头齐肩的金发散落肩头,身上则穿着一件纽扣衬衫和一条女学生式的格子迷你裙。她坐在一个男生伸出来的腿上,一手抓着一只毛绒玩具熊,一边用它打那个男生,仿佛手中握着的是一条短马鞭。男生嘴里哼着的曲调听不分明,可能是在合着功放里洒落下来的节拍,也可能根本就合不上;而另一个男孩像捏着缰绳一样捏着女孩的头发,跟着音乐的节拍轻轻地扯着,臀部和女孩的屁股厮磨着。三个人全然无视周围人的目光。两个男孩手里的瓶子都装着澄清的液体。

"难以置信。"瓦斯克斯说道。

"欢迎来赶集,妹子,"桑德说道,"快过去和他们一起摇摆,他们会给你东西喝。还是说你喜欢围观?那就找个卡座坐下来。"她又用下巴指了指卡座,那个阴暗的角落里坐着几个人。

"我们可不是来看表演的。"格思里说道。

桑德·惠滕把两杯雪利酒推到他们面前,脸上突然闪过一道刺刀般的笑容。这道笑容让她看起来就像个电影明星。他们啜饮的时候她便给他们讲述了一个简单的故事。在"漫长的清晨之后"的工作使她记住了鲍曼的面容，却不知晓她的姓名。直到纽约警方前来问询，她才听闻了女孩的姓名，也正是她把夜店里这个光芒四射的女孩和报纸上这张带着名字的照片联系起来。鲍曼在事发当晚来过此店，像蝴蝶一样左右逢源，后来又早早离去。一个黑发男子在夜店里始终黏着她，想要钓她，而鲍曼离去时他也跟着走了。那个傍晚，这座城市适逢一场大雨，气温凉快了很多。所以她很清楚地记得那个晚上，绝不会和其他日子搞混。

"全部的这些细节你竟然都记得？"瓦斯克斯问道，"即便都过去这么多天了？"

"那是因为我早就想踢她屁股了，"桑德答道，"那个男人长得标致极了，一头黑色的短发，长长的黑睫毛下面是一双闪亮的绿眼瞳，肩膀宽阔，腰身纤长，你应该能想象出他的样子了吧。我先是看到他，脑海里就止不住地幻想。然后我又目睹了他做的事情，跟在那个光芒四射的金发小女郎后面团团转，和其他人没什么两样。"

"他的调情有什么进展吗？"格思里问道。

酒保摇了摇头。"没跟她跳上舞，"她说道，"他几次把她逼到角落里，咬着她的耳朵对她说点悄悄话，她也会回过去，不过她最后总是会甩开他。"

"你后来有再见过他吗？"

"再也没有了！这也是为什么他让我印象这么深刻。上帝可不会造很多这么标致的人，还给他们相匹配的人格。他有副俊俏小生的外形，行为则张扬得跟个拳师一样。"

"那女孩呢？她经常光顾这里吗？"

"是啊。她一度每晚都来，众星拱月，一玩就是一整晚。在那个时候，这个男的可没法接近她跟她搭上话。那时她周围总是有一大帮人。然后她来得少了，那些人也就散了。"

"你知道她常来往的都是些什么人吗？"

桑德·惠滕笑了笑。"也都是些光芒四射的男孩女孩，十分耀眼。你总能注意到他们。"她的眼睛又切到瓦斯克斯身上，笑容在一瞬间变得有些尖利。"这种耀眼的人会吸引你的注意，令你看不到周围那些暗淡的人。除非你仔细看。"

格思里指了指镜子。他们身后的舞池里跳舞的小孩比原先更多了，他们跟随变换的节奏扭动着身体。"她也玩这种吗？"他喝完了自己那杯雪利酒。

"跳舞吗？"酒保问道，"她原先也跳。后来就不怎么跳了。卡座和游戏室也不怎么去了。之前她什么都玩，简直是瓶满场逛的酒精。"

小个子侦探点了点头，他看着镜子里的一位女孩停下舞步，喝起了酒。这个跳舞的女孩被汗湿透了。此外她显然还处于迷醉的状态，就像一张干渴的嘴巴。他又把两张五十美元递过吧台，对瓦斯克斯点了点头，两个人便离开了。外边的城市尽管安静，却亮得让人睁不开双眼。

6

八月三日的这个清晨，这座犹如岩石森林的城市正呼唤着雨水的到来。夜晚已经没法令这个城市冷却。万里无云的晴空无情地让曼哈顿暴晒在太阳之下。即便时值黎明，阴影之下的人行道，地表温度依然高达八十华氏度。格思里把他的福特停在亨利街上，等待着瓦斯克斯下来。然后他们驱车前往曼哈顿下城的刑事法院大楼。格雷格·奥尔森被安排在今天接受提讯。下城里包围法院大楼的那些高大建筑像请愿人一样跪在周围。而楼间穿梭的人群仿佛比汽车都要迅速。

格思里和瓦斯克斯在大楼里见到了亨利·达伦，他正在第11号法庭外焦躁不安地等待着。负责提讯奥尔森的是帕特森法官。伦德尔正在民事法庭上，替其他案子的客户争取会面的机会。调查员说等待奥尔森的是最高法院。伦德尔估计法庭会开出很高的保释金，而他会想办法把这个金额降下来。他们会尽量想办法拖延时间，好让格思里找到那个目击证人。格思里给侦查员额外递了一张名片，让他转交给奥尔森，上面留言说让奥尔森跟他保持联系。格思里和瓦斯克斯还有其他的事情要忙。由于他们摸到了"漫长的清晨之后"这条线索，就需要奥尔森回答几个相关的问题，但要为了这事在法院等上一整天，还得眼看着助理地方检察官在这场提讯上掀起一场媒体喜闻乐见的狂潮，就太不值当了。

法院之旅让瓦斯克斯心烦意乱。每次她的两个哥哥惹上麻烦的时候，她都得去法院。这边肃穆的气氛和墓室般的静谧总是提醒着她过往的经历。达伦那事不关己的态度，就像是那些公设辩护律师，总是帮助州法院落实指控。因迪奥和米格尔出来的时候总是义愤填膺。可过上一段时间马上又开心得没心没肺。她很高兴能离开这里，即便外面的街道满是糊掉的柏油味，而挤成一堆的空的士正招徕着远赴曼哈顿上城的生意。

　　在瓦斯克斯驱车开上百老汇大道，前往他们办事处的路上，格思里给 H. P. 惠特里奇的亲信乔治·利文斯顿挂了电话，他要跟利文斯顿开诚布公地谈谈他对奥尔森这位律师的疑虑。对话有来有往。正是利文斯顿把格思里推荐给这位律师，而且他也毫不犹豫地推荐惠特里奇亲自去找格思里。利文斯顿并不打算否认詹姆斯·伦德尔所在的事务所专精于税收、信托、合并和其他华尔街相关的事务，可他是条年轻力壮的大鲨鱼，深得公司各路大腕的栽培，已经是他们公司的首席庭辩律师，总有一天会成为他们的资深合作伙伴。他的才能在这座城市无人能敌。H. P. 惠特里奇只能接受这种人中龙凤。

　　"好吧，乔治，我明白你的意思了，"格思里承认道，"也可能是我错看他了。也许我已经老了，已经到了看人脑袋上没点白发就不敢轻易信任的地步。"

　　"我可不会咬你这种钩。"利文斯顿说道，他的声音即使不贴着手机听筒也能听见。

　　"我昨天在外面跟某些人谈了谈，现在我需要比对一下手头的笔记。今天我上哪儿才能找到米歇尔·汤普金斯？"

　　电话的另一头响起了笑声。"你这话可说得真好听，其实意思就是她今天必须得方便跟你谈谈吧？"利文斯顿问道，"我会安排好，再回头找你。她现在可是最让 H. P. 头疼的人，你知道吧。"

　　"那就好。"格思里说道。

　　"你现在有线索可循？"利文斯顿沉默了一会儿后突然尖锐地问道。

格思里皱起了眉头。"这条线索也许能钩上条鱼吧。"

"发生什么事了?"

"现在没时间和你细说,乔治。我得先确认点事情。"

"好的,那我就不插手你的事情了。"

午餐之后,瓦斯克斯和格思里驱车前往上西区。米歇尔·汤普金斯住在第101街近阿姆斯特丹大道处的一间无电梯公寓。两侧人行道上古老的树木投下宽阔的树荫,在横穿街道的阳光照射下排成两排。烈日徒劳地喷吐着热烈的气息。眼前的街道热得犹如一个平底锅,但是公园和哈德逊河,却各自热出一番不同的景象。他们下车步行的时候,瓦斯克斯身上的红外套在这片灰色和绿色的杂糅中如灯塔般明亮。刚刚停车的位置可真不好找。

尽管公寓楼带有明显的现代建筑的结构,但它还保有着战前建筑那种结实的外观。常春藤环绕的屋内一角有一台监控在审慎而又无休止地注视着门廊,带有古木质感的房门则雅致地嵌在铝制的门框里。每当外门在他们身后关闭时,气压都会随着一阵嘶声发生变化。门厅里面守着一个灰发的看门人,这儿比寻常公寓的门厅要大上两倍,可以当作一个稍窄的大堂来用了。这位看门人有着退休警察那种毫不犹豫的确信和凌厉的目光。他认真看了看格思里,却似乎忽略了瓦斯克斯。

"汤普金斯小姐在等候您。"他说着眼睛滑向了楼梯。

走廊和楼梯上的古旧黑木吸收了吊灯的光亮,衬得走廊非常昏暗。格思里在门上敲了两声,米歇尔·汤普金斯才来开门。她蓝色的褪色牛仔裤裤脚下露出一双光脚,而身上的曲线则被一件偏大的T恤遮得看不分明。她的一头棕发披散下来,却还没有长到能够到肩膀的程度。

"我三点钟还得参加一个研讨班。"她说道,尽管两位侦探已经等在客厅,她的手还抓在敞开的大门的边沿上。

"我们不会占用你整个下午。"格思里说道。

这间公寓很狭小,所以简单的布置才使它免于杂乱不堪。深绿色的沙发和椅子，以及一张低矮的桌子已经把客厅填了个满满当当。一张吧台分开了客厅和厨房，越过吧台可以看到三扇门。最远端的那扇门敞开着，却只显露出门框上的合页和内里的阴影。外面的日光透过两扇高大狭长的窗户照亮了室内。

"你有什么事这么要紧？"汤普金斯一边跟着他们进到客厅，一边问道。她路过瓦斯克斯时瞥了她一眼。然后俯身关掉咖啡桌上的笔记本电脑，嘴里吐出一声不耐烦的叹息声。

"格雷格·奥尔森今天接受了提讯。"格思里说道，一边又再次环顾这间公寓。第二遍很快就扫完了，因为没什么东西能吸引到他的注意。

"乔治·利文斯顿提过这件事了，"她说道，"然后他提及说你找到了什么东西。"她注视着他的双眼，然后绽开了笑容。"不过你来这儿找我更好。我在这儿学习的时候没人能打扰到我。这儿是我的安全密室。"

"奥尔森已经被困在警方的系统里了，"格思里说道，"而且他仍然还没从惊吓中缓过神来，至少在三天前我跟他说话时还是这样。就算我和他接上话，我也不清楚他能不能给我可靠的答案。我已经四处都调查了一下，然后我希望你能帮我验证点信息。当时在会面室里，他也没法给我提供多少背景信息，不过我确实觉得你的判断是对的：鲍曼不是他杀害的。"

米歇尔·汤普金斯的面庞随着格思里的讲述放松下来。她低下身子坐在了沙发的扶手上，抬起一只脚放在了另一条腿的膝盖上。

"所以现在我们从头开始。某人杀害了鲍曼。这人是谁？我不能凭空乱猜杀人犯，所以我需要点背景知识，把作案动机给揪出来。"

她点了点头，"那我能告诉你些什么呢？"

"你知道他们是怎么认识的吗？"

"课堂上。他们是（她皱了皱眉头）法律预科生。"她站起来向窗户走去。"他们选了门除草机课程，就是怀亚特教授那门，他简直是把大斧头。他们便开始结成战略同盟，然后才慢慢发展成情侣。"

瓦斯克斯丢给格思里的眼神仿佛在说，这都说的什么？他耸了耸肩，把软呢帽在手里转了转。"你说的话我听不懂，汤普金斯小姐。"他说道。

"噢。"她从窗户那侧转过身来，"抱歉，我尽说些学校的黑话了。叫我米歇尔就行了，好吗？总之，哥伦比亚大学是所传统的学校。可不是什么文凭磨坊。刚入学的几年可没那么好过。课程的设置就是要把那些不合格的人淘汰掉，我感觉大学就该这样。哥大和哈佛完全不同，哈佛被置于国家的显微镜下，所以有些人就自动通过了考试。哥大没有哈佛那么显赫，所以考试要难得多。这听起来很疯狂，对么？然而除草机课程会把那些孱弱的学生都剔除掉，而斧头就是喜欢让人挂科的教授，他们砍去枯死的树苗，也就是那些得拼命努力成绩却才刚刚合格的学生。有些教授会给那些聪明的学生施加很大压力，因为光聪明是不够的。艰难险阻和重压之下的优雅正是这些斧头所寻求的品质。怀亚特对他们两人都严加考验，而他们两个也并肩作战。"

"这事过去多久了？"

"上个学期。"她嘴角泛出笑容，眼睛突然爆出光亮，"卡米之后便改变了她的计划。那时候她还不是个法律预科生。当时的她正在重修去年挂掉的必修课，而格雷格也因为他缺的课，被教务长安排去修这些必修课。你要知道，他是从威斯康星大学带着学分转学过来的。那是所好学校，但他还缺高年级的学分，而且他上那所学校都是好多年前的事情了。他读威斯康星大学的时候也不是法律预科生。所以她还在追赶他，她的课程落后太多了。她一般都不会在夏季学期上学，只有她想在课程上赶上他的时候会例外。"

"她在遇到奥尔森之前过得更悠闲吗？"

"当然了。卡米本来哪儿也不着急去。可自从她和格雷格开始后，她就想要抓紧步伐了。"

"他们年纪差这么多也不成问题吗？他可大多了……"

汤普金斯翻了个白眼，而格思里的问题也断在了半空中。"这倒不假，可这也不碍事。那些年他都待在军队里。这也是为什么他还要花钱读哥大。他的年长只会让他在一堆乳臭未干的男孩中鹤立鸡群。大几岁真算不了什么。"

"那么鲍曼呢？"

"她也无所谓。"汤普金斯咧嘴笑了笑，然后朝着窗户轻快地走去。"我给你们拿点饮料吧。你喜欢果汁吗？"她光脚走进了厨房。

厨房的瓷砖地板被夹在两张吧台中间，被一张不大的餐桌占据了绝大多数的空间。洗手池上的一扇小窗户俯看着外面的街道。它同冰箱和煤气灶夹成了一个小三角形。他们每人手拿着一大杯橙汁，挤在了餐桌周围，而他们的声音也渐渐低沉，犹如密谋者的细语一般。

"你对他们两人都非常了解。"格思里说完，给汤普金斯一点时间来确认，"那么二十三日晚上你在哪里？"

汤普金斯意识到侦探所问的正是鲍曼谋杀案案发当晚，于是她皱起了眉头。她把一束头发拨到她圆而苍白的耳后，咬起了自己的嘴唇。"当时我就在这儿。二十四日我得参加一场口试，所以当时我在复习准备。"

"那他们两位呢？你知道当晚他们都在哪里吗？"

"我可不会这么紧盯着他们的行踪。"

"我从别人那里听到的可不是这么回事，米歇尔。"

她脸红了，"那都是些疯话。"

"要是你不是这么回事，别人也不会注意到了。"格思里说道。

"不是那样的。你总不能说是我杀了卡米。"

小个子侦探耸了耸肩，然后一口饮尽了他那杯橙汁。瓦斯克斯挡住自己的嘴巴假装自己漠不关心。格思里事先提醒过她，他先让汤普金斯说上几句话后就会调转谈话的走向。米歇尔·汤普金斯尽管作为嫌疑人的可能性不大，但他可不会在摸清她的底细前就把她放过去。

"也许吧，"他说道，"我目前还看不出你和这案子能有什么联系。你在其中有点利害关系，也许一开始并没有那么要紧。我的想象会任意地捕捉犯罪动机。"格思里用手指敲了敲桌面。"他们是学法律的，而你是学国际关系的，这里没有任何瓜葛。他们是本科生，而你是研究生。你和他们两个的年龄都不大一样。他们长得都跟好莱坞影星一样貌美，而你只是比相貌平平好了那么一星半点……"

"哟，你倒还滔滔不绝上了！"她大声说道。

"那么到底是什么把你和他们扯到一起去的？"

"我这边有他们两个都想要的东西。我懂得哥大的各种门道。"

格思里皱起了眉头，取下他的帽子，放在了那张狭小餐桌上。"我可以认可这是你们交好的缘由，但这可不是你们交好的缘起。就算你们因为这个缘由彼此交好，但这也说不清你们是怎么发现这一点可以让你们交好的。缘起先于缘由。你总得先遇上某些人，才能发现他们能为你所用……"

"卡米是我的妹妹。她是我爸爸那边的堂妹，"她说道，"她虽然不姓惠特尼，但她却有这个姓的诅咒——一笔信托、一笔遗产、望女成凤的期望……"

格思里坐回到他的椅子上，皱着眉头，"好吧，她是你的堂妹。"

"对，我的堂妹，她先认识格雷格后，我才跟他认识的。"

小个子侦探缓缓地点了点头，"我懂了。自上个学期始，格雷格才开始出现在你们的生活中。也许就在那段时间前后，鲍曼开始减少她对'漫长的清晨之后'的光顾。你之前会常常陪她去那里吗？"

"这件事和谋杀案没有任何关系，"汤普金斯说道，脸红得厉害，"难道喝点酒还违法吗？"

"你这岁数是不违法，可她就不一样了。毕竟成瘾药物不只是在药店才买得到。不过这不是我现在关心的东西。"格思里说道，"鲍曼是'漫长的清晨之后'的常客。不需要问你我就能确定这一点。我已经问清楚了。她那天晚上就在店门口被人拐走。也许那个人你认识，或者你见过，这人很可能就是在那里认识她的。"他顿了顿，看着她脸上的表情，"是啊，这事可没抖到电视上，是吧？

你对此并不知情。她被谋杀事出有因，米歇尔。"

"可他们说她没有被强奸。"汤普金斯细声说道。

他耸了耸肩，"也许现在的大学男生很聪明。也许他们没在课上学到东西，反而从电视上学到了，好比说光把人杀了就心满意足了。不过我们把话题转回来。在你和她共赴'漫长的清晨之后'的那段时间里，你是和她一起下到舞池打滚呢，还是从卡座里旁观？你有到楼上去吗？她和奥尔森其实是在那里认识的吧？"

"他们把它简称作LMA。她不是在那里认识格雷格的。"汤普金斯说道，"格雷格和LMA八竿子都打不着。假使……"她深深地吸了口气，像是在寻找出路一样转头向狭小的厨房看去。

格思里眼看着她在那里纠结，然后挥挥手打断了她。

"我不介意你替他们洗白，但我有个问题想不通。有人把鲍曼带出"——他顿了顿——"LMA。这怎么看都不像是巧合。你是个局内人。我这个局外人又怎么会知道？到底是谁想得到她？"

汤普金斯大笑几声后很快自己压住了，"你在开玩笑对吧？每个人都想得到卡米。你又不是没见过她的照片。"她突然皱起了眉头，盯着格思里看了一会儿，也转头看了瓦斯克斯一眼。格思里的问题是认真严肃的，毕竟卡米尔·鲍曼已经魂归天际了。

"你想找出这个人可非常困难，"她最后说道，"你要踏入的是一道地雷阵。我们这可是纽约城的哥伦比亚大学。我们这有最优秀、最聪明和最有权势的学生。如果LMA和案子有关，那犯事的可能就是联谊会的人。卡米曾经是联谊会里的一个姐妹，而LMA是联谊会的地盘。外面的人也会去这个俱乐部，但是联谊会的人才跟那里有很深的瓜葛。她跟格雷格出去约会，他倒不是联谊会的人。而他们则怕他怕得要死。他们没有用通常的手段去整他。后来我跟他熟络起来后，我就懂了，他们没惹他麻烦，这个决定是对的。"

汤普金斯面带笑容看着瓦斯克斯。"这听起来很复杂。他们想把她拉拢回来，也许为了逼两人分手，他们什么都干得出来。约会、八卦，只要管用的都用上。格雷格已经过了耍这种手段的年龄。他身上的某种特质，让投入他怀抱的卡米迅速地成长起来。"

"那么就是这些联谊会的人干的了。"格思里说道。格思里从桌上拿起了他的软呢帽，用锐利的目光看着汤普金斯。

"就是他们干的，"她说道，"格雷格没有杀害她。我也没有杀害她。可她却命丧人手。除了我们之外，再也没有人和她休戚相关了。可杀人犯要是来自联谊会……"

小个子侦探点了点头，"也许看起来不合常理，却能让真凶躲在暗处。"

待他们走到室外，午后的炎热似乎又增加了一分。汤普金斯房间里的空调干扰了他们对温度的感受。他们走了一段长长的路才回到汽车旁。瓦斯克斯陷入深思之中，所以闭口不言。米歇尔·汤普金斯给她打开了大学的一扇小窗，可那看起来和东哈莱姆区的生活也没什么大不同。她家邻里的小伙子们也都找小姑娘寻欢作乐，捉弄他们的对手，试图用恐吓和毒品使人们错乱。这些对她来说都司空见惯。不过看到白人们关起门来也会做同样的事情，对她来说倒挺新鲜的。爸爸错了。另一边的世界并不见得会更安全，也没什么不同。就像那些东哈莱姆区的小伙子们时而会做些越界过火的事情，让某人死于非命，这样的事情实际上在哪儿发生，发生在谁头上都不奇怪。格思里脸上满是怒容。他决心要找出杀害卡米尔·鲍曼的真凶。瓦斯克斯可以从他坚定的步伐中察觉到这一点。她突然开始明白，为什么即便这个小个子先生坐着什么也不做，H. P. 惠特里奇依然乐意付给他报酬。他想把这位侦探留在身边，好应对任何突发的重大事件。钱财和人才相比根本就无关紧要。就好像在死人面前，理性也无关紧要一样。

7

那个午后，格思里位于时装区的办事处在瓦斯克斯的眼里突然变得陌生了起来。卡车装载着晚班的货物和送到外面的产品，在街道上轰鸣而过；这番景象一如往常。当孩子们推着衣服架子过街时，街道上的车辆纷纷像斗士一般爆发出尖锐的喇叭轰鸣声和怒吼声；这番景象一如往常。瓦斯克斯干活的时候坐定在位子上。即便是这番景象也一如往常。唯一的区别在于，这同样平静的工作开始得出些有意义的成果了。而那就已经足够了。

小个子点了比萨外卖，这是他每个下午的保留曲目，而味道也跟往常一样糟糕。瓦斯克斯听到他在电话上说要加蘑菇和香肠。可每次送来的比萨上面总会有菠萝。她不明白这算是什么意思，也许是某种玩笑。不过格思里总是照吃不误，从来都不抱怨。过来送比萨的总是筝，他是个头戴大帽子的越南人。格思里会假装用越南话跟他攀谈，他总是爽朗地笑着，收下丰厚的小费。办事处的储藏室堆着一大堆比萨外卖盒，就像一大沓老唱片的封壳一样。

那个下午，格思里拿出他在警察局广场的线人给他提供的警方报告，教瓦斯克斯如何解读它。里面的术语并不难懂，经他一解释，她开始明白哪些相互关联的不同事项可以给他们提供线索和思路。纽约警方的运作倚仗一个系统。格思里把纽约警方的盲点和弱点一一指出，但也表明他们在行事方面实际上非常完备。

案发地点附近的整个哈莱姆河沿岸，已经被警方细细地侦查过一遍了。警方收集到几份报告，说是在七月二十三日当晚听到"枪声"，但这些人一经询问马上就露出马脚，不过是些好管闲事的人。格思里对这些报告并不感冒，因为里面少的有说开了一枪的，多的也有说开了五枪的，不一而足，也没有哪几个人异口同声地说出二这个数字，显然都是在胡扯。他让瓦斯克斯在墙上的城市地图上做标记，给每一处报告人的位置揿上一枚大头针。几天之后，警方又进行了一次侦查，不过这次地点换到了晨边高地，也就是"漫长的清晨之后"附近的区域。可除了那位名叫桑德·惠滕的酒保外，他们没有找到任何有价值的信息。

瓦斯克斯还在解决最后一块已经变硬的蘑菇和香肠比萨时，汤米·约翰逊打来了电话。格思里为了不用拿着话筒，和往常一样打开了免提。开始几分钟小个子侦探不停地说着"嗯哼"，以及让这位年轻人冷静下来的话语。因为把格思里带进调查组实验室的事故，汤米现在很不受他的同事待见。他马上就要被调去干打字员或者跑腿的活儿了，而他还不清楚哪种下场会更难看一点。他已经想要搭上巴士回俄亥俄老家了。

等到他最终放慢语速时，格思里说道："孩子，事情会好转的。他们可没法一直压着你。我的意思是，你们那儿除了你以外，还有谁能够把色谱仪拆开再装回去……"

"可我装回去的时候给装错了！"

"好吧，可你装完后可没剩下任何零件，和我把传动装置搭回去那次一样……"

"古思，他们想要杀了我！"

小个子示意瓦斯克斯不要出声。而她正在拿着自己的扬基帽试图盖住自己的笑声。他朝她丢了一个纸团，因为汤米现在的苦恼分明应该由她来埋单，虽然会面过程中是格思里把黑锅给背下了，可当时实际上是她反应过激了。

"那个早上真是一团糟，好事就那么一件，就是遇见了那个名叫蕾切尔的女孩子。"汤米说道。瓦斯克斯的笑声突然止住了。"你觉得她有没有可能喜欢我?"

"孩子……"

"她的双眼可真亮!缀着绿色和金色的色泽!不过也可能是反射了别处的光亮。"他柔声补充道。

格思里瞪了年轻的波多黎各女孩一眼,让她安静一点。"也许吧,"他说道,"谁知道呢?不过,我告诉你吧。我会给你点好东西,然后你可以把它塞给你的上司。你直接告诉她这玩意儿是哪儿来的,然后你告诉她可以提早退休了……"

"我没法这么说,古思!她做的这些事可都没有借官方的由头。"

"听好了。你可以这么跟她说,然后你再告诉他你手里还有更多东西,不过我目前还不能把它给你。如果你直截了当地把东西给她,她会对你放尊重些,她会因为你有工作单位之外的关系而对你另眼相看。"

电话的另一端沉默了有半分钟。"你真这么想么?"

"我可不会跟你信口开河。那个早晨确实是一场灾难。我们本该把嘴封得更严实些。可你这么继续任人摆布,可没法解决问题。"

"我可不会任人摆布!"

格思里叹了口气。"放轻松。每个人多少都会。你向你上司施压,好让我们进来,是因为她不想让你不开心。她有所得,不然她才不会同意你这么做。一旦你让她明白你有什么撒手锏,她就能回到过去那样,也就是希望你留下来。毕竟你搞砸了事请,得让她给你擦屁股。所以你就得给她提供点有用的东西。明白了吗?"

"你的意思是,只要我解决了问题,不令她难堪,情况就会回到过去那样?"

"也许比过去更好,孩子。而且从此以后,她就明白她能够倚仗你来摆平事情。"

"那么我猜你手头的东西好得可不得了,因为我刚才说过他们想把我给杀了吧?"

小个子大笑起来。"仔细想想，我手头的东西可确实不得了。警察在为鲍曼谋杀案调查取证的时候漏过了本案的目击证人。他这人可不会主动套近乎。他不喜欢警察。"

"他目击到了谋杀？"

"正是如此。这就是为什么你上司说出的细节和他的证词吻合时，蕾切尔会发呆发到露了馅。"

"我才没有……"格思里瞪了瓦斯克斯一眼，才让她把话头止住。

汤米·约翰逊没有听到她的声音，因为他自己已经讲开了："搞什么鬼，古思？你当时就可以把这话撂下了。"

"不，当时我可没法这么说。而且说真的，我现在也不能说。那家伙估计就在附近，也许他不乐意跟人交谈。我正在找他，而且我也不想让警察插手我的事。"

汤米那边简直像放起了烟花，格思里调低了电话外放的音量。"他的嘴巴可实诚了，"他跟瓦斯克斯说道，"他的妈妈也这么说话。我想大概俄亥俄州的人都这样吧。"

电话里终于安静下来的时候，他又把音量调了上去。"余下的进展是这样的。这位目击证人没指证杀手就消失了。我得找到他跟进调查，可他又不喜欢警察。他的名号叫鬼魂埃迪，好像主要在华盛顿高地和晨边高地附近出没。警察可以核实这些信息，但其他方面就不能插手。他可不是个失败的醉鬼，汤米。他更像是戴维·摩根菲尔德那号人物，你还记得吗？"

"该喝就喝，不该喝就不喝。我懂了。"

"你都听明白了？"

汤米·约翰逊抱怨了一声，把格思里告诉他的事情复述了一遍，而格思里则纠正了他说错的地方。"此外你并不知道这个流浪汉是否看到了奥尔森？"

"不知道，"格思里答道，"不过对我来说，那是另一个问题，而现在我们已经解决了关于你的问题。奥尔森虽然因为鲍曼谋杀案，现在蹲在监狱里，但我非常确信……"

"我希望你可别是要问我要那些芭比娃娃谋杀案的东西。"汤米打断道。

"你至少可以等我铺垫一下把话说出来吧。"

"那是白费口舌。"

"孩子，等我再给你弄到点东西的时候，你可得把这东西给我。"

"就这么定了，"年轻人顿了顿后继续说道，"可只要我还受人摆布，你就只能得到垃圾情报。"

小个子侦探挂掉电话时眉头深锁。"重案组对这些资料真是严防死守，"他说道，"我猜我们得从报纸上尽可能地搜集我们想要的信息了。"

他们又过了一遍纽约警方的报告，并没有发现新线索。在他们研究报告的过程中，时装区的店铺渐渐都打烊了，变得很安静。格思里收好东西准备离去时，他的手机突然响了。黑发约翰正在第153街的墓园旁等候。这通电话持续了几秒钟，刚够这位流浪汉报出他的位置，就急匆匆地结束了。小个子侦探解释说他们得和他面谈。黑发约翰很怕电话和手机。格思里见他用过一次，他伸直手臂举得远远的，喊着对手机说话。

开车的是瓦斯克斯。临近傍晚的下午路上车流并不拥堵，而天空就像是被无心遗忘在炉子上的平底锅一样缓缓地凉了下来。在路上，格思里解释说，约翰喜欢把他那一家子都安置在哈莱姆河附近，所以他不常下到第130街以南的地区。瓦斯克斯转到第153街上，沿着墓园缓缓地开着。黑发约翰从一家酒窖旁的小巷里悄悄走出来，招呼他们调转方向。瓦斯克斯驱车跟在他后面，直到他走进了圣尼古拉大道一处废弃的空地，然后她把车停妥。他们从蓝色的老福特上下来，穿过空地走到他身后。

几个孩子面带疑虑地看着他们，而他们跟随约翰转进了空地远端的一条小巷。进去后小巷突然转暗，两侧的红砖建筑隐藏了周边的一切，只露出头顶一线炎热的天空，而小巷在它们的包夹下蜿蜒曲折地远远前伸。走了好长一段距离，他们来到了一处开阔的空间，这里原本是一栋老建筑的门廊，很久以前正对着一条老街。门廊里面是一扇封闭的门，被铁栏杆挡在后面，仿佛是画上去的一样。街道上的声音遥远而又微弱。躲在小巷另一头偷看的孩子变得越来越多。而门廊上，辛迪修长的身形环绕在一位佝偻的年轻人周围。

黑发约翰缓下脚步，开始绕着这块隐蔽空间一侧的一条生锈排水管打转。"鬼魂埃迪不想被人找到。"

"可你把他找到了。"格思里说道。

约翰点了点头。"他不想被人找到，"他重复了一遍，"鬼魂埃迪可不是什么善类。"他朝站在齐肩高的门廊上的辛迪挥了挥手，"她现在可想揍他了。"

"那么你们也许最好要离他远一点。"格思里说道。

流浪汉稍稍放松了一些，却没有停下脚步。"我清楚，"他说，"他差点杀掉丹尼。他是打算这么做的。他打算给我们个教训，算是惩罚我们跟踪他。"

"发生了什么情况？"

"事情是这样的。"流浪汉说着，他转圈的步伐随着叙述的开始缓了下来，"靠近公园的地方有个醉鬼叫斯托普·欧，他简直像是面包屑一样黏着鬼魂埃迪的胡须。我想到了这条路，辛迪也同意说这是一个好的着手点。第 138 街上有家老三明治店叫'维拉'。斯托普·欧通常每天都从那里开始扒拉不够看的残羹剩饭，啊？不够看就是不够吃。垃圾堆里就那么多东西。河流就在近旁，垃圾桶和路旁的垃圾就不够看。"

"所以我们很早就过去了。孩子们负责当眼线，就像往常让他们盯着警察一样，然后很轻易地找到了斯托普·欧。我们跟踪着他，不出声，因为——其实我们本来可以给他个冰激凌的，虽然冰激凌都已经化了，他估计得喝着吃，可他就是个人渣，除了他自己外，他永远都不会跟任何人分享——所以我们只是跟踪，没出声。有个孩子觉得我们应该把他要翻的垃圾桶都清理一遍，不过我说不管怎样他都会一路向前，而我们想做的就是盯梢他。辛迪也这么说。所以我们就盯梢着斯托普·欧。"

"在他填满他的大肚皮之后，他继续行动。他一边打嗝一边擦着自己的嘴，好像要去喝酒一般。这意味着他要去偷东西，或者是欺负人了，因为他懒到一定境界了，连把垃圾桶里的东西打个包都懒得做。这也是他想要跟鬼魂埃迪排排坐的一个原因，因为这样他想要什么东西就能得到什么东西，只要他真的想要，拿到的东西可真够看的，反正故事就是这么传的。"流浪汉皱了皱眉头，"其实我直到现在才看明白，鬼魂埃迪早先之前肯定也挺喜欢他的，因为他可没法因为埃迪没酒而欺负他。"

瓦斯克斯把手臂抱在胸前，想开口说点什么，可是格思里打了个手势让她不要出声。日光正在迅速地变得暗淡，小巷里面没有路灯。深夜时，这里必定一片漆黑。黑发约翰对此毫不在意。他转圈的步伐和他的故事一同继续下去。

"然后我们一路跟着斯托普·欧。他什么也没注意到。他总是被逮住，就是因为他老注意不到警察的出现。要我说他是懒得注意。他一路走着，仿佛心中有数，他不像是四处走动着查看，而是知道目标就在什么地方，而我们则一路跟着他掉进了陷阱，因为我们把注意力都集中在他身上了。黑发约翰怎么会这么蠢？他蠢到去注意谁都能注意到的斯托普·欧，却没去注意鬼魂埃迪。"流浪汉的声音越抬越高，最响的时候差不多到了怒吼的程度。他的嘴里唾沫横飞。他调了个方向转圈，然后步伐开始加快。

"他一直走到第151街上的公交站。鬼魂埃迪早就销声匿迹了，甚至在他知道我们在找他之前就不见了踪影。鬼魂埃迪就有这么聪明，他的聪明不是黑发约翰对付得了的。他看到斯托普·欧过来。他看到我们在跟踪斯托普·欧。鬼魂埃迪全部看得一清二楚。可没法给他点冰激凌来挽回局面。"

"不管怎样，我们也不是毫无察觉。"流浪汉的声音稳了下来，他的脚步也缓了下来，"斯托普·欧停在第151街窨井盖上的那个老地方，四处张望，好像他老妈就在近旁，就在一脸困惑的时候，辛迪就察觉到有什么东西不对劲儿了。然后我们就听到了丹尼的惨叫声，跟被鬼抓住了一样。他走得也太快了……前一秒还在我旁边，下一秒就在就在街道另一头惨叫了，好像是风把他刮过去一样。"

黑暗中，辛迪站在门廊上环绕的铁栏杆后面俯视着他们。她轻手轻脚地走下了楼梯。她白色的衬衫上沾着深色的污迹。衣服上的深色大块污迹连着小小的黑色手印，就好像被手脏的路人捉弄了一般。

"然后我们把斯托普·欧全然忘在了脑后，"黑发约翰继续说道，"惨叫声是听得出来的，你懂的，只要你熟悉那个人的声音。所以我们马上就听出是丹尼的声音，然后我们就顺着街道跑过去了——至于斯托普·欧，就去他的鬼吧。我们在夜里常常想躲他都没法子，好似他在跟踪你一样，跟天上的月亮一样恒常。我们跑着，路的尽头有另一块地，那里的人不是在修什么东西就是在建什么东西。丹尼高高地挂在墙上。他还在惨叫，不过声音已经弱一些了。我爬上了那边的脚手架，抓住了他，因为他没办法撑着爬上砖墙，也没法向后跳上脚手架。

"他死死地抓着墙，就算我抓住他后他都不放手。我不得不把他的手掰开，他的指甲都嵌在砖头上了。鬼魂埃迪逃脱后把他逮住了。他堵住丹尼的嘴把他扛走。当他把丹尼挂在砖墙边时，他告诉他说要是不抓紧了就会掉下去。然后他告诉他要坚持到我们走得足够近，能看清他掉下墙的样子，然后开口大笑。"黑发约翰的转圈停了一会儿，然后他第一次正视着瓦斯克斯。小巷里已经很暗了，所有的人都只余下暗淡的身形。然后他又开始移动步伐。

"待到我们把丹尼安全救下，几个孩子想起了斯托普·欧的事情。他们回去找到了他。他就像个老醉鬼一样瘫在那里，头上的帽子已经不见了。后来我回去喝酒的时候，想起这一幕觉得真是我见过最可怜的一个场景。他的脸被打变形了，牙齿也少了好几颗。等到我们站到他边上时，鬼魂埃迪的笑声从黑暗中传了出来。他呼喊着我的名字，说我是个失败者。告诉我不要试图在他的城市里逮到他。"

辛迪从她的口袋里掏出了什么东西，交给了他。流浪汉把它递给格思里：一部手机和一些钱。"我们没法再去逮他了，"他轻轻地说道，"而且我们也觉得不合适。"

　　格思里咕哝了一句，从口袋里又取出了几张票子。他把钱叠在手机和余下的钱上面。"那就不要靠近鬼魂埃迪，黑发约翰，"他说道，"不过要是你需要什么东西，你还是得给我打电话啊。"

　　"我猜也是。"流浪汉说着取回了那一把东西。

　　"我能带丹尼去看看医生吗？"格思里问道。

　　辛迪摇了摇头。"问过他了，"她低声说道，"他不想去。他要逞强当男子汉。"约翰同意地点点头。

　　想要在这座城市生活下去可不容易。也就使得这些孩子们都想当男子汉。格思里和瓦斯克斯走出小巷后，声音和光亮淹没过来将他们团团包围住。这条小巷是黑发约翰的一处避难所，仿佛一座远离城市的岛屿，是形似岛屿的纽约城里的岛中岛。他们穿越空地走回到第153街上的时候，孩子们猜疑地看着他们。现在得轮到他们去找鬼魂埃迪了。这个灰胡子的流浪汉逮不到同是灰胡子的鬼魂埃迪。

8

"今天早上我从睡梦中醒来的时候，突然意识到自己追错了猎物。"瓦斯克斯关上福特的副驾驶座车门后，格思里如是说道。

年轻的波多黎各女孩只是睡眼惺忪地回应了一句，然后把卷好的手枪皮带和防风夹克丢到汽车地板上。她把奶油和白糖加进了控制台上放着的一杯咖啡里。

"鲍曼一案的文档那么薄，是因为奥尔森这把登记过的枪很快被抖了出来，"他继续说道，"当纽约警方发现奥尔森是她男友，进而调查他的不在场证明，这把枪就很自然地浮出水面。那时鲍曼谋杀案就已经算是抵达了调查取证的终点，案件调查刚刚开始就骤然结束。"格思里转到克林顿街上。他那一侧车窗并没有关紧，漏进了嘶嘶的风声，带着一丝丝下东区车流的尾气味。

"真的是追错了猎物啊，"格思里重复道，"既不是纽约警方一开始追的那只，也不是他们现如今正在猎捕的那只。鲍曼一开始是一具无名女尸，一个芭比娃娃受害者，而这才是纽约警方一开始搜捕的线索。莫妮卡弄到手的鲍曼文档，上面的标签是后来才贴上去的，他们攻克难题的方式和我们原先设想的不一样。"

瓦斯克斯又咕哝了一声，继续喝着她的咖啡。

"烫到自己了？"瓦斯克斯白了他一眼，而小个子侦探则笑了笑，"不管怎么样，我们得查查纽约警方是在哪里找到的那把枪。

既然有人用过它。我们就得把这人给找出来。"

"那我们不去调查学生了？"她问道。

小个子转到坚尼街上。温暖的晨曦下是熙熙攘攘的人群，充塞在两旁的行人道上。这些来自纽约东部的行人多是西班牙裔，人群混杂出的色彩比充斥这座城市的灰色和棕色岩石要鲜艳得多。这里点着一抹绿，那里晕出一片黄，也许还有些许红色，这种色彩的交融仿佛就和人群高昂的下巴和自信的步伐一样成了纽约城的标配。

"当然要去，"他说道，"不过不是现在。反正他们也跑不了。"

瓦斯克斯点了点头。一夜之前，杀人动机还非常简单。某人杀害了卡米尔·鲍曼。哥大的学生有犯罪动机。一群半大不小的小伙子相互挑衅之下什么都干得出来。她自己就目睹过很多这样的冲突。他们会从太平梯上跳到垃圾桶里，或别的什么地方。如果犯下了杀人的罪行，他们有人会出来吹嘘，也有人会良心不安，把其他人供出去。这就是拉丁区的孩子们；就算是有钱人家的孩子，在里面也没法出淤泥而不染。只要手指开始指来指去，马上就会有人开始动手打架。案件原本就像这种年轻人的意气用事一般简单，可当她考虑到手枪时，问题就没那么简单了。

"居然想出了借枪杀人的点子，这个人也算是个天才啊。"她喃喃自语道。

"除非那个人是奥尔森。"格思里把话头捡起来。

她摇了摇头，然后伸手拾起汽车地板上的手枪皮带。她把皮带扎好，把她的史密斯威森插进了后腰的枪套里，然后套上防风夹克盖住了腰身，也盖住了手枪。在她扫荡后座想找点面包圈吃的当口，他已然驶进了格林尼治村。村里的建筑都很整洁，街道则很安静。行人们牙齿紧扣、面无表情、步履很急，行色匆匆地消失进私家车和出租车里。

格思里迅速地插入了华盛顿广场南边的一个停车位，只比一个行将秃顶、戴着眼镜的奔驰男快了一步。奔驰男不爽地按响了喇叭，然后轰的一声开走了。"我讨厌这辆车，"格思里说道，"不对，应该是我讨厌在这座城市开车。"瓦斯克斯把目光转向他时，他咧嘴笑了笑。

"你下巴上沾着糖粉呢。"他说完把福特车的钥匙递给了她，"沃瑟曼说我这人铁了心要买辆车。他说这表明我就是个典型的美国中部佬。他当然不是指什么中产阶级，而是指美国中西部，或者说这座城市以外的任何地方。沃瑟曼不是走路就是搭通勤铁路，不过他偶尔也会搭出租车。"

"这个沃瑟曼是谁？"

"我一开始共事的那位老人。我想他该是从别的星球来的，因为他显然不属于这里。按照他的意思，想当一名真正的纽约客就得搭通勤铁路。"

他们下了福特，跨入了清晨的阳光中。村里的石头建筑在阳光下熠熠生辉。他们步行穿过了华盛顿广场，拐进了格罗夫街。这里的车流更为零落，街上的人们疾步如飞，一转眼就已经走过去了。这里的停车位很空，仿佛缺失的牙齿一般空落落的；格思里每走过一个空着的停车位，都要摸着他棕色的软呢帽边沿叹口气。

格罗夫街33号是那排十九世纪褐砂石富人住宅中的一栋。拉开院门可以看到一个地下走廊入口，周围环绕着铸铁栏杆。房屋的门开在一道老窗井上，和这栋褐砂石建筑底层的其他窗井格调一致。一道短促、陡峭的砖头阶梯显现出几十年人来人往的踩踏痕迹。格思里有点失望。这道入口显然从街上看不全。他研究了一会儿，从不同的角度观察它。他让瓦斯克斯也来看，折腾了一会儿后两人定下心来开始等待。

太阳爬上了天空，俯射下它的光芒，直到这个早晨再也无法保留任何清凉的虚饰。路人们除了偶尔疑惑地投来目光外，基本上都无视着格思里和瓦斯克斯。大约九点的时候，街对面一排狭长的排房里走出了一位白发老人，手里拉着一段长长的带喷头水管。他平静地注视了他们一会儿，然后转过身去弯下腰开始洒水。他先是冲湿了自家房屋的正门，然后把行人道上的碎屑都冲进了下水道。格思里穿到街对面去查看。

"要赶在天变得燥热之前，出来洒点水。"

侦探点了点头，"您多半都待在家里吗？"

"退休有一段时间了。"老人笑了笑，凑近打量了一眼，"看你倒不像风尘仆仆的，应该住得不远吧。我叫菲尔·奥弗顿。"

"克莱顿·格思里，"他侧过脸示意着街对面，"我正在查看那边的地下室，我猜您从这儿应该什么都看不到吧。"

"你是说那条地下走廊里面吗？"奥弗顿问道。

"是啊。您知道里面住的是谁吗？"

老人点了点头，在他的卡其裤上擦了擦手掌。"有个漂亮的小女孩住在那里。不过她遇害了。他们现在大概还没打算把这房子租出去吧。"他停下话头，久久地注视着瓦斯克斯。她正站在街对面，双眼遥望着第七大道，身上的红色防风外套就像风帆一样张开，捕捉着吹来的微风。"你女儿吗？"

"我也希望她是我女儿。她替我工作。不过现在，我正在帮一个律师做背景调查，和那个遇害的年轻女孩有关系。"

菲尔·奥弗顿皱起了眉头。"我想他们已经逮捕嫌疑人了。"

"确实逮捕了一个，"格思里说道，"而且这就是我过来调查的主要原因。也许您碰巧知道她每日起居的时辰？有人来拜访她么，诸如此类？"

"我跟她碰过面，"奥弗顿说道，"大概是路上碰见过。下午的时候我多半在休息。"

"是嘛。好的，"侦探说道，"我还要在周围细细调查一番，要是您想起什么情况，可以随时来找我。"

格思里穿过街道回到另一侧，招呼瓦斯克斯，一同向那道地下门走去。这条走廊的曲径通幽，暗示着任何人都可能进来过，而且只要不频繁地进进出出，任何人都不会注意到他们。格思里用詹姆斯·伦德尔派人送来的钥匙打开了门。门背面有一个简易的警报器，格思里解除掉它以后，让瓦斯克斯进来把门关上。整栋公寓散发着一股陈腐的气息，像是没洗的碟子、没铺的床和没叠的衣服全都聚到了一起。

公寓里的空间大得惊人。打开地下门正对的是一间客厅兼厨房。而客厅则连着卫生间和卧室。打开第三道门则是一条短走廊，里面有一间书房，另一间卧室和另一间卫生间。厨房和两个卫生间都远离街道一侧，书房、客厅和两间卧室则都有开向街道的窗井。木质的地板和门、保养良好的沙发、色调柔和的墙面上一排带有相框的海报和照片，这些细致的改造抹去了这间公寓处于地下的痕迹，反而给它创造了一种温暖人居的感觉。

"这该是这个大家族里破败的一支。"格思里喃喃自语道。

靠近客厅的卧室里有一张崭新的四柱大床，还有一张小书桌，上面堆着一沓书籍和笔记本，以及一排排列整齐的钢笔和铅笔。笔记本上的笔迹，和奥尔森在哥大利文斯顿学生公寓房间里放的笔记本一模一样。桌面上则搁着一台笔记本电脑和一部手机。衣橱里挂着的衣物像是从同一家服装店里买的，此外还有一堆盒子，里面装着尺寸各异的帽子、鞋子和小件衣物。盒子上贴着"小号""中号"和"大号"的标签（看起来像是为衣物和鞋子标的），有些被胡乱塞在里面，有些则被整齐地叠好。整个房间基本上没太多人居味，大概除了书桌外都没怎么用过。

里屋的卧室则非常杂乱，床也没铺好。一件威斯康星大学獾队的42号运动衫搭在一个枕头上。一张小梳妆台上放着不同人的衣物，有给小个子女人穿的，也有给大个子男人穿的。梳妆台的一侧是一面镜子，另一侧则是码成堆的书籍、香水、化妆品和零钱。衣橱里一地的鞋子中间塞着一塑料盒的档案资料，此外还有一堆连衣裙，中间塞着一个干洗袋，里面装着一件A级队服。

书房则简直是个电子设备天堂。两台壁挂式等离子电视俯视着书桌，桌上还有一台宽屏显示器。一堆相机、录像机和播放器同笔记本电脑一起堆在地上。整个房间散发着一股电流的味道。垃圾桶里装满了废纸，每一张上都写满了各种数字和字母，看不懂到底是什么内容。格思里抄起了一堆废纸，然后哼了一声，就放手让它们落回到垃圾桶里。

整间公寓贴满了各式图片。电影海报占据着墙面上宽阔的区域，从二十世纪二十年代由鲁道夫·瓦伦蒂诺主演的默片到五十年代猫王和梦露的预告海报。小幅照片多是对这座城市和无名路人的随拍，只有那些贴在冰箱上，或是堆在书房里的照片才是奥尔森和鲍曼在哥大或别处留下的身影。有好些照片里都有汤普金斯的身影，有些还是她的单人照。一些照片里的她安静地坐着学习，另一些则醉得兴致高昂，不过从中看不出什么特别的意味。

纽约警方在卧室床头柜一个上锁的盒子里找到了奥尔森的点44手枪。盒子如今已经被警方作为证据带走了，其他东西则一件不少。格思里收好几部电子产品（两台笔记本、手机和硬盘）和里屋卧室衣橱里的那盒纸质档案。格思里把它们收进一个运动包里，可他的脸上并没有欢欣鼓舞的表情。

"接下来干嘛？"瓦斯克斯问道。

"我们还会回来调查街坊的，"他郁郁不乐地回答道，"我还会在周边调查一下，看看有没有谁家的保安摄像机捕捉到什么内容。说不定能走运。"

瓦斯克斯一边听他说，一边点着头。"那个老人都跟你说了什么？他帮得上忙吗？"

"他那人典型地跟着太阳一起下落。"格思里满脸阴郁地回答道。

"你说什么？"

"跟着太阳一起下落，这是老年痴呆的典型症状。早上的时候头脑清醒，一到下午就糊里糊涂。他不记事，所以他以为自己下午都在休息呢，"他缓缓地吐了一口气，"我有个叔叔也病成那样。"

格思里重置了门上的警报器，锁好门退了出去。沿着石砖阶梯拾级而上，尽头的院门推动时会发出声响，却没有大到会引起街上人们的注意。公寓朝外的窗户都完好无损，而小个子侦探思量着破窗而入怕是不太可能。这样一位闯入者可得有专业盗贼的本领。格思里手里提着运动包越走越远，他好几次都停下来回头观察这栋褐砂石建筑。可他每次都只是摇摇头，然后又迈步前行。

当他终于决定要离开的时候，却被瓦斯克斯给拦住了，她伸手指着他身后的街道。菲尔·奥弗顿正从街上远远地向他们赶来，手里挥着一顶浅蓝色的帽子。看到两位侦探停住脚步，他一边大喊着一边不停步地赶来。格思里和瓦斯克斯于是便穿过街道走了回去。老人想让他们跟自己的妻子谈谈，她行动不便，没法走出房间。于是他们就同老人一道回去。炽热的阳光几乎烤干了奥弗顿家的正门，只残余些许的湿气，却带来了一丝清凉。

走进这排狭长的排房，进门是一片一尘不染的木质地板。屋子里的夏克式家具都有着纤长的木腿，轻巧地坐落在光洁的地板上。菲利普·奥弗顿接过了他们的帽子，把它们挂在衣帽架上，又耐心地等着瓦斯克斯脱下她的外套。她觉得好尴尬，但老人似乎并没有注意到她的手枪皮带。他领着他俩走进了客厅。一位矮小的老妇正坐在宽大的前窗边上，满头白发绑成了一个圆髻。她的双腿上面搭着一条浅蓝绿色的围巾。而她的对面是另一张木质的靠背椅，以及一张矮小的牌桌，上面摊着等候着人们的扑克牌。客厅里还有张条背沙发正对着窗户，上面搁着几个薄薄的坐垫，沙发前面则是一张低矮的咖啡桌，上面什么东西也没放。

"你好啊！"她的声音清澈而又响亮，"你就是克莱顿·格思里吧。菲尔跟我说你有些疑问。我叫珍妮特。"菲尔坐到牌桌对面的那张椅子上，举起他那手牌，开始细细研究了起来。

格思里坐到沙发上，身体前倾，胳膊肘撑在膝盖上。"您结婚有多久了，珍妮特女士？"

老妇笑了笑。"我跟菲尔做了四十年的夫妻了，"她答道，"他对我的照顾无微不至。我也希望自己对他能像他对我一样好。"她也抓起了自己那手牌。

"这样啊。街对面有一栋公寓。从您这儿恐怕看不到里面，但门也许还是看得到的。我想知道您是否对里面的住户有所了解？"

"菲尔跟我说你想打探点那个漂亮女孩的事。从我现在坐的地方可以看到外面的街。我平时并不看电视，所以我就望着街道。我猜别人会说我多管闲事，可我真没有。我从不拿问题去唐突人。要是没人花钱雇你干这种事儿，那才叫多管闲事。"

瓦斯克斯笑出了声。老妇对侦探倒是挺有礼貌的。

"有人和她同住么？"

"你其实知道她跟那个高大的小伙子一起住吧，这点可瞒不过我。你才从里面走出来，克莱顿。我可以叫你克莱顿吧，我可没有冒犯的意思。这个老式的名字可真好听啊。现在的夫妇可不给他们孩子起这种名字了。不过你可得抓紧了。警察们说女孩儿是他杀的；报纸上也这么说。我可不相信这套东西，因为他们可被我看在眼里。他们相互爱慕，在家里如胶似漆。他怎么能杀了她。她也没有背着他在外面乱搞。那些人简直蠢透了。"

"光盯着别人门口就能得出这么强烈的观点可不一般啊，珍妮特女士。"

"你要这么说也可以。不过我要是看到一块岩石坠落，难道我还不能说它保准会落到地上？"她瞥了一眼瓦斯克斯，后者正眉头紧锁。"那个女孩可不是一般漂亮，漂亮得跟你差不多，亲爱的。她身后追求者如云。在她遇到那个孩子之前，这些蜜蜂每天都在那房子里进进出出。不过打那以后，那房子的客人就只剩下两个，那孩子和另一个女孩。而且她也过上了规律的生活。"她捏着自己手上的牌在桌上捣了捣。"我估摸是很难说清楚他们怎么一同散步、停下、等候，抑或是相互追逐。可我活了这么把岁数，还是知道两情相悦是怎么回事的。可不就是他们么。"

"您的话很有说服力，可您回答的问题其实并不需要答案，"格思里说道，"我给您举几个例子吧。"她点了点头，然后他继续说道："您最后一次看到卡米尔·鲍曼进出这栋房子是什么时候？"

"二十三日星期四，就是她遇害的那个早晨。她出门去上学。那早上小伙子没住在这儿。"

"您这么确定？"瓦斯克斯问道。

"当然了，亲爱的。我们周四总是会吃金枪鱼。说她去上学是因为她带着书本呢。噢，你的意思是我确不确定看到她？我总会注意到她，亲爱的。也许是嫉妒作怪吧。过去的我也很美，不过那是很久以前的事情了，也许我在她身上看到了过去的自己。所以我总是能注意到她。"

“她没有回来？”格思里问道。

“她没有。不过那男孩来过。当然了，当时我们并不知道她那天遇害了，过了好多天才知道。你该看看那个可怜的男孩在附近游荡。那个咖啡色头发的女孩和他一样伤心难过。我后来开始觉着她们很像姐妹，她们老是同进同出，而且自从这个漂亮女孩子遇到心上人后，她也是唯一一个还常常过来的人。”

格思里点了点头，“所以就他们三人常来常往，过了二十三日就只剩下两个了？”

“是啊，要说光指那些住在这儿的人是没错。”她说道。

“您的意思是除开村里的人，有别人来过？”瓦斯克斯问道。

“是啊，亲爱的。这事儿可有点反常。有几样东西送到他们家里来。通常都没怎么见有东西送来。不过我看那实际上是个安装工，而不是什么快递员，他倒是带来了一个很大的箱子。”

“这是什么时候的事？”小个子侦探问道。

“呃，第一次是在二十一日星期二。我记得当时自己思忖他该是恰好和他们错过了。不过他们应该是有人知道了，也许告诉他再来一趟。他直接走了进去，因为没啥东西挡道。是的，我记得亲眼看到他打开了院门。”

“他留下了一个箱子？他没带走任何东西么？”

“没有，”珍妮特摇了摇头，“我记得当时在想，那肯定是电脑之类的东西，因为他在里面待了有好一会儿。我在报纸上读过这样的广告，现如今他们都这么做生意，跑到你家里来，给你安上点电子玩意儿。我想那肯定是个礼物之类的东西。”

“那么这是第一次，”瓦斯克斯说道，“他们还收了几次东西呢？”

“还有一次，”她答道，“也是某天差不多的时间点。他又送来了一个大箱子。那天是二十四日星期五。她已经过世了，上天保佑她。那个男孩回到这里发现那个礼物肯定是吓到了。我也不知道到底是谁送给谁的。”

“送货的人第二次待了多久呢？”格思里问道。

"那次倒没多久。他快就弄完了。"

"您记得他长什么样么？"

"他穿着一件蓝色的制服，戴着一顶鸭舌帽。脸上还戴着墨镜，就跟现在的孩子们差不多，不过他倒不是个孩子，尽管年纪也不算大。可以这么说吧，他年纪和那个女孩的男朋友差不多大，所以这个男朋友也不算太年轻。他有一头黑色的头发，下巴刮得很干净，步履平稳，非常从容。菲尔过去也这么走路。"她朝她丈夫笑了笑，而她丈夫却假装在仔细看牌。"对了，他还有辆浅绿色的卡车。我估计他第一次来的时候已经跟人说好了，因为他不该就这么把东西留在那里。"

她说完后他们静静地坐了一会儿。屋里陈旧的家具使客厅显得有些昏暗。窗户外面的阳光却又十分明亮。"我没帮上什么大忙，对吗，克莱顿？"她问道，"真是遗憾啊。我真希望自己曾邀请她过来打牌，有那么一次都行。"她的目光温柔地落在她的丈夫身上。"人生难免遗憾，后悔也无济于事。"

"是的，夫人。"格思里说道。

珍妮特·奥弗顿点了点头。"如果你们愿意留下来打牌的话，也许菲尔能给你们弄点柠檬水。"

9

他们刚回到办事处，格思里就径直点了比萨外卖。瓦斯克斯打开了拿回来的两部笔记本电脑，发现里面有学校作业和他们日常生活的点滴痕迹。奥尔森尽管都通过手机打电话，但笔记本里却存着地址簿、通讯录和各种账户。只有一部分文档需要密码才能访问。格思里把硬盘连到了他的电脑上，一番搜寻却一无所获。比萨送到后，小个子侦探吃了一块，然后吐出一声嫌恶的叹息。

"你终于意识到这比萨难吃得要命了？"瓦斯克斯问道。

"嗯？"格思里不悦地看着她。"那又怎样？我的父辈们在七十年代带着几乎全家人迁至纽约。他们可是个大家族。而且他们平时的菜谱上也没有比萨，完全是因为我想吃才做的。不过话说回来，我刚在想奥尔森的事情。"他打开资源管理器研究着那块硬盘。"这些文档可真够大的。"他抱怨道，然后站起身绕过两张沙发，走到办事处的窗边向下张望。

"注视人群只会让你追逐自己的身影，"他说道，"当你心有怀疑，你最终就会处处怀疑，而看不到实际的状况。这就是为什么我们什么都不能跟奥尔森透露，连一丁点都不行。"

小个子侦探发现瓦斯克斯一脸茫然的表情，才意识到自己没把话讲明白。当他们吃完比萨后，他才把细节讲清楚。如果他们把已有的发现（也就是目击证人和那个送货员）告诉奥尔森，那么这个大个子的脑袋里就再也没法思考别的东西了。他会开始攀爬他牢房的墙壁，这种折磨简直跟警方的震慑手段一样糟糕。奥尔森很可能就认识那个杀人犯。而且放任他一个人胡思乱想，他也可能会意识到这一点。

"可鬼魂埃迪的事情你都跟律师说过了，"瓦斯克斯说道，"而且你还告诉了汤米。"

"也许有一天我会后悔这么做，"格思里说道，"不过我会把珍妮特·奥弗顿这手牌好好地藏在手里。"他又坐了下来，拿起了话筒。瓦斯克斯回去继续梳理笔记本上的资料，而格思里则给下城打了个电话，拜托一位卫兵队长确保奥尔森回头来跟他联系。然后他又开始抱怨鲍曼那块硬盘上的文件实在是太大了。一般来说，普通用户的电脑上总是装满了各种各样的软件。而临时文件和个人资料都只占很小的一部分存储空间。鲍曼的硬盘装得满满的。而文件名看起来都是些毫无意义的乱码。

格雷格·奥尔森从刑事法院打来了电话，格思里打开了免提。寒暄过后，小个子侦探说道，"奥尔森先生，我们需要一点背景材料。要是我们从格罗夫街那栋房子里弄点东西应该没什么问题吧？"

"当然了，需要什么都可以拿。"他答道。

"接下来蕾切尔会向你打听几个人。"小个子侦探说道，没有理会她惊诧的表情，挥手示意她过来开始提问。

瓦斯克斯开始向奥尔森询问通讯录里的名字，每当发现是哥大学生就做个笔记；趁这当口，格思里打开了从格罗夫街那栋房子的里屋卧室里取来的纸质档案。他快速地翻过了财务记录，翻到奥尔森的服役记录时则放慢了速度。这个大个子退役的时候官至中校，获得的奖章能挂满一胸口。他获得的最后一枚是紫心勋章。奥尔森在阿富汗额外服役了最后三年，期间没有转岗。格思里从文档中抽出一张纸，把它平铺在桌面上。

奥尔森还在跟瓦斯克斯讲述着他所知的鲍曼通讯录里的人名，小个子侦探则耐心等待着他们说完。"奥尔森先生，"他说道，"你已经蹲在牢里思考了好几天了。对于那个杀死你未婚妻的凶手你可有任何眉目?"奥尔森那边的沉默仍然继续着,而侦探则填补了进来。"或者我应该换个说法。我们对这个杀死卡米尔·鲍曼的凶手已经有些眉目了。这种线索不需要挖太深就能找到。不过我们觉得蹊跷的是,他们竟然决定要把嫌疑扣到你头上。你明白我的意思吗?觉察到这一点后,我发现比起鲍曼来,我倒是对你更感兴趣。你这一辈子风风雨雨。你能想得出可能有谁会想把谋杀嫌疑栽赃到你头上吗?"

静谧蔓延着,依稀附和着远方车流喇叭的声响。"所以你觉得这起案子可能是冲着我来的?"奥尔森问道,"你这番推理真是给我火上浇油。因为这样的话情况就完全不一样了。不过你这么怀疑可能离真相不远,能想到这一点的可不是侦探里的平庸之辈。我毫不怀疑有很多人想要取我的性命,如果为此弄场嘉年华,想必很多人都会排队来买票,不过我倒不觉得他们能到得了纽约。"他短短地笑了几声,"不过,要是他们跟国土安全部门报上我的名字,他们也许能拿到签证,还给他们发点出租车的费用,以及找到我的方法。你猜的是这种人吗?"

"这种可能性总比你什么都说不上来要靠谱得多,不过你可以先在美国城市附近的人里面找找。"

结果格思里的问题再一次触礁沉没了,因为奥尔森坚信没有任何人能有任何理由谋害卡米尔·鲍曼。对话变成了一个漩涡。在转了几圈后,格思里意识到这个大个子不过是在为他的记忆辩护。侦探必须更小心地引导他说话才行。于是他又重新开始,问他为何选择纽约这座城市来完成他的学业,而没有回威斯康星大学继续读书。奥尔森声称他这么选择的首要理由就在手边,并把希拉里·克林顿指认为他的楷模。她也是来到纽约才进了参议院。这个州对外人非常宽容。他想把哥大法学院作为进入政界的跳板。

"9·11恐怖袭击事件"之后,奥尔森志愿参军。可服役归来,他开始觉得战争并不是一种必需。他觉得基地组织更多的是一个观念,光靠发动战争是没法摧毁它的。但他也知道发表反战言论并不能收拢人心。大多数美国人更关心飞机登机前的安检,而不关心海外作战的士兵。卸下戎装回国，却发现人们如此漠不关心，这对他来说确实是一个痛的领悟，不过这也能时时给予他警醒，所以也就足够了。后来他遇到了卡米尔·鲍曼。然后她遇害了，而如今的他则蹲进了监狱。

"就这么多了？"格思里在奥尔森戛然而止后问道。

"是的，"大个子又突然开口道，"就这么多了。六个月零七天之前，我突然发觉自己的双手环抱着她。这感觉就好像在棋盘上被人将了军，你只能硬撑下去，艰难前行，然后祈祷自己不要倒下。我并不知道事情会走到这一步。然后一切都在十二天前突然终止了。报告结束。"

"如果事情真就这么简单，你也不会锒铛入狱了。"格思里说道。

"你是不是有事情瞒着我？"奥尔森问道。

"也许我该花点力气把基本情况给你说说，"格思里答道，"鲍曼是在LMA外被人拐走的，你肯定知道那个地方。即便不通过你，我也能把这些情况都找出来……"

"她当时在LMA？"

"是啊。"

奥尔森叹了口气。"那么这案子可能真的是冲着我来的。"他低声道。

"为什么这么说呢？"格思里问道。

"我太忙了，"奥尔森的声音带着些许苦楚，"总是要事在身。留她一个人在那儿。她手上那么多空闲时间，时不时地就会回到那个过去常去的地方。我甚至从来没法去怪罪她。"

"你的意思是，你并不会和她一起去那里？"

"那个俱乐部我就和她去过一次，整个漫长的夜晚，我都在不停地推开醉眼迷离的女孩，挡开那些伸向卡米的咸猪手。这些小年轻简直色胆包天，大约等你终于要脱下衣服的时候，他们都已经把自己脱掉的衣服给穿好了。"

小个子先生笑了。"我去过那儿，"他说道，"可是都有谁对那把枪知情？你知情，鲍曼也知情。还有谁呢？"

"葛底斯堡！她会去葛底斯堡练习场练习，而米歇尔总是和她同去。也许米歇尔注意过那边的什么情况。你去跟她谈谈……"

"先等等，奥尔森先生。米歇尔·汤普金斯对你的手枪是知情的。她时常拜访鲍曼的公寓。她拿得到那把手枪……"

"可她为什么要那么做？"

"也许她对你有点小九九。"

"可她不喜欢我。她只是勉强忍受我的存在而已。她是卡米的朋友。虽然她现在可能也算是我的朋友了。我想我们是在几个月前达成了停战协议。那时候的卡米决心要认真对待学业，也许米歇尔的态度就是在那个时候改变的。因为她总是喋喋不休地劝她。她是个真正头悬梁锥刺股的书呆子。她是派对里的跟屁虫。"

"你的意思是卡米在LMA的派对？"

"所以轮到我给你讲解基本情况了？"

"我可不觉得这情况有那么基本。得花点工夫讲清楚。汤普金斯在LMA的派对是个跟屁虫，然后似乎在你和鲍曼的派对也从不缺席。你们是三个人在一起吗？我估摸你不能管这叫二人世界吧……"

"她只是卡米的朋友。"奥尔森打断道。

"只是朋友，却能跟你一起坐到床上去？或者她们调包的时候你也注意不到吧？"

"不要乱说！"

小个子侦探沉默了好一会儿，看奥尔森是不是还有什么别的话想说。"好吧，刚刚那些都是我随口编的，我可没在格罗夫街找到可以作为证据的照片，只不过我意识到了这种可能性。而现在正是直面这个问题的好时机。最让我起疑心的是，汤普金斯竟然知道那把枪，而且她也常常待在格罗夫街。这就不由得让我开始思考了。"

"也许几年之后，"奥尔森说道，"我才不至于对这座城市的鲁莽措手不及，但这并不意味着我现在就已经能够泰然自若了。"一阵沉默横亘着。"卡米不是米歇尔杀害的。她是卡米唯一的真朋友。她是唯一一个没有抛下卡米的人。"

"我知道了。"侦探说道。

格思里摁掉电话的一瞬间，瓦斯克斯就开口说道："我不认为是她干的。要是她干的，她干嘛还让我们去调查……"

"我们是怎么想的有什么意义？"格思里疲惫地反问道。他站起身，走向咖啡机，给自己倒了一杯咖啡。"也许奥尔森是受人陷害。可就算我们替他洗脱了嫌疑，那么下一个嫌犯就是汤普金斯了。那她是受人陷害吗？或许真就是她干的，而现在她就在撇清自己的干系。又或许是奥尔森干的。毕竟在阿富汗当了八年兵，他本就该脑子不正常了。"他拿起了桌上的那页文档递给了她，"好好看看。"

瓦斯克斯快速扫完了那页文档。"这是份供职信，年薪百万的咨询工作，"她说道，"他根本没必要当个律师。"

"看到地址了没有，北卡罗来纳州。那是一家私人保镖公司。说真的，这些家伙该叫雇佣兵才对。在这份供职信发来的日期，奥尔森才把断手接回到手臂上，还住在医院里休养呢。"小个子侦探点着头，"看见那段后续协议的文字没有，他们非常需要他。他能派得上用场，可不是因为他现在又能够顺利地系鞋带了。格雷格·奥尔森的手上沾满了鲜血。而我们的疑问则是，那最后一滴到底有多新鲜？"

那个下午，他们驱车去曼哈顿上城搜寻鬼魂埃迪的行踪。烈日在哈德逊河上空几朵薄薄的云彩后面玩着捉迷藏，可华盛顿高地和晨边高地的街道却依然酷热难当。瓦斯克斯开着车，她沿着街道四下穿梭，而格思里则负责摇上摇下老福特的车窗，探出窗外，朝路上的人们喊话。他送光了一箱冷饮和三明治，说烂的笑话在嘴里反反复复，才终于问到路，抵达了墓园。瓦斯克斯根本记不清小个子侦探喊过的名字。个别流浪汉投来不耐烦的目光，一言不发地走远了，不过大部分都会来到福特车前，手撑在车窗顶上，一边喝苏打水一边跟格思里谈笑。时间飞逝，很快就到了晚上。

小个子先生的搜寻只是反复地验证着同样的情报。鬼魂埃迪已经潜入地下。这个灰胡子的流浪汉简直跟狐狸一样狡猾。谁也不知道他从哪里来，也不知道他要去向何方，但他们却又实实在在地在街巷中看到他的身影。夏日的行人道上总有很多无所事事或只是路过的寻常百姓，需要格思里在搜寻中把他们排除掉，问到最后连他的声音也沙哑了。一个站街女声称鬼魂埃迪吃得比过去少了，不过格思里认为这不过是妄自猜测。其他人则有的指认他在第150街上翻过垃圾桶，有的则说他到第149街上杰基·罗宾逊公园以东的一家杂货店买酒喝。格思里誊下了一连串人们目击鬼魂埃迪待过的角落、穿过的小巷和坐过的门廊，但整个下午的搜寻却让他们连这位灰发流浪汉的鬼影都没见着。

当黄昏即将裹挟这座城市的时候，太阳在云的后方隐蔽了身影。瓦斯克斯驾驶着老福特，就像一枚慢速炸弹一般在百老汇大街上一路向南开去。格思里刚刚提议休息一下吃个晚餐，而现在的他一边轻轻地拿钢笔点着仪表盘，一边浏览他自己做的笔记。

"好了，蕾切尔，现在我们都掌握哪些情报了？"他问道。

她耸了耸肩："这家伙的鬼魂绰号真是名副其实。"

"确实，不过他还是留下了踪迹。"

"在哪儿？"

"他身上有钱，不是么？多到可以常常上杂货店消费。"

瓦斯克斯点着头："我明白你的意思了，老家伙。他抢劫了鲍曼的尸体。也许钱就是这么来的。"

"不错。所以下一次奥尔森打电话过来的时候，我们得问问他鲍曼口袋里一般都带多少钱。然后怎么办。"

"然后查查鬼魂埃迪光顾的店家，看他都花了多少钱。"她调头向左，拐进了第125街，然后一直开到圣尼古拉大道路口，转弯向曼哈顿上城进发。她在过弯时狠狠踩下油门，看到格思里一脸不爽地看着她时她咧嘴笑了。把目标直接瞄准那位流浪汉让她心情舒畅了很多。在街巷里四处寻访就好像在大海里捞针一样，而如今他们则挂上诱饵等待大鱼上钩。

坐落于第149街上的杂货店门面呈肮脏的深绿色，墙面向里倾斜，连着一道内嵌的门。展示窗里陈列着成堆的大豆和炖牛肉罐头，顶上挂着块广告板，上面是一位肥头大耳、笑容满面的厨师，腰间围着一条翻腾的围巾。当他们走进昏暗的店内时，一个铃铛叮叮作响。尽管时间不早了，外面的街道还是很明亮，而店内却像是一个洞穴，飘散着凉爽、辛香的味道。一条长长的货架横亘在狭窄的店铺中间。柜台后面的高凳上坐着一位高大的老黑人，他身后陈列各种酒品就像是一道褶皱的玻璃墙壁。他嘴唇上下的胡须都白了几许，不过他还有一头乌黑的头发。

格思里围着中央的长货架打转，让瓦斯克斯去跟店主攀谈。不过格思里也留心听着，偶尔也查看一番。年轻的波多黎各女孩一开始憋不出太多话，紧张得一直在换脚，不过一形容到鬼魂埃迪，她的话就显现出感染力了。老黑人祖德·纳尔逊从高凳上下来，双手撑在柜台上，耐心地听着瓦斯克斯的描述，话到终末赞同地点着头。他对鬼魂埃迪非常熟悉。这个灰发流浪汉手上通常都有干净的钱，说话也非常有趣，这两点跟其他流浪汉截然不同，其他流浪汉手头的钱都脏兮兮的，要么就是一堆散钱硬币，人也阴晴不定，怒气一点就着，要么就是可怜兮兮地乞讨。纳尔逊把这位流浪汉当作一位体面的顾客来对待。

"所以你们打听他是要做什么，"他问道，"他都做过些什么可不关我的事，倒是你在让我去多管别人的闲事。"

瓦斯克斯转头去看格思里，而他则迅速地转身去端详几罐腌菜。他举起自己的软呢帽，像一块盾牌挡住了她的身形，也不让瓦斯克斯看到他脸上的坏笑。

"好啊你！"瓦斯克斯在心里忿忿骂了一声，转头又对着店主，"大约十天前，发生了一起谋杀案。我们在找的这个人，目击到了一些情况，而我们则想跟进了解一下。他现在正躲着我们，不过真的没有这么做的必要。我们又不是警察。我们就想弄清楚他是不是跟警察接触过了，要是没有最好，懂了吧？"

祖德·纳尔逊点了点头。"这可真是个老套的故事，也许都够他去蹲监狱了，"他说道，"我明白你的意思。不过我能做些什么呢？"

瓦斯克斯脸上的笑容比她的红色防风外套还要鲜艳。她跟店主一问一答，完成了调查。鬼魂埃迪每次通常都花二三十美元，会买酒，会买软饮，也会买一堆吃的。在过去的十天里，他花钱要比过去大手大脚，每次能花五六十美元，买的酒也比软饮要多。最近他比往常要沉默寡言，不过要是顾客不主动寒暄的话，纳尔逊也不会硬是跟他们攀谈。他答应问问那位流浪汉，是不是愿意和他们聊聊，然后再向他们转告流浪汉的答复。他又坐回到高凳上，显得原本就高大的他更是高人一头，他们走出这个杂货店的时候他向格思里挥手道别。

他们回到福特车里的时候，格思里让她驱车去第151街兜几圈。他其实知道黑发约翰提过的那个窨井在哪里，不过他想再温习一下那一圈附近的情况。他们先是中途停车去吃了饭，饭后去那个窨井附近兜了几圈，而夜幕也逐渐来临。初降的夜晚炎热而又缓慢地消逝着。格思里又查看了一遍他记下的笔记，然后决定在第151街上的一个废弃场所蹲点。他觉得埃迪很可能在这个窨井附近现身，值得花时间在这里蹲守。如果他们看到鬼魂埃迪从这里进出，他们就有可能和他再说上话。

这块区域除了街道一侧外围布满了红砖建筑，背后的角落里却又开出一条小巷，蜿蜒着延伸到房子间隙中去。半敞开的窨井呈老式的长方形，开在人行道上，盖着一块弯折的四方窨井盖，大约有一半露在地面上。人行道上是一道生锈的飓风护栏，护栏后面的地上则覆盖着一层厚厚的灰尘和碎屑。背后的小巷里长满了杂草，几道行人经过的痕迹从小巷到窨井再一直延伸到这片区域对面。

在过去，这处窨井也曾一度受到良好的维护。可自某天起，维护人员和破坏人员之间便展开了持久战，而这艘古老的战舰上也到处可见过去战斗的残骸。如今这场战争似乎已经结束。所有焊上的铁扣都被锯开、烧毁、破坏。满地的灰尘中偶现一段段早已生锈的锁链，就像海底散布的贝壳一般。窨井盖遭受过猛烈的致命打击后再也没法正常盖上，它沉默地静坐在黑暗的角落，就像是一个下巴歪斜的拳师，身上布满刺青一般的渣土和焊接痕迹。这座城市维护人员的投降，意味着他们承认，对于决心要从这城市底下的黑暗中涌出的东西，他们无力掌控。睁一只眼闭一只眼反倒要轻松得多。

格思里觉得这地方垃圾遍布，可以很安全地藏身其中进行监视。他派瓦斯克斯去买点熟食，然后把福特远远地停在了街上。当她回来的时候，格思里已经弄了几张临时的小凳坐在里面了。他递给瓦斯克斯一把手电筒和一对能快速打开的信号灯。地表在街灯的照明下并不显得太过阴暗，不过他觉得两人可能会追到地下去。一栋建筑遮蔽了西边的天空，犹如一堵遮阴的墙壁。

在天光黯淡之后，城市里的噪音似乎赶来填补了余下的空间。格思里和瓦斯克斯像隐身人一般蹲守在他们的角落里。他们头顶上的砖房，有几扇窗户里泄出几缕灯光。第151街上的车流并不繁忙，但在死寂的黑暗中等待，每一辆驶过的汽车都像是碾过了他们的膝盖。时不时地，会有几道身影匆匆地走过，或者一对年事已高的夫妇缓缓地经过。瓦斯克斯不断地查看着手表，喷吐出叹息。格思里在她身后无声地笑着，可她根本就停不下来。刚过午夜的时候，巷子里传来一阵脚踢玻璃瓶的声音，半夜两点时，一只金色的野猫徘徊至这块区域。它警诫地注视着他们，然后一转身几步就跳上了邻近的砖房。晨曦似乎是在跋涉过永恒之后才最终降临的。

"明天——"格思里在晨曦中站起身，他伸展身体时膝盖和后背都咔咔作响，"他明天一定会来。"

瓦斯克斯嗤之以鼻。

"这是有可能的，"他说道，"我们先去吃个早饭，然后我再把你送回家。"

10

　　八月五日日上三竿，格思里和瓦斯克斯才开动工作。辛苦地蹲点监视了一个通宵之后，小个子侦探觉得一觉睡到午饭点也无妨。午后的天空像一块火热的金属吊顶悬挂在哥伦比亚大学的上空，所见之处无一能避开它的炙烤。瓦斯克斯把蓝色的福特停在了东边的停车场。这里停放的车辆少于空着的停车位，在阳光的照射下，它们就像闪亮的金牙一样矗立在刚刚浇好、气味依旧刺鼻的沥青地面上。两位侦探在麦克纳马拉楼北边的一株枫树下找到了一张被树荫遮蔽的长椅，于是便坐下来开始打电话。

　　格雷格·奥尔森对学校联谊会所知颇深，所以昨天瓦斯克斯跟他核对通讯录里的名单时，他能够如数家珍一般地倒出他们的很多基本情况。在两位侦探各自打着电话，在记下笔记的过程中，枫树四周的树荫缓缓地向东边移动。多数哥大学生都拒绝和他们交谈；或者纷纷装出事不关己的样子，对这个敏感话题不愿多谈，乃至偶尔还会冒出一句"去你的"，毕竟鲍曼已经魂归天际，而奥尔森则根本不值得谈论。学生们都在忙碌于自己的事情。两位侦探于是削减了余下的名单，观察了一会儿校园。燥热的天气下，三三两两的学生匆忙地从停车场向课堂赶去。他们身穿浅色的衬衫、蓝色的牛仔裤，背着双肩包，还戴着闪亮的腕表和墨镜。两位侦探像隐形人一般坐在长椅上，因为学生们根本不朝他们的方向看。

一位爱出风头的"西格玛·卡帕"（ΣK）姐妹联谊会组织人艾琳·洛克利尔自愿向他们透露了她对卡米尔·鲍曼的一些抱怨，这使得她和那些为受害人说好话的学生截然不同。两位侦探还无意中发现，这位学生对米歇尔·汤普金斯的熟知实则甚过她对卡米尔·鲍曼的了解。洛克利尔责怪鲍曼让汤普金斯尝到了姐妹联谊会堕落的一面，那些姐妹都对参加派对非常着迷。她们的加盟前后只持续了一年，然后鲍曼就迅速地从派对场景抽身离去，比原先汤普金斯从好学堕落到沉溺声色的速度还要快。女王储竟然逃离了宫殿，姐妹联谊会自然乱成了一锅蚂蚁，待到事情平息之后汤普金斯也脱离了联谊会。

校园遍布的灌木丛夹杂着供汽车行驶的道路，而过路车辆的挡风玻璃不时地反射来阳光，刺痛着两位侦探的眼睛。在正午的阳光下，枫树的树荫简直形同虚设。瓦斯克斯划掉了电话名单上的最后一个名字。在先前的一通电话里，她揪住了另一位姐妹联谊会的姐妹，她叫阿曼达·赫斯特，曾是鲍曼的一位密友，亲密到鲍曼误入歧途后她也抽身不愿参与到内斗之中。赫斯特对奥尔森就没什么好话可说了，她还主动为"德尔塔·普西"（ΔΨ）兄弟联谊会的一位兄弟鸣不平，他叫贾斯汀·比珀，曾在奥尔森出现之前吸引过鲍曼的注意。照赫斯特的话说，命运逆转了。比珀和鲍曼本该是世间最可爱的一对情侣。

"也许她从没见过奥尔森本人呢。"瓦斯克斯在打完电话后说道。

格思里只是哼了一声。小个子侦探在哥伦比亚大学的学生名录里找到比珀后，便开始从中筛选有用的信息。比珀是一名大四学生，而且注册档案显示他选修了夏季学期的课程。"我们得调查一下这家伙，"他最后开口说道，"他好像脾气不小。在过去的三年里，他在尤蒂卡两次对殴打他人的罪行供认不讳。也许我们能从他身上挖出点线索来。"

比珀的行踪真是得来全不费工夫。

瓦斯克斯每次拦下过路的学生向他们提问，都会迅速地得到回答，并在对方脸上看到会心一笑。贾斯汀·比珀简直是这所大学的一道风景线。她只花了不到十五分钟就在美食中心找到了他。这座美食中心是一家高档的餐馆，不过它的装修还是明显地带有学校的风格。两侧成排的盆栽像两道软墙伸展在边沿的餐桌上方，俯视着中央如岛屿般星罗棋布的就餐位置，而它们又同时委身于几棵高大的榕树之下。明媚的阳光从透明的屋顶直泻下来。

不过学生们好像并不太在意这些给餐馆带来惬意氛围的设计。有些人在狼吞虎咽，仿佛仅仅花五分钟塞下一把薯条都是一种奢侈。他们像蜂鸟一样闪进闪出，每一只飞走后，都会有新的一只填补进来。有些学生则一个人坐着，一边吃着他们的食物，一边左顾右盼。

一小组人占据了中央岛屿上的两张餐桌，就像在荒岛上打发余生一般休憩着。他们的谈天间杂着座位的交换，时而又爆发出连串的笑声。远观之下，身材不高的贾斯汀·比珀一点都不显眼，不过是个下巴干净的男孩，不过那些个头更高、嗓门更大的男生却都围绕在他周围。瓦斯克斯拿他跟车管局的照片比对了一下，然后啪的一声合上了她的掌上电脑。

"也许他走起路来就像那么回事了，"她说道，"他跟你一样是个小个子，老家伙。不过糟糕的是你不像他那样帅气。"

"我也曾是个帅哥。不过我做了个手术把脸整掉了。"他取出手机对准了人头攒动的餐桌。"我们得拍点片子回去，最好包含他们走路的样子。珍妮特·奥弗顿也许能从中认出那个送货员。"

"他们不过是些蠢小伙。"瓦斯克斯说道。

"看见没有？我就知道你能成为一名出色的侦探。"

瓦斯克斯大笑起来，引得比珀桌上的几个年轻人向她投来了目光。两张桌子间开始循环着窃窃私语和指指点点。两位学生为了看得更清楚而站了起来，然后一轮逗弄和笑声便沿着瓷砖地板传了过来。

"也许现在不是最佳时机，"格思里说道，"他们里面有几个人显然喝醉了，要么就是面相蠢到让人产生这样的误解。我们走远一点。"他站起身，却依然拿手机拍摄着录像。

"你在说什么？"瓦斯克斯一边问道，一边从比珀的桌上收回了目光，转而向侦探投去了疑惑的脸色。几个年轻人从他们的位置里溜了出来，向他们走来。"他们要干什么？"

"我原以为你是在下东区长大的，"格思里抱怨道，"也许你电视看得太多了。除了面包以外，白皮可跟软没什么关系。"

瓦斯克斯的脸上凝起了乌云；自从她十一岁起，她就再也不会在男孩子面前逃跑了，而是迎头而上。在亨利街上，小伙子们只敢用眼睛瞄她，却不敢上前搭讪。这样他们反而能保住自己的安全。到了十二岁的时候，瓦斯克斯学会了不再提及自己喜欢学校或邻里的某个男孩。因为用不了几天她的两个哥哥就会给他弄上最新的落款：瘀青和疼痛。即便瓦斯克斯学会三缄其口后，因迪奥和米格尔还是能够从她的朋友嘴中套出情报。他们实在是太顽劣了。光是因迪奥坏笑地看上她们一眼，就足够瓦斯克斯的女友们把舌头绕得向狗尾巴一样，把一切都吐露出来。然后瓦斯克斯的新迷恋对象就会被狠狠地挨上一通揍。

初中毕业之前，瓦斯克斯就已经明白了两件事情。第一件事是没有哪个男孩子胆敢跟她搭话，因为她的两个哥哥都脑子有病，会把他揍得屁滚尿流。第二件事是这种处境一点都不正常。其他女生的哥哥都不是弱智的疯子。瓦斯克斯觉得这事儿跟性搭不上关系。性不过是小菜一碟。她在自己十五岁的生日派对上就初尝禁果了。在黑暗的房间里笨拙又匆忙地穿上衣服不过是每个人都会经历的事。

不过哥大的这些年轻小伙并不知晓她两位哥哥的手段，所以他们的脸上也没有她通常能看到的那种敬畏神色。有些人一脸玩味，有些人满脸好奇，而有些人则面露疑虑。贾斯汀·比珀被周围几个高大的男生围在中间，就像一位橄榄球弃踢手被围在一堆冲锋的后卫或是防守边锋中间一样。"我们难道得突出重围吗？"她问道。

"用不着。我来吓住他，不过要是事情真闹得不可收拾了，我可不希望逃跑策略只能是钻到桌子底下大喊报警。"他举着手机对准了走来的人群。

"你在搞什么呢，老家伙？"一位形如冲浪运动员的男生问道，他身材高大，留着一头暗金色的头发。反光的宽边墨镜遮住了他的双眼；他的衬衫和牛仔裤被太阳晒成了白沙的颜色。其他几个年轻人也走上前来围住他们。而其他行色匆匆的学生，则像坠地的落叶一般停下来看着热闹。

"给《国家地理》拍照片。"格思里一边说，一边给比珀拍了一张近照，然后把手机塞回到口袋里。这个来自西弗吉尼亚的小个子在这些大高个面前简直就像一个玩偶。

贾斯汀·比珀染着一头除了黑色外什么颜色都有的头发，而双眼则混杂了绿色和蓝色。他的五官暗示着高档的享乐和耽于声色。他有着令加里·库珀不朽的高傲美貌，以及只有雕塑才能媲美的健美身材。他欣赏着瓦斯克斯的容貌，眉毛挑出了一个完美的拱形。"你想拍野生自然的话，我可知道些好去处。"他向瓦斯克斯提议到，然后向格思里点了点头。"不过说真的，查下他的手机。"

冲浪手向前一步俯下身去，仿佛他要抓住的不过是一个乱蹦的篮球，而格思里则抓住了他的手腕绕过他。边上的一个大个子挨了格思里一计撞击后大吼一声想要推开他，可格思里扯着冲浪手把他甩到另外两个人身上，他们抱作一团摔倒在地。格思里立定在比珀身旁。

"贾斯汀，咱们所处的这个餐馆里到处都是摄像头，"他温柔地说道，"可你却要管我手上的闲事？你是认真的吗？"

"说得没错，兄弟。"比珀说着举起了双手，"怪我喽！"他露齿一笑，这笑容惹过很多麻烦，也终结过很多麻烦。几个大个子把他们围成一圈。冲浪手摘下了他的墨镜，用黑色的眼睛直勾勾地俯视着格思里。

"也许你能告诉我，七月二十三日星期四那天你都在干什么。也许你该额外关注一下夜里的时候。"

"搞什么鬼？你是条子吗？"比珀问道。

"我这人可比条子还麻烦，"格思里说道，"卡米尔·鲍曼遇害的当晚，你在哪里？"

"真凶格雷格·奥尔森已经蹲监狱了。"比珀冷冷地说道，"好好读读报纸吧。”

“那是可以逆转的，贾斯汀，尤其是现在作案动机越来越明晰的状况下，”小个子侦探说道，“卡米因为他的出现把你给甩了。嫉妒在作怪。地头蛇居然压不住强龙了，由此心生愤恨，势不两立，对么？也许你得赶在我来挖掘真相之前，先找我谈谈。”他扫视了一圈包围他们的人，“也许我能找出你们很多人的劣迹。你们都是‘德尔塔’的人吧？在LMA找过很多乐子？”

“那天晚上我另有事情在做。”比珀说道。

格思里笑了起来。“好好学习吗？或者说你是在干别的什么好事，还拍了照片留底，于是有人就会替你挺身而出？”

“他没有警徽，根本就不是条子，”冲浪手说道，“不过是个冒牌货。你用不着回答他的问题。”

小个子侦探耸了耸肩。“我可比条子麻烦多了。我给詹姆斯·伦德尔干活，他是华尔街上一个手段很脏的律师。如果让你难堪能够给他帮上忙，让他在陪审团面前更有话说，他绝对什么事情都干得出来。我自己倒不是什么坏人。你只用说服我，我就会像一阵烟一样消失掉。如果你不回答我的问题，我就自己去挖；然后我把你丢给詹姆斯·伦德尔。也许可以先从这个问题开始，鲍曼的公寓你去过多少次？”

“那又怎么样！那个浪女的公寓，去过的男人多了去了。”冲浪手说道。

“你有他们的名字吗？”格思里反问道。

“玩笑开够了没有，游戏到此结束，”比珀说道，“回去跟你的律师老板说，他可以跟我的律师谈谈。他们可以在夜里晚些时候见个面，用他们狗屁的律师方式聊一聊。”他耸了耸肩，转身离去了。众人也跟着走了，最后一个走的是那位满眼火光的冲浪手。美食广场尽管人头攒动，却如墓穴一般死寂。

“我感觉你惹到他了。”瓦斯克斯说道。

“我们可以迟些时候再拜访他看看，”格思里说道，“没有这些观众在场，他也许就能帮上忙。”

11

　　"今天我有大半个早晨都在思考，如果某人想要我给他打电话，他至少得接电话才对啊。"手机里传来奥尔森清脆的说话声音。格思里的这部手机外放声很大，足以填满为了开空调而车窗密闭的老福特车。瓦斯克斯从百老汇大道转至第九大道，一路向南驶去。刚过午后的街道上车流通畅地穿梭着。

　　"我向你道歉，奥尔森先生，"格思里说道，"你上次打来电话的时候，我本该给你我的手机号码，却给了你我的办事处号码。找到我手机号码费了你很大力气吗？"

　　"有点吧，"大个子说道，"不过你还是管我叫格雷格吧，直呼我的名字反倒让我更自在些。叫我奥尔森先生、奥尔森队长，或是队长的总是我的部下，而他们会指望我去照料他们。在当前的情况下，我倒是希望这份责任能落到别人的肩膀上。"

　　小个子侦探点了点头，然后说道："那我以后就这么叫你。"

　　"我通过伦德尔先生拿到了你的号码，好像是费了他一番工夫。"奥尔森说道。微弱的金属敲击声在背景中作响，就像是一阵急速的心跳声。"我隐隐中感到，他似乎觉得你有什么事情在瞒着他。我之所以听出这层意思，大概是他的口吻让我觉得，你们两人之间的合作并非亲密无间。你们之间是有什么隔阂么？"

　　"我猜是我把伦德尔先生挡在一臂之外。"

"那我可得说，别看你个子不高，手臂倒是挺长的。"

格思里大笑起来。"我们其实有问题要问你，"他说道，"要是你能每天都打个电话过来，事情就要顺利得多了。"他朝瓦斯克斯做了个手势。

"什么？"她问道，然后回想了起来。"好吧，鲍曼夜晚外出的时候，身上一般都会带多少钱？"

一辆货运卡车在第41街上和路过的汽车碰撞后发生了侧翻，造成了交通堵塞。行人道上站着成排的看客，而经过这片狼藉的汽车喇叭声也此起彼伏。纽约警方正在现场向司机询问事故情况，并决定事故卡车的处置方案。身穿制服的卡车司机坐在一辆巡逻警车上，他身体撑在敞开的后门上，俯身为地上的一堆呕吐物盖上了新的一层。蓝色的老福特从旁边缓缓地驶过，他们稍稍看了一眼，然后奥尔森回答说。

"大概会带三百美金吧。"他说道，"不过她从来都不花这钱，她只刷信用卡，虽然我没法理解这种行为。"

瓦斯克斯皱了皱眉头。谋杀案发生之后，鬼魂埃迪在第149街的杂货店里挥霍的钱数可不止这么多。就算没有鲍曼的钱，他每周也会花上九十美金干净的钱。他是那家杂货店的常客。

"那么这事很重要吗？"

"我目前还不清楚。"瓦斯克斯回答道。

"不出所料，林尼提醒过我，凡是搞情报的，都很难对付，"奥尔森抱怨了一句，"他倒是没说错，你们两个嘴巴可真严实。我再想想别的办法。不过能不能代我去韦斯切斯特广场看望一下林尼。他在电话上跟我说他把酒给戒了，不过说真的电话又不传过来气味。在我被逮捕之前，他的状况非常糟糕。他的母亲死于非命。人生至悲也不过如此，而从那以后他就开始酗酒，后来他给我打电话让我帮他交监狱保释金。结果现在又轮到我来蹲监狱了，你说奇怪不奇怪。"

"我想我能代劳。"格思里说道。

"总算有句不一样的回答了。既然都帮到这里了，你不如也帮我把其他来电给照料了。前段时间我有好几个月，深夜里都没法安生，不过倒也没糟糕到会被掘墓人发现。当我的下属烂醉如泥，不知道把自己的帽子搁在哪里的时候，他们就会给我打电话，绝大多数时候都是在深夜。林尼就是其中一个。我花了那么多年时间把军旅生活抛在身后，可如今这些来电却又把我带回到从前。"

瓦斯克斯转弯驶进了第34街，跟在了一队空衣服架子后面。身形单薄的青少年们一手向前推着一个架子，一手在身后拉着一个，排成一行，就像扛着果冻逃亡的蚁群一般。反向的车道上几乎没什么车辆，同向这边每次只能向前挪几英尺，然后在堵住时喇叭声就响个不停。

"一开始他们会先问问我这边的情况。生活如何？诸如此类。然后就开始滔滔不绝地聊起自己，说说近况，找了份新工作，结婚了。不过故事到一定阶段都会变成悲剧。要么是车祸，要么女朋友从楼梯上滚下去了，要么吸毒吸死了，死亡简直就是天际上横书的一道火字。我已经有好几个月没有听到喜得贵子之类的好事了。你能帮我这个忙吗？替我接这些电话，然后帮我把报忧的都过滤掉。"

"我觉得你现在的心态也是病得不轻。"格思里说道。瓦斯克斯把车开进了一个离他们那栋楼的入口有五十英尺远的停车位。"我倒不至于说你在无理取闹，可你得振作起来。你明白自己是清白无辜的，或者罪有应得。可我要到真相大白才肯罢手。这样的话跟你讲得通吗？"

"讲得通。确实现在的你对我来说只是电话里的一个声音，我都记不太清你的样貌了。我猜你能帮我的也就那么多了，"奥尔森顿了顿，"我听出你另有要事得忙的意思了，那么我就不打扰你了。不过帮忙去看看林尼吧，这事你可答应过了。"

格思里挂断电话后，瓦斯克斯说道："你其实可以向他透露点信息。我们已经找到几条线索了。"

小个子侦探只是哼了一声，就下了车，大力关上了门。他步速很快。等瓦斯克斯赶上他的时候两人已经行至大楼外的阶梯。明媚的阳光照得她那件防风外套像火一样鲜红。

　　当晚，他们又去第151街的窨井蹲点监视。他们在黄昏时分闪进了那片区域，藏身于红砖房的阴影之中。瓦斯克斯一到这里，她的不耐烦马上就跟上次离开时续上了，仿佛中间就没有间断过。月光从无云的天空照耀着地面，街灯的背后则显得有些晦暗。枯燥的等候使她身心俱疲，兀自陷入沉思之中。

　　五月伊始，与格思里共事正是她内心向往的工作。随身携带枪支令她感到自己身负重任、一本正经，马上从一个暑假只能当侍应生的少女蜕变成了一个大人。她正处在叛逆期，和父亲闹得很僵，非常需要这份工作。凡夫俗子做的工作可没法给予她足够的力量，只有这份工作包含的丰厚薪水和手枪实在的重量才让她有底气藐视她父亲的不满。从父亲紧皱的眉头前走过可不是什么随便就能拿来开玩笑的事情。他的反对就像是地心引力，可以把她死死地摁在地板上。

　　即便是她两位脑子有病的哥哥，也不敢小觑她的这份选择。他们也明白和爸爸对抗的不易。米格尔对于她放弃升学而感到高兴。因迪奥是怎么想的就不清楚了，不过由于她一改故辙与父亲作对，他也支持她的决定。在短短的三个月里，她就明白了他们多年来面对的处境。这样的日子着实不易。她想要回归到正常的生活中去。她不想每次回到家里，都要故作坚强地嘴硬。

　　虽然因迪奥和米格尔嘴上对爸爸总是抱怨，但她觉得他们的日子其实更轻松。他们在老人的魔下就像是游乐场里的旋转木马；无论他们看起来跑得有多欢，最终都还在他身旁，跑不了多远。虽然他总是大声呵斥他们，但他们依然是他心头的骄傲，这点再明显不过了。即便是在惩罚他们的时候，他也会找机会认可他们的优点；他每向前推一把，就会紧跟着后退一步。每次他们从冰箱里偷拿东西时（其实那些东西都是爸爸给他们买的，比方说因迪奥爱喝的瓶装水），他都会重重地拍着他们的肩膀，跟他们说："好好想想，别当个傻瓜蛋！""是谁花钱给你们买的水喝？"爸爸虽然声色俱厉，可他还是会一直买，因为因迪奥喜欢喝。即便是他们在外面惹了麻烦，餐桌上总还是给他们留了位置，要是他们没赶得上吃饭，多半还要挨骂。"别整晚都在外面撒野！别老让你们妈妈担心！"对她的两个哥哥来说，无论爸爸的怒火烧得有多旺，最终都会带着包容冷却下来。

自从念完书，她就仿佛和爸爸割断了情感的纽带。那些没有狂风暴雨的争吵，而只有令人难堪的沉默的日子，都已经算她走运了。他的女儿应该继续深造，甚至比罗伯托混得更出色。可她不乐意；光想想还要念书就令她难受。这时候另外一扇门就像变魔术一样打开了，奇幻得就像马尔克斯小说里的情节，却又确凿得如五月清晨必定会升起的太阳。可就像小说里写的那样，任何事情都不会像表面那样单纯。就算有一千份工作，赚到一千份薪水，配上一千把手枪，也没法说服爸爸她已经长大了，她已经不再是那个沿着康尼岛海滩奔跑嬉戏的小女孩了，也不会再任性地追逐着蝴蝶，最后跌入水塘中。他阴郁的怒容和大腿两侧紧握的双拳，不过是在表明他在倒数下一次爆发的时间而已。

瓦斯克斯胡思乱想了这么多，也没让这等候的难耐好受一些。窨井一动都没动过。而街灯的阴影也没有丝毫移转。晚上十点、午夜零点和深夜两点几乎没有任何区别，只不过午夜时分有两名醉汉在小巷里吵了个把分钟，还把酒瓶摔在砖墙上，然后深夜两点时那只金色的野猫又出来徘徊了一趟。格思里管它叫"尿尿"，听起来像是蹲点憋尿憋出来的脏话。瓦斯克斯可没法溜到角落里解放膀胱。待到夜色开始淡去的时候，她已经把一切可燃的东西都喂给了自己的怒火，可肚子里除了一堆苦涩的灰烬和焦炭外什么也没剩下。

两名身材矮小、衣着污秽的男人停在了行人道上。两人都穿着黑色的衣服，上面都沾着浅色的污斑，脸上如老鼠一般的髭须把他们苍白的面庞隔成了上下两半。其中一个抬起了扣在地上的窨井盖，而另一个则小心翼翼地钻了下去。还在地上的人向四周扫视了一番，并没有发现两位侦探，然后也消失在窨井下面。窨井盖在打了一个腐朽的饱嗝后关了起来。格思里轻声地笑笑，引得瓦斯克斯向他投来了目光。

"韦茨也特别讨厌蹲点监视。"格思里说道。他站起身时后背和腿脚咔咔作响。

他们随着清晨的车流奔向下城。车窗大开的清晨十分凉爽。格思里负责驾驶。他们在中城的一家餐厅旁停下来吃了早餐。他的玩笑也没法让瓦斯克斯愉悦起来，因为她开始明白格思里的很多工作就像蹲点监视、研究录像，或撰写报告一样无聊且难熬。

瓦斯克斯的目光越过桌上的炒蛋和培根，说道："我们不会在那个窨井盖上有任何收获。"

格思里哼了一声摇了摇头。"我们现在已经摸清了那只野猫的作息。随便挑个晚上我们就能把它逮住。你认识的人里就没有想要只黄色野猫的？"

"闭上你的臭嘴。"瓦斯克斯抱怨道。她把炒蛋排在培根周围，"严肃点。"

"我们已经监视到了小巷里的醉汉。他连着两晚都去了那里。即便他不是整晚都待在那里，他也可能见过我们这位鬼魂先生进出过窨井。不过我不太喜欢他。盖恩斯兄弟倒更有可能帮咱们的忙。"

"那两个脏兮兮的人？"

"当然。算我们运气好，先发现了他们。他们可以按照一美金的价钱把自家妹妹给卖了。"

"你是想买他们的妹妹才觉得运气好吧。"

格思里咧嘴笑了。"看吧，可说不准呢，"他说道，"而且你大概也不会相信，我第一次遇见他们的时候，恰好也在蹲点。当时我在跟踪一个人，手上的任务是搞臭他的名声，所以我就盯着他看看能抓住什么把柄。"

"你到底想说什么？"

"这座市的政治游戏非常肮脏。"他用牙齿撕下了一大片面包，没咽下去就接着说道，"我盯梢的人每晚都要到特里贝克区的同一个地方去。我溜不进去，所以我只能监视着入口，每次在他出来的时候，都希望他身边能跟着个女孩儿，或者别的什么人。然后我就能让他身败名裂。"

"然后出现了两个人，就是这两个矮墩墩、脏兮兮，分不清谁是谁的蠢货——盖恩斯兄弟，当时我还不认识他们俩。他们穿过哈德逊河，出现在街的另一头。路上的车辆并不多。而我就坐在路旁的车里，所以不可能注意不到他们。他们拖着步子沿街走着，也许喝醉了，只是两个人在散步，然后突然就停了下来。他们像纽约巨人队的球员那样蹲下身去。然后拉尔夫摇摇晃晃地走向了一座仓库，他打开了那扇临街大门（可不是卷门），然后走了进去。不一会儿，他探出头来；然后罗德尼便与他一同进去了。"

"这当然看起来很蠢。"他停下来喝了几口咖啡，"过了一阵子，他们就出来了，就像他们进去时候一样，沿着街道一路走。大约半小时后，他们又返身再度来到门前。然后两人又都进去了。当时我正在盯着俱乐部，总有一群衣着光鲜又张扬的人进进出出，所以他们的勾当一开始我就注意到了。随着夜色渐深，同样的事情他们干了一遍又一遍，我都可以拿他们来对我的表了。他们每次进去都要待上四十五分钟，离开又回来。等到我盯梢的人从俱乐部里出来的时候，他们已经办完事走人了。最后一趟的时候，拉尔夫往门上挂了一把锁，把仓库给锁上了。"

"那天是星期五。而星期六晚上则如出一辙。我看着他们把锁取下来，进进出出，每趟花上四十五分钟，然后在我跟踪我的目标离开之前，又把大门给锁上了。然后星期天晚上又是同样的戏码。到那个时候，我已经开始相信自己错看了他们，也许他们真的是在那儿上班呢。可是星期一的晚上，我又把车停在俱乐部外面，坐在车里盯梢我的目标，纽约警察局的人敲了敲我的车窗，'嘿，兄弟，你在干什么？'我如实告诉了他们，然后他们问我是否见过什么人闯入街对面的仓库，盗窃了顶上阁楼的东西。"

"拉尔夫和罗德尼洗劫了那个可怜虫的冰箱。他们拿走了他的衣物，还有一堆垃圾。却放过了高科技产品和他的电脑。我是说真的。他们甚至还从洗衣篮里取走了他的脏衣服。肥皂、厕纸，拿了个精光，他们几乎把他整栋房子里的垃圾都扫走了。"

"那他们怎么就能帮得上我们的忙呢?"瓦斯克斯问道。

格思里笑了出来，"我就知道，对吧? 他们拿走的东西没有一样是保了险的。可让他够受的。不过他们手上有很多新鲜的情报。他们总在地下活动，所以他们知道下面的情况。"

"就跟鬼魂埃迪一模一样。"她戳得盘子里的鸡蛋到处蹦跶。

"他们的行踪可以预测得到，所以我倒是能跟他们取得联络。"

瓦斯克斯往吐司上抹了一层厚厚的果酱，把它吃了下去。"我说，我能听明白你在解释蹲点有时候能派上用场，但有时候这些用场跟你正在做的事情毫无瓜葛，"她眉头突然皱起，"你当时监视的人后来怎么样了?"

"哦，我什么把柄都没有抓住。也许他真是两袖清风。"

年轻的波多黎各女孩摇了摇头。"我真不喜欢坐定不动。不过我明白，你也不用跟我说教，我又不是非得喜欢它不可。我不过是要学会怎么适应它。对吧?"

"有这份态度倒也能办成事。"格思里说道。

当老福特停到瓦斯克斯父母的住所前时，亨利街已经苏醒过来了。家家户户都把垃圾丢出来，拿起扫帚清扫着行人道。几位少年用疑惑的眼光看着他们，然后跑开了。瓦斯克斯下了车子，卸下了手枪腰带，然后拾级而上。清晨依旧凉爽。她停下来抬头仰望着房屋，长长的马尾垂在外套背后，就像是这位瘦削女郎身上的第三条直线一般。而两端的直线也只有在帽檐和卷起的外套袖管处有所突兀。她其实看起来也没什么不同寻常。她走进屋内。她已经回到了家中。

12

那个下午，格思里在互联网上搜索着贾斯汀·比珀的信息。瓦斯克斯看着他搜出了比珀的社会保险号和一小串拆东墙补西墙的信用卡号。比珀显然在管理自己的财务上有不小的问题，所以只好用一张卡还另一张的债，可他竟然在八月二日还清了所有信用卡的欠款。这可是大部分纽约人都做不到的事情。格思里查找着账单的日期、时间和地区，看看有没有能够跟LMA、华盛顿高地和七月二十三日对上的。他推断犯罪现场的附近可能会适时地出现一桩消费，或者让他找出证据，证明鲍曼遇害当晚这位学生也在LMA。可他什么也没有找到。可以说比珀在鲍曼谋杀案当晚几乎行踪全失。他在LMA和华盛顿高地的几处场所偶有信用卡消费，但他的这些账单却都和二十三日没有半点关联。

"事情本来也不会这么简单。"格思里无奈地抱怨了一声。他又查找了尤蒂卡的法庭档案，检视他过去的两次打架记录。两次记录都被定性为轻罪，而瓦斯克斯的两位哥哥都曾因为该罪被关进过雷克岛监狱。比珀并不介意等到别人翘起尾巴后才开始挑衅。瓦斯克斯耸了耸肩，回到了她自己的桌前。不过格思里又开始搜索时，她的目光还是会越过他的肩膀盯着他的屏幕。

搜索完毕后，小个子侦探把双腿架到了自己的桌子上，只有在给自己的咖啡续杯时才下去走动几步。他的眉头时紧时松。他打开

108

了自己的笔记本缓慢地翻页查着，不过看起来并不像是在阅读上面记载的文字。"我们还得再去调查他一番。"他最终开口说道。

"贾斯汀·比珀?"瓦斯克斯问道。

"当然了。我们这就去学校走一遭。"

一路奔向百老汇大道，瓦斯克斯发现格思里的意思并不是要去跟踪比珀。他给米歇尔·汤普金斯打了电话，跟她约好在校园见面。路上的车流行进很快。汤普金斯正在上课，所以他们得在校园里等她一会儿。他们久久地端详着东方的天空中高高排起的云障。曼哈顿的燥热扭曲了外面的街景，隐隐中泛着一丝红色，而学校周围似是有一道隐形的墙，把它隔在墙外，带来了些许阴凉。

麦克纳马拉楼的一间间教室如醉汉般拥作一团，挤在一间玻璃房顶的中庭四周。工匠们精巧的设计使得大楼融入了周围稍矮的建筑群中，却没法把这盘散沙聚拢在一起。楼里的各处夹层长短不一，而倚靠在各处的楼梯则像舌头一样伸进了与夹层脱臼的大厅里。格思里和瓦斯克斯闲逛了一刻钟，然后在二楼找到了汤普金斯上课的教室房门。他们一边等待，一边看着同样在等待或是闲逛的学生。教室对学生的吸引力显然没有美食中心那么强，不过两边成分倒是差不多，都是一堆懒汉中间夹着几个拼命三郎。

从教室里出来的米歇尔·汤普金斯走在一小群学生近旁，肩上挂着一个背包。她身着一件褶皱的卡其色衬衫，衣摆垂到臀部，现出下身从精壮大腿一路收至纤细脚踝的健美肌肉曲线。她一头巧克力色的头发垂下几缕任性的发丝，刚好没够到她短袖纽扣衬衫的衣领。当她看到两位侦探时，她的眉毛皱出一个不耐烦的信号，然后大步地越过他们继续前行。

"你们近来可真够忙的。"她说道。

"是很忙，"格思里说道，"而且我觉得我趟到了你所说的地雷阵上。"

汤普金斯苦笑一声。"没给你惹太多麻烦吧?"她轻声问道，"这些日子都已经过去了，对我来说倒是一种幸运，不过也是一种不幸，因为卡米也随之而去了。"她不耐烦地看着他们，然后向中楼层迈出了犹豫的一步。"也许我们该去校外什么地方？"

"我们倒喜欢待在有观众的地方。"瓦斯克斯说道。

"那么你倒是为昨天那出戏码说明了缘由。我已经听过好几个版本了。"这时的她又绽开了笑颜，不过带着嘲讽的意味，"从西格玛姐妹那里打来的电话倒只有一个。是阿曼达，她简直被吓坏了。"她走到中楼层扶手旁，然后把肩上的背包垂到地毯上。"我倒不会对你这种方法的效果提出什么反对意见。你也许真能吓住人。不过我怎么能够在这其中帮上忙呢？"

"你是局内人，能看懂他们在LMA到底干些什么，"格思里说道，"到目前为止，为我们讲述故事的证人要么离事件太过遥远，要么就急于隐藏事实。"

汤普金斯惊讶地抬起了眉毛，然后在下降时团成了一个不耐烦的结。"我不明白你们为什么觉得我手头会有情报。在你告诉我之前，我连她在LMA外被人绑票都不知道。"

"别再跟我打马虎眼了，米歇尔。你从一开始就试图撇清自己，可你明明都已经发觉了，这件案子从头到尾都充满性的意味。你和卡米尔在她遇到奥尔森前就交往甚密。而通过她的引介你才认识了奥尔森，然后你对哥大门道的熟悉才开始变得有用。你其实知道她在遇见奥尔森之前简直万事不牵挂，而且我敢打赌她不会自找麻烦，跑到西格玛姐妹会以外找经验丰富的校友。你是自己主动找上门。你知道她都在干些什么，因为她对你有利用价值。"

"好了，我明白了！真不愧是侦探啊！"汤普金斯大声说道，引得几位路过的学生缓下脚步，投来目光，不过他们被格思里狠狠地瞪了一眼后就又快步走掉了。瓦斯克斯朝楼下看了一眼后也倚靠在栏杆上，大厅里转过来几张面庞。

"确实如此。我主动找的卡米。我知道她这个人到处都很受欢迎，所以我就向她兜售自己，让她看到我对她的价值。"她脸上现出沉思的笑容，缀着些许伤感的色彩。这个转瞬即逝的表情令她突然变得美丽，即便在表情变换之后，都依然残余着美丽的幻景。

"结果是我们确实各取所需。"

"为什么这么说呢?"

"卡米是我进到 LMA 的敲门砖。"她耸了耸肩,转身两手撑着栏杆,背靠在上面。这一放松的姿态把她的曲线撑出了希腊雕塑般的匀称感。"过去就是过去,想要藏也是藏不住的,过去留下了那么多影像,想要把过去埋葬掉恐怕也困难,"她大笑起来,"我初来哥大时,可不是这般模样。我现在可以更明确地说,当时的我还是一株胚芽,我想大概就和现在的你差不多,"她看了一眼瓦斯克斯,继续说道,"不过我可没有你那么漂亮的脸蛋。我性格内向,受到交际达人的排挤;我不过是一位相貌平平、毫无魅力的女孩子,除了有几个钱,几乎身无长物。虽然大家都把钱看作是万能的东西,但它却没办法排解忧伤。当我还在读本科的时候,我只能通过专心学习来分散自己的注意力,并努力避免被别人欺负。等到我意识到自己也想有所归属的时候,我的处境已成定局了。我在任何圈子都是个外人。"

"然后卡米也考上了哥大。我们一开始的接触是因为寻常的亲缘关系,毕竟我这个姐姐得照应自己的堂妹,"她的笑容有点苦涩,"可你能想象有谁会叫我去提携卡米尔·鲍曼吗?像她这样的可人儿,我什么忙也帮不上。"

"也许你低估自己了,"格思里说道,"她在学业上需要你的帮助。"

"其实不需要,"汤普金斯说着摇了摇头,"卡米天资聪颖,虽然透过那张漂亮脸蛋想看出这点不那么容易。她只要专心学就能学好。虽然她确实在学业上不太上心。但在那些娱乐的场合,她能够决定谁和谁组成搭档。所以她能够把我跟我心仪的对象组到一起,我们就是这么玩到一起的。直到她遇见了格雷格,我才发现原来她还有这样不同的一面。"

"哪一面?"

"成熟的一面。"

"你跟奥尔森其实也有点问题,"瓦斯克斯说道,"我觉得你对他也动了情，这也是我们这次过来的原因。我知道你说过你不是杀害你堂妹的凶手。你说服我相信了这一点。可我们找到的所有线索都指向了你和奥尔森。那么你是否……"

"胡说八道，"汤普金斯说道，"绝对不是我干的。也不可能是奥尔森。我喜不喜欢他与这件事情毫无关系。卡米过去的夜夜笙歌也许加重了他的嫌疑，可那些事在卡米和他恋爱之前，也许不是在他们相遇之前，就已经尘埃落定了。他们一开始是同学，这一点我早先跟你讲过。而当她意识到，自己想要和他在一起之后，她就再也不去寻欢作乐了，而那时的她已经注意他好几个礼拜了。格雷格知道她曾经疯狂的岁月，也知道她已经金盆洗手了。他觉得过去的历史不过是孩子气的行为，他也是这么告诉她的，然后就此翻过这一页。格雷格是个与众不同的人。"

瓦斯克斯坏笑起来。"这种理由拿来说服他母亲倒是差不多。"

"难道我的话听起来就这么蠢吗？"汤普金斯一脸受伤的表情提问道，"那么好吧，也是他的处境让我说出这种蠢话。我对那些幸运儿倒是提不起什么同情心，比如说你，"她朝瓦斯克斯点了点头，"又比如说我。你在脸蛋上是个幸运儿，而我在钱袋上是个幸运儿。我知道现在的一团乱麻也有我的份儿，可我现在想要把问题好好解决清楚。也许幸运儿有时候也需要别人的帮助。"

"事情的关键在于，在奥尔森出现之前，你就跟鲍曼交往甚密了，"格思里说道，"我们对其他事情并不感兴趣。可你是局内人，看得到很多内部的东西。她在遇到奥尔森之前都跟谁在一起过？那些一夜情就不算了。我得搞清楚都有谁去过她的公寓。都有谁在那里长待过？"

"G组的每个人都有可能去过，不过我想你已经从他们的头号人物，贾斯汀·比珀入手了。"

格思里摇了摇头，"哪些人手头有钥匙？"

"我手头有一把，然后还有过一把公用钥匙。在大家手里传来传去。"看到他们紧蹙的眉头她只是摇了摇头，"不过这次你们可想错了。卡米在格林尼治村的公寓确实是个据点，却不总是她的据

112 |

点。我在曼哈顿西区的那间公寓才是我们的安全密室。格罗夫街不过是个游乐场，很多姐妹都会借用那边。"

"你是指西格玛·卡帕姐妹联谊会么？"

"还有阿尔法·西·欧米茄（AXΩ）姐妹联谊会。"

格思里吹起了口哨，"这些就是你所说的G组吧。两个姐妹联谊会、德尔塔·普西兄弟会……"

"以及卡帕·阿尔法兄弟联谊会。共有四个联谊会的人。"

"我想我得跟你明说，一把谁都拿得到手的钥匙可没法保住公寓里的情况不被到处乱传，"他说道，"她跟其中任何人有过争执吗？奥尔森为什么要给她配枪？"

"姐妹联谊会的人都害怕卡米，她们可不敢跟她作对。她配那把枪是因为比珀。他是个死皮赖脸的家伙。但她又不能跟格雷格倾诉，因为他很有可能会因此去伤害比珀。她骗他说是担心遇上入室抢劫。"汤普金斯停顿住了，一脸深沉地皱起了眉头。"格雷格晚上经常外出，他晚上也不在那里过夜，所以他常常都不在。可配枪这种事也真是脑子有问题。比珀不可能真的伤害她……"汤普金斯的声音越收越小，变成了沉默。

"我也觉得不应该这么办。"瓦斯克斯说道。

"也许我需要的正是这个线索，"格思里说道，"某人马上要感受到压力了。"

汤普金斯提起了她的背包，把它挂到了自己的肩膀上。她戴上了一副塑料框墨镜，藏住了她蓝色的眼睛，突然间她又落入了无名，又变成了德亚顿口中的老鼠。瓦斯克斯斜倚在中楼层的栏杆上目送着她离去。

"她可真信任你会保护她，老家伙。"瓦斯克斯说道。

"何止是信任，"格思里说道，"她从一开始就知道了。我猜她并不觉得我们能够发现她过去干过的勾当。"

年轻的波多黎各女孩皱起了眉头。她再度把目光投向了汤普金斯，她走过中厅的身形没有引起任何人的注意。大多数人的目光都集中在两位侦探身上，并没有人分神看那位研究生一眼。他们跟着她下了楼梯，走出了教学楼，室外碧空如洗的天空中正投下火热的阳光。突然跑到室外就好像从锅里蹦到了火苗上。太阳正逐步高升，而云朵都敬畏地畏缩在东边的地平线上。

哥大的校园里人影稀疏。一离开校园，他们就马上被这座城市的节奏所裹挟，恍惚间仿佛刚从一个幽暗空无一人，又堆满酒会礼服的卧室离开。纽约街头的人尽管各不相同，却都在摩肩接踵。从一个世界去到另一个世界可以花去一生的时间，有时却方便到只需穿过一扇门即可。只要他们乐意，就可以走上街头，迎面感受各式各样的人和他们的梦想。

格思里和瓦斯克斯走到第149街上的杂货店时，祖德·纳尔逊正分心旁骛。响起的进门铃，仿佛是在呼唤他们适应昏暗室内的信号。五六个衣着清凉的中学生在杂货店货架的两旁游荡着。眉头紧蹙的纳尔逊站在柜台后面，每当他们的身形挡住货架的时候，他就会伸长脖子一探究竟。这位老店主胡须上的几撇白色和他黑色的面容形成了鲜明的对比。

格思里在柜台上靠了一会儿，目视着孩子们，然后抿嘴笑了。"好吧，"他说道，"每个人都拿一瓶饮料和一条糖果到柜台这边来。我来埋单。"

孩子们犹豫着，聚到一起商量了一会儿。最后，年龄最大的那个孩子开口问道："你是要干什么？"

"我说，孩子，要是有一批目击证人在场，我怎么方便抢劫这家店呢？"格思里厉声说道，"每个人都拿点东西过来，然后给我开溜。"

一堆苏打水和糖果被迅速地传到柜台上，然后孩子们都匆忙地跑了出去。只有一个又趴在窗户上观望了一小会儿。纳尔逊叹了口气，又坐回到他的高凳上。店里的这些小孩已经做了半个小时的准备工作，鼓起勇气想要完成童年里的一项成人礼，也就是在商店里偷东西。就算是心知肚明这是孩子们都会干的事情，和丢石头、踩水塘没什么两样，但要看住他们也不那么容易。

格思里向纳尔逊坦诚地说，他也是一位改过自新的商店扒手。在他远还年轻，却并不矮小很多的年岁里，他也常常会把杯形巧克力蛋糕偷偷地塞到自己的口袋里。不过那都是很久以前的事情了，他继续说道，等到他开始付钱买蛋糕时，他已经知道里面的糖分对身体并不太好。老店主开怀大笑。他年幼时住在纽约南部，也曾溜进果园偷过桃子。

"孩子总归是要偷东西的，这点毋庸置疑。"纳尔逊在凳子上调整了一下坐姿，顺了顺他的髭须。纳尔逊向瓦斯克斯点了点头，因为她吸了一口气做出想要提问的样子，然后说道："我跟鬼魂埃迪都说过了，不过考虑到他伸进口袋的手连顿都没有顿一下，说过之后有没有分别我就不清楚了。"

"这个大个子的胡子盖住了大半边脸，又戴着反光墨镜，心思可让人看不穿。也许他其实是闭着眼的，靠嗅觉四下走动。"老人咧嘴笑了笑，"我觉得这几天等他等得有点焦躁，所以我的声调听起来有点太平了。"

"你可能对他买的东西感兴趣，他买了伏特加和香甜咖啡酒，一罐沙丁鱼和一些芝士饼干，花去了五十五美元，他手头的钱和通常一样，都是新的。他身上口袋可不少，所以我猜他喝醉的时候也许会想不起来把钱放在哪里。所以他在口袋里找钱的时候，我就跟他聊天。这种情况我见过上百遍了，通常他都不上心我在说些什么。也许他是按照什么特别的规律生活的。"

纳尔逊笑得合不拢嘴："那真是好玩。不过听好了，小姐。"他没给瓦斯克斯回答的机会，就继续把话说了下去。"可他没作任何回答，所以我问他，如果有人含冤入狱，他是不是也毫不介怀。然后在他把钱递过来的时候，他说道，'你凭什么觉得条子抓到的就不是我看到的那个？'"

"然后我说：'那么你呢？你就知道吗？'"

"'这又有什么关系，'他说道，'如果没有金钱利益，难道有人关心过任何杀戮么？就这样吧，老古董。'"

"你们能想象吗？"店主说道，"这个大个子老头也许年纪还没我大，说实话我也分不清，但也差不离。所以我说：'你活了一把年纪了，也应该明白世事会发生变化的。我现在拥有这爿店，而你则直接从我手头买东西，这些会不会变？再看看如今做主白宫的人。世事已经发生了变化。你明明千真万确地看到了凶手，怎么能够让一个可能无辜的人就这样蹲了监狱？别这么事不关己。'"

"我的话他都明明白白地听见了，但我看不出他的反应。其实我本该可以说得更多。你刚才打发那群孩子的方法让我想起了从前。当我还小的时候，我在佐治亚州从白人的果园里偷桃子吃，心里害怕他们会怎么对付我。而如今却有白人孩子到我这里偷东西。这个世界确实在向前走。"

"你没能让他接着把话聊下去？"瓦斯克斯问道。

"恐怕没办法，"他说道，"我猜他也有某种理由拒绝这么做。你也是因为钱才来到这里的。监狱里的那个男人花钱雇的你，不然也不会有任何人替他出面。"

"美国的这一面确实非常丑恶。"格思里承认道。

13

下午晚些时候，格思里和瓦斯克斯把车泊在第47街，新阿尔伯克基典当贷款公司对面的一个停车位上，公司门面的招牌上画着一个身着浅蓝色衬衫、戴着高帽的男子，站在一株高大的仙人掌下。热浪迫得人透不过气来，而街道另一头从大西洋上飘来的云，则扭曲得像沸腾的米粒。这家租金低廉的典当行实际是一个供瘾君子消费的场所。雌雄莫辨、骨瘦如柴的人颤抖着从入口进进出出，陷于买毒品前后各自不同的疯狂之中。那些无物可当的吸毒者则绕着入口打转，抓狂的手指揪着蓬乱的头发，纠结于到底是买点软毒品，还是花去整个下午乞求那些更为幸运的瘾君子能赏他们点东西尝尝。两位侦探穿过了门口这些张牙舞爪的瘾君子，进到了典当行里面。

行人道和店面间的地缝里塞满了几乎吸到滤嘴的烟蒂。而屋里则有一阵时涨时消的陈年呕吐物的气味，像一条孤寂中守候的老狗。几把用作装饰的吉他旁的地板上有几块引人联想的污迹，而几位决心买毒品的瘾君子则在此处停步片刻，回想他们过往的音乐生涯。柜台后的服务员是个高大的胖子，体毛遍布全身，简直连指尖都不放过。他的嘴角叼着一根香烟，熏得上面的眼睛眯成一条缝。他棕色工作服上那块脏脏的名牌写着"罗比"。玻璃的柜台和展示窗一直延伸到门边，陈列着各式各样在人们的生命中走过的物品，很多都陈旧不已，带着使用的痕迹。

"拉尔夫·盖恩斯今天来过吗？"格思里问道。柜台服务员的眼睛连眨都没眨一下，却伸手接过小个子侦探手上出现的五十美元钞票。

"还没呢。"

"告诉他克莱顿·格思里在找他。"

格思里和瓦斯克斯走出了典当行。街上的酷热反倒是一种慰藉。他们驱车穿梭于车流之中，仿佛为了确保典当行的气味在追赶中被其他车辆撞飞掉，然后绕了一圈开了回来。

"他们听到你的名字肯定就跑没影了。"瓦斯克斯仰靠在福特车的驾驶座上，皱着眉头说道。

"那只是找人的其中一条路子而已，"格思里说道，"我们在这边等着。到时候由你出面，把史密斯装在口袋里。拉尔夫可怕枪了。"

他们低身坐在汽车前排，监视着新阿尔伯克基。云彩从东边涌来，衬得这个下午如同临近黄昏。一场飘泼大雨像扫帚一样扫过了这间地狱厨房。吸毒者们像受惊的猫一般左冲右突，最后蜷缩在店门前。大雨过后，各家又把窗户打开，享受着追随大雨而至的凉爽空气。

随着天空又开始变亮，盖恩斯兄弟匆忙地沿着第47街走来。两人的口袋都鼓鼓的，夹克则被藏着的奇形怪状的包裹撑变了形。罗德尼走得很快，总是超过拉尔夫又不耐烦地停下来等他赶上。从远处看，拉尔夫很明显是个跛足。他总是先把僵硬的右脚晃到一侧，才能向前伸去，整个人颠得像一名专注于练习的迪斯科舞者。他们闪进了那家典当行。

格思里和瓦斯克斯下车穿过了街道。新阿尔伯克基门口的瘾君子们目视着他们，空洞的眼睛闪过黑黢黢的怀疑。他们纷纷从店门前走开。格思里和瓦斯克斯分别站在门的两侧守住了出口。盖恩斯兄弟费了些时间跟店员讨价还价，想多换点毒品，而瓦斯克斯已经开始有点不耐烦了。

"拉尔夫动作总是比罗德尼慢,"小个子侦探说道,"这也是为什么瘸腿的那个人是他。"他停下话头走到了行人道上,顺着街道向远方望去。

"不过,当他们还是邋遢小鬼的时候,有一次实在是偷不到东西去买毒品,可毒瘾又上来了,于是他们就想出了一个天才的主意,把第三只手伸向了他们的母亲。那大概是罗德尼想的点子吧。这人蠢得要命。他们把整栋房子翻了个底朝天,想找到他们母亲藏钱的地方,一直找到被他们回家的母亲撞了个正着。她可是个异常强悍的布鲁克林女汉子,而且随身在钱包里放着一把袖珍枪。我猜她进来的时候听到了他们翻箱倒柜的声音。罗德尼耳朵比较灵敏,从窗户逃了出去。而她举着枪冲进来的时候,跟在罗德尼后面的拉尔夫还挂在窗户上。光看见个屁股她自然认不出这是自己的儿子,所以她朝这个拼命往窗外爬的小偷开了一枪,正中他的屁股。"

当盖恩斯兄弟匆忙地走出典当行时,瓦斯克斯还在笑得合不拢嘴。他们双眼盯着她看,脚下步履匆匆,然后纷纷撞到了格思里身上,因为格思里已经移步挡在他们进来的那条道上。瓦斯克斯亮出了手枪,才把他们满嘴的脏话给止住。

"给我别动,伙计们。"她说道。

"啊,该死!"拉尔夫说着,停止了挣脱格思里的举动。

这两兄弟块头和格思里差不多:大约五英尺半的身高,一百三十斤重的身材。要是从远处看的话,他们会被人当作是三兄弟,只不过有一个衣着整洁,而且没留胡须。三人的区别基本就在脸上。年纪大些的小个子侦探,脸庞像砖头一样坚毅扁平;而相对年轻的盖恩斯兄弟,他们滴溜溜的双眼像金鱼一样,寻找着逃跑的办法。

格思里双手抓住拉尔夫·盖恩斯那件肮脏的黑夹克衫,揪着他走到街对面去。跟在身后的罗德尼则在嘴里吐出一大串咒骂的话。瓦斯克斯跟在他们三人后面,一只手插在她的外套口袋里。格思里把拉尔夫塞进了老福特车的后座里,而瓦斯克斯则坐进了驾驶座。罗德尼犹豫不决地在车外面杵了一会儿,然后坐进了副驾驶座。

"我说,你来逮我们如果是为了第78街上那码子事,我可以向你解释，"拉尔夫说道，"不管怎么说，你从来都没说过我不能动那边的东西。"

"拉尔夫，你该偷点牙膏了。如果你在第78街上看到有，随便拿。还可以顺便拿点肥皂。"

盖恩斯兄弟缩在各自的座位上，尽量远离格思里。"难道有人让你找我们麻烦吗？"

"我这事儿可跟毒品没关系，拉尔夫。这可是个让你为我效劳的机会，所以别搞砸了。我会像往常一样给你报酬。"

"你的意思是给我现钱，或者是免费把我从号子里弄出来？"

"任君选择。"

两兄弟越过汽车座位交换了一个狡黠的眼神，"当然是选前面那个了，"拉尔夫说道，"鬼知道你明天会跑到哪里去，懂么？"

"那也得先让我满意了，而不是编造些巧妙的谎言来骗我。"格思里的脸上闪过一丝笑容，"昨天夜里我看到你们两个钻到第151街的地底下去了。你是去下面什么地方？"

"你是要打听那个中转站啊。"

"那就跟我说说吧。"

"一百年前的地铁线路和现在不尽相同。那些过去的地铁公司都想方设法要击败竞争对手，他们各自用的轨道都不一样。曾经有一条布朗克斯线从河下穿过，当时这条线还挺特别的，不过很快被另一家公司给挤对了……"

格思里拧住拉尔夫·盖恩斯的外套衣领，勒得他直叫唤。"你什么时候开始研究历史了？你已经吸毒吸上头了吗？你有没有在胡编乱造？"

"没有啊！别着急！下面的人好好钻研过这坨东西了。那块地方归他管，非常酷。有些皮垫子到现在坐起来还很舒服呢，懂吗？"

"如果你在耍我，事情就不好办了。"小个子侦探说道。

"你不好跟你老板交差关我们什么事，"罗德尼说道，"拿人钱财，替人消灾。"

"闭上你的嘴，罗德尼。你这个蠢货。"拉尔夫·盖恩斯说道，

120

"他没听明白你的意思，格思里。我听明白了。这个所谓的中转站原先是个火车变道站，里面有吧台，有厨房，啥都有。那人是在图书馆不知道哪儿藏的一本书里找到这个地方的。可不是光明道上走的人该去的地方，懂么？那人手下众多。游民家族的人可以去，人们可以在那边做生意，不过他的手下可能会干掉你的。他们会找个洞把你塞进去封起来，然后再也想不起来把你关到哪里去了。"

"什么人都能去吗？"

"是啊，不过你懂的，"他瞥了一眼瓦斯克斯，"你们两个会像傻瓜一样显眼，我这话可没有冒犯的意思。"

"我们会想办法，"格思里说道，"不过我想找的不是那个地方，知道吗；我想找的是一个人，我知道他钻到地下去了。原先他主要在地上活动，在哈莱姆河那边，不过他现在躲着我。你听说过鬼魂埃迪吗？"

"那家伙可是个疯子。他这人什么都不要……"

"闭好你的嘴，罗德尼。"

"你刚才说什么？"格思里问道。

"他什么也不干，只会坐在阴暗的角落里喝酒。不碰女人，不碰毒品，也不打牌。他这人怪得可以，住在一个翻倒的垃圾桶里，睡觉的时候吵得要命，不过他自己倒是一点都不介意……"

"我可不觉得这个混账会睡觉，"拉尔夫说道，"我觉得他只是躲在那个桶里发出怪声而已。"

"所以他人就在地下？"

"噢，对啊，"拉尔夫说道，"我可以把他躺过的地方指给你看，可要是没点现钱的好处，我可不会白白给你卖命。"

"这事儿你不用操心。我要你带我下到中转站那儿去，帮我指指方位。"

"行啊。那么先把车开到三一教堂去，然后……"

"不是今晚。我们明天半夜动身。"格思里从口袋里掏出了一捆钱，慢慢地数出了十张五十美金纸币，好让拉尔夫看个明白，然后把钱递给了这个肮脏的小个子。"这钱是赏你今晚的情报。明天半夜办成了事，我还会给你五倍的钱。"

罗德尼两眼出神地盯着那笔钱，嘴里发出长长的一声怪叫，把第47街上路过老福特车的行人吓了一跳。拉尔夫拖着他的瘸腿下了后座，罗德尼也紧跟着跳下了车。盖恩斯兄弟沿着第47街快步走远了，格思里则换到了副驾驶座上。他没有马上关上门，而是开着散了会儿味道。

驱车回办事处的路上，他们在一家卖二手货的商店停了一下。瓢泼大雨虽然洗刷了街道上的尘埃，热气却没过多久就又蒸了起来。格思里买了几件大小不一的军队杂役制服和两双各自尺码的靴子。这些衣服和鞋子都是些废旧不穿的东西，因为他不确定到地下后还能不能临时找到这样的衣服。他见过纽约很多肮脏的旮旯儿，所以即便不确信那个地方有多符合拉尔夫·盖恩斯的描述，却能够基本相信他嘴里那套说辞。他想做到万事俱备。这座城市地下的阴暗可不乐于原谅过失。

回到办事处，小个子侦探把他手里藏着的牌亮给瓦斯克斯看。后墙的两侧护墙板都不过是掩饰，背后藏着几个密码箱。

小个子侦探锁好了外门，拉上了百叶窗，然后取出了一个小号的工具箱。他用一把尖嘴钳拔下了护墙板上的最后几枚钉子，取下来后便露出了一块可拆卸的灰泥板，显然他的这些秘密装备非常靠谱。格思里把枪械都装在一个密码箱里，而另一个密码箱则用来装其他东西。

"沃瑟曼把枪放在枪支柜里，以前就摆在窗户边上。"他说道，"他持有三级许可证，手头有祖师级的自动武器，简直应有尽有。他把这一柜子的军火库留给了我，不过我把枪支柜给处理掉了。"他站在墙边指着正对着第34街的那扇窗户。

"你宁愿冒额外的风险。"瓦斯克斯观摩着他那个箱子里排布整齐的枪械，提出了她的疑虑。

格思里耸了耸肩。"纸质的东西会招致不必要的注意，"他带着笑容说道，"而且有时候你不该把你最需要的东西存到银行里去。有可能在你需要的时候却拿不出来。有可能人们会因此监视你的行踪，核查你的行动。松鼠算是善于挨过严冬，可要是它藏坚果的树太容易被人找到，就不是什么好事了。"

瓦斯克斯皱起了眉头。小个子侦探特别喜欢拿动物来打比方，可这种方式并不总能帮助她弄明白他的意思。他把这番情况跟鬼魂埃迪作了比较；这个灰发的流浪汉有几个特别的习惯，使得他们可以循着这些习惯找到他。所有人的行为或多或少都可以预计，只要耐心地观察就可以找出很多发现。有些人的行踪会比其他人更明显，比如说毒贩子。无论他们做出什么样的伪装，有三个特征是无法掩盖的：毒品总有个来处，也得有个藏毒的地方，最后得来的钱也得有个销赃的地方。人们做事都带着目的。毒贩也会去干洗店取衣服，去超市购物，去女朋友家过夜。如果他哪天做的事情目的变得不清不楚，或者有目的的事情做太多次的时候，就会被监视他的人抓到把柄。

"你说得倒挺容易，老家伙。"瓦斯克斯抱怨说。

格思里开口笑了。"毒贩子倒不会被人逮到，因为根本就没人真的去监视他们。"他说道，"话说回来，你把我们在格林尼治村那栋公寓里发现的笔记本电脑递给我。我得把它们和那块硬盘装到箱子里去。"他从办事处电脑上拔下了鲍曼的硬盘，然后塞进了保险柜里。接着他又把那几部笔记本电脑叠放到箱子里去。

"这些数码产品又有什么问题吗？"她问道。

"在学校的时候，汤普金斯说起过照片的事情。她说她们那帮人曾经拍过许多照片。这些机器里的文件都太庞大了，大约是些视频、图片之类的东西，而文件名却像是一碗字母汤一样混乱。然后我记起来了，村里那栋公寓的垃圾桶，也有那么一碗字母汤。我们现在所说的可能正是有人想要的东西。"

"那他们为什么就没把硬盘拿走呢？"

格思里耸了耸肩。"并不是所有的罪犯都是超级天才。有时候跟你对上的就是盖恩斯兄弟那种货色。而超级天才有时候也会犯错，比方说威利。我在布鲁克林有个熟人，他能够帮我检查一下这些设备里的玩意儿。"

那天晚上，格思里和瓦斯克斯驱车去到下城，来到了曼哈顿华埠。小个子侦探想把作息调整到晚上，这样等到盖恩斯兄弟把他们带去地下的中转站时，他们就能够保持足够的警觉了。他命令瓦斯克斯驱车在下城的商业区域来回穿梭，往返于那些荒废的和那些仍然搏动着生命的街道之间。随着时间的缓缓流逝，他时而看看腕表然后吐出一个远处的地址，然后帮瓦斯克斯计时，看她要花多久才能开到那里。每一次，他都要质问她为什么这么选择路线，比方说为什么走第七大道却不走公园大道，或是他让她去布鲁克林的时候她为什么要走曼哈顿大桥。一开始在白天教她开这辆福特车的时候，他们总是跑同样的路线。不过那个晚上的每一趟奔袭之后，格思里都会让她再开回到华埠。回来时她慢慢地驾驶着蓝色的老福特，一边驶过静谧的街巷，一边细心观察。在即将破晓之际，当朝日像蛋黄一样把橙色泄入到漆黑的平底锅里时，她终于明白了一般监视和带着目的监视的区别。突然间，这两件事之间有了明确的分别，而之前的她可没法将两者辨别清楚。

14

　　由于和盖恩斯兄弟约好了在午夜碰面，格思里和瓦斯克斯直到第二天傍晚六点才来到办事处。肆虐了一天的热气开始缓缓地消退。时装区的街道上来回推动的衣服架子和伴随着打烊前最后一趟运送的喊叫声依旧繁忙。格思里办事处的那台老旧录音电话闪烁着红色的信号灯，有一通留言在等候着他们。

　　"格思里，我是迈克·英格尔伍德。你还记得我吧？就是在下城那座巨大的纽约警察建筑里干活的那个家伙。代我向，叫什么来着，那个新来的，瓦斯克斯！代我向瓦斯克斯问好。跟她讲讲要是她真想学着当个警察，她就该继续去大学深造。除非她更喜欢你让她干的那些偷窥狂的活儿。"电话里传来了他粗鲁的笑声。"我今天找你整整找了一整天啊，格思里。糟透了。我得跟你的客户奥尔森谈谈。也许你会愿意在场做点笔记什么的。我觉得雷克岛监狱挺适合他的。人们说那边的空气更清新，不过就我对伊斯特河的了解，我可说不出这么自信满满的话。"他的笑声再次响起。"我不知道跟我聊天的是哪个他。我觉得应该是那个三缄其口，请求律师帮助的他。不过就像我刚才说的，我们还是该见个面。过几个小时我会去到'马科'酒吧。过来坐坐吧；我们可以看看天使队的比赛找点乐子。再聊点本行的事。你懂的。"电话挂断的声音把笑声掐断在半空中。

"他显然是要拿更多的谋杀案来扇我的脸，"格思里说道，"不过也不要紧。他邀请我们过去，那么我们就去下城吃上一顿。午夜之前我们倒是有时间安排一场突如其来的会面。"

瓦斯克斯驱车来到下城，停在了海关大楼的旧址。然后他们步行来到了公园边上的这家体育酒吧。人们迎着上纽约湾吹来的微风，像猫一样休憩在水滨露台上。"马科"酒吧里十分昏暗，观众们看着酒吧的大屏幕，不温不火地嘲弄天使队的表现，此外还有一些用餐的人，使得店内依旧喧嚣。纽约警方的两位警探落座的包厢在酒吧深处；英格尔伍德的目光捕捉到格思里后，像个疯子一样大叫着挥起手来。在进去的几步路上，小个子侦探拦住了一位侍应生，点了牛排三明治、薯条和一大罐生啤。

小个子端起桌子上的那罐啤酒，给自己倒了一杯。兰德里今天也来了。他不快地瞥了格思里一眼，然后又沉下了脸，这时候英格尔伍德则咧开了嘴，伸手从桌子下面拿出了一个文件夹。英格尔伍德工作时所有的文字都记录在纸张上，他决心要抵抗计算机革命，以及任何新潮、刺激，或是受到四十岁以下的人拥护的东西。他把几个用过的碟子推到一旁，用纸巾擦掉了溅在桌上的啤酒，然后把他的文件夹铺在了桌子上。

文件夹的前几页存着几张犯罪现场的照片。一个洋娃娃一般的金发女郎，身上溅满了鲜血，破碎的美丽摄人心魂。她的身下是灰尘与沙砾混杂的沥青地面。她染着血污的衬衫下现出一道致命伤。她仰面朝上，双腿团缩，双臂则歪到一边。而第二道相对齐整的伤口则开在她脖子根部的锁骨与脊柱之间。

"这是卡米尔·鲍曼的照片吗？"格思里问道，"不久前我才刚见过她青春正好的照片。"

"她确实是个美人。"英格尔伍德说道。他把一块冷掉的牛排放在酱里蘸了蘸，然后送进了嘴里。"接着看。"

每张照片里都打着强光。而每张照片里，鲍曼的死都已经无法挽回。拍摄伤口的照片上带着度量的单位，此外还有调查组收集的痕迹证据照片。格思里慢慢失去了耐心，加快速度翻动着照片。很快他就翻到了全新的一组。

第二场时装秀的主角也是一位年轻漂亮的金发女郎，和前面一组有着诡异的相似之处，仿佛是一部重制的电影。格思里取出了第二位女孩的俯拍照，也是仰面朝上，双腿团缩，双臂外斜，胸口正中是一道惨烈的伤口，而第二道弹眼则位于她脖子的根部。格思里回翻到鲍曼对应的照片。他的嘴里只是哼了一声。

"我向那个大兵肯出示这些照片的时候，他也没什么不正常的反应。"英格尔伍德说着，把他用胶带黏住的眼镜往鼻子上推了推，"不过，我听说你发现了一个被警方调查漏过的目击证人。是真的吗？"

"是的，"格思里说道，"他的名号是鬼魂埃迪；名副其实。我还没有逮到他，不过我会想办法再找他问问，看看能不能消除我客户的嫌疑。"

"喂，我说，"这位头发姜黄的警探笑着说道，"我跟你实话实说吧，格思里。我自己跟这位大兵肯可没什么交情。而你甚至连那个证人会说什么都不确定，那他还能帮得上什么忙？"他用指尖敲着这堆照片，然后合上文件夹收到了桌子下面。"这案子现在进展得很快。你的调查到什么地步了？"

小个子侦探摇了摇头，侍应生把牛排三明治端上了桌，格思里花了几分钟把它消灭掉。桌子上的沉默似乎令酒吧的噪音更加喧嚣。对瓦斯克斯来说，他们就像几个老年人，围着一桌骨牌细细打量。几人专注的眼神，沉思的面容和锐利的目光，只差大手一拍报出点数了。

格思里用纸巾擦去了嘴边的牛排酱汁后耸了耸肩。"我应该从头开始的，"他说道，"你们重案组的那位巴伯，他其实压根就没有专门研究过鲍曼谋杀案。他是把它和其他案件放在一起研究的。我之所以知道，是因为我一直在研究鲍曼这桩案子，然后我也找到了新的线索。我认为奥尔森是清白的。等我再调查一会儿，我会证明鲍曼遇害的时候他其实在别的什么地方，不过我还没能查到这一步，迈克。看明白我下一步要调查什么了吧？"

"我是没想到你就这么把担子给挑起来了。"英格尔伍德说道。

"我的理论是这样的：有人给奥尔森设下了因爱生恨的套子。也许人就是那个芭比娃娃杀手弄死的，赶巧和他们给奥尔森设的套撞了个正着。又或者他们设套的时候瞎猫碰上死耗子，复制出了一桩极其相似的谋杀案。这些都不过是我的猜测。不过我丝毫都不怀疑的是：上城有几个有头有脸的人物也插手到这件案子里来了。他们盯得死死的，就等着有人把这桩案子搞砸。我觉得这桩案子不会在法庭受审，除非助理地方检察官病态到想在这个不见天日的灰暗地带反复屈服。"小个子侦探停下话头喝完了他那杯啤酒。"不过回到我眼前的问题了。要是我给你一串嫌犯的名单，我可以把你弄得焦头烂额。不过即便把这些东西曝光出来，也没法轻易洗脱奥尔森的罪名。"

英格尔伍德无谓地耸了耸肩。"我生来就不是什么手脚干净的人，"他说道，"不过我得跟你说，如果你真想帮奥尔森洗脱罪名，你最好另辟蹊径。"

"成啊，迈克。非常感谢你的啤酒和三明治。下次我会让那些大人物找上你。"

雾气朦胧的上纽约湾对面，隐匿于总督岛身后的布鲁克林区蜷身沉睡着。日光像淋浴一般从天空中泻下。格思里站在"马科"酒吧门外，给贾斯汀·比珀打了电话。在一段时时被恼怒的沉默打断的通话之后，这位大学生给格思里留了中城一处网吧俱乐部的地址，他整晚都会待在那里。

"我听声音感觉这孩子已经嗨了，"两人返回停在海关大楼的汽车时，格思里对瓦斯克斯说道，"又或许他正好神经抽搐了。"

网吧俱乐部位于第三大道上。一路进到中城，头顶的摩天大楼就像怀有身孕的云彩一般笼罩着天空。它们也俯视着一栋名叫艾弗兰的小楼，这是一座蹲在一道铁丝网围栏和一处狭长停车场后面的红砖建筑。一排装货门靠阶梯连进地下室，表明这曾经是一家酿酒厂。砖墙上有几道新开的门，但是油漆和肮脏的墙饰却掩饰不住房顶下一排工业用窗。

艾弗兰巨大的内部空间里包着一道伪装成棱角墙的夹层，大体又被几段粗锯的木材粗略地分隔开来。高高的天花板吸收着室内的声音，有几段宽大的布条成排地垂吊下来。这所网吧俱乐部依旧存有工业机械的骨骼，在其古旧的面容下似乎舞动着巨人多结的膝盖和沉重的靴子。四周的桌台和包厢里面都放置着成排的电脑。音乐冲刷着人群，可是他们只是动着嘴巴，并没有随之起舞。

瓦斯克斯在一侧桌台上找到了贾斯汀·比珀，他正一边自言自语，一边如疾风骤雨般敲打着键盘。他头顶上的高墙悬挂着一条绘着恶龙的廉价织锦。而他则身穿蓝色牛仔裤和立领衬衫。他周围的其他客人则装备了各式华丽的中世纪服装，有身着长裙的女士、披着铠甲的骑士、吟游诗人和长袍巫师。两位身穿铠甲的高大男子在一座平台上举着包了海绵的长棍格斗。人群随着武器的每一次挥舞群情激昂地起哄。

格思里和瓦斯克斯从隔壁的桌子旁抽来了座椅，坐在了比珀的两边，他们发现原来他其实在对着耳机讲话，而不是跟一位隐形的朋友聊天。瓦斯克斯用指尖戳了戳他，可他只是看了她一眼，便又转头专注地看着电脑屏幕。

"我们需要你回答几个问题，小伙子，"她说道，"别浪费我们的时间了。"

比珀面露苦相，却并没有把目光从屏幕前转开。"你们既然是要来欺负我，不是该带个大个子过来了吗？"

格思里没有理会他的讥讽，"二十三日那天你在哪里？"

"就在这儿。"比珀用手指了指屏幕答道，然后转头看着格思里。他的面容被一道狡猾的笑容点亮，可即便是面露隐约恶意，他依旧很是迷人。"我觉得好像有人想要挑战你，侦探先生。"他用手指点了点周围的人群，他们就像是那两个身披铠甲、头戴遮面头盔的高大男子张开的羽翼。"你们在来这儿的路上一定是跟错误的女士搭过话。"

格思里扫了一眼人群，然后转回头，"我没时间听你胡扯，孩子。"他说道。

一位铠甲武士伸出了他的棍棒，敲了一下小个子侦探的头。他的棕色软呢帽滚到了桌子下面。格思里转过脚来，审视着人群。两位高大男子举着他们的棍子一动不动，而人群则开始呼喊"决斗！决斗！决斗！"

两名高大男子的面容都隐藏在面甲之后，根本没法看出他们的表情。其中一位挥棒击向格思里。小个子侦探胯部一斜躲了过去，伸手稳稳地拿住了棒头；当他们各自捏着一端对峙的时候，格思里缓缓地沿着光滑的地面靠近。另一位斗士像挥舞球拍一样握着棍棒横扫过来。格思里的头像熟透的瓜一般灵活转动。他身子一屈，一手依然紧紧握住第一根伸来的棍棒。

"啊！犯规了！"一位身着角色扮演服饰的女士喊了出来。

瓦斯克斯抓住了意图起身的比珀的手腕，把他顶到桌台边上。"别动，小伙子，你跟我一起老实待在这里。"

他咧嘴笑了，假装投降一般地也举起了另一只手，"没问题。"他斜靠在桌台上旁观着，而人群为了不被棍棒打到也向四下散了开来。

小个子侦探出其不意地在地上打了个滚，狠狠地撞到一位斗士的双腿上。另一位斗士举着棍棒猛地往地上一戳，却没有戳中。格思里贴着他身旁的那位斗士猛地站起，一拳结结实实地砸在他的裆部，疼得他在地上蜷起了身子。人群里发出了同情的叹息声。

格思里斜跨一步躲过了一下锤击。斗士向后退了一步，收回了他的棍棒，而格思里则趁机停下来抹掉一把从鼻子里流出来的鲜血。他的脸因嫌恶而皱了起来。一位女士和她的游吟诗人从邻近的座椅上取来了方形的皮座垫，连同揶揄的话语丢向了那位高大的斗士。

斗士挥棒一记猛砍。格思里闪过后趁着他回击之前，向前跃起飞出一脚。斗士把棍棒一横挡住了他的进攻，然后又试图举棒猛戳，可是小个子侦探滑步近身，一掌打在他的面甲上。斗士在一片笑声中屁股着地倒了下去。格思里朝他胸口又踢了一脚，把他踢趴在地上。

"谁再敢动手就要被赶出去!"一对穿成英国护林人的壮硕保镖挤过人群来到现场。围观人群作鸟兽散,而保镖们则把两位高大的斗士扶了起来。格思里钻到桌子底下去捡他的软呢帽,起来的时候,他们已经把头盔摘下来了。

"你朋友可真不少啊,贾斯汀。"小个子侦探一边掸着身上的灰尘一边说道。

"我就是忍不住想看你找人晦气,侦探先生。"比珀如是说道。格思里耸了耸肩。

瓦斯克斯又戳了年轻人一下。"小伙子,那个倒下的小人是你吗?"她指了指无人操作的电脑。

"见鬼!"比珀跳到电脑前,他的手指在键盘上飞速地敲打着。"那些牧师在干什么呢? 蠢货!"他倒在椅子上,骂了几句也就停住了。"不打紧……不过是个游戏而已。"

"此时此地,除了跟我玩把戏以外,"格思里说道,"你可是面临着现实世界的问题。你给我老实交代。七月二十三日那天的各个时段你都干了什么。"

年轻人转头面对着格思里,脸上露出坏坏的笑容:"没问题,侦探先生。当时我待在寝室里,跟工会一起下《无尽的任务》的一个副本。他们可以替我作证。当时我们灭了时光异界的首领,掉落了我需求的装备。当时我还在跟一个买家聊天,他拿着五百美金要跟我买一件角色扮演的配饰。"他指了指周围身着角色扮演服饰的人。"就像他们身上的一样。不过这时候事情开始有点奇怪。我继续待在寝室,是因为我又开始玩另外一个账号了,我登上这个号在那科萨卖装备。通常我都会戴着耳麦,不过星期四那天我没戴。因为那天耳麦每过几秒钟就吱吱作响。我觉得戴着太难受了,就把它摘了下来。"

"通常你的队友在你玩游戏的时候都可以听到你的声音,不过那个星期四却没怎么听到?"格思里问道。

"我的工会能帮我作证,"他重复了一遍,"我会把他们的名字发给你。不管怎么说,那个变态奥尔森用他自己的枪崩了卡米……

这都写在报纸上了，侦探先生。"

格思里点了点头，递过去一张名片。"确实是那把枪，放在格林尼治村格罗夫街的公寓里。你还记得那个地方吗？那个地方的钥匙你拿过几次？"

比珀哈哈大笑起来。"富家子弟的活动中心，对吧？谁在乎呢？尽管我是去过那里。"他转过头去对着电脑。

两位侦探离开艾弗兰时并不心满意足；中城的夜晚处于行进之中。列克星敦的车流就像一支循环的交响乐团，而人们就像从心脏里泵出的血液一般行进在人行道上。瓦斯克斯启动老福特车后停顿了一下。"你热完身后，刚才在里面表现得可真棒啊，老家伙。"

格思里一脸不爽地看着她，然后抹了抹自己的鼻子。

"他在那台电脑前倒真是自在。"她试探地说道。

格思里点了点头。"是够自在的，也许他在虚拟世界里得偿所愿后就能抛下现实中的一切，"他说道，"他愿意把不在场证明告诉我们，算我们运气好。我们毕竟不是条子，总不能打得他就范。到那种地步就肮脏了。我可不想干把他逼到角落里狂殴这种事。"

15

两位侦探驱车穿越城区回到了办事处。格思里从桌子抽屉里取出了他那把科尔特左轮手枪，塞进了固定在肩膀上的枪套里，外面再套上他从二手货商店里买来的破烂军服。瓦斯克斯换好杂役的服装走出盥洗室的时候，格思里递给她一把套好的小型手枪。瓦斯克斯满脸疑惑地看着他。

"这把跟你已经带在身上的那把差不多，"他说道，"'长官专用'型，点40口径，不过里面装的是蓝色橡皮子弹。你把这把枪也带上，它的特点是打不死人。"

"拿来做什么用？"她问道。

小个子的老家伙深深吸了口气。"有时候我们会有必要给人下一道警告，"他说道，"橡皮子弹打人非常疼，也许还会打出点血，但除了眼睛以外，不会对身体的任何部位造成永久性损伤。即便是对着人群，你也可以大胆地开枪。如果发生了什么状况，由我来对付他们，你尽量靠后，这样就能够不受干扰地开枪了。"

"之前你对付拉尔夫·盖恩斯的时候也是用了同样的方法吧？"她说道。

"当然了，就像我对付他那样。不要以为跟什么人都可以讲道理。韦茨就好几次因为这种天真的想法惹祸上身。你倒还没跟她一样犯这种错误，算是挺难得的。"他递给瓦斯克斯另一个填好的弹匣。"今天晚上把你的两把手枪都装在外套口袋里，方便随时拿出来。这些地下居民里面有不少都不是什么善类。我可不希望你来不及拔枪掩护我，跟斯托普·欧沦落到同一种结局。"

瓦斯克斯开车沿着第八大道行至哈莱姆区。他们把老福特停妥并锁好在第151街上时，夜色已然漆黑而又深沉。八月的燥热依然盘亘在街上，并从红砖房中探出，拍打着等候的他们。希冀彻底改变了这处废弃的场所。这处窨井就像一片未知之地的门廊，就像一盏摇曳着火光的南瓜灯一样喷吐出令人不安的气息。

距午夜还有半个小时的时候，盖恩斯兄弟从街对面的小巷现出身形，他们像一对纪律散漫的双打运动员一般向窨井处快步走来。罗德尼向窨井直直奔去。拉尔夫在后面伸长脖子一瘸一拐地走来，然后他看到了格思里。他一旦想好要去哪里后，就颠得更快了。小个子侦探向他保证一定会把钱给他，不过他还是一脸的不情愿，仿佛被人欠着毒品的瘾君子一般。他们跟着罗德尼围在窨井四周。他揭开了弯折的窨井盖，露出了下面一道陡峭的阶梯，然后他们便没入了黑暗之中。地上的入口随着"嗞……咣"两声后合上了。

锈迹斑斑的阶梯向下延伸二十英尺后落入了一条南北走向、砖头结构的肮脏下水道中。格思里和瓦斯克斯各自打开了一盏大号的卤素散射灯，发现黑暗是从两边吞噬着光线之后，便把大灯给关上了，换上了个头相对较小的手电筒。罗德尼有一支笔形手电筒，不过他取出后又把它塞回到口袋里。墙上残缺的灯座间隔在沟渠和管道之间，像是被挖了眼珠的守望者。盖恩斯兄弟一进到这地下的环境里，便顺利地与砖墙上难看的涂鸦、营火烧焦的痕迹，以及丢弃在墙角管道下的罐头和袋子融为了一体。

下水道里十分空旷，高度即便是让一个成年人笔直站立也绰绰有余，而宽度也容得下盖恩斯兄弟并肩行进。罗德尼取出一个半升大小的廉价伏特加酒瓶，用来防身，然后便领着他们向南开始行进。两兄弟就像在地面上那样一同走着，拉尔夫会渐渐落后，然后罗德尼便停下来等他。手电筒灯光尽管刺眼夺目，却只能照亮脚下的下水道，其他部分就只能靠水洼的倒影和时而上举的灯光看到，他们身前的盖恩斯兄弟更是时而看起来像两具没有头颅的躯壳。格思里走在队伍的最后面。他们一路向南走着，路过一个个黑暗的洞口，它们在沉默中打着哈欠，散发出死水的臭味，只有偶尔传来的些许远方水体的气味能带来一点慰藉。沿墙管道上久远的修补痕迹看起来就像脏污的绷带，而砖墙也像正在表演的脱衣舞女一般在墙体上展现出各种色彩，其结构呈顺砖砌合与英式砌合相互交错的形式。

"我们有在靠近目的地吗？"格思里在身后的黑暗已然跟进了数百码距离之后问道。他说话的声音其实很小，但在这城市底下的死寂中却显得非常大声和突然。

拉尔夫低沉地确认了一声，"不过在地底下走路确实要困难得多。"

由于他们之中有一人跛脚，所以也就没法走一条需要下梯子的捷径，只好在黑暗中绕了一条远路。他们接着向南走。罗德尼左转进入了第九号通道，一脚把一堆瓶子踢得咣当作响，嘴里喃喃地念着遭遇老鼠和曾经挨揍的事情。啤酒变质的气味和新近生火冒出来的烟雾也没能盖住排水管的恶臭。他们沿着一条高低不平、满地污秽的下坡小心翼翼地继续深入，然后几条腿纷纷落在了细砂地上，地面被渗液透得很潮湿。他们的手电筒照到了老鼠的秃尾巴，这些畜生赶忙跑得远远的，然后回过头来用放光的双眼观察他们。排水管不断向下延伸，偏离通道后向远方黑暗中的哈莱姆河奔去。

接着走了一段上坡后，他们抵达了一段弧形的墙面，上面破开了一个不规则的洞口。灰泥墙体上突出的砖头边角就像碎牙一样。从洞口望进去可以看到一个砖墙房间，因为人为的破坏和时间的流逝而显得破败不堪。地板上是被人反复踩踏的垃圾。后墙上则立着一块几近腐烂的胶合板。罗德尼·盖恩斯穿过了房间，抓起了胶合板的一角往边上一拖。板子吱的一声被拉了开来，露出了另一个黑黢黢的洞口。

这块齐整地扣在洞口上的胶合板，算是这扇简陋弹簧锁链门的门板。格思里停下脚步端详了一会儿，而拉尔夫则等在最后准备把门带上。砖墙上的洞口边缘像用锯子锯出来一样平整。在前方等候他们的是一条泥土隧道，散发着潮湿而又古旧的金属气味。拉尔夫关门时稍微抬动了一下门板试图卡住门闩，结果试了两遍才把这扇迷箱一样的门给关上。

"那人简直聪明得跟个疯子一样，"拉尔夫·盖恩斯轻声细语道，"比方说现在，就有人在前方看守这道门。任何经过的人都逃不过他们的检查。"

"疯倒是挺疯的。"格思里含糊地答了一句。

"他只喜欢待在黑暗世界里，"拉尔夫说道，"他们说，他从来都不会跑到地上的世界去。不过，待会儿我们走到这条通道的尽头的时候，我们得把手电筒和自己的嗓门都关掉。他们会拿探照灯照我们，得让他们先观察过我们。你只能朝着灯光过去。"

除去不得不绕过几块拦在路上的巨大岩石，以及一段上细下粗形似烟囱的砖砌管道外，这条通道几近笔直。掘掘铲铲的痕迹装饰着两端的泥墙，通道在手电筒灯光的照耀下升腾起带有光泽的水汽。通道的尽头是另外一处开得很平整的砖墙洞口，跨过去后有台阶通向下方。头顶的空间听起来非常空旷，吸收掉了罗德尼的喊声，而拉尔夫则招手示意他们关掉手电筒。

罗德尼·盖恩斯领着他们沿着狭窄的台阶一路向下。突然一盏探照灯把光亮浇在他身上，然后把拾级而下的众人轮番冲刷了一遍。前方通向一段古旧的火车隧道。铁轨都已经锈迹斑斑。下到地面后，他们迎着灯光咯吱作响地蹒跚在沙砾上。他们身后的台阶隐形于黑暗之中，而悬在高空的洞口则犹如一只栖于高处的乌鸦。

"我们之前进过那道门。"当他们走进灯光时罗德尼大声说道。

回答他们的先是一阵沉默，然后响起一道空洞的声音："好吧。你们两个我之前见过；你们可以过去。另外两个，过去之前给我听好了。地下的法律是这么回事。用一次厕所，要花上一美元。要是在其他地方大小便，你就要挨打。往垃圾桶里丢一次垃圾，要花上一美元。要是把垃圾丢在别的地方，你就要挨打。不能损毁弄脏任何东西，否则你就要挨打。别人要是老老实实做自己的营生，你上门找麻烦，你就要挨打。你想要租借地方，你就去见那人，你要是不喜欢这法律，在挨打之前给我打哪儿来就回哪儿去。"尽管宣读的声音已经中止，不过这声音似乎仍然留下了一丝恶毒的意味，仿佛这所谓的挨打会让受罚者好好记上一段时间。

通过之后，盖恩斯兄弟一路在通道里走得颠颠簸簸的。身后的灯光熄灭了。格思里和瓦斯克斯打开了各自的手电筒，灯光照亮了一个直通天花板的巨大盒子的模糊形影，只有一条狭小的通道从那里连出来。那些看守者的身影已经看不见了。通道远端的尽头现出些许微弱的光芒，而通道内的宁静也被仿佛水花飞溅的声音所填充。随着他们越走越近，这道水声逐渐丰满成各种人声、音乐声，间或的叫喊声和机械的轰鸣声。

通道的尽头豁然开朗，进入了一处宽阔的地下城镇。为数甚众的顶灯照出一洼洼光池，却驱不走始终在场的黑暗。铁路岔道上排列着一节节车厢，从挂着窗帘的窗户和间或打开的车门处泻出一缕缕灯光。这地下城镇空间之大，可从远处的车厢以及人们四处走动时晃过的手电筒灯光略知一二。边缘黑暗的空间表明仍有其他入口通往此处。轰鸣声听起来像是机械运作的声音，而每当有东西从机械的队列中脱离时就会夹杂出一声声卡顿。盖恩斯兄弟在沙砾地上停住了脚步。

"已经到了，朋友们，"罗德尼说道，"这儿就是中转站。朋友们，要找到那个疯子就全靠你们自己了。"

拉尔夫抱歉地耸了耸肩，斜身靠向了格思里。允诺的金钱就像狗绳一样抓着他的脖子。小个子侦探抽出一卷钞票，然后塞到他手里。

"别把自己给玩死了，"格思里说道，"你们玩的那鬼东西能把你们的心脏给冲爆了。"

罗德尼咧嘴笑了笑。"希望我们走运吧。"他轻声说道。

格思里和瓦斯克斯让两兄弟跟在身后，一同去到地下城镇的最中央，然后便就此告别。拉尔夫脚步果敢，仿佛已经想好了要去的重要目的地。格思里则细心四处打量，只在那片沙砾地小小地转了一圈。这里密集的人群和光线令他有点惊诧。他发现砖上标着的是水位标志，也就是说机械声来自抽水泵。现在干燥的空气混合着霉味、汽油味和铁锈味，却没有肉眼能够看到的废气。

一位老汉踩在沙砾地上吱吱呀呀地朝他们走来。他手上没拿灯具。走近的时候，他们看到他那身很久没洗的衣物脏得硬成一团，似乎刺得空气都锐利了很多。他撑开嘴角，大概是意图展示出友好的微笑，可他残缺的牙齿让仅余的几颗衬得他的血盆大口凶相毕露。

"你们是新来的吧，哈?"他问道，"只要几美元，我能给你们带带路。一点都不多。人老了就是不中用，厕所上得勤，得花钱啊。也许还得花钱买点酒喝。我知道这边哪个妓院最棒……"当他一眼撇到瓦斯克斯时，他顿住了，"不过妓院可招不来你这种姑娘，哈? 你是来赌博的? 买毒的? 消遣的?"

格思里拿出一张五十美元，在手持的灯光前晃了晃，然后在老汉伸手来拿的时候又把钱握在了手里。"这边哪里能睡觉?"

"你来这儿是打算休息? 在太阳底下惹了麻烦，哈?"他舔了舔几乎隐没在灰色髭须下的嘴唇。"这边的首长们能给你点好东西。如果带上我一起，我能确保你得到公正的对待。我在这边有很多朋友。"他空洞的双眼带着鲜明的热情向他们投去目光。

"我需要的东西也许对你也有价值——但得先让我得到它才行。"格思里说道，"我要找的是不花钱就能睡觉的地方，因为我找的人不在这儿花钱。"

"是谁呢?"

格思里快步向前一迈，抓住了老汉的衣领。"现在要找的，就是你。"他手一扭，抓得更紧了。"这样你就不会想着逃跑。你也不会想着要管我的闲事，然后到处多嘴乱说。"

"放开我! 我是个和平主义者! 我有很多朋友!"老汉惊声尖叫。他扭作一团，想要挣脱小个子侦探的臂膀。

"你当然是了。"格思里说道。他用眼神示意瓦斯克斯。"让这家伙见识一下他赢得了什么。"

她抽出手枪对着他。老汉噤了声，停下了挣扎的动作。她又把手枪塞回到口袋里。

"我花一美元能够丢掉多大的一件垃圾？"格思里和声细语地问道，然后和老汉握了握手，示意威胁已然解除。"也许你现在有那么几个朋友，老汉，不过要是让我满意了，你还可以有几个名叫尤利西斯·格兰特和本杰明·富兰克林①的朋友。你懂我的意思吧？"

老汉阴沉地点了点头，格思里便继续说道，"我在找的是一个灰胡子，大块头的流浪汉，名叫鬼魂埃迪。通常他都待在上面，不过最近他转移到地下了。他手头也许还有点钱。"

"我知道你说的是谁，"老汉嘀咕道，"他睡在上面的火车装货站里。"他又扭动了几下。格思里放开了手。"那个大个子可不好惹。我猜你是要去除掉他，哈？他也在躲着什么东西。有奖赏吗？"

"当然了。尤利西斯也许还有另外几个表亲。"

老汉抱怨了几声，不过他也满足了。他提议他们跟在他后面，便动身走进了黑暗之中。阴暗的四周带来强烈的压迫感。老汉却从来没绊过一下，因为他的眼睛已经适应了微弱的光线。格思里和瓦斯克斯只得在沙砾地里拖着步子，却每每还是会在穿过铁路支路时绊到脚。他们只好用手电筒照着地面前进，而老汉也只好停下来等他们。他在节节车厢的缝隙中带着路，根本无须借助那一洼洼光池，轻巧地像猫一样避过了中转站里的其他人。

目力所及，大部分人都灰头土脸的，和地表之上的流浪汉没什么两样。有些人目光锐利，装备着棍棒和一脸的态度，而其他人多半都喝醉了，对周遭的事物漠不关心。车厢的门开开合合，带出一阵阵笑声和音乐声。当十来个手持强光的人从另一条火车通道行进而来时，老汉停住了身形，命他们关掉手上的手电筒。他们仿佛带着目的一般在沙砾地上踩得咯吱作响。周遭的黑暗也无法弄脏他们光鲜的衣服，然后他们都走进了一节车厢里。

在这座火车小镇的远端，房屋塌陷下来，余下一道道孤立无援

---

① 分别是印在五十美元纸币和一百美元纸币上的伟人。——译注

的门，而这残骸进一步被低矮的分隔墙阻隔出断壁残垣的现场感。沉重的木质搁板桌上摆放着工具和零部件。一块块布料盖在桌上状如低矮的帐篷；一条条晾衣绳则撑在柱子之间。分隔墙之间的间隙时而闪过火光。四周显现的面庞往往来不及认清时便又隐匿而去，老汉脚不停步地向前赶。

他们来到一处开放的空地，目力可及之处有一条通向古旧仓库的阴暗门道。四周的空气潮湿而又油腻。老汉领着他们像一小串萤火虫般前进，而目力之外的隐身人群在黑暗中发出沙沙声。老汉停住了脚步，手指着一圈支路轨道旁的火车装货站。轨道上空无一车。十字交叉的沉重木支架撑起装货站的甲板。此处十分静谧，没有别处来来往往的面孔，看起来像是荒废已久。

"他就睡在那下面，"老汉轻声细语道，"现在很可能在屏息观察我们。"

格思里拿出一小沓约六张五十美元，递给了瓦斯克斯。"如果我真找到什么东西，就把这钱给他。"他说道，"你给我站定一分钟，老汉，我去看看你是不是在骗我。"他关掉了手电筒，缓步走向了木质的装货站，一路不停步，直到消失在瓦斯克斯投出的灯光里。

"埃迪，你是不是喝醉了？"他大声呼喊道。回答他的只有沉默。"你别在我面前逃跑了，懂么。你身上扛着亡灵。你到底是兜兜转转了多少遍来到这里？"

依然是沉默。

"你目睹那个白人小女孩躺在血泊里，怎么能忍得住胃里的翻江倒海？你灌够了伏特加才把这一切忘记？"

"给我闭上你的嘴，小矮子！"流浪汉粗粝的声音从木支架下方炸响。瓦斯克斯把钱交给了老汉，他马上转身一溜烟跑了。

"到底是谁杀了她，埃迪？我想要一个答案。"格思里说道。

装货站下浮出一阵笑声，之后的静谧使得黑暗愈发浓郁。接着是这个大个子挪动脚步时发出的衣物摩擦声。"我只想要获得安宁。别逼我让你闭嘴。"

"你非得跟我说不可，埃迪。人们需要真相。就算我走了，也会有其他人代我而来。"

"如果我真想说，我会跟医生去说。"流浪汉粗粝的声音中有一层讥诮的口吻。"你又不是医生，是吧？你能让我好受点吗？"

"让你好受可不是我的目的，莫非你就这点追求？这就是你让我一直猫追老鼠的原因吗？难不成这些年来，你第一次被人这么掘地三尺地寻找？是不是感觉良好？"

"你个小畜生！给我闭嘴！"

"我可以跟你耗上一整晚。乃至明天，乃至以后。我会在你身边阴魂不散。我会一直锲而不舍，直到你肯说为止。"

装货站下的低声诅咒伴随着刮擦木料的声音。格思里从他那件杂役外套的大口袋里掏出了大个头的探照灯，然后啪的一声打开了。突现间，刺眼的灯光暴露出藏身于沉重木支架间的那个人形。小个子侦探拿稳了灯，开始慢慢地向被照亮的区域行进。瓦斯克斯也打开了她手头的大号探照灯，跟了上去。两盏大卤素灯就像是迷你的太阳一般。鬼魂埃迪赶忙从装货站的木支架挤身而过，就像是一名焦灼地在障碍赛上冲刺的新兵一样。他带头跑了起来。格思里赶忙跟上要抓住他。

灰胡子流浪汉先是冲出了装货站，然后停下脚步向身后抛掷来一个瓶子。那个瓶子在灯光的探照下闪着光芒，在空中上下翻腾直扑而来。格思里躲了一下。鬼魂埃迪又开始提脚快速地跑动起来。那个酒瓶狠狠地砸在了沙砾地上，撞上锈迹斑斑的轨道后发出了叮的一声，却没有摔碎掉。瓦斯克斯沿着支路轨道一路狂奔，想要抄近道好把距离缩短。她手头的灯光在空中划出一道道弧线，可是同样在狂奔的小个子侦探却能用灯光准确地定位着流浪汉。

装货站后面的拱门，如打着哈欠般，张开了阴暗的喉咙。鬼魂埃迪踩着沉重的步伐向它靠近，而格思里则慢慢地赶上了他。这家伙个头虽小，但行动却更为迅捷。瓦斯克斯从支路轨道拐了出来，像一名跨栏运动员一般迈着大步子。流浪汉闪身进了拱门，追在身后的格思里离他仅有几十英尺远。拱门像一位吞火的魔术师一样咽下了格思里手上的光芒，只吐出了靴子在沙砾地上啪啪作响的踩踏声。

瓦斯克斯也冲过了拱门，并用她手上的灯扫了一圈房间。被煤灰抹黑的地板上只有几只平底拖鞋，像箭一般对着远端的墙壁。而一顶平底锅盖在了滑运道上。她手上的灯光顺着滑运道向前探，照到了格思里一闪而过的腿脚，他正沿着锈迹斑斑的通风井往上攀爬。她快步走到通风井的底部，举着灯照了进去。一阵沉默之后响起了小个子侦探的轻声咒骂，接着是一声咣当巨响，最后传来了豪放的大笑声。格思里的靴子在生锈的金属上刮擦出刺耳的声音。

"你动作很利落，小矮子。不过也就跟个普通的白人差不多。"坚硬的铁井壁使他的恐吓声愈发响亮。

"你这么个胖子，手段倒是不少。"格思里气喘吁吁地说道，"这么急转直停的倒也奏效。"

"你要知道，我会杀掉你的。"流浪汉说话时也带着喘气声。

"别在我身上遭遇滑铁卢，你个肥猪。你上一次屈服是在什么时候？"

"滚。说话跟我女儿似的，你个娘娘腔。"

"别这么固执下去了，埃迪。"

"我帮不上你的忙。也许那个杀人犯就是你呢。那人也是个小矮个儿混蛋。很有可能就是你嘛。现在你让我一个人静一静！"流浪汉粗粝的叫喊声在铁皮井里隆隆作响。

"我认识些你可能会喜欢的人，埃迪，"格思里故作熟络地说道，"他们过河回到那边去了。"

沉默延续了很长一阵子。然后是一声细语："闭上你的臭嘴，小矮子。"

16

八月八日的清晨，纽约城仿佛一位发着高烧的病人苏醒过来。黎明同黄昏一般炎热，令人惶惑不安，不知道到底该起床着衣冠，还是该脱衣入睡去。格思里在瓦斯克斯家公寓外等了很久很久，直到他已经两次决意要从车里下来，走到她的家门前敲响大门，又两次在动身前改变了主意。她从楼里下来，钻进了副驾驶座，没有理会正在启动福特的格思里。他沿着亨利街一路前行，行至格兰街才调转方向。小个子侦探一脸的表情仿佛他和瓦斯克斯有着相同的感受。昨天晚上他们早早地从那座地下小镇出来，如今只想开启寻常的一天，但他们的脚步却还跟不上他们的一厢情愿。在八月的热浪下，他们看起来就像是被油炸过一样。从曼哈顿上空投下晨曦的朝日就像一枚新鲜的柠檬，可四周的空气却散发出老旧干燥、布满灰尘的垃圾桶气味。

格思里开过联合广场时，瓦斯克斯正喝着今晨的咖啡，嘴里咀嚼着面包圈。她的眉头因为困乏而紧锁，她一直在时不时地看一眼格思里。最后她开口说道："我已经被这事叨扰了一个晚上了。那道通风井里到底发生了什么？"

"如你所闻。"他说道。

"严肃点。"

"你指在你赶到之前？"

“是的。”她说道。

“他差点就打到我了。你没听到吗？这个老杂种想用一条钢管把我砸个脑浆迸裂。”

“我听到了一声咣当巨响，”她说道，“幸好他没打中。我可不觉得你能把脑袋闪开。”她笑了起来。“要是没有头的话，你连四英尺高都没有，对吧？”

小个子侦探摇了摇头。“我可不是靠运气，我一直都留神在听。突然间，我听不到他的动静了，所以我就明白他停下来了。那会儿我刚刚把头伸出了通风井的进口，然后我听不到动静了，所以我就立即把头缩了回来。他在那边准备好了陷阱，放着一条钢管，就这样领着我跑过去。我把头缩回来的时候他正好举着钢管扫过来。”

“你听到的是他那边没有动静的状况？这话听起来可不太合乎常理。”

“不合常理吗？”格思里咧嘴笑了，“我自孩提时起就追在各种东西后面跑，兔子就会这招急停的把戏。你要是在一片崎岖的泥地里追着它跑，它们就会突然停下来。你一旦冲过头了，它们就会折向另一个方向。追兔子的时候可得竖起耳朵听。”

“兔子招你惹你了吗？”

他大笑了起来。“我就想试试看能不能逮到它们。不过在产生这个想法之前，我想的是看我能不能找到它们。”

格思里和瓦斯克斯把车停在第34街上时，时装区仍然处于半寐半醒的状态。他们下车时，一道卷动的卷帘门发出尖锐的机械声，但在他们走进办事处所在的大楼时，整条街道都非常安静。喝完咖啡后，他们开始从互联网、车管局资料库和格思里在哥大美食中心拍摄的视频短片里截取图片。他们从社交网站上找来了各色学生的肖像照，寻找有没有能和视频短片里的人物匹配上的，又从车管局资料库里调出了部分大学生的驾照登记照片，列出了一张可能的名单。

格思里和瓦斯克斯驱车来到格林尼治村，拜访奥弗顿夫妇。他们位于格罗夫街上的狭长排房，正门前和上次一样被水管淋湿了。一级台阶上有一摊浅浅的水洼。他们刚敲了一下，菲尔·奥弗顿便来开门。因为珍妮特已经透过窗户看到他们了。他们来到客厅，坐在了珍妮特旁边，而菲尔则端来柠檬汁和饼干款待他们。

这对老夫妇继续玩着金罗美①，而珍妮特则同时浏览起那些照片。她一张张细细研究，而菲尔则因为她的分心而赢得了几盘胜利。牌桌边沿堆起了两摞照片。其中一摞明显要高过另外一摞，但即便是较矮的那一摞也有为数不少的几张。然后她一张张给他们介绍她选出来的照片；每一个都是哥大联谊会的人。她的嘴里冒出"有过几次"，或者"经常"，或者"我记得看过他一次"，或者"我记得他是因为他让我想起了我的表兄伯特"之类的话；可到最后，她的手里却只剩下了唯一一张照片：贾斯汀·比珀的照片。

"这小伙子的决心坚若磐石，"她说道，"他反反复复地求爱，直到那个好小伙子出现才停歇。而在那之前的每一天，这个小伙子都要上门，就算是待上一小会儿也要来。我有好一段时间里都以为他已经赢得了她的芳心。大约有几个月的时间吧。"

早晨已经过半，屋子外面的天空像擦得锃亮的银盘一般耀眼，不抬头虽然看不到太阳，却已经能够感受到它在头顶强大的热度。城市汽车平稳运转的引擎声从远处侵扰着宁静的街道。格思里在行人道的一片树荫下驻足思考。他十分沮丧；因为珍妮特·奥弗顿的证言抹消了比珀的作案嫌疑。格思里跟瓦斯克斯解释说，这位老妇人对比珀熟悉到这步田地，他不可能假扮成送货员，而不被她认出来，然后他又说道："不过他的屁股肯定是脏的，我会把他干的坏事给揪出来。这倒让我开始好奇那台电脑了。我们下一步就查这条线索。"

格思里的IT顾问是一位在布鲁克林区上班的电脑极客，他负责帮格思里调试掌上电脑的安全模式和他办事处的电脑。在去布鲁克林的路上他们停了两站。一站停在办事处，他们从保险箱里取出了鲍曼的硬盘；另一站停在一家酒类零售店，格思里买了两升挪威

---

① 一种扑克牌游戏。——译注

伏特加。他们从曼哈顿桥的顶层桥面穿过,混入了几排前往长岛的车阵,而除了蓝色的老福特以外,其他车里都载着些心焦气躁的孩子。三伏天正在融化这座城市,人们纷纷向沙滩进军。

巴尼·米勒电器店里阴暗得像一个洞穴。前门一块招牌已经褪色到只能勉强辨认出图案,上面画着一位身着连体工装的金发男孩,正向人们推销一台古董级的收音机。男孩的头上有两支突出的犄角,像是二十世纪三十年代通俗小说里的火星人一样。店铺的内部被分成两爿。几道光线像日冕一般从右边那爿店面后墙的卷帘门上透了进来,一辆亮闪闪的低底盘跑车上下里外趴着好几位身着深色连体工装的工作人员。随着技术员测试刚刚安装的设备,这辆低底盘跑车时不时地会发出嘟嘟的声响,边上还站着一位骨瘦如柴的黑人,他留着一把山羊胡子,身上的深色连体工装在袖子处有几条闪亮的银条纹,不停歇地指导其他技术人员进行作业。这爿的余下空间均被货架占据,上面堆满了各色车载系统部件、电线、配件、导管,以及布满灰尘的废旧商品:模拟电视、过期电视游戏的包装盒、翻新的烤面包机和年代久远的唱片。

左边那爿店铺则看起来像是一间旧药房。架子上摆放着火警报警器、灯泡、遥控器、游戏手柄、头戴耳机,以及装在落满灰尘的盒子里的成品药,有的上面黏着陈旧的不干胶,有的则贴有手制标签,上面工整地印着文字。一位文身,头戴棕色无檐帽,身穿破洞T恤衫的拉丁裔少年一边浏览着货架,一边自顾自地笑着。店铺的后头放着几盏吊灯,包在铁丝支架里,像是悬浮在薄雾的云阵之中。这道铁丝墙后面则堵着更多的货架,全都摆满了各种电子元件,而各式电线有的连在电子元件上,有的则遗落在一旁,错综复杂地纠缠在一起,犹如无数条行动迟缓的蛇。货架上一顶帽檐上翻的褐色棒球帽仿佛漂浮在灰尘之中,像一名趴在架子上窥视的哨兵。

格思里领着瓦斯克斯绕过了铁丝支架,走进了一个当作门道的开间。一位体型庞大的韩裔人坐在工作台边的一张高凳上,桌面上散布着各种零件与物料。这个肥仔的手臂约莫有普通人大腿那么粗，而他那肉实的肩膀上也顶着个小号洗衣筐大小的脑袋。他前额上高高翘起的球帽简直像一个笑话。两位侦探转进来的时候他抬眼看了看。

"哟，古思，什么风把你吹来了？"他一边说道，一边又回头专注于他手头的工作。

"我带了点东西过来，想让你帮我看看。"小个子侦探回答道。他在桌子上找了一片空地，摆上了硬盘和几瓶伏特加。

"得先把手头这点活计干完。"肥仔说道。他宽大的手掌上拿着一块电路板，置于夹在工作台上的电路放大镜下仔细查看。他的另一只手上拿着一把冒着轻烟的电烙铁，捏在他巨大的手指间小得跟香烟一样；他一边旋转着电路板，一边在放大镜下对其进行修理。他的左侧是一排亮着屏幕的电子示波器，衬得他的侧影像激光全息图一样闪烁，他的眼睛被电烙铁的轻烟缀成了红色，而他的双手则极其灵巧。他手拿电烙铁像啄木鸟一样在电路板上时而点触时而移动，而他每次伸手去拿测试探头或是刷子时，电烙铁就会像洗好的牌一样从他这位拉斯维加斯牌师的手里灵巧地滑落。短短一刻钟后，他叹了口气把工具收了起来。

"我得从这儿离开，古思。"肥仔说道。

"现在么？"格思里疑惑地问道。

"当然不是了，"这个韩裔大胖子说着咧嘴笑了，"就和往常一样。我一直在想要踩着跳板从纽约生活的困境里跳下去，不过有点太疯狂了。这跳板这么短，我都担心我跳下去就回不来了。"

"所以你到底要去哪儿？"

"我还没去过安赫尔瀑布呢，"肥仔说道，"等我凑足机票钱，我就要去那里走一遭。"

"那我正好给你送来了外快，多少能给你帮上点忙。不过你要是困在了南美洲，还是……"

"别给你打电话？得了吧。我老爸也总说这种话。你们这些上了年纪的人都是一个模子里刻出来的。"他打开了酒类零售店的棕色纸袋，看到了伏特加酒瓶闪亮的白色瓶颈。他揉了揉自己的肚皮，咧嘴笑道："你这硬盘里肯定不是什么寻常的东西吧，哈？"

"我也不确定，"小个子侦探说道，"我想知道是不是有人访问了硬盘然后把文档剪切走了。"

肥仔的眉毛突然挑了起来。"你还不知道里面是什么？"

"除了有人告诉我说它的主人非常谨慎，我对其一无所知。"

"悬疑。"肥仔轻声说道。他拿起了硬盘。"好啊，这是个高端硬盘，差不多是现如今你能在台式机上装的最大容量。"他拆开了硬盘，用他的放大镜细细观察。"像是常规的工厂货，不过这些价值不菲的产品也有可能会有一些预售版什么的。"他又细心地把硬盘螺丝给拧了回去，一边还擦拭着硬盘，他朝小个子侦探眨了眨眼，"这玩意儿弄不好要让人蹲监狱，对吧？"

"我本该想到这一点的，肥仔，"格思里说道，"现在我倒希望刚刚让你戴上手套。"

"我去！你是认真的吗？"

"那玩意儿可能到最后会成为证据，不过还得看案件的发展。"

这个韩裔大胖子皱起了眉头，把硬盘连到了他的系统上。他的工作台上有一块键盘，一大捆电源线和连接线；他大手一挥，便从桌子上腾出了一大片空间。他打开开关启动了显示器。他打开资源管理器浏览了一番，表示目前看来一切正常，然后打开了他的扫描软件开始检查。在操作了一小会儿之后，肥仔显示器上的彩色模块有了动静，他嘴里吹起了口哨。

"好家伙，"他说道，"寻常办法居然还读取不了你。"

肥仔的系统发出了低沉的哗声，然后开始每隔几秒就重复一次。显示器上的彩色模块又开始旋转。肥仔拔掉了鲍曼硬盘的电源，然后开始在键盘上飞速地敲打起来。

"这家伙可长着獠牙呢，古思。"他手指停住的时候说道。

格思里只是哼了一声。

肥仔又敲了一会儿键盘，最后他的系统终于不再发出信号了。"这家伙非常难搞，"他说道，"我可以试试各种不同的软件平台，看它们有没有方法对其进行攻击，让我可以打开它，不过这加密软件可真是机巧。把它编出来的可是个好手。"

"所以到底有什么问题?"

韩裔大胖子耸了耸肩。他重新给硬盘接上了电源,然后操作着系统给它输入了一连串的指令。文件既打不开又删不掉。他试了试系统自带的一个解锁工具,可是运行了一遍也没有任何反应。"这硬盘的硬件被人动过手脚,"他说道,"也许我把芯片换掉就能够绕过这个机关,不过我也曾听说有人自制过一个硬盘,从那个硬盘里产生的文件只有通过那个硬盘才能打开,就算被复制到别的地方也没用。好像是那块硬盘内置了一个特殊的工具给文件传输信号,一旦取出那个芯片,文件就打不开了,因为它收不到信号。"

"这个硬盘和它如出一辙?"

"硬件被人动过手脚,"肥仔回答道,"这块硬盘被某些像乔布斯那样的硬件高手摆弄过。如果你把搜索请求和文件进行严格匹配,文件就只能为你所用,这不需要怎么修改只读存储器就能够做到。等等,东西找到了。"

屏幕上这堆文件的文件名依旧乱作一团,但是肥仔却直截了当地打开了其中一个文件,吐出一大堆图片的缩略图,而缩略图下面的文件名看起来像是日期、时间和名字的组合。肥仔的手指放在触控板上,指挥着光标在屏幕上飞掠着。"有些图片太小了,这有张大的。"他一边喃喃自语,一边把他选定的那张图片点了开来。

"哇,是派对照片!"他又随机点开了几张,所见的都是夜店的桌台,四周环绕着醉酒的年轻人、舞女和奇装异服的人。"看起来像是在跳锐舞……"他把一张图片放大,上面清晰地显现出一对处于悬空姿势的青年男女。一位身材曼妙,留着一头栗色短发的年轻女子双手紧抓着床柱,一只脚则撑在床垫上,而另一位高大的年轻男子以同样的姿势挂在她身后。

"哇,还有会动的!"肥仔又点了几下,屏幕上弹出了一个视频,还发出呻吟声和喘息声。"天哪,古思!这女的很明显知道摄像机在对着她拍,不过我感觉这个男的不知道。我可得把它拷贝一份……"

"我可不认为这是个好主意，"小个子侦探说道，"你大概不想被这个陷阱夹到手吧。"

"这真是陷阱吗？"韩裔大胖子耸了耸肩，"可很多人都这么干……难道这里面的东西与众不同？"

"反正不值得你去冒险。你能从别的网站找到更好的资源。"

"别开玩笑了，古思。你看她都玩嗨了。"

瓦斯克斯越过肥仔的肩头瞄了瞄屏幕。"说得没错，她看起来是挺享受的。"

"见鬼！"韩裔大胖子赶紧关掉了屏幕，满脸怯懦地看着她。"抱歉。"

"她可没韦茨那么小心眼。"格思里说道。

"是还没到那程度吧？你还没把她惹毛罢了。"他小心翼翼地瞥了瓦斯克斯一眼。"唉，这伏特加可真不错。"他从系统里安全删除了硬盘，然后清理光了缓存文件。"这样满意了？"

"如果你也刚刚从下水道里出来的话，恐怕不会对这种东西感兴趣。"

韩裔大胖子抬起了一侧眉毛。另一侧店铺里的技术员们还在测试着低底盘跑车系统，说唱音乐声时不时地会从那里传来。小个子侦探给了他一把五十美元，祝他去委内瑞拉的旅行能一路顺风。

格思里和瓦斯克斯开车回到了第34街上的办事处，然后他又把鲍曼的那块硬盘锁进了密码箱里。一天就这样匆匆过去了，尽管他们在别处又做了些努力，却没有取得比上午更大的进展。他们都累了。到最后他们都只得盯着时钟在看，免得自己太早睡着了。

傍晚时候，格思里看了看手表，时间到了。瓦斯克斯从椅背上拿起了她的防风外套，可格思里却指着电话。"再给桑德·惠滕打一通电话试试，"他说道，"不行就再打给LMA。"

瓦斯克斯叹了口气。惠滕的手机明明收得到信息；她那天已经给她发了五六条了。格思里想拜托她看看经过珍妮特·奥弗顿筛选的照片。那位身份不明的格罗夫街送货员有着一头黑发，而LMA顾客里对鲍曼死缠烂打的恐怕不乏这种发色，所以小个子侦探还是希望惠滕能从那堆照片里找出这么个人。瓦斯克斯带着不耐烦的口气又给惠滕的语音邮箱留下一通留言。然后她又给"漫长的清晨之后"挂了一通电话，当她询问惠滕在不在后，收获的仅是电话里那个男人的几句怒吼。

"你这种回答，我只能认为她目前不在店里。"瓦斯克斯说道。

"对啊，我早就说过了。又要我来代班。如果她今晚还不来，她就要被解雇了。如果你找到她了就把这话带给她，对了，你是谁来着？"

"蕾切尔·瓦斯克斯。"

"干过服务员的活吗，蕾切尔？"

"我有正经工作。"

对方的声音中带着失望的愤愤。"告诉她让她来上班，好吗？"

"我知道了，别担心。"

她挂断电话之后，和格思里无所事事地坐了一会儿。然后格思里耸了耸肩。一天就这样过去了。明天一早，他们还会再试试。

17

"出事情了。"手机里传来了格思里的声音，在瓦斯克斯听来却像是电脑模拟出来的。瓦斯克斯和毛毯斗争了一会儿，然后坐起身子，把双腿从床上挪了下去。黎明从卧室的窗户探下身形，却只比外面的街灯稍许明亮，不过也足够展露出她这间小卧室的杂乱不堪了。

"现在是几点钟？"瓦斯克斯对着手机嘟囔道。

"半夜某点三十分。我已经在路上了。我们得赶在现场被破坏前把调查工作给做了，所以做好准备。我会在十到二十分钟内抵达你家。"

"什么？"

"上西区发生了一起恶性抢劫案。"

瓦斯克斯打开了床头灯，她的眉头依旧深锁。"好吧。"她说完就挂断了电话，伸手去捡她的裤子。

妈妈正坐在厨房的炉子前，穿着她那双老旧的软拖鞋，以及罗伯特从福坦莫大学毕业时送她的那条褐色睡袍。瓦斯克斯短短的一生里，她有半数时间都穿着它。煎锅里的波多黎各炸肉是爸爸的早餐，气味和鲜煮咖啡的香味混合在一起。瓦斯克斯把她的外套和手枪皮带挂到椅背上，给自己倒了一杯咖啡。她妈妈看了她一眼，把炸肉倒到碟子里，然后在煎锅里打了两个鸡蛋。

"你好久都没有这么早醒来过了。"她说道。卫生间里响起了水龙头的咕咕声。爸爸已经醒了。

"今天我得早点去上班。"瓦斯克斯说道。

妈妈点了点头。"我听到你打电话了。"她试着把一缕头发拨到耳后，却没能成功。她的头发很卷，有时候会给她造成不便；而这一缕头发就是从她没绑紧的马尾里挣脱出来的。"你得先填饱肚子。"

"格思里车上会有面包圈的。"

她的母亲嗤鼻以答。"你还记不记得胖子埃斯帕达抓到你端着一碗白砂糖吃的那件事？"

瓦斯克斯把自己脸上的笑容埋进了咖啡杯里。胖子埃斯帕达是爸爸的一位老朋友；很久很久以前，他住在他们家楼上，那时候墙上的红格子墙纸还没褪色，后来却是因为被人又刮又擦的，都褪成了粉红色。过去爸爸吃早餐的时候，胖子会下楼坐到他们窗外的太平梯上，隔着窗户跟他们聊天。而星期六的时候，爸爸则会起得很晚。那时候的瓦斯克斯还是个小不点，连上幼儿园都还是烦恼的将来时。当时的她天真地以为，既然一勺白砂糖能让一碗玉米片变得更好吃，那么显然是放得越多越好。她的实验结果实际是往一碗白砂糖里撒玉米片。她还没来得及往碗里面倒牛奶，就被从太平梯上下来的胖子给阻拦住了。

"我记得。"瓦斯克斯说道。

屋外安静的街道上，老福特车短促地鸣了一声喇叭。瓦斯克斯一口喝光了余下的咖啡，抚了抚她母亲的肩膀，然后拿起她的夹克和手枪皮带匆匆地赶了出去。

格思里在渐明的晨光下驱车行驶在百老汇大道上。一路上，他跟瓦斯克斯解释了今天要干的活。詹姆斯·伦德尔麾下的那个调查员亨利·达伦，竟在上西区一栋褐砂石建筑里遭遇入室抢劫不幸身亡。那栋房子正在接受遗嘱认证，很有可能会被拍卖掉，而达伦当晚则在那里值守夜班。这件事之所以引起了格思里和瓦斯克斯的注意，是因为无论联系多么曲折，达伦毕竟是为 H. P. 惠特里奇干活的。光这一点就让他不再是一个无足轻重的无名之辈。惠特里奇的亲信乔治·利文斯顿来电解释说，老人要格思里把杀手揪出来，把被盗物品找回来，他的重音落在了"杀手"这两个字上。

格思里常常为寻找失物而奔忙，而且把失物找回来常常都会比将罪犯绳之以法更加重要。有时候那些大家族并不希望窃贼进入警方的记事簿。过程一般都很机械化。窃贼会试图转手失窃物品，可物品通常都会在下水道排水口重见天日，有时候也会出现在体面时髦的地方。小个子侦探有一个庞大的关系网，可以深入到很多纽约警方去不到的地方。东西找到之后可以顺着线索把窃贼给揪出来，整个案件的谜团也就解开了。

两辆巡逻警车停在了第102街靠近西区大道的这座古旧褐砂石建筑旁。参天大树像摩天大楼一样遮蔽了行人道。一群人围挤在行人道和阶梯上，喝着保丽龙杯里的咖啡，丢下的烟头装饰着人行道的路面。来自第二十四分局的巡警和来自下城调查组的技术员挤在一起交谈着。而伦德尔指派的日间职守人员则被一堆便衣的纽约警察围住了，达伦的尸体就是他发现的。他不停地抽着烟，双眼注视着人行道的路面，仿佛在重新思考自己是不是入错了行。带头的警探是杰克·默托警长。格思里把他唤作"绅士杰克"；他总是身着剪裁合身的衣物，梳着一头黝黑的大背头，胡子刮得干干净净，和他那些邋遢的同事形成了鲜明的对照。

调查组的几位技术员带头扛着摄像机走进这栋褐砂石建筑。前门并没有锁上，一推就打开了。门厅侧柜上的蕾丝饰布被弄得歪歪斜斜，几个相框也被弄坏打翻，有几个还摆在侧柜上，有几个则摔到了侧柜旁的地上。这些暴力的迹象根本掩盖不住这栋房子的金钱气味。金色的木质地板上铺着奢华的深色地毯，这种河泥色和苔藓色的风格显然是来自南亚，其他地方还摆放着金色的木质工艺品和抽象表现主义艺术品。其他房间也个个都是这个昂贵的珠宝盒的余下抽屉。房子后门处的空气散发着一种黄铜的气味。

"你们的人能扛得过去吗，格思里？"默托警长问道，然后看了一眼瓦斯克斯。他用拇指向前门的方向指了指，那个日间职守正在那里等候。

格思里耸了耸肩。"估计又是一个赶鸭子上架的大学生。"然后他看了一眼瓦斯克斯说道，"不过我的助手可是贫民区里混出来的。"

小个子侦探的玩笑引来了一串笑声，可是这些警察的面庞却依旧严峻。因为从厨房房门传来的气味有着足够的说服力，这种血和粪便的气味调出了一杯墓地般的鸡尾酒。厨房的奢华也和这座富家宅邸的其他房间相匹配，非常明亮且引人注目。灰色斑点纹的大理石地板和厨房台面反射在不锈钢的器具上，使得厨房的空间显得更大。橱柜中岛上的挂架透明到几乎看不见，而锅碗瓢盆和厨房用品就像一朵密集的云漂浮在上面。

橱柜中岛的一侧隐隐现出了一摊血迹，其突兀程度不亚于夹在一册家园与花园绘本里的一块破布。达伦的尸体就搭在厨房台面上，被手铐铐住的双手则悬挂在烤箱门前。这位中年调查员的尸体因失血过度，脸色苍白得就像供奉天主的蜡烛。默托警探绕了一下，从另一个角度观察这具尸体。

"他脸上有伤。"默托说道。

"严重吗？"

"就一点点，"他用指尖指了指，"原来如此。难怪在烤箱前，这样他的双手也就离炉子很近了。"

"为什么非要离炉子很近？"

"你看，他的手指被烧伤了，很有可能是把手伸进了炉子烫伤了，诸如此类。"

"你看到伤口了？"

"嗯。别误会。他看起来不像是个精神失常的人。"默托警长缓缓地绕过橱柜中岛，扫了一眼厨房操作台。"好了，具体的现场勘查就交给调查组。我们手头还有各自的麻烦事。揪出这个混账罪犯。"

这位探长缓缓地挤过人群从厨房退了出来，身后仿佛拖着一朵愤怒的乌云。他经过格思里身边时朝他勾了勾手指。大家跟着他进到客厅。沙发和座椅上那些奶油色的织物，以及艺术品考究的摆放似乎突然就变得不那么合适了。

"核对物品，找出失物要花多少时间？"默托问道。

格思里耸了耸肩。"伦德尔会在这周核对一遍。因为依照的是投保名单，所以还得过一遍新添的东西。我跟那个长居于此的老人不熟，也不知道他是不是喜欢买东西。"

"也许他们是想找达伦问话；这是最简单的可能性。他有没有可能跟这边的内幕有所瓜葛？"

"毫无可能，"格思里回答道，"这点我一早就跟伦德尔聊过了。这位老员工为公司勤勤恳恳地干了十一年，没有任何污点。"

默托带头对褐砂石建筑巡视了一遍。不消一刻钟，他就已经气馁了。所有的房间都井井有条，没有任何混乱的迹象，仿佛住户已经年老体衰，不再对家具做任何变动。"跟我说说是怎么回事，格思里，"他咆哮道，"这在你看来正常吗？这案子是内行人看门道，对吧？如果丢了什么东西，他们马上就会知道窃贼是谁，因为这现场怎么看都不像是他们什么都没拿走。"

"我也不明就里，"小个子侦探说道，"如果他们知道自己想要什么的话，干嘛还要去叨扰职守人员呢？"

"也许他们是想要掩盖自己的罪行，"默托说道，"这事还是太蹊跷了。这些抢劫犯确实杀了人，却又把值钱的东西留下了。"

"也许鲜血吓得他们改了主意，尤其是开始流得满地都是的时候。"一位警探提议道。

默托警长耸了耸肩。"难道他们对由自己残忍的折磨所招致的叫喊声和求饶声心安理得？"他嫌恶地把手上的笔记本拍在大腿上，"事情太蹊跷了。查查这位刚刚死去的达伦都认识哪些人，我们就从调查他们开始。其中很有可能就有我们要找的劫犯。威廉姆斯，由你负责调查。"

格思里和瓦斯克斯安排日间值守盯着那些在褐砂石建筑里进进出出的纽约警察。他似乎状态还行，能够帮忙查看是不是有人藏着古董或是艺术品悄悄离去，并登记被作为证据带走的物品。今天清晨的时候他本打算见到的是一位睡眼蒙眬的中年男人，结果却发现了一具冰冷的尸体，这令他心里不安，开始思忖这幕惨剧如果不发生在达伦身上的话，有没有可能降临到他的头上。格思里看着这个男人，他一边站定目视着地面，一边把嘴里的香烟一直吸到滤嘴处，最后上前重重地拍了拍他的肩膀后走开了。可是他依然深陷于思索之中，因为思索总比采取实际行动要安全得多。

瓦斯克斯一路开车奔向下城的时候脸色苍白、嘴唇紧闭。高峰时期拥挤而又缓慢的车流给予两位侦探足够的时间去思考。格思里一路观察着心烦意乱的瓦斯克斯，待她开到休斯敦街的时候开口说道："别想太多了。光胡思乱想也改变不了什么。"

"你什么意思，老家伙？"瓦斯克斯问道，"我可没……"

"别跟我来这套。你一路上咬着打转的舌头，想要解决你脑海里的那个问题。然后你又回到原点，重新又来了一遍。"

愁容爬上了她的面庞。

"这才是真实的世界，蕾切尔。理由和解释对很多事情来说，都没有那么重要。当一个胡子拉碴、满指甲都是污泥的彪形大汉对你耍流氓，他是不会跟你讲道理的。他才不在乎什么道理呢。他会在你想讲道理之前就会用他的拳头把事情收尾。事后他也不会去考虑这些都是为什么。他还会去花从你口袋里抢来的钱。"

"那么我们该怎么办呢？"

"开往皇后区，"格思里说道，"我们要去拜访亨利·达伦的遗孀。"

达伦那间齐整的白色排房安稳地坐落于森林山静谧的中产阶级小区里。进到屋子里，一位牧师正在陪伴着这位新寡。玛乔丽·达伦身材纤弱；她叠弄手巾的那双手，指关节像白色的祈祷珠一样泛着光辉。她所在的客厅铺着地毯，非常整洁，角落的书架上堆着很多书籍，而涂漆墙上的相框像士兵一般排布。她安静地接受了格思里的哀悼慰问，回答了他一些问题，然后突然停住了话头。

"你问话的意思好像是亨利的所作所为给他惹来的麻烦，"她说道，"难道这不是一起抢劫案吗？他是被律师派去值守的。"

格思里点了点头。"这正是警察调查这件案子的视角，"他回答道，"仿佛您丈夫的遇害不过是个连带的结果，事实当然也可能是这样。但我被指派的任务是要找出凶手，所以我会考虑是不是有人想要伤害他。"

"噢。好吧，但我不这么认为。他既不酗酒也不嗜赌。他晚上都待在家里。会伤害他的人，恐怕都是些疯子。"

"有人最近给他打过电话么？有人拜访过他么？他有调整过自己的时间安排么？"

"没有。他最近在做的事情就是被律师派去值守，不过他也不常做这样的工作，每年就那么几个晚上。除了这种时候，他总是待在家里。"

"当他晚上出去值守的时候，他有跟您说过他工作的具体地点吗？"

她摇了摇头。"没说过。因为要是我想找他说话，我会打他手机的。"

格思里和瓦斯克斯交换了一个眼色。看来只有伦德尔的公司知道达伦昨晚在哪里。格思里把自己的名片递给这位新寡，以免他们走后她又突然想起些什么，然后他们就礼貌地同她道别了。瓦斯克斯途经威廉斯堡开车回到城区，然后直奔下城的华尔街。皇后区和布鲁克林区上空广阔的天空，在这里被摩天大楼侵吞得只剩下小小一片。几抹淡淡的云追着他们一同回到了曼哈顿；有什么东西正从大西洋上漂洋过海而来。

在华尔街泊车竟然易如反掌，周日清空了繁忙的商业区。两位侦探等在"里德、惠特克&唐事务所"门口，一直等到秘书到来才进去。头发铁灰的海伦·沃尔特伯格小姐是个态度严厉、办事实际的女人，她人过中年，通体散发出办事精干的光环。她被指派来帮衬这位年轻的华尔街搭档，帮助他在权力的道路上步步高升。她抵达事务所的时候看起来心情低落，却并没有心不在焉。小个子侦探提出的绝大多数问题，她都能马上给出答案：律师知道亨利·达伦昨晚在哪里，此外事务所另外两位夜间值守的调查员和个别办事人员也知道。日间值守人员虽然不见得一定知道人员轮换的安排，但他们手上都有地址。她掰着指头一个个数过来，根据可能的知情程度，把他们分成几个小组，最后一共数出了四十九人。

"所有这些人都确切地知道亨利·达伦的时间安排吗？"他问道。

沃尔特伯格小姐皱起了眉头。"不会的，"她回答道，"我们的策略是轮换制。我们领薪水的调查员会轮流值夜班，这样就不会给他们带来过重的负担。而其他的调查员除了他们当值的任务外可能就一无所知，不过我估计高管罗斯科女士应该是知道的。"

"如果有人问你，你有办法获知他的时间安排吗？"

"如果提问来自公司内部的人员，我们就可以询问罗斯科女士，"她回答道，"如果是外人问的，那么就得看运气了。""里德、惠特克&唐事务所"为资深律师、合作伙伴，以及日常工作准备了秘书和接待员等人员储备。沃尔特伯格小姐觉得有些人的工作能力不太行，尤其是电脑的使用正在蚕食着办公室的良好习惯。她细心观察过詹姆斯·伦德尔的情况，他有时候会觉得用电脑准备讲话材料、管理档案，会比倚仗秘书要来得更有效率。她那时就会觉得有必要打开窗户，散一散沉痛失败的臭味。公司的人员储备里也有持类似倾向的成员。即便是受过高等教育，也没法根除对数字办公的迷信。沃尔特伯格小姐踩着军纪官一样干脆的步伐领着他们去查看资料。

一支老式的单据叉上稀疏地放着一沓便签条。沃尔特伯格一边叹气，一边查找便签，然后递了一张给格思里。

这张便签上记录的是布鲁克林区一家名叫"拉克兰兄弟"的管道服务公司，推荐达伦出任该公司的调查员，任务则是调查客户疑心的对象是否真的涉及诈骗。

"这张便签是詹金斯女士起草的，"沃尔特伯格说道，"我有她的电话号码。也许她会知道更多细节。"

这位女秘书在电话上透露说，一通操外国口音的来电要求转接伦德尔的调查员；她把达伦的名字给他了，因为相比起事务所其他调查员，伦德尔更偏爱达伦一些。然后格思里又拨通了便签上"拉克兰兄弟"的电话号码，却打到了格雷夫森德的一家比萨饼店。他听完了电话里的外卖介绍，然后一言不发地挂断了电话。

当他们离开了华尔街上这座安静的大理石建筑，朝着他们的汽车行进时，格思里用手机拨通了另外一个号码。他把手机递给了瓦斯克斯。"把钥匙给我，"他说道，"你去跟第二十四分局的默托警长交个朋友，然后告诉他我们都发现了什么。"

18

　　格思里和瓦斯克斯返回办事处时，第34街上十分寂静。

　　格思里午餐依旧叫了比萨外卖。没过多久，办事处外门的毛玻璃上现出一道人影，而门把手也摇晃起来。两位侦探都还在盯着自己的电脑屏幕，嘴角咬着笔端，动静又突然消失了。小个子侦探皱起了眉头，朝椅子前部挪了挪。

　　办事处的门打开了，一位中等身高、金发碧眼的年轻男子走了进来，背后跟着一位面部扁平，头戴宽边斯泰森毡帽，体型直逼重量级拳手的人物。"请原谅我的冒昧打扰，"男子说道，"不过我受人推荐，向您咨询业务。我认为有人在不断地盗窃我的财物。"

　　这位年轻男子脸上带着恳切的表情，可他一边说话却一边快速地扫视了一圈办事处，沿着牛血色的沙发向格思里的办公桌走去。重量级选手的双眼划过瓦斯克斯，然后锁定在格思里身上，显露出坚定的神态。他沿着沙发跟在块头稍小的年轻男子身后。

　　"我等的就是您这样的业务上门。"格思里对瓦斯克斯说道。他站起身来，一只手拿住了记事本上的沉重玻璃镇纸。他面带笑容继续说道："你们可以坐下来慢慢跟我说。"

　　金发男子走过沙发后，大步冲向格思里的办公桌。他单手插入到黑色裤子的后兜里，抽出一把弹簧刀，把刀片弹了出来——刺溜。头戴黑色斯泰森毡帽的重量级选手咧开嘴坏笑了起来，也向

161

前冲去。

格思里从记事本上抓起了镇纸，像游击手给一垒丢球一般把它扔了出去。这块沉重的玻璃撞上了大块头的脸颊，抹掉了他原先面带的坏笑。他试图从这一重击中缓过劲儿来的时候踩空了一步，但他那顶斯泰森毡帽还稳稳地盖在他结实的脑袋上。他的脸上淌下一道血流。格思里跳上了他的办公桌。便条纸、钢笔和回形针像雨点一样倾倒在办公桌和沙发间的咖啡桌上。

第34街上的汽车喇叭声透入了窗户。金发男子背着咖啡桌急急转了个身，却没有回头看格思里。他把手中泛光的弹簧刀对着瓦斯克斯，动作迅速地绕过了她办公桌的侧面。她旋身离开了座椅，然后举起椅子对准他的膝盖砸去。她的马尾掠过金发男子的面前时，他挥刀向下划去。被椅子砸中后，他一边伸腿把轻便的椅子踢到一边，一边咧嘴笑了。

大块头用他宽大的手把格思里的电脑显示器扫下了桌面，喉咙里发出奔腾的怒骂声，尔后又伸手向小个子侦探的脚踝够去。格思里从自己的办公桌跳到了瓦斯克斯的办公桌上，又撞落了一堆纸张、钢笔和一杯咖啡，然后从桌上跳起直扑到金发男子身上。金发男子的蓝眼睛闪过了讶异的神色。

侦探的块头不够大，没法把他压到地上去，他们跨了几步撞到了墙边。格思里的脚一直蹬在块头较大的金发男子身上，而后者则腾出手抽打格思里。格思里伸肘猛击，阻住了他用刀的路径。他们各自用不同的语言咒骂对方。重量级选手冲过杂乱的办公桌和沙发，像一名在跑锋的防守边锋一样冲向了他们。

"开枪！"格思里喊道。

小个子侦探的喊声惊醒了瓦斯克斯，她的手已经开始自动地运作了起来。在她入职的第一个月里，同样的命令他重复过数百遍，手里还拿着秒表给她计时。她每一次都会用大拇指划拉下外套的拉链，手掌张开，滑到肾脏部位的手枪皮套处，抽出她的"长官专用"型手枪，朝短距离的目标连开五枪。在检验靶子和填装子弹的简短暂停之后，他们又会把整个过程重复一遍。

袖珍的手枪和瓦斯克斯的小手形成了完美的匹配。随着她伸出的臂膀，她紧锁的眉头也松开了。她用这把点40手枪射出的第一发子弹，像一道闪光灯锁住了时间，但声音却很平稳，一点也不尖锐。子弹击中了大块头的侧脸，把他头上的斯泰森毡帽打翻在棕色的毛皮沙发上。他踉跄了几步，栽在了沙发的扶手上，撅着屁股滚作一团。

瓦斯克斯咧嘴笑了。金发男子嘴里喷出骂人的话语，跨到格思里身后拿他作掩护，一边迅速伸手去拔插在他腰带上的东西。小个子侦探迅速下蹲，金发男子也只好屈身避到棕色毛皮沙发后面。瓦斯克斯又追着他开了好几枪。其中一发打出了一声尖利的惨叫。

"啊！见鬼！"金发男子在沙发背后惨叫着。他在沙发背后匍匐着，鞋子蹬在木地板上咯吱作响。重量级选手缓过劲儿来后站了起来，摸了摸他的帽子是不是还在，也可能是在查看自己的头还剩下多少。第二条血流装点着他的脸面。他头顶的黑色短发就像是未经清洗的山羊毛一般坚硬纠缠。他环顾了一下办事处搞清楚了自己现在的处境。

瓦斯克斯把手枪换到另一只手上，拔出了她另外一把手枪。格思里保持着他的蹲姿在地板上转动着前进，抓住了她的腰带，把她拽到地板上去。格思里像一只猴子一样趴在瓦斯克斯的双腿上，然后转过他的办公桌打开了底下的大抽屉。瓦斯克斯趴在地上瞄准，然后用那把填装了橡皮子弹的点40手枪击中了重量级选手的肚子。他痛苦地大叫并弯下腰。史密斯威森的套筒锁住了；弹匣已经打空了。

金发男子从牛血色的沙发后面站了起来，用一把自动手枪快速地发射了两枪，才发现根本没有人站着。一枚子弹在瓦斯克斯的电脑屏幕上钻出了一个洞。他嘴里嘶嘶地吐出了一大串骂人的话，冲到办事处的里面。他举着枪在格思里办公桌两侧洞开的大门之间摇晃。重量级选手坐了起来，从临街窗户投进来的日光照出他的侧影。他从夹克下面掏出了一把大号的自动手枪。

真枪实弹的点40口径手枪发出的声响要比金发年轻男子的自

动手枪大得多；瓦斯克斯开了三枪。几发子弹又把大块头打得直倒退，身子撞到窗框上。他的肩膀击碎了一面玻璃，然后才顺着墙面滑下，朝前俯身倒了下去。他的手在硬木地板上扒拉了几下，仿佛是在为他的头颅整理出一个舒适的摆放位置。当瓦斯克斯还在发射手枪的时候，金发男子绕过了格思里办公桌的一角。而小个子侦探正躺在地上，伸出的手里拿着他那把沉重的科尔特左轮手枪。

"去死吧！"金发男子又大声咒骂了一句，开了两枪。

格思里打出的子弹像是一片红热的烤牛排被夹在两片原味面包里一样从两颗更轻的子弹间挤了过去。金发男子的第一枪从办公桌上打下了几片碎屑，而第二枪则钻到了地板下面。小个子侦探的一枪把金发男子锤到了涂漆墙上；他鼻孔里喷出了一大管鲜血，然后蜷缩在地上，像抱着一只泰迪熊一样抱着他的手枪。

第34街上鸣响的喇叭声混杂着呼啸而来的警笛声，在枪战之后听起来分外宁静。格思里一边从桌上打翻的咖啡渍里抢救着文件，一边嘴里咒骂着。瓦斯克斯把她的两把手枪都摆在办公桌上，双手插在了自己的腋窝下。她双眼盯着蜷在窗户下的大块头。尸体以一个诡异的角度落在地上，乍看之下根本看不出是一个人，反倒像是《国家地理》中需要读者思考一番，翻至下一页读到图片说明后才能明白过来的图片。涂漆墙上散布的血污像是一层抹得厚厚的红辣椒。格思里走来摆正了她的座椅，推到了她的身后，然后温柔地把她摁到了椅子上。

"也许现在应该要给你加薪了。"他说道。

仿佛过了很久，期间那些不断迫近的警笛声都犹如空洞的威慑。天空中厚重的云彩遮暗了从窗户透进来的光。格思里又给自己倒了一杯咖啡，然后从自己的办公桌抽屉里翻出一张名片递给了瓦斯克斯。至于电脑显示器他就任由它躺在地板上。

"警察到来之前，我们先得把一些东西掩盖起来。"他说道。

"他们先开枪的！从某种意义上来说……"

"我想说的可不是这些。这些人是冲着我们来的，昨晚杀掉亨利·达伦的也是他们。我不知道其间到底有什么蹊跷，但这事肯定和詹姆斯·伦德尔有关。我们挑起了某种东西，但我现在还没看明白那是什么。"

"那我们都做了些什么呢？"

"某人说了某些话，被另外的某人注意到了。我们获取了没有其他人知晓的信息，而它们本该不为任何人所知晓。珍妮特·奥弗顿，她算是一个。我估计她目击了我们想要逮出来的那个人。"

"那个送货员，"瓦斯克斯说道，"我明白你的意思了。"

"正是。还有那些淫乱的照片。它们有可能是这一切背后的动机，反正我们不能否决这种可能性。我警告过英格尔伍德，哥大那边有猫腻，不过现在我算是知道了，那边哪里只是猫腻，要糟糕得多。"

瓦斯克斯皱起了眉头，警笛声已然抵达外面的街道，"哥大的这个人很有可能就是背后的主使。"

"即便如此……"小个子侦探说道。

"所以我们待会儿去了局子要这么说吗？"

"我正好要提醒你呢。把嘴闭严实了，让他们给这张名片上的律师打电话。"

外面的走廊上响起了急促的脚步声。办事处的外门敞开后，一位身着黑色制服的巡警举着一把枪冲了进来。格思里和瓦斯克斯把双手举过头顶。他们坐着警车去了中城南区的警局。等到律师们驱车从布鲁克林区赶至市区后，问询便开始了。

格思里的律师都是意大利人，他们都有着伶俐的口舌。格思里和瓦斯克斯交代了手枪的情况，不过对其他事情都缄口不语，任由纽约警方去猜测。格思里让律师去示意警察，这两起枪杀可能与第二十四分局管辖的那起谋杀案有关联，因为这两件事都能直接联系到詹姆斯·伦德尔身上。

这番话招来了默托警长，以及重案组一位名叫威尔金斯的警探。默托的打扮看起来和今天早上一样精神，即便是一桩谋杀案也没法弄乱他的发型。威尔金斯则是一个年近半百的瘦削黑人，他为

了掩盖愈发稀疏的头顶，干脆把余下的头发都剃了个干净。第102
街谋杀案的背后动机竟然不是抢劫，他对此很不高兴，而克莱顿·
格思里也牵涉其中，则更是令他不快。在他们警局里，小个子侦探
因为对鲍曼谋杀案的调查，而成为一个麻烦的角色。

当探长命人释放格思里和瓦斯克斯的时候，威尔金斯只能愤懑
地静坐着。第二十四警局展开的调查发现了两位嫌疑人，基本上和
格思里办事处的这两具尸体相匹配，而默托也询问了"里德、惠特
克&唐事务所"的秘书。除非再曝光出其他什么情况，否则毫无疑
问的是，这起枪击案同第102街的那桩谋杀案有着密切的关系。

格思里的律师把他们载回了时装区。他们完全没有问东问西，
这令瓦斯克斯非常讶异；他们只是看了她一眼，然后转而谈论起尼
克斯队的比赛。他们与两位侦探一同走到了办事处。尸体都已经被
搬走了。格思里扯开了黄色隔离带，查看调查组是不是动了他们不
该动的东西，然后取出了他们的掌上电脑。律师们很快便道别了，
因为空气中散发着大雨将至的气味。天上的云阴暗如铁，正在大西
洋冷风的催促下，推攘着飞速掠过城市的上空。

19

"我想我们取得了一定进展，"格思里打开免提后对着电话里说道，"但我估计你应该还没听到任何消息，除非你也像我们那样紧追案子的发展。"

"你这话是什么意思？"米歇尔·汤普金斯问道。

"亨利·达伦昨晚被谋杀了，"格思里说道，"你见过亨利·达伦吗？没见过吗？他是'里德、惠特克&唐事务所'雇佣的一名调查员。还没有印象？就是詹姆斯·伦德尔那家事务所，伦德尔就是代表格雷格·奥尔森出庭的那位律师。"

瓦斯克斯驱车开到了包厘街。他们前行的目的地是布鲁克林区。初至的雨点重重地打在挡风玻璃上，可她还没来得及打开雨刷，雨水已经开始呼啸地倾落下来。他们周围的城市被掩盖在灰色雨帘之后，而雨刷则只能无助地刮擦着倾倒在玻璃上的雨水。

"我没听明白。"汤普金斯说道。

"你确定吗？"格思里问道，"从一开始，你就装聋作哑，真是一个高手啊。我又不是什么牙医，你张开嘴巴我又不会把你的牙齿给拔掉。"

"我在学习呢，"她话题急转说道，"我可没时间听你开玩笑。"

"我倒真希望这些都是玩笑话。就在正午前不久，来自布莱顿海滩的两个恶棍想把我从这个世界上抹除掉，我敢打赌你对此也一无所知吧。所以就由我来帮你梳理一遍好了。你委托我们找出杀害卡米尔·鲍曼的真凶，或者证明格雷格·奥尔森的清白。可是有人却不乐意我们这么做。我认为他们一开始想探明我们所知的内情有多少，这就能解释他们在杀害亨利·达伦之前为什么要先对他拷打问话。他们把他绑在烤炉的门上，然后用火热的刀片炙烤他的手指。我很确信他们从达伦口中问出了我的名字，因为他们的下一站就是我的办事处。"

"噢，天呐！"在很长的一段时间里，四周的声音只剩下雨声和福特车挡风玻璃上雨刷的咯吱声。格思里并没有出言催促，因为他们手头有的是时间。他们要一路开到弗莱布许。"你认为这一切都是学校里的人干的？"她问道。

"你一直以来做的事情足以让某些人被灭口。也许卡米尔·鲍曼就是因你而被灭口的。令我心生害怕的是那些他们留下来没有拿走的照片。也许他们已经把对他们极其不利的照片拿走了……"小个子侦探的话头突然停住了。

"什么？"汤普金斯问道。

"把贾斯汀·比珀的情况跟我说说。我已经知道他过去跟卡米尔处过；他在哥大都干些什么？他跟城里的人有没有关系？"

"没有。贾斯汀不过是偏远地区来的帅小伙。他光靠脸就能让人把门打开。"

"他手头没钱？你觉得他花多少时间能弄到八千美元？"

"我不太……"

电话里出现了一小段停顿，而福特车也正在等红灯，瓦斯克斯打开了她的掌上电脑。她在比珀的文档里存有他的信用卡还款记录。账单在八月二日还清了。年轻的波多黎各女孩皱起了眉头。格思里现在正在深挖一条线索。

"贾斯汀手头没什么钱，"汤普金斯说道，"他寄宿在别人家里。我觉得他之所以选修夏季学期的课程，就是为了能够住在学校里。"

"所以那些照片都有谁知情？这个问题你有直截了当的答案

吗？也许你最好主动交代跟照片相关的所有情况。"格思里问话后补充道。

"滚蛋。"她不悦地说道。

"这句话真是似曾相识。"

"所有人都知道我们会给派对拍摄照片，但是没人知道我们还拍了视频，"汤普金斯停顿了一下继续说道，"把刚刚那句话划掉。我确定有三个人知道视频的事情。这三个人里面，我的嘴封得严严实实，另外两个我就不知道还有没有往外传了。卡米已经香消玉殒。阿曼达·赫斯特也知情。卡米是摄影爱好者，这些照片和视频一开始就是这么来的。她到哪儿都要拍照。我觉得她要是没遇上格雷格，可能根本不会想着要去读什么法律。她这么做完全是对他亦步亦趋，最后她肯定会后悔这个决定的。我原以为她会进入影视圈。"

"一位星途光明的女演员？"

"哼。是导演。照片和视频本来就是她的主意。而这也给我赢来了这欢乐场里的位置。我是摄影师。"

"可有些照片里也有你的身影。"

"那些是卡米拍的，或者是阿曼达加入进来后由她拍摄的。卡米有某种特别的……我猜这可能是我们两人共有的倾向。我们手里都有着对方的把柄。所以必须相互包庇，然后一切都变得可行了。很多疯狂的事情都在格罗夫街发生着。多数人都知道派对照片的事情，而这些照片有时候会把他们吓一大跳。当卡米尔把人们框进镜头的时候，她想拍出最好的效果。有些照片真的特别疯狂。我猜你应该还没有全部浏览过。"

"我都没仔细看过。肥仔打开了一部以卧室为场景的视频短片，而看过后我就决定不再深入其他内容了。难道我应该好好看看？"

"我去。肥仔是谁？"

"一个电脑极客，放心他不敢背着我干坏事。你好像说卡米尔把她的照片和视频都保存得好好的。可肥仔说她的硬盘被人动过手脚。我没有让他把硬盘彻底翻个底朝天，我只是想知道是不是有内容被擦除了。他说这块硬盘有个保护系统。你刚才说的就是有这个意思？"

"我跟她用的是同一个系统。"

"阿曼达·赫斯特呢？"

"都是同一个，但她没掌握那么多信息。她抓不到我任何小辫子。卡米那边她也没多少。"

"你不觉得卡米有可能出卖你吗？"

"不觉得。她会玩弄阿曼达，以及其他所有人，包括贾斯汀，可她从来不跟我开类似的玩笑。"停顿中雨滴落下的声音填补了进来。"我之前从来没这么想过。她是我的朋友。"

"不过，我猜接下来要说的东西就比较麻烦了，"她接着说道，"我不知道总共有多少部视频。格罗夫街有时候就跟一个马戏团似的。我不觉得谁那里会有一个'完整拷贝'，照片倒有可能是齐备的。每一场狂欢她都有记录。每一次'表演'都有各自的文件夹。图片相对来说要温和一点，除非真的是烂醉如泥，或者亲密过度。不过最少也是接吻照或者爱抚照。"汤普金斯轻声笑道。"好吧，我所说的'爱抚照'，大约就是和那些低俗杂志上的照片差不多的东西，会给那些变态者带来无限的遐想。肯定会彻底毁掉一个冠冕堂皇的伪君子的形象。"

"至少还有一个人知道你们藏有图片和视频，"格思里说道，"那个人很可能就是贾斯汀·比珀，而另外的人也知道该找他寻找门道，给了他一笔丰厚的报酬。对此你有何看法？"

"我去。你确定吗？"

"他身上有干坏事的腥臊味，但我不觉得是他杀害了卡米尔。这前后关联合情合理，而且他也擅长摆弄电脑。他有可能找上谁呢？"

"阿曼达。"汤普金斯回答道。"找她试试。她最近正伤心难过呢。"又是延续了一阵沉默。"你能够做点什么吗？"

小个子侦探看向窗外，看着在瓢泼大雨的鞭笞下潮湿灰暗的布鲁克林区。"当然会的。我会试试看今晚能不能找到些线索。"他说完就挂断了电话。

瓦斯克斯绕过了大军团广场，沿着展望公园一路向南开去。"比谋杀也好不了多少。"她低声说道。她拐进卡顿大道后，雨愈下愈急。天空似乎决心要一次性弥补那些燥热的三伏天。格思里给她指着路，停在阅兵广场对面一处毫不起眼的店面前。褪色的墙漆使得"鲍勃体育用品店"狭窄的临街店门和街道路面融为一体。隔壁的窗户被木板封住了，挂着一块布满尘埃的告示，上书"即将开业"四个大字，毫无诚意地允诺着一家餐馆的开张。

排水沟被冲得一干二净，行人道也各处都是水洼。格思里和瓦斯克斯走到门前时已经被雨水打得湿透了。店铺的里面散发出一股霉味；店里的大多数灯都已经报废了，或是在无人疼惜的一生末尾苟延残喘。他们走进去时，一位老店员抬起头瞄了他们一眼，然后叹了口气，伸手将他铺在柜台上的杂志翻过一页。

瓦斯克斯跟在格思里身后，浏览着货架上的商品。所有的体育用品看起来都沾染了使用过的痕迹，包括沾着泥土的棒球和露出线头的球拍。一顶非常古旧、没有面罩的皮质橄榄球头盔斜视着她，于是她把它拿了起来。帽子的内里有一股呕吐物的气味，价格标签上写着四美元。她觉得她的二哥因迪奥得来上这么一顶。她拨开了脸上几缕被雨水打湿的头发，脸上露出了坏笑。

"别费神去看那些摆在货架上的东西。"老店员的声音带着些许疲惫。

"你的意思是这顶帽子不卖？"瓦斯克斯问道。

"嘿，我不过是在这里工作而已，你懂么？"老汉说道，突然在凳子上振作起来，仿佛已然准备好和人交谈。

"卖给她吧，迈克，"格思里说道，"她跟我一起的。文森特在吗？"

老汉耸了耸肩，"在里屋。"

瓦斯克斯拿着橄榄球头盔，跟着格思里进到了里屋。店员投向她的眼神像是在为烈士送行。在里屋的门背后，四位老人正在玩着皮纳克尔①。两位侦探进门时，有两位老人抬头看了看。其中一位老人眼睛奇大，上面架着一副厚厚的眼镜；即便是处于坐姿，他的个头也堪称庞大，单掌就能藏住他那一手牌。他的声音也很衬他的体型，犹如砂石在陡坡上呼啸着滚落。

"文森特，我们有伴了。"他说道。

"不过是格思里而已。我看得到他。"

"可是……"

里屋到处都是破旧的二手货，此外还有一张看起来很不结实的牌桌。后墙上的一道门标有"出口"两个字。文森特头戴一顶渔夫帽，鼻梁上架着一副金属丝框架的眼镜。他抬起下巴瞅了一眼瓦斯克斯，因为眼镜已经滑落到他的鼻尖上去了。

"嘿，这人可不是韦茨！你这是把谁带过来了，格思里？"

"我刚一直就想跟你说，"大块头说道，"你从来都不听别人说话。"

"文森特·帕利亚罗利，萨尔瓦托雷·卢奇，这位是蕾切尔·瓦斯克斯。"小个子侦探说道，"这两位是废旧品商人……"

"是坏东西商人，"另一位老人一边说着，一边用指尖轻弹他那手展开的牌，"你不是不相信像韦茨那样结过婚的女人吗？"

"那又怎样？"文森特问道，"难道她没结过婚，就是个好人了？"

"她几个小时前刚造了一堆白骨，"格思里说道，"我们需要补充点装备。"

老人们放下了手上的牌，都转过身来认真地看着瓦斯克斯。头发淋湿后，她突兀的耳朵比平常还要显眼，整个人看起来像是一只淋透的猫。她脸红了，举起破旧的橄榄球头盔，"我想给我哥哥买个头盔。"她说道。

文森特笑了。"你讨厌他吧，哈？他要是戴着这玩意儿去比赛可保不住牙齿。"

---

① 一种流行于北美的扑克牌游戏。——译注

"哪里会，我可喜欢他了。我只是想把它藏在他房间里，恶心他一下。"

萨尔哈哈大笑。"用来对付我哥哥就没用了。"他的声音很低沉。

"好吧。我们休息一下。我估计格思里耽误不了我们多久。你知道你想要什么吧？"

格思里点了点头。另外两位老人走到了外面的店面。文森特打开了标着出口的那道门，抱怨了几声满地的水洼，在走进过道之前给每个人递了一把雨伞。萨尔跟在瓦斯克斯和格思里身后。文森特打开了另一头的过道门，他们进入了储藏室，里面堆满了番茄酱罐头、生番茄和其他食品。萨尔最后一个进来，然后把门给锁上了。

储藏室锁住的门上面有一个隐蔽的空间，里面堆满了板条木箱。头顶的摄像头俯视着房间，这个储藏室实在是冷得令人直起鸡皮疙瘩，体感跟肉类冷冻室没什么两样。香橙味清洗剂刺鼻的芬芳掩盖了机油和金属的气味。最里面的一个房间布满了不锈钢陈列柜，即便没有沙发和读书桌，这里和图书馆也有几分相似。

"我需要再弄两把'长官专用'型手枪。"格思里说道。

"给她配的？"文森特问道，然后看了一眼瓦斯克斯。"你习惯用这种枪？点40，对吧？如果有需要的话，我这里也有口径更大一点的。"

瓦斯克斯摇了摇头。那个破旧橄榄球头盔的气味令她反胃。在棋牌室里，她并没有听明白，格思里跟意大利人说她"造了一堆白骨"到底是什么意思。这间军械库冷得就像太平间一样，她突然意识到两位老人在用眼光丈量着她用枪的偏好。

文森特打开了一个陈列柜。金属的撞击声仿佛牢房的门。"我只有一把点40口径的。另一把你想配大一点的，还是小一点的？"他盯着瓦斯克斯，枯老的拳头里握着一把袖珍手枪。

她的嘴巴抿了一会儿，"大的有哪些？"

"我这有同款点45和点44的，还有几把用44和41麦格农子弹的……"

"我要点45的。"她说道。

老人朝陈列柜里面探了探，取出了第二把手枪和几个空弹匣。"好了。那你需要点什么？"他看了一眼格思里，然后皱起了眉头，"你这脸色的意思到底是要还是不要？"

"刚刚那些事明天就会登报了，文森特。警察拿走了我所有的铁家伙。所以我需要两把用点44麦格农子弹的手枪，不管是科尔特、史密斯还是儒格都没关系，只要枪管长度是4.75英寸就可以。"

老人还有一些快速装弹器。格思里买下了一副双肩枪套和几盒子弹。萨尔透过他厚厚的玻璃镜片，看着他们摆弄着装弹器和弹匣，最后又把买到手的东西收起来。文森特在陈列柜里记了下账。

"好吧，格思里，你这身装备都能参军打仗了。"文森特说道。他用指尖一项项划着格思里的购物清单，"总共是三千两百美元。那个头盔要五美元。我免费送你了，不过那玩意儿之前是我舅舅的东西。"

"价格标签上写的是四美元。"瓦斯克斯说道。

老意大利人吃惊地看了她一眼。"不得不说，你还挺可爱的。这个头盔自二十世纪七十年代起就摆在这里了。经历过这么多通货膨胀。你想让我把它们都加上吗？"

"不用了，三千二百零五美元就行了。"格思里说道。他从一只口袋里取出了钞票。

"我跟你说吧，你最该送她的东西，"萨尔说道，"是一把雨伞。她这么瘦小，身上什么东西被雨水冲跑都要受不了的。"

文森特撇撇嘴笑了，又用眼镜后的双眼看了看瓦斯克斯。"行啊，雨伞就免费奉送了。"他说道。

在回城区的路上，格思里和瓦斯克斯停车买了一包零食：摸彩袋。对于坐在公园里或街角处，监视着曼哈顿慢慢变老的那几个小时来说，摸彩袋是必不可少的一道仪式。在瓦斯克斯入职的前三个月里，他们每个礼拜都要吃掉好几袋。他们此时驱车来到市区边沿遥望着纽约湾的巴特里公园。雨已经渐渐停歇了，但是云层却没有丝毫变淡的迹象。格思里踢着个罐头绕了福特车几圈，而瓦斯克斯坐在驾驶座上没有下来。

　　第一次把摸彩袋递给瓦斯克斯的时候，格思里一句话也没说。他会坐在汤普金斯广场公园的一条长凳上，四个小时里完全无视瓦斯克斯的存在，仿佛她不过是一只烦人的苍蝇而已。过后他又会用各种问题对她进行狂轰滥炸，问她在那段流逝的时间里到底都发生了什么。当她意识到他求取答案的态度极为认真之后，她开始编造谎言来填补什么都答不出来的那些大段沉默。小个子侦探嘲笑了她。因为那天晚上之前，他就在长凳旁边的树里安装了摄像头，来拆穿她的谎言。不过即便没有摄像头，她是不是在说谎他也心知肚明，因为他也一直在观察，他的眼睛记录着周遭的一切。摄像头不过是她说谎的证据而已。

　　这么拿着摸彩袋坐了几次后，小个子侦探开始加难度了。他让瓦斯克斯讲解那些他们看到的人：他们都是什么人，他们为什么要来这里，他们正在干什么，乃至他们为什么用他们的方式来做他们要做的事情。"他为什么要丢掉手里那个罐头？"他坐在格莱美西公园里一边提问，一边指着一个离他们二十英尺远，正在垃圾桶边上丢垃圾的雅皮士。像这样的问题可以让他们争论上一刻钟，而即便是在这一刻钟里，格思里依然要求她继续观察。

　　而令瓦斯克斯头疼的训练远不止这些，还有录像带。格思里会给瓦斯克斯看黑白录像，然后问她里面的东西实际上都是什么颜色，这快把她气死了。这完全是不可能的。然后他竟然拿出了彩色版本，放在边上同步播放；他用了两部不同的摄影机，就是为了考考她对颜色的辨识。"夜晚的时候，想要分辨颜色可不容易。"他说道，可像这样清楚的解释很少从他口中说出来。他还有很多卷关于抢劫、自杀、车祸、火灾等事故的录像带，每看一卷格思里就会像机关枪一样向她提出一连串的问题。克莱顿·格思里是个疯子；找了个助手只会让她练习射击和整日无所事事，而这种活他居然还给她发工资。

　　高高的云朵现在在巴特里公园上空温柔地落下细雨，也笼罩着纽约湾对面的自由女神像。瓦斯克斯看见格思里渐渐厌倦了踱步，坐回到福特车的副驾驶座上。他依然在沉思。他的下巴肌肉紧绷，仿佛在嚼着很硬的东西，而她也看不到他的眼睛所注目的东西。在手机铃响之前，瓦斯克斯突然明白，她错了整整一个夏天。克莱顿·格思里不是疯子。蕾切尔·瓦斯克斯不过是太年轻了，看不懂他的所作所为。

"你好?"格思里打开了手机上的免提说道。

"格思里吗? 我是默托警长。你现在躲哪儿去了?"

"巴特里公园。"雨点静默地落在蓝色的老福特车上，风很冷，像开闸的水一样呼呼地吹进敞开的车门。

"好吧，刚刚我只能一句话不说，放你走出中城南区分局。"默托说道，"不过重案组的人想和你吃个午饭，你有数么?"

"我一点也不意外。"格思里说道。

"你今天早上非常镇静，所以我估摸你现在也听得进话。我们已经确定袭击你办事处的那两个人里，有一个叫维塔利·科兹洛夫，他之前多半都待在布鲁克林区。另外一个人也有名字，不过他刚从法国过来。科兹洛夫背后的黑手是 V. I. 马斯卡连科，这人是个乌克兰裔的黑社会老大。这自然让我好奇，你是怎么惹到黑手党了。对此你有何看法?"

"我整个下午都在思考这个问题。"格思里说道，"我敢打赌我的一些猜想是对的，这事情首先肯定和我正在调查的案子有关。这个事件里有一个龌龊的大学男生在搞鬼，但我怀疑他没有胆去找黑手党。我觉得这番转折不是因为他。另一方面，我也知道重案组为什么要找我的麻烦。那个叫伦德尔的律师也被牵扯进来了，而代表格雷格·奥尔森出庭的人就是他。"

"老实说，我觉得他跟大兵肯是一路货色!"

"我也老实说，我估摸你们现在正按照芭比娃娃谋杀案的思路在调查，看看能不能把其他杀人案都连到他身上去……"

"而你却在鲍曼谋杀案上找切入点，"默托笑道，"下城的那些家伙快把我弄精神崩溃了。你那边有什么进展吗?"

"也许有吧。既然他们先找到伦德尔的调查员，那么可能有什么人想要给我传达一条紧急的消息。今天早上的这番混乱有点刺激到我了，之前我确实不太乐意给你们帮忙。我应该给下城的迈克·英格尔伍德打个电话，你认识他吗？不管怎样，他们在晨边高地发现了一个证人，而我认为她目击到了那个给我下达消息的人。现在我手头有一堆照片想要请她帮我看看，可是她已经失踪两天了。"

一段沉默后响起了一声响指，还有纸张的沙沙声。"那个证人叫什么名字？"

"桑德·惠滕。"

"我会代你转达的。"默托说道。

20

夜晚早早便来袭，夜色也很是清冷。城市上空的云层未曾中断；而整个下午过后即是一个风雨不断的漫长黄昏。格思里从瓦斯克斯手里接过钥匙，载着她回到了亨利街。他跟瓦斯克斯说，要提前跟她父母打招呼，尽管她的名字要等到明天早上才会出现在报纸的警情通报里。今晚他打算住在酒店里，然后接下来几天他们都得低调行事。小个子侦探认为黑手党们在第一次尝试失败后会缩手。就算他们还会再次试手，也会等上一阵子。

瓦斯克斯把打招呼的事情丢到了脑后。她明白如果她想睡个安稳觉的话，跟父母争吵可不是为入睡做准备的正确方法。当她解开马尾辫要去洗澡时，她发现辫子里有一缕头发已经断掉了。原来在她没有意识到的过去，那把俄罗斯人的刀差点划开了她的脑壳，那缕头发余下的部分连马尾的辫根都够不着；现在这缕断发垂到她的下巴边沿，仿佛是一座颁给她的奖杯。她感到一阵恶心，却又把这个想法推开了。这一天已经太过于充实。就在她入睡之前，她好奇格思里会给她涨多少工资。然后突然之间就到了早晨，她已经清醒了，可以听到母亲在厨房里忙碌的声音。

"你要把这个变成你的习惯吗？"当瓦斯克斯走进厨房，给自己倒了一杯咖啡的时候妈妈问道，"我可以给你炒几个鸡蛋。"

瓦斯克斯摇了摇头，"我得走了。"

"仓促到连吃几个荷包蛋和一片西瓜的时间都没有了吗？我这儿还有胡椒呢？"她懂得怎么诱惑她的女儿。瓦斯克斯差点就要被说动了，结果妈妈又补充说，"你应该跟你爸爸一起吃早餐的。"

"不了，我得抓紧走了，"她说道，"在我走之前，我得跟你说件事。这事会登到今天的报纸上。我们办事处里出了点状况。"她的眼神尽管坚定，桌子底下的双脚已经开始往门口挪动了。

妈妈皱起了眉头。"什么样的事情？"

"枪击啊，还有几个家伙在上城抢劫。"

"所以说……"她犹豫着，一会儿眼神严厉地盯着她的女儿，一会儿又把目光投向公寓的里间。"所以昨天你匆匆忙忙就为了这些事吗？"

"是的，昨天在忙抢劫的事。"

"那么事情都解决了吗？"

"那是些俄罗斯人。"瓦斯克斯细声说道。

"蕾切尔！"妈妈低声地喊道，然后又看了一眼公寓的里间。她的手用力地炒着平底锅里的鸡蛋。她手上的炒勺发出刀剑相撞的声音。"好吧，我会告诉你爸爸。你现在最好赶紧走。"

瓦斯克斯喝完她的咖啡，然后拿过她的手枪皮套和夹克。她悄悄地溜过门厅的时候，她的妈妈柔声说道："祝你好运。"她急急忙忙冲到楼下，却又只好在门廊上等候着。清晨有些寒意，她很庆幸自己把热咖啡给喝掉了。她一直盯着一位头发斑白的老汉从垃圾堆里捡罐头，直到格思里开车来到公寓的正门前。

小个子侦探几乎一言不发。他跟随着车流沿着公园大道向上城开去。城市上空的云层已经破开，纳入了几道零星的晨曦。行至莫里斯山北，他转向第八大道。一路上他不得不跟车流相互避让，因为好像曼哈顿的每一个司机都有一个要去的地方，只有他在漫无目的地开车。最后他开到了哈莱姆河边，蓝色的老福特车停到了鲍曼遇害的那座桥下。

白日之下，桥底的承重结构看起来没有那么令人生畏。日光暴露了真相，这里不过是个倦怠、肮脏、被人忽略的地方。格思里停好车。他在大桥支柱间踱了会儿步，双脚踩在砂石和玻璃上，然后又坐回到驾驶室上，却没有把门关上。

"你还好吧？"他问道，"睡得好么？"

瓦斯克斯朝着咖啡杯底皱起了眉头，杯里的咖啡已经快见底了。"我么？你怎么样？"

小个子侦探嘟囔了一声。"没睡够，"他说道，"整个晚上我的脑海里都在连接着各种片段。想了一晚上只想出了两件事情。黑手党因为某种原因被牵扯进去了，而奥尔森被人用那把枪巧妙地陷害了。那些大学生跟他没有这么深的瓜葛。一头扎进鲍曼谋杀案把我带错了方向。"

"老家伙，我们只有经历了这一切，才能看明白的啊。"

"我刚刚那番话可不是说我们得放过比珀，我们还是得从他那里入手，"格思里说道，"可是沃瑟曼不会像我这样被绕进去。"

"他一定是个天才吧。"

"也许吧。他一直到老都是个保守派硬汉。我入行的时候他已经六十多了。感觉那个时代已经过去好久好久了。HP在那个时候还是个少年。乔治·利文斯顿也刚刚当上他的左右手，也就几年资历而已。在利文斯顿之前是摩根先生，他是个真正利落的家伙，从一战起就为惠特尼家族办事了。HP也是从他继任的人手里接过这位能人的。"

"另一个惠特尼家的人？"

"对啊。沃瑟曼是替摩根先生排忧解难的能手。当年我在法国遇到了HP，他就安排我和沃瑟曼在这里共事。"小个子侦探眉头深锁。"沃瑟曼退休的时候你还没出生呢。我猜这意味着我也已经很老很老了。不管怎么说，他几乎什么活儿都会接：离婚、回购，以及逮回在保释中潜逃的人，他甚至连寻找失踪猫狗的活都干。"

"我跟沃瑟曼一起处理过一宗大案子。那是在1991年。那个案子非常肮脏。在那之后，他继续干了六个月；然后他给摩根先生打了电话，告诉他说不干了。他挂掉电话后，把办事处的钥匙从他的口袋里掏出，丢给我了，然后直接走出了办事处。我当时的感受就是我把屁股底下的椅子烧了个洞。"

"发生了什么事情？"

格思里的目光越过了河流，看向了布朗克斯。他的脸色有些许阴郁，"发生的事情就是我依然在这里。"

"不是，我是说那个案子。"瓦斯克斯说道。

小个子侦探眉头皱起看了看他的手表，然后靠到汽车座椅上叹了口气。"那是九月的一天。热气已经退散，每个人都穿上外套了。沃瑟曼在华埠有一个朋友，是个名叫李伟的帮会分子。那天他早上九点打来电话，沃瑟曼的脸色马上变得青如岩石。我跟他共事之前就有认识华人，所以我很快就学会了广东话。这位老人很强调对多门语言的掌握。

"当时我的广东话已经学得挺好了，所以我能听得懂他们的对话。李伟并不信任电话线路，只用它来闲谈，他想让沃瑟曼赶去福尔顿街跟他见面。这条街在他的地盘外，这在沃瑟曼听起来可不太妙。在我们动身之前，他特地从柜子里拿出两把点45手枪，他让我也多带了一把。

"那些华裔和寻常人有点不太一样。他们从来不报警。华裔黑社会的人会把你切成碎片，或打你十几枪，然后跑出去放鞭炮，假装他们是在为表亲举办派对。那些帮派就是法律，没人会说三道四。于是我们便坐着地铁直奔下城，我跟你说过沃瑟曼宁愿搭乘通勤铁路也不愿意开车么？确实是这样。我们抵达目的地时，那个小个子华裔老人不怀善意地看了看我，讲话的时候一直撑着他的拐杖。他说出整个事情的过程中，周围来来往往的有很多报信人。

"那天清早，李伟的孙女被人绑架了，在家族谱系里，她是长子生的长孙女。女儿在中国没有那么重要，可在我们这儿，那些华裔老人们把每个女孩都当作掌上明珠。明白么，那些老人几乎绝了种，因为来这边的中国女人实在是太少了。直到二战那会儿，中国女人要是不当妓女的话，是不会移民来美国的。更别提这种在美国出生的中国女孩了。"格思里无意识地点了点头。来自布朗克斯的卡车在头顶桥上呼啸而过，奔向市区的某处。

"李伟要我们把他的孙女找回来。她五行属金、生肖属虎，这就使得情况更加糟糕了。香港的三合会确实会为了赎金而去搞绑架，但在我们这儿一般没人这么干。他们寻常的手段都会使：敲诈、抢劫等等，绑架一般是他们的撒手锏。赎金必须马上给出。他们也不会照天价索取，因为他们等不了太久。超过二三十个小时，也许也有四十小时的，他们就撕票了。他们先是告诉你付钱的时间和地点。要是被勒索的人脑筋固执，他们就会先给予警告，被绑架的人会被打个半死，或被切掉几个指头，或者被强奸凌辱，他们会拍下照片给你看。之后就没有第二次警告了，你能找到的只有一具尸体，也许连尸体都找不到。

"沃瑟曼向他详细地询问了细节。绑匪的时机把握得非常好，只砍了一个人就把她掳走了。这事也干得太漂亮了。李伟认为他的手下肯定有内鬼，但沃瑟曼的分析却与之相左。人们只不过是太过于信任他们日常的套路了。不过他们都认为女孩子已经被带到华埠之外，因为没有人可以在这里藏得住他的孙女，他已经是个黑帮元老了，熟人比公园里的鸽子还多。

"然后是这桩案件里最棘手的部分。李伟不能付赎金。如果他付了赎金，他就会颜面全失。那些叛党就可以踩到他的头上去。所以他必须在他的手下面前保住尊严。他想要把孙女救回来，但是他的手下却更加重要。

"那些叛党在清晨绑走了李伟的孙女。这对他们非常不利。沃瑟曼教会了我和那些街头流浪汉打交道的方法。只要人还在市区，找到行踪就易如反掌。七点三十分的时候，有一辆花店卡车从詹姆斯街呼啸而过。到了下午过半的时候，我们就从下城的几个醉鬼处问到了消息，找到了那辆白色的花店卡车。那些叛党就藏在字母城南部李文顿街一间没有电梯的公寓楼里。

"我留下来监视那栋公寓楼，而沃瑟曼则跑去给李伟打电话。一个华裔从里面走了出来，但我并不着急，因为此时离绑票才过了八个小时。"格思里大笑了起来。瓦斯克斯则一脸嫌弃的表情。"我跟你说，什么东西都逃不过他的双眼。绑票才过去八个小时，我们就已经在蹲点监视了。我们差点先他们一步赶到他们的藏身之处。"

"沃瑟曼回来后解释说李伟不会现身。老人认为这条街上只要出现一副亚洲面孔，他孙女的小命就要不保。然后沃瑟曼问我他们待在公寓楼的哪一间，当时我就傻眼了，这就跟你做蠢事的时候一模一样。我一直在等他把房间找出来呢。他什么也没说，只是坐下来双手搭在膝盖上。我也只好坐下来苦思冥想了一会儿。

"那条街道的街尾有几个西班牙裔孩子在玩棍子球游戏。我买了一堆报纸，派其中一个孩子挨家挨户地免费分发报纸，让他假装是在兜售这份报纸的全年订阅。我跟他说清了，要把每一扇门都敲开，"格思里笑道，"在那栋公寓的二楼，这个孩子见到了一个很不高兴的华裔，他连免费分发的都不要，那间公寓是2C。"

"当时我可自豪了，就像一个孩子生平第一次做出花生黄油三明治一样。沃瑟曼没有时间等我去瞎高兴。他径直走上楼梯，一脚端开了2C的房门。房门打开之后，我首先听到的是电视声。我跟随他穿过房门，进到了一间典型的小公寓里。房间之间通着，而厨房则在一侧。公寓里有三名华裔。那个不要报纸的生气先生正在看电视。另一位则坐在凳子上监视着街道，一边吃着开心果，一边把壳吐到地板上。最后一人在厨房里，烧着气味难闻的汤。沃瑟曼后来跟我说这种汤的名字叫作'虎鞭汤'，其实并不是真的用虎鞭做的，但喝了也非常壮阳。叛党们正准备对李伟的孙女行警告之事。那个在沃瑟曼打电话的时候出去的人是负责报信的，可在我的疏忽之下却没有告诉他。

"那个生气先生直接把刚刚要对那个西班牙孩子发的火都一股脑儿倒到我们头上。坐在凳子上的那人开口大笑，然后从凳子上下来，取出一把刀，把它丢向沃瑟曼。老家伙直接就拔枪射击。枪声掩盖了另外四人冲上楼的动静。我们恰巧在他们前面进了公寓楼。这也是坐在凳子上的人大笑的原因。"

格思里揉了揉下巴，透过挡风玻璃，手指着哈莱姆河上并不存在的东西。"那个厨子穿着一件白色的围裙。他把整锅热汤朝我泼来。我转身躲避，也因此打歪了一枪。这时候我们已经面对面了。

他手上有一把剔骨刀和一个炖锅。搏斗过程中他刮下了我西装外套袖口的纽扣，还用炖锅打中了我的脸，不过我第二枪打中了他的肚子。他倒下了。

"余下刚到的人迅速地从门外冲了进来。有一人朝着我来。我伸手反拿住他握刀的手，近身一步夺过他的刀。他被我转了一圈撞在了厨房的洗手台上，然后我收身退了回来。另外一位新赶到的家伙高高跳起，像一把竖劈木材的飞斧向沃瑟曼的后背攻去。我开枪打中了他的臀部。他痛苦地扭作一团，手上的刀也掉了下去。

"沃瑟曼稍微进入客厅。他两枪连射，还伸脚把咖啡桌朝他们踢去。整个客厅已经乱作一团。电视和那个华裔愤怒先生已经都报废了。余下一人还站在窗边，不过他双手撑在墙上，身上已布满鲜血。那个出去又回来的人朝里屋跑去。我赶忙追上。可我没走几步，那个被我摔在洗手台上的家伙却挥刀向我划来。他划开了我的西装外套，整件衣服都奔拉到我的臂弯处。大约是我肩膀上的枪套皮带救了我一命。

"那种枪战的时候刀没用的说法根本就是胡说八道，除非你们两人离了有二十英尺远，"小个子侦探说道，"那人划伤了我四根肋骨。从客厅追到我这边来的沃瑟曼开枪打中了他。老人把一把点45手枪抛给我的时候，我惯性地想要躲闪。当时我的点44里只剩下三枚子弹。我继续往前追的时候也开枪击中了那个追在沃瑟曼身后的小个子。他穿着一件纽扣衬衫和一条棕色长裤，脸上戴着一副塑料框墨镜，梳着二十世纪五十年代的大背头发型。他手上的刀刃有他小臂那么长。子弹打中他后，他的衬衫上泛起了鲜红的颜色。

"浴室的墙上刷着廉价的石膏，地上摆着一个兽爪浴缸，顶上还有一面开得高高的砾石玻璃窗。浴缸的上面装着莲蓬头，边上有一个直立的黄铜扶手，而李伟的孙女的双手正被缚在上面，嘴里塞着东西。她已经有点挂彩了。这些三合会的人特别喜欢动刀，好像是要砍掉一切阻挡他们的事物，无论是指头、手还是臂膀。赶在我们前面冲进来的家伙想要把她砍死。

"李伟的孙女非常勇敢。他本来要横砍她的喉咙，她却下巴一

184

低，把这刀挨在了脸上。我朝他开了两枪。她看起来情况很糟糕，但我已经打空了子弹，没法再朝他开枪了。沃瑟曼跑进来砍断链条把她放了下来。她先是摔进了浴缸水里，几秒后却又径直站了起来。她想把嘴里塞着的东西取出来，可即便取出来后，她也没法说话。那个女孩子真是勇敢。当时的她看起来就像是一具丧尸。我们跑出了那里，一路上躲着警察。"小个子侦探说完摇了摇脑袋。

"你救了她的命。"

"她的命是靠她自己救下来的。或者应该算是沃瑟曼的功劳。我不可能那么快就找到她。我怀疑我现在也做不到。"

瓦斯克斯假装在和他一同注视河水，但她实际上在偷瞄着这个小个子。她好奇他为什么总要做到尽善尽美，为什么足够好却偏偏还是嫌不够好。他又开始沉思了；他的下巴耸动，仿佛在嚼东西。他从老福特上下来，走到了哈莱姆河岸上。过了一会儿，瓦斯克斯也跟着他下了车。哈莱姆河岸由水泥挡土墙和锈迹斑斑的钢板桩构成。这里没有芦苇和莎草，只有一个缺了部分轮胎壁的旧轮胎，旁边散落着几个空瓶子。

"所有事件都有它们的过往，"格思里说完回头看向那座桥，"那个杀手必定憎恨奥尔森。这不过是开端。他选定这个地点是有原因的。我们还得仔细再勘查一番。"

"这怎么能是开端呢，"瓦斯克斯说道，"这必定是结局，不管那个憎恨奥尔森的人是谁，他的仇恨肯定是来自奥尔森的所作所为。"

"我们得找出这一切事件之间的关联点。"小个子侦探缓步向桥墩走去。他多次停下步伐，细细研究着桥身和下面的水泥道。远处的转运部聚集着不少空载的卡车。一辆没有挂车的马克卡车发出低沉的引擎声，它在众多卡车之间穿梭，要动身向市区开去。桥下的一辆垃圾装卸卡车卡在桥墩的挡土墙和支撑着跨越哈莱姆河桥的成排桥柱之间。桥下的一条水泥道向北延伸，把转运部连到了第八大道上。

那辆马克卡车并没有走上水泥道，它一路向南直奔市区。包围转运部的围栏实则是一丛杂草，在违规丢弃的垃圾堆上郁郁葱葱。腐朽老旧的纸板箱和货板歪斜地码成一堆。地上一堆五颜六色的破碎玻璃片里夹杂着瓶瓶罐罐。成排桥柱的基座上散布着流浪汉堆出来的烧火坑。挡土墙和垃圾装卸卡车上画着颜色丰富的涂鸦。一层一层地胡乱覆盖在一起，与其说试图沟通、故作高深抑或肆意破坏，倒不如说是一道视觉的格栅。

格思里用脚步丈量着从水泥道到纽约警察局在尸体周围拉起的黄色隔离带之间的距离。地上依然留存有模糊的血迹。头顶的桥梁拱顶仿佛一块盾牌。谋杀就发生在离垃圾装卸卡车十步到十二步之外。小个子侦探哼了一声。杀手完全没有试图掩盖鲍曼的尸体，连将其藏进垃圾车这样简单的事情都不做。凶手就希望这件凶杀案被人发现，这对格思里的推理是一种论证，但这个场所本身非常隐蔽。要么是常来光顾，要么是进行搜索，否则也很难发现放在这里的尸体。

"凶手非常熟悉这个地点。"格思里喃喃自语道。

"一个曲径通幽，避人耳目的地方，附近没有房屋和公寓，也没有孩子来玩捉迷藏。"瓦斯克斯环顾着四周说道。

格思里指着涂鸦，"这些涂鸦都有什么含义？"

她耸了耸肩。"看不出是什么类别。甚至都不像是字母。"

小个子侦探取出了他的手机然后拍了几张。

"且把这枚诱饵浮到互联网的水面上去，看看有没有人咬钩。"

21

"奥尔森交代我来探望你，"小个子侦探对菲利普·林尼说道，"他想要获得你走出低谷的确切消息。"

林尼报以回答的笑容带有一丝忧伤。"我觉得同样的担忧也落到了我心上。"

位于韦斯切斯特广场的圣彼得大道，现在正顶着一轮火热明亮的正午太阳。碎裂的灰泥墙里冒出的灰尘飘荡在空中，而每一次呼吸都能感受到灼烫金属的臭氧气味。林尼在一处房屋拆卸工地找了份体力活，现在正值午休。他钻进老福特车的后座。瓦斯克斯启动汽车驶离路边，远远地避开了工地的粉尘味。

"我一个战友居然说队长自己的行为也不那么实诚。他跟我说了条子正在顺藤摸瓜调查更多的谋杀案，这些我在电视上也看得到。"他说道。几抹亮色的灰尘装点着他黑色的脸庞。他打开了自己棕色的背包，取出了花生酱和果冻三明治。"队长这人有点太温和了。这些找上门的污名让他不知所措。"

格思里点点头表示同意。他从摸彩袋里取出一瓶微温的巧克力奶，越过车座递了过去。林尼打开瓶盖喝了一大口。

"你来见我就为了这点事么？"

"当然了。我想看看你现在的生活状态，"格思里说道，"而且只要有不费力的方法，我也不想四处挖情报，然后搞得一团糟。直接跟你聊大概最便捷。"

林尼皱起了眉头。"我很直接的。这边的活也是队长给我安排的，跟在阿富汗的时候差不多。你看到我做的工作了么？我可不是那种娇贵到不能干活的扯淡孩子。我知道真正混黑社会的人是什么样的，那可不能光靠趾高气扬和凶神恶煞。所以你现在是要调查些什么？"

"你的感觉非常敏锐。上一次，你就发现我说话不多，是因为我不想让奥尔森知道我在做什么。"林尼点了点头。"不过现在情况有变。现在我们发现鲍曼谋杀案实则指向奥尔森，而非鲍曼。其他纷繁的事件不过是在掩盖真相。我现在正在连接各线索点之间的线段，而你是一个通过奥尔森，而非鲍曼联系到这个案件中的人。"

"可我没和队长一起出来闯荡，你知道的。他有他的世界，而我有我的世界。"

"我原先也认为这两个世界无甚关联，这种想法令我没能更早来找你，"格思里说道，"也许我的设想只是一种巧合。我认为奥尔森被人陷害了。也许那个对他使坏的人，也想对你使坏。"

"你在说什么鬼话！"林尼在座位上转了个身，仿佛要从车上下来，但是车仍然在行驶。瓦斯克斯通过后视镜观察着他。这位黑色皮肤的人已经急红了脸。

"也许只是一个巧合，"格思里继续说道，"跟我们说说你母亲遇难的情况吧。"

好几分钟里，林尼都一言不发。他几乎没怎么咀嚼就吞下了他的三明治。他喝光了巧克力奶，摇下了他那一侧的窗户，把瓶子对着一盏路灯扔过去，但身后没有传回任何声音，只剩他嘴里的咒骂声。"现在你让我开动脑筋了。"林尼把窗户摇上来后轻声细语地说道。

"妈妈住在联合港一个混居的社区。黑人、白人、西班牙裔、亚裔、印第安人，反正什么样的人都挤在那栋廉租公寓楼里。人们之间并不像通常的邻里那样相互照应。有一天她去一家杂货店买生活用品的时候，几个劫店的男孩跑了进来，他们也许是嗑药磕嗨了或者怎么了吧，把每个人都痛殴了一顿。妈妈年纪已经大了……"他攥起了拳头，然后开始拧着他那个已经空无一物的棕色午餐纸袋。"妈妈被活活打死了。"

瓦斯克斯沿着眼前这条长长的街道行驶着，格思里则耐心等着林尼把话说完。"你从谁那里听到的这段描述？"

"条子那里，"林尼说道，"以及威尔森女士那里，她就住在妈妈的对门。天知道她是从谁那里听说的，不过和条子说的都吻合。"

"我认识在那个分局工作的警察。我应该可以去查看一下这桩案子，"他转过身去，目光越过自己的椅背，细看着林尼的脸庞，"我知道我这番话会令你心神不宁。你现在回去还能好好地继续干活吗？"

"我现在做的工作并不难。"

"你不需要留神注意吗？"

林尼笑了笑。"又不是站岗放哨的活计。也许我手里会不留神掉点什么东西。"

格思里把摸彩袋从座位上递过去。"再拿一点儿。"

"你是个怪咖，你知道吗？"林尼的脸上挂着笑容，手在袋子里沙沙作响。"简直就像是在过万圣节。"他黑色的手上的那包黄色M&M豆非常显眼，而他的眼神则非常坚定。"如果你刚刚说的事情真的有什么蹊跷，你一定要跟我说，好吗？"

"反正我终归还是要再找你聊上一次的。"小个子侦探说道。

瓦斯克斯把福特停在林尼的工地边，让他下来，他一脸疑惑地看着两位侦探。"你很像队长，"他说道，"他也总是沉默寡言，除非有话想说。"他从后座里爬了出来。雨水带来的清凉不复存在，人行道就像一个被太阳加热的火炉。这一时刻的尘埃虽然落地，但气动枪已然在建筑物的某处隆隆作响。城市的面貌缓缓地变化着，但在钢筋建筑的内部，一切都在不停地变动。

联合港分局外的阳光像一张火毯一样铺在街道的中央。进到分局里面，一楼被吵吵嚷嚷的醉鬼挤得满满当当。个头矮小的老挝人咒骂着印第安人，而牙买加人用手指指着多米尼加人。两边的人有的绑着渗出血迹的绷带，有的双手被铐，头上挂着冰袋。大声地嘲弄和恐吓杂糅起来谱成了乐曲。警方的初步报告显示，这一斗殴事件的肇端则是一例意外怀孕，而且有人暗示真正的父亲可能不是母亲身边那只殷勤的天鹅。奥姆斯特德街公寓的这六七位斗殴人员都被登记在册，接着管区队长发令说其他任何大声喧哗者都将被带入警局予以冷静。进出的警车依旧忙忙碌碌。格思里和瓦斯克斯从疲惫的警官和愤懑的市民中间挤过，来到接待警员罗伯特·真纳罗处问询。

真纳罗是位体格魁伟、肤色偏黑的意大利裔，他蓄着髭须，看起来还没到中年的岁数。格思里描述起杂货店的抢劫案时，他立马就对上了号，这案子立了还没破，而且他也看不出有多少破案的可能。抢劫小组的成员也和他们辖区里的缓刑犯对不上。他给楼上负责此案的警探打了电话。乔纳森·苏利文走下楼来，兴趣寥寥地听他们讲完了一套有关保险覆盖的说辞，然后告诉他们相关细节，以及几位证人的信息，他们分别是五位在抢劫中遭袭的受害人。此时的真纳罗一边推挡着其他上前询问的人员，一边偷看着瓦斯克斯。当他们聊完这桩案子，警官深吸了一口气再转至其他话题的时候，却被一位肥胖的牙买加人和一位半裸的多米尼加人之间的拳打脚踢所打断，而之所以会发生这种状况，是因为他们的手铐没有拷严实。格思里和瓦斯克斯溜出了警局。

特恩布尔大道上的杂货店灯光昏暗，弥漫着新鲜水果和烘烤食品的香味。两位侦探运气颇佳。案发时值班的收银员威廉·多诺万并没有因抢劫案而离职。他已经人过中年了，明白即使换个环境，也摆脱不了愚蠢的人和愚蠢的事。他有一头浅红色的乱发和一张疲敝的面容。红色的工装围裙下现出蓝色老旧牛仔裤的臀部。他对于谈论抢劫案并不感兴趣，于是格思里便把一张五十美元推过了那张深色的木质收银台。多诺万收下钱，露出一个忧伤的笑容。新来的清洁工一边扫地一边饶有兴趣地看着；他所替代的那个人因为在抢劫案中被殴成重伤而辞职了。

"他们抢了多少钱？"格思里问道。

收银员耸了耸肩。"几百块吧。那是个周二的早晨。通常都是一周里生意最差的一天。"

"听起来不太对劲儿。他们有几个人?"

"四个戴着滑雪面罩的白人。留了一个在门口放哨。"

"这样听起来还像那么回事。不过他们连哪天是好天都不知道吗?"

"他们不过是些小赖子,都非常蠢笨,"多诺万说道,"又或者他们当时嗑药磕嗨了。"他皱起了眉头。"他们进来的时候,我正在扫条形码。通常我都会抬头看看,不过当时我正忙着算钱,然后就有两人跑到收银台前。"

"不是四个人吗?"格思里表情有点惊讶。

"是啊,我知道。可抢劫一家杂货店需要几个蠢货呢?两个人拿着枪来到收银台,一个在门口放风,还有一个去里屋查看。他们话不多。我把收银机里的钱都拿了出来。最后一人从里屋出来,用枪顶着之前在我们这儿工作的小伙计,推着他出来。"

"后来那疯狂的一幕是怎么发生的?"

"我不知道。其中一个说:'拿出钱包!'然后就有人拿着袋子一个个收过来。没有人反抗。从里屋出来的那人举起手枪。给枪上了膛。在一位老妇人递过她的钱包后,他一把抓过她的外套衣领,用手拍她的头。老妇人被打得双膝跪地,可他还接着打。门口放风的那个和另外两个连一句话都没说。那个拿袋子的人接着收钱包。"

"他是个小矮子。也许他精神失常或怎么了。反正他就是突然逮着每个人都要打一顿。我简直不敢相信。他们都抢到钱了,现在却要把每个人都痛打一顿。小伙计想要逃脱,但那个小矮子动作很快。他把阿朗佐揪到薯片货架边上,把他暴打了一顿。他回到收银台前时,脸上连一点兴奋的表情都没有。他走到收银台后面把我绑了起来。我一直冲着他的脸喊叫,不过我觉得他大概压根儿就没注意。"

"他打了你几下?"

"我不知道。他动作很迅速,像是功夫片里的人,他就是个拿着棍棒的李连杰。我的头上和手臂上还肿着包呢。我过了俩礼拜才能把左手肘伸直。"

格思里点了点头。"那他打了那个老妇人几下？"

"两下，"多诺万的眉头紧锁，"我不敢相信她就这么死了。"

"我觉得是因为林尼女士年龄大了，"小个子侦探说道，"你还在其他时候见过她吗？她常来这儿买东西吗？"

"见过好多次。我记人脸很在行。她不会每周都来，可能是每个月来那么一趟。"

"我想请你帮个忙，"格思里说道，"麻烦你演示一下他是怎么打死林尼女士的。"

收银员的眼神里透露出疑心，于是格思里又塞了一张五十美元给他。杂货店里只有两名顾客，他们对这番谈话的关心程度要远高过自己的购物清单。多诺万从收银台后走了出来，在围裙上掸了掸手上的灰，然后用格思里来演示劫犯是怎么把奥尔西娅·林尼的外套衣领拽到她的左肩处。瓦斯克斯专注地看着。多诺万出手模拟劫犯的一掌，然后把格思里摁到地上，直到他觉得小个子侦探的膝盖处于和林尼女士相同的位置。多诺万皱起眉头专心回忆，挪腾脚步走到格思里的侧后方，然后模拟了另一下攻击。瓦斯克斯换到另一边，让他重复了一遍动作。

在多诺万回到收银台后面时，他说道，"我从没用亲自动手的角度考虑过他的动作。也许他打中的是林尼女士的后颈处。"

当格思里第一次出现在瓦斯克斯父母位于亨利街的公寓门前，提供给她一份私家侦探的工作时，瓦斯克斯天真地以为，这份工作就是利用线索解开谜团，以及弄清到底是谁对谁做了什么。在离开联合港的那家杂货店之后，他们驱车向市区进发。他们坐在东哈莱姆区的那家"波里肯之歌"里，一边吃着薯片和墨西哥爆浆芝士辣椒，一边试图连接奥尔森一案的各个线索点，然而他们还没取得足够的点，并不能拼出完整的图形。在手头没有足够线索的情况下便要求取答案，这就跟观看录像和在公园里静坐一样，并不吻合瓦斯克斯对这份工作的最初设想。

格思里放弃了返回布朗克斯再次询问菲利普·林尼的想法。他觉得他们已经把这人逼得够呛了。格思里自己就是在退伍军人的陪伴下成长起来的。一旦受到过度的刺激，他们很容易做出糟糕的事情。所以格思里和瓦斯克斯只好坐在那里思考，在掌上电脑上罗列着他们去过的地方、见过的人和做过的事，希冀某种吻合会突然出现。格思里给瓦斯克斯看了看他找到的电子账单，阿曼达·赫斯特有过一笔一万美元的消费峰值，时间正好和比珀还清信用卡账单的日期重合，这也就把她跟比珀获得的巨款联系起来了。对小个子侦探来说，这笔钱算得上是一份确凿的证据，但他还没决定好该怎么利用它。餐馆里十分安静，只能听到低声的西班牙语交谈混杂在电台轻柔的吉他乐里。

那天下午晚些时候，黑发约翰打来电话。他匆匆地说了个地名，就火急火燎地挂断了电话，害得格思里并不确定这位流浪汉到底是不是要马上见面。小个子侦探推测见面时间应该是下午更晚的时候，因为现在他大约要同家人一起捡破烂。

格思里不知道约翰找他是想干什么。有时候这个流浪汉会担心被警察找上门，所以要找一个凡俗世界的人帮他确定他没惹上麻烦。另外的时候，他也会发现一些自己处理不了的东西。比方说有一次他就发现了一部废弃的汽车，车门敞开，里面装了一堆日用物品。黑发约翰可不是什么醉鬼。他担心有人急着逃跑把东西都落下了，实际上这种车他根本就不感兴趣，因为他的家人没法在里面睡觉。

在格思里和瓦斯克斯吃完东西后，他们驱车前往高桥公园的北面。瓦斯克斯熄灭了引擎。这个下午的闷热犹如烤炉。他们还没开始下车步行，小唐尼就已经慢跑到福特车前。小唐尼是约翰一家年纪最大的孩子，这个黑人小孩其实已经十七岁了，但他个头矮小，常常被人认作是十二岁的儿童。警戒任务通常都由他来担任，因为他有一副极柔的嗓音，即便突然唱起歌来，别人也不会觉得他心怀鬼胎。他极深的肤色在夜晚成了保护色，使得他几乎隐身于周遭的黑暗中；即便是在白日，他穿的那身黑色衣物也令他看起来更像是一道阴影。他带领他们沿着一条小径走进了公园。他越过挡土墙的尽头，向一道土丘爬去，身后的两位侦探也跟着跋涉起来。枯叶和老枝在他们脚底发出一阵阵类似爆竹的声响。

孩子们散布在土丘顶上。格思里和瓦斯克斯经过时接受了他们目光的洗礼。黑发约翰和辛迪一同坐在一堆炭火旁，捏着衣架在火上烤着棉花糖。这是瓦斯克斯第一次见到他处于坐定的状态，可他一看见两位侦探就立马站了起来。他每绕炭火一圈，邻近傍晚的阳光就会照亮一次他的双眼，反射出冰蓝的光芒。

"鬼魂埃迪死了。"黑发约翰说道。

前一晚，市区南端出现了一道流言，说是那个灰胡子流浪汉被人枪杀了。黑发约翰听闻后便四处打听，发现这消息的源头竟是斯托普·欧。他东奔西走，足迹遍布任何他能够去到的地方，告诉任何愿意驻足聆听的人。斯托普·欧非常高兴能由他来通告埃迪的死讯，因为他始终对大个子打飞了他的牙齿怀恨在心。黑发约翰探明这一点后有三个想法。斯托普·欧的说法可能只是他希望成真的臆想，或者是因为人们一直在询问埃迪的消息，他这么说只是为了封他们的嘴。毕竟斯托普·欧会向一个他既害怕又厌恶的人讨酒喝，就足以证明他是个表里不一的人。最后，这个消息也可能是真的。

黑发约翰决定要直接从斯托普·欧的嘴里听听这个消息。这醉鬼又懒又蠢，要找到他简直易如反掌。黑发约翰发现除了格思里以外，还有别的人在大街小巷上打听鬼魂埃迪的踪影，不过他们就没有格思里那么友好了。当人们说他们不知道时，这些家伙根本就不买账。他们硬挤也要挤出个答案，就算不指出可以接着向谁问询，也要指出有什么地方可以去查看。他们寻找的过程几乎像是跟在格思里屁股后面。好几位流浪汉被迫搭乘他们的汽车，而一旦说出了情报或是指点至目的地，他们就会被从车上踢下来，这些家伙连停车放人的礼貌都不懂。这些粗鲁的白人操着外国口音，有可能是俄罗斯人，不过黑发约翰不愿就此信誓旦旦。他一家子运气不错。没有人被这帮家伙拿去，因为在这帮家伙行动之前，他们就放弃寻找埃迪，并低调行事了。

流浪汉自顾自地绕着炭火打转，并没有注意到瓦斯克斯被熏得够呛。她的脸已经红得跟她的防风外套一个颜色了。辛迪给她递过一个衣架和几块棉花糖。这位年轻的波多黎各女孩在炭火旁坐定后，辛迪动手帮她把散落的头发拨到耳后，却挂不住。瓦斯克斯耸了耸肩表示不必。她烤起了棉花糖，而黑发约翰则继续讲述他的一番调查。

他们于午后在第137街上找到了斯托普·欧，后者正张着他那张缺牙的大嘴把牛都吹上了天。他当时喝醉了。他在反复讲述中把谎言说得越来越圆，而每次听到笑声或是鼓励声，他都要像一台自动唱机一样循环播放一遍。其中一个版本说斯托普·欧帮助那个杀手找到了鬼魂埃迪，并报仇雪恨，而另一个版本说这个灰胡子流浪汉太过愚蠢，没有听进斯托普·欧的逆耳忠言，把第三只手伸到了危险人物那里。那些搜寻者在地下追上了埃迪，在他逃跑的过程中开枪把他打死了。斯托普·欧吹得这样天花乱坠，令黑发约翰在故事的细节上对他起了疑心，尽管结局确实是那些家伙不再寻找鬼魂埃迪了。很显然，要么是他死了，要么是他们放弃了。

"要我说他应该是死了，约翰，"小个子侦探说道，"你这段时间最好谨慎一点。"

黑发约翰突然停下脚步，脸上露出了笑容，然后继续踱步。他是混世的高手，知道什么时候该出来行动，什么时候得老实待着，并不需要别人提供建议。"你对这事有所了解，哈？"他突然问道。

"他们确实是俄罗斯人，"格思里回答道，"昨天就有两个找上门来要灭我们的口。"

流浪汉目光尖锐地看了瓦斯克斯一眼，她正手拿着衣架坐在炭火旁。"无所谓。我没有直接问斯托普·欧。我只是一直点头一直笑，让他一路把牛吹到底，然后直接回街上捡破烂去了。"

随着太阳西沉，位于土丘顶上灌木丛下的这个营地也渐渐冷却了。这一小堆炭火仿佛一根锐利的针，需要留意步伐才能避过。辛迪在炭火上挂起罐头烧热水，并用黄油炖烧火鸡肉片。孩子们都向着土丘顶聚拢过来。格思里和瓦斯克斯下来的一路上都很沉默。小个子侦探掰着指头，一个一个数着他都跟哪些人透露过鬼魂埃迪的情报，然后小声咒骂说他真的跟哪个都不该说。

22

瓦斯克斯家公寓门口的这段亨利街现在十分静谧。寻常的夏日午后,当热气退散,孩子们会出来玩橄榄球,停放在一旁的汽车里会飘出音乐,而人行道上的小伙子也会大摇大摆地哼唱起饶舌音乐,甚至调戏经过的姑娘。静谧本不属于夏日的午后。老人们像往常一样坐在街道上方的太平梯里俯视着街道。隐约的音乐声如同庆典的纸屑从他们老旧的收音机飘荡到街道上。瓦斯克斯家门廊的街对面停着一辆镀铬的低底盘跑车,沉默如一只正在孵卵的狼蛛。车里的四位小伙子把夹着香烟的手挂到车窗外,底下是一堆吸完的烟屁股。他们冷淡地看着格思里的那辆老福特车停在公寓旁,然后瓦斯克斯从里面钻了出来。年轻的波多黎各侦探在门廊上停住了身子,面带疑惑地扫视了一圈街道。从街道的一头到另一头,生活并没有什么异常。

空荡的公寓里有一张便条在冰箱上等候着。玛利亚·洛佩兹的丈夫过世了,她的双亲去帮忙料理后事。亲戚都团聚起来,而朋友们会轮流帮忙。马丁·洛佩兹和爸爸是老朋友了。便条的最后说道,他们很晚才会回来,她最好把两天前剩下的豆子热一下卷进薄饼里吃掉。

瓦斯克斯并不饿。她洗了个澡,清理了卫生间,然后想办法该怎么处理她的头发。她这会儿正精力充沛。她不停地在房间之间来回走动，时而驻足望向窗外。她厌烦了一直得把头发拨到耳后，于是就让它挂在脸边。公寓突然显得很小，瓦斯克斯宁愿自己还在外面开车。当屋外的街灯亮起时，米格尔回到了家中。

瓦斯克斯最小的哥哥在三兄弟里虽然身材最矮，但是体格却最强健。爸爸在电视上看巨人队比赛的时候曾开玩笑说，罗伯托可以打四分卫，因迪奥可以打近端锋，而米格尔则只能打后卫。米格尔的下巴留着精致的胡须，肉桂色的手臂上文着文身，他想藏住的时候穿长袖就可以了。米格尔看到瓦斯克斯的时候脸上露出了笑容，因为他一直都是她最喜欢的那个哥哥，可接着他的脸马上阴沉下来，凝起了愤怒的云。这令瓦斯克斯吃了一惊。

米格尔大步走进了厨房。他的怒火像一块磁铁在瓦斯克斯心中引出疑问。他给自己泡了杯咖啡，为了从冰箱里拿个苹果碰响了里面的几个瓶瓶罐罐，这些一开始安静的声响最后爆发成雷声充斥着整个空荡的公寓。

"别给我装得好像你看不到我们布置在外面的人手，好吗？好像你真没发觉我们已经把整条街道清理了一样。你那么聪明，不应该做这种混账工作。跟暴民玩枪战？这些人可不是三岁小孩，蕾切尔。我们倒不是担心他们会驱车来我们家扫荡。我们是担心他们哪天会过来把你掳走。你到底以为自己都在做些什么？"

"我只是在尽力做好我的本职工作！"

"应该让因迪奥过来跟你谈谈，"米格尔咆哮道，"他更擅长跟人争吵。你把我气坏了，我简直想回到我们小时候，那样我就可以扯你头发了。让你哭着直喊爸爸。"

"因迪奥又能怎么样？三个月前你们欺负我欺负得还少么，现在你们还以为能这样下去？"

"那个老男人对可能遇到的危险心知肚明！这就是他给你配枪的原因。"米格尔说道，"我们有个更简单的解决方法。"

"什么更简单的方法？你以为你可以把格思里揍一顿吗？我已经不在学校读书了！你以为你可以用这种狗屁办法对付我一辈子吗？你不可以！"

米格尔坏笑着，"那你想怎么办呢？哭着直喊爸爸吗？"

"我不会喊任何人帮忙。"瓦斯克斯吐了口痰。

她身后的厨房操作台上有一台老式的插电时钟。她猛地把它从插座上扯了下来，向前一步，用力地砸在了米格尔的头上。米格尔惊诧得一动都不能动。时钟很硬，米格尔的头没给它带来多少损伤。一道血流从他的鼻孔直流而下，而他试着要把时钟拿住。

瓦斯克斯动作迅捷，又砸了他一记。他够不到时钟，只好抓着她。他们撞到餐桌上。他脸上直流的鲜血令她决定放下钟。她松开时钟后也伸手抓住了他，接着一口咬在他的肩膀上。他大叫一声，两人在厨房地板上翻来滚去，可她就是不松口。

"松开你的嘴！"他叫道。他抓住了瓦斯克斯的马尾，开始用力拉扯。她双脚朝地猛蹬，咬得更加用力，嘴里呜呜地冒出骂声。米格尔把她推到操作台上。碟子哗哗地从水槽落到地板上。玻璃在他们身下碎开了花。米格尔连打了瓦斯克斯好几拳。

"别咬了！我血都流出来了，去你的！"米格尔大叫道。"我投降！"他松开了她，像一只落败的动物一样举起了双手。她松嘴后回身一跳，嘴里吐出了他衬衫的味道。他们两人都呼吸急促，身体像挂着金属箔片的圣诞树一样沾着血渍。

"天啊！你简直疯了。"米格尔喘着粗气。周围的厨房已经被他们弄得一团糟。餐桌挡住了客厅的门。

"你以后再也别想对我的事情横加干涉，米格尔。无论是你，还是因迪奥。我不愿意听爸爸的话的时候你们就应该知道了。我再也不会任由你们欺负。"

"看看你自己的样子，简直就像一头动物。"

"说我呢？"瓦斯克斯摇了摇头。"你自己不也在流血。赶紧去洗手间处理一下。"米格尔把餐桌从门口拉开，一边走路一边脱下衬衫。他伸着脖子查验肩膀上的伤口。鲜血正从鸡蛋大的咬痕上冒出来。他轻声骂着脏话。瓦斯克斯也来到洗手间，用干净的布条按住他头皮上的伤口，还好伤口不深，血流很快就被止住了。米格尔在自己的肩膀上包了一层纱布。

在清理伤口的过程中，他们有好几次都想说点什么，但最终话语都变成了摇摆的手指和轻嘘的鼻息。他们不想再动手打架了。她回到厨房整理那边的一片狼藉。米格尔换过衣物后也回到厨房坐在餐桌边看着她。她打扫完毕后给他倒了一杯咖啡。他们互相对视，脑海里拼凑着想要诉说的话语。瓦斯克斯使厨房恢复原样后，也坐在了餐桌边。

"你过去可从来没干过这种事。"米格尔终于开口说道。

"因为我这辈子从来没有这么认真过。"

他们两人坐在桌旁，越过各自身前的咖啡杯对视着。公寓里安静得异乎寻常。车流的声音遥远而又微弱。窗外袭来的黑暗暗示着城市已然远去，仅剩下他们两人。

"你知道我为了你什么事都肯做，对吧？"米格尔问道，"可你现在的行为太疯狂了。你怎么能做这么危险的工作，万一出了事妈妈可怎么办。"

"你什么意思？就因为我是个女孩子，就不能做这种工作了吗？如果我也是男孩子，就算我违法乱纪，你也不会多说一句，不会多管闲事，对么？"

"我不会跟一个男人去谈该怎么当男子汉，"米格尔说道，"可你是我的妹妹。我们只有你一个，别无其他。我和因迪奥一开始就完蛋了。我们已经知道自己这辈子已经无所谓了。但你能够代替我们走向一个不一样的未来。"

"你错了。"她轻声说道。她两个哥哥总是拿她的学业开玩笑，嘲笑她简直有一副外星人的大脑。她只好管他们叫笨蛋，尽管后来她发现他们其实知道问题的答案，只是在假装不知道。他们考试不及格，是因为他们不认真学习天天旷课，而不是因为他们没法取得优异的成绩。他们就是脑子有病。她用更加坚定的语气继续说道："你错了，米格尔。其实你可以完成自己想做的一切。你假装自己做不到，这样是没法逼迫我去做这些事情的。我也有自己想做的事情。我喜欢这份工作。"

"你想做的只是在外面撒野，然后哪天被人毙了。我们只有你一个妹妹。"

"难道就因为这个，你和因迪奥就可以乱来了吗？至少妈妈还有罗伯托？你想让我成为和罗伯托一样的人么？他简直就是一泡屎。"

"当然了，没人喜欢罗伯托！他是个傻蛋，可你也没必要变成他那个样子啊。你明白我谈论的是那种一流的办公室工作，郊区的豪宅，远离这边的一切。"

他比画着手势，伸手随意一挥，可能是指厨房及其褪色的墙纸，也可能是指享利街一长溜的公寓，也可能是指这整座城市。

"那是你想过的生活，"她说道，"也可能是爸爸想过的生活。我这一生都在重复着同样的错误，去寻求别人想过的生活。也许我还不清楚自己想过的生活究竟是什么形状，但我知道这件事情只能由我自己去弄清楚。你想要坐办公室？你脑子明明足够聪明。你自己去做好了。"

"我说姑娘，你尽管很聪明，眼睛却是瞎的。看看你自己。没有任何人会对你说'不'。他们只要看上你一眼，就在想法子对你说'好'了。至于我么？我可没法享受你这样的待遇。"

瓦斯克斯皱起了眉头。"你以为我光靠我的脸蛋就能过上想要的生活了？格思里根本就不在乎这种东西。我到现在都没搞清楚他到底看上了我什么禀赋。他这点和别人不一样。这才是我想要的起点。"

米格尔笑了："那天这个老家伙来到咱们家门前，要给你一份工作，你知道我是怎么想的么？至少这个白人能把你带离下东区。"

"你说什么鬼话？"

"你看，因为你优越的条件，你根本就不明白。我和因迪奥很久之前就想明白了。你的长相和我们不一样。大门会在你面前敞开，而不是砰的一声关上。这是这个世界的法则。我们肤色深，没有人会需要我们。但你肤色浅，也许在下东区你不过是一个普通的波多黎各裔女孩，可一旦你摘下那顶歪戴在你头上的帽子，你就可以变成白人社区的成员。"

"这就是你想过的生活？你想让我离开这个家？"眼泪从她的眼眸里滑落，尽管哭泣对她来说是一件很少见的事情。

"不是的，你不明白。我希望你能过上好生活。在这个鬼地方，你什么都得不到。"

"可我已经得到自己想要的东西了。"她轻声说道，尽管她明白他想说的是什么意思。同样的衷肠已经围绕着她好些年了，说出这些话的人都觉得他们没得到一个公平的机会。可他也没法从瓦斯克斯的角度看待问题。她穿过他脸庞上几道关闭的门，看见里面隐藏着的是同一个世界，只不过有着不同的居民。聆听米格尔的诉说令她又看到了那个世界。罗伯托之所以闷闷不乐，是因为他之前天真地相信，去到他心目中的那个世界，就能过上与之前有着云泥之别的生活。他的一生都寄托在一切都会变得更好的承诺之中，可结果却是一切都无甚分别。发现了这一真相，却再也回不到过去，这令罗伯托的心里升腾起厌恶之情。

"你都得到什么了？"米格尔问道，"不过是城里一份令你冒着生命危险的扯淡工作？这远远不够好。"

"可我还有你们这些家人呢，虽然一个个都乱七八糟的，但毕竟都是我的家人啊。"她说道，"这份工作可以给我想要的生活。你又没有亲身去体验，你当然不会明白。至少目前来说已经够好了。"

"还远远不够好。我们所做的一切，不是为了让你留在这座城市，坐困于每个人糟糕的生活里。我得让你获得自由。"

"你们都做了什么？"瓦斯克斯问道，"到处打人？都是为了我？每个多看我一眼的男生你们都要暴打一顿，这么做是为了让我开心？我成绩优异是因为除此之外我无所事事。你和因迪奥脑子都有问题。现在你们又不乐意我做这份工作了？我就应该做点女孩子该做的营生么？你连这份工作都要从我身边夺走！"

"这份垃圾工作对你来说远远不够好！"米格尔咆哮道，"这片社区里的那些人渣，无所事事游手好闲，一旦你露出破绽，他们马上会想要把你肚子搞大，这种人我们见到一个就打死一个！"

瓦斯克斯静坐着一言不发，吞咽着她的怒火。她给自己又倒了一杯咖啡。坐回到餐桌边上时，她说道："你的意思就是，连你也不配当我的哥哥，米格尔。你打人这事实在是太蠢了。可你总是这么干。你什么时候开始这么想的?"

　　他满脸怒容："你才蠢呢。我才不会这么对付女孩子。爸爸会杀了我的。有一件事你不知道，当你还小的时候，你皮肤很白。直到我们回了几次岛屿，你的肤色才变深了一些。别人都以为妈妈是在替别人照看孩子。你大概记不得当时大家是怎么对待你的。"

　　"你才几岁啊，说得自己比我大很多一样? 难道是因迪奥? 是他先动的手么?"

　　米格尔耸了耸肩。"你不能怪因迪奥。第一次是我先动手的，然后因迪奥才用脚踢他。"他开口大笑。"动手比坐视不管要简单多了。我们一般都不会刻意去聊这个，直到有一次我们不得不埋伏一个人。那大概是你上初中的时候。"

　　"你们干出这种好事，以为能够逗我开心?"

　　米格尔皱起了眉头。"我从没这么想过，"他说道，"我觉得我都没必要去想。这儿可是下东区。我的意思是，我们常常开玩笑，嘲笑这里有多么糟糕。不过现在，我希望你离开可能是我错了。我明白你的意思。你不想离开这里，抛下我们自己去生活。我也明白这一点。我肯定不会离开爸爸妈妈，把他们抛弃在这里。所以这是我这辈子第一次被骂得心服口服，我真是个傻瓜。"

　　"闭嘴吧，米格尔。"瓦斯克斯说道，"傻瓜就该少说话。我不得不一而再再而三地跟你说，唯一的原因就是你是个傻瓜。"

　　米格尔把脸转开，不让她看到自己的笑容。厨房窗外的夜色十分深沉。公寓里十分宁静。他们继续等候着，最后瓦斯克斯上床睡觉去了。尽管米格尔等到天明，俄罗斯人也没有现身。瓦斯克斯睡得仿佛与世长辞。早上她醒来的时候，才发现自己的一只眼睛在昨晚的打斗中被她的哥哥打得乌青。

23

这天早晨,格思里接上瓦斯克斯后驱车来到办事处。在此之前,在闷热消解成凉爽的深夜里,他花了数个小时在时装区寻找压根就不存在的俄罗斯人。小个子侦探也承认自己有些被害妄想症了。在监视了这么多年城市的住民之后,他时而有一种感触袭身,仿佛城市要反过来监视他。那个早晨,他和瓦斯克斯打扫了办事处,把血污清洗干净,又把家具排布整齐。格思里给瓦斯克斯换了一台新的桌面显示器,而他自己的还功能完好。他们忙完之后订了比萨外卖。等除了两盒比萨外,还带了满嘴的疑问过来。他上一次送来外卖时,只能把比萨转卖给警察,因为他们不让他进到格思里的办事处去。

这个越南裔小矮个的好奇心简直和汤米·约翰逊不相伯仲。格思里给汤米挂了电话,既然纽约警方给奥尔森扣上了连环杀手的嫌疑,他想了解一下他们的调查到底进展到什么地步了。汤米不请自来,说要过来共享午餐。这位高大的年轻男子戴着反光墨镜,身着纽约警察的慢跑服;他一进到办事处的外门,就在里面绕了一圈,像一个游客一样伸伸着脖子参观。

"我们早上把血渍都擦干净了。"格思里说道。

"拜托,古思,你本来可以让我先看看嘛。"他把反光墨镜从脸上摘下来,把手伸到比萨盒里,拿出了小小的一块。

"没你想的那么好玩。"

年轻人开口笑了："这事儿在大楼里谈得风生水起。"他注意到瓦斯克斯乌青的眼眶。"噢，真可怜！"

瓦斯克斯马上就不高兴了，走上前要揪他的耳朵，不过被格思里拦住了。格思里让她给汤米演示一遍枪战的情况，并讲解一下事件的概要。年轻人很快就弄明白了是什么情况。小个子侦探一边听着瓦斯克斯讲述，一边指出俄罗斯人倒地的方位，他们如何在办公桌和沙发之间横冲直撞，还模仿了金发男子前言不搭后语的咒骂。在演示了两遍地上的匍匐和枪战之后，汤米开始盯着她看，而不再留神办事处的状况，他的手里垂着一片比萨。

格思里看到汤米·约翰逊在发着呆，然后说道："他们来我这儿不见得非要取我们的性命。他们肯定是带着一个问题过来的。那么这个问题是什么？"

瓦斯克斯哼了一声："他们想知道我们的进展是否顺利。"她从盒子里捞出一块比萨，然后坐在了她的办公桌前。

"确实，不过他们的交谈方式会涉及很多肌肉的博弈。也许他们有一个特定的问题想要弄清楚。"

汤米趴在了棕色的皮毛沙发上。"我对此不太了解，"他说道，"不过这场枪战确实在下城那里引起了轩然大波。芭比娃娃谋杀案是高度机密，但这桩事情几乎人尽皆知。他们还在大厅里谈论呢。"

"我倒想听听他们都是怎么说的。"格思里说道。

"我觉得他们已经排除了奥尔森是'大兵肯'的可能性，"汤米说道，"有传言说他在时间和地点上都不可能作案，证据好像是一张收据还是什么东西……"

"我们什么时候会听到正式的消息？"瓦斯克斯问道。

"当它作为手段再也派不上用场的时候。"格思里说着对她皱了皱眉头。他挥手示意汤米·约翰逊继续。

"所以鲍曼案又变成了一桩孤立的谋杀案，和其他案件没有联系，只有表面的相似性。其他受害人都查不到任何相关的作案动机，也没有任何幕后故事，她们都是失踪后被找到尸体，没有任何嫌疑人。"

"那些俄罗斯枪手，他们查到什么东西吗？"

汤米迅速地咽下了一口比萨。"自由职业。鲍曼案有着很臭的金钱味，我可没有冒犯你的意思。"

"重案组这样蛰伏不动。有些人却在抹消这桩案子的疑点，难道他们不可疑吗？"格思里瞥了年轻的波多黎各女孩一眼，然后继续说道，"我还是闭嘴算了。这事目前还不值得谈论。"

"他们手头毕竟有奥尔森。"汤米说着耸了耸肩。

小个子侦探点了点头。"也算是个好消息吧，"他说道，"我们现在只需要弄清楚鲍曼案就行了。不过，你给我说说我不知道的情况吧。就那些芭比娃娃死者，把你知道的情况都跟我详细说说。"

"我只了解其中一位受害人的一些细节情况，她叫卡拉·伍德森，是个金发碧眼的美人，身上中了两枪，没被强奸，尸体在埃塞克斯县的一个风景区边沿被人发现。她名下没有汽车。他们根本找不到证人，证明她死前在哪里出现过，但失踪人口报告表明她之前在商店和当地下等酒吧出现过。"

"她是五月十七日那天遇害的吧？"格思里说道，"埃塞克斯县？那可真够偏僻的。"

"是啊。离城市很远很远。他们想把这些案件联系起来。性犯罪的角度也使得他们作如是想，但是传言已经转了风向。也许根本就没有什么芭比娃娃杀手。"

"倒是跟报纸说去啊。"格思里抱怨了一声。

"区别都体现在细微之处，"汤米·约翰逊说道，"不是所有的受害人都是金发女郎。有一位受害人的内衣不见了，衬衣也敞开着，可还是没有性侵犯的迹象。"

"你把这种信息透露出来不要紧么？"格思里问道。

"这不过是传言。"汤米说道，然后耸了耸肩。他身子前倾又拿了一块比萨，然后看了一眼手表，"噢，我去！午休结束了。回头见，古思。"他后脚跟刚出去，办事处的外门就带着一道咔嗒声关上了。

他刚走没多久，瓦斯克斯眉头紧锁地说道："我没看明白，老家伙。尽管我们摆脱了其他谋杀案，可是……"

"他们像这样突然改变主意，我可高兴不起来，"格思里说道，"一夜之间，他们就认为这些案子不是连环杀手所为？为什么？"

"我想通了，"瓦斯克斯面带笑容说道，"因为我想到了一件事情。英格尔伍德的照片里女孩的双腿是团缩的。昨天在特恩布尔的杂货店里，当那个收银员向我们演示老妇人是怎么被害的时候，我认为她是以相同的姿势倒地的。"

格思里皱起了眉头。"所以你认为那些受害人也都是双膝跪地？我们倒是可以想办法弄到劫案的照片看一看。"他双眼看向了窗户。"你觉得我们应该这么做吗？"

"别跟我开玩笑，老家伙。我们最好去看一看。"

小个子侦探笑了。"就算如此也改变不了任何事情，你知道的。我们这桩案子的核心是奥尔森，原因就在那把枪。我们得把精力集中在奥尔森身上。不过我赞同你的观点，确实这些双腿团缩的巧合有些意味。我甚至会重新考量这种巧合的指涉。今天我们要动手调查奥尔森和林尼之间的纽带。我会把这两个疑问一并向联邦调查局咨询，看看这些人与人之间、姿势与姿势之间是不是存在着某种联系。"

那个下午，小个子侦探光靠电话就把肮脏活儿都给摆平了。办事处变成了他的作战室，而电话则是他的副将。他同时操作四部电话，耳边随时切换，看看有没有连上阿林顿、弗吉尼亚或是华盛顿。本地的电话都速战速决，而在长途电话上他运用着多种应对官僚的技巧，最终在连篇的奉承和专心的聆听中收尾。

在电话的间隙里，他向瓦斯克斯解释说，利用多方人脉有时也是这项工作的一部分，这活计有时候会肮脏到跟垃圾桶无甚差别。消息提供者有可能会受到伤害，甚至付出生命。在他那份被他害惨的人物名单里，鬼魂埃迪是新添加的一个名字，更别提那些因此而丢掉的饭碗、破碎的关系，以及打水漂的金钱。而他的那些联系人，也会因为回答问题而冒风险，比方说汤米·约翰逊。是啊，侦探有时候确信自己的客户是清白之身，因此想尽办法要把他从监狱里解救出来，但即便你有这个借口，侦探工作也绝不是这个世上最为光辉的事业。

格思里耸了耸肩，给下城的警察局广场打了电话。警探们不愿意透露消息，但在大楼里工作的还有其他人。莫妮卡通过电子邮箱发来了杂货店劫案的犯罪现场照片。格思里打开了肥仔给他掌上电脑安装的安全模式，这玩意儿操作起来简直就像是一个谜题箱，然后把照片导了进来。电脑每一次开机或从待机中唤醒，都需要输入密码才能检索内存里的隐藏部分。格思里啪的一声合上了掌上电脑。在纽约警方的照片里，奥尔西娅·林尼的双腿确实是弯曲的，但没有团缩。

研究过照片之后，瓦斯克斯说道："汤米还提到这些芭比娃娃其实并不都一样。"

"可他也提到说也许根本就没有所谓的芭比娃娃。"格思里说道。

长途电话耗费了下午的多数时光，而随着繁忙的一天愈发接近尾声，格思里也在给电话那头施加更多的压力。十几处办公室的行政助理都听到粗鲁的"我呸"和反反复复的"是的，女士"或"是的，先生"，但其实它们都是经过伪装的不懈问询和请求。格思里在他的办公桌后面变换着坐姿：翘起双脚、旋转座椅、低头查看自己涂下的重要信息，还像个手旗信号员一样挥舞着手臂示意新鲜的咖啡，然后起身在办事处里来回踱步。就算抽空上厕所，他都停不下话头。他的目标在五角大楼和联邦调查局总部，但他还善于给其他人打电话，让他们帮他施加压力：这些人有的是曼哈顿南端的银行家和律师，有的是西弗吉尼亚州的农民，这些乡下人非得他反复使唤才给他帮忙，还有国家首都一位声音柔和的女性，她说话的方式仿佛手下有一支舞蹈团。瓦斯克斯观察着、聆听着，在无聊、惊奇和被逗乐等不同感受中反复循环着。小个子侦探意志坚定。而除了意志以外，他还有手段。下午晚些时候，他的努力定下了几场会面。两位侦探不得不搭乘飞机前往弗吉尼亚，因为对面一个个都不愿意在电话上透露自己手头的情报。

当格思里和瓦斯克斯讨论弗吉尼亚之旅该搭乘哪班飞机的时候，办事处的门被人敲响了。一个巨大的身影出现在毛玻璃背后。格思里眉头深锁，拔出了手枪，举在桌子下面。门打开后，重案组的英格尔伍德警探一瘸一拐地走了进来。

"我靠，迈克，你把我吓得够呛，"格思里说道，"下次来先打个电话，行不行？"他把手枪塞回到肩膀的枪套里。

英格尔伍德开口笑了，并用手正了正鼻梁上的眼镜。"俄罗斯人第二次上门可不会敲门了，"他说道，"只会有哒哒哒的枪声，也可能会有嘭的爆炸声！"

"那可真有意思啊。到底是什么风把你吹来了，总不会是冷比萨的味道吧？这里还剩着几片呢。"他用头点了点咖啡桌上的比萨盒。

英格尔伍德庞大的身躯坐定在牛血色的沙发上，面带鄙夷的神色看着比萨："我倒是一直在开车，不过我可没那么饥不择食。不过是在回下城的路上路过这里而已。"

"这在我看来可不是什么好开端。"格思里说道。

"我就觉得我该帮你省点鞋底。奥尔森案的一位目击证人在郊区现身了，桑德·惠滕。她死了。"头发姜黄的警探摇动着手指。"不过在你开始推理之前，我要跟你说这两桩案子之间没有联系。这一结论来自专家。找不到任何动机，明白？所以别把它和鲍曼案掺和到一起。"

"你在跟我开玩笑吗？"

英格尔伍德叹了口气，像在心里默数一样停歇着。"犯罪手法不同。用的是某种刀，胸口有一道很深的刺伤。然后，少了什么东西呢？她的内裤。好了，是不同的手法吧？"

"也许她这人从来就不穿呢。她是另一桩杀人案的目击证人，和另一具尸体相联系，甚至原本还有更多……"

"纯粹是巧合。"

"这个星球上哪个警察会相信这是巧合！"

英格尔伍德指着自己说道："你明白我的意思吗？了解么？这是我在负责的案子，对吧？鲍曼属于我们辖区。基本上已经板上钉钉了。至于惠滕？好吧，她是住在布朗克斯，没错。她跑到郊区找乐子然后出了事情。那不在我们辖区。出于专业的素养，我过去查看了一番。不同的犯罪手法。案子又不在我们辖区。鲍曼案与此无关，而且已经板上钉钉了，好吗？"他从西装外套里取出一张叠好的纸张，然后放在大腿上捋平。他的脸庞因为充血而变得通红，衬得他的头发犹如灰金色。

"来看看。"英格尔伍德瞥了一眼瓦斯克斯说道，"你也过来看看。"他起身绕过咖啡桌，来到格思里办公桌前等候着她挪身过来。然后他把一张照片的彩印样铺在桌面上，两根手指重重地压在纸张的一角上。

桑德·惠滕的身份只能靠她身上的不锈钢饰品和短俏的黑发勉强辨认。除此之外，她满脸都是鞭笞的伤痕，猩红的眼瞳里闪着亮蓝色的虹膜。喉咙上一道精准的砍伤使得从身体前侧就能看到她的脊椎，但她脖颈下方的衬衫却只溅了少许血点，再下面则是一道狭窄的刺伤，位于她两只小巧的乳房的中央。她流出的鲜血像一条遭人弃掷的围裙，流在地上，流在她的双腿上，而这两条腿，一条团缩，一条只是微弯。她赤裸的大腿白得刺眼，箍在屁股上一条黑色短裙勉强遮住了私处。华夫鞋底的登山鞋有点错位，露出了她纤细的脚踝。

英格尔伍德把图片从桌上抽了回来，然后点着了打火机。他把火焰对准了图片的一角。图片着火后燃成灰烬，前后历经的几秒似乎甚为漫长。

"我可没来过这里，"头发姜黄的警探说道，"我可没跟你说过话。我也没给你看过什么照片。什么照片？我不过是出来方便一下而已。"他转身离开时扫了一眼身下的咖啡桌。"我也没吃你家的比萨。"他说着取走了一片，一瘸一拐地走出办事处。门在他身后咔嗒一声关上了。

24

　　格思里预订了一趟前往弗吉尼亚州阿灵顿的晚班飞机。于是傍晚便空闲下来，他便拨通了菲利普·林尼的电话。这位退伍军人已经下班，正在他位于韦斯切斯特广场的下榻处消磨时光，很有闲暇能够出来共进晚餐，聊些事情。他选好了地点：东117街的"阿尔伯特餐馆"，大约位于该街在韦斯切斯特广场与鲍威尔大道交接的地方。夜晚的人群多是当地居民，各色司机、装料工、清洁工，零星夹杂着一些怀抱希望的学生和少数秘书。餐室呈一个正方形，和点餐柜台隔着一条门廊，门廊上还开着临街的点餐窗口，供过路的汽车点单。他们落座于一张小圆桌，周围环绕着其他顾客。格思里坐下后仔细观察了四周，然后把他的软呢帽搁在了餐桌边沿。

　　"呃，这里很实惠。"林尼说道。他黑色面庞上的笑容十分灿烂。

　　"更安静的地方我倒也吃得起。"格思里说道。

　　"我忘了问了，"林尼说道，"都是谁在付钱？我猜队长除了隐瞒他的残疾外，还瞒着一大笔财产吧。私家侦探可不便宜，是吧？"

　　"奥尔森善于交游。"格思里说道。

　　退伍军人的眼神划过了瓦斯克斯。他们点了烤鸡肉三明治、家常炸土豆片、馅饼，以及咖啡。女侍应生有着一头柔软蓬松的秀发，用发带绑在脑后。她身材纤长、肤色白皙。餐馆的咖啡杯是用

210　|

沉重的奶油色陶瓷做成，可以舒服地握在手里。格思里在咖啡里倒了一匙冰块，然后慢慢地搅动着，犹如摇头晃铃的奶牛，然后开始啜饮。

"你什么时候被编到阿尔法的？"格思里问道。"阿尔法其实就是1127号特遣部队吧？"

"是啊。你跟队长聊过了？"

格思里摇了摇头。"我可是侦探。我自有消息门道。"这条信息收录在奥尔森军队档案的几段枯燥但信息量很大的文档里。

"2006年年末，在大选之后。我被派遣到南方，成了阿富汗有史以来最为硬朗的卡车司机。我在那里迅速成长。"

"可你是怎么被编到阿尔法的呢？你要执行的任务明明都是临时的，对吧？"

"是的。阿尔法里的每一个人其实都是临时的。中央司令部在那边就会搞这些鬼，大概是从以前的德国佬那里学的，把手下调来调去，临时分派任务。我可没见过欧盟的部队干这种事情。他们都差不多，德国人也一样，都软塌塌的。只要出了什么岔子他们马上就散伙。跳到装甲车里嗖的一声就跑了。"林尼举手在桌面上比画了一个飞走的动作。"而我，我就是一个卡车司机，在去南方以前，我一直在路上跑任务。结果被我弄到把枪，突然就变成了黑帮分子。你想想看，还能有比黑帮分子拿到一把机关枪又手握一堆子弹更高兴的吗？"他笑了起来。

"然后就因为你喜欢玩枪，就被他们调去阿尔法了？"

"他们把我给骗了，你懂吧。我不过是个开车的。有次搞运输的时候，运输队里起了分歧，有的队员想要冲过路障，有的想调转方向，让护卫们把东西拿走了事。打游击的普什图人端着AK–47想给我们这些'有关人士'喂子弹，他们就躲不及地要逃跑。而我，我还被安全带绑在车上呢。我想探头看个究竟，结果差点被几枪击中。我就开车追着几名射手，我开枪，他们也开枪，然后又开车去追别人。有批货物还被我拖在车后，中尉在无线电里对我大喊大叫。简直疯了一样，但我击中了其中一人的手臂，一路跟着血迹。我运气好极了。他丢掉了他的AK-47，却没把尾巴收拾干净。我因为不听中尉的命令而受到了批评，不过战区里面的人给我撑腰。他说我本领良好，行动稳健，是块陆军的好材料，他反正是言过其实了，也没有问我是不是乐意去南方。"

"然后你志愿要去？"格思里说着摇了摇头。

"你还真是料事如神。其实每个人都是志愿去的。你白头发那么多，果然世事都很明白。你志愿去了，就不用被逼着去了。我就是在那时接受了真正的黑帮教育。队长就是个黑帮分子，手段全能，阿尔法里个个都是黑帮分子。阿富汗南部的那些勾当是欧盟军队不乐意插手的。南方全都是普什图人。其他所有人都是过路的。到北方，你还能见到哈扎拉人、土耳其人、塔吉克人，他们都想要好好过营生。普什图人？他们只知道打打打。"

女侍应生上的菜把餐桌堆了个满满当当，她还偷偷瞄了林尼几眼。三明治刺激、辛辣的气味可以让这家"阿尔伯特"再开上五十年，除非有哪个倒霉蛋被蟑螂给噎到了。格思里抓起了番茄酱，在他的土豆片边上倒了一小团。

"她在'阿尔伯特'也算是一道风景吧，哈？"高挑的女侍应生走后，格思里问道。

"她是挺不错的，"林尼说道，"挺亮眼的，不过还好。"他专心吃着三明治，很快就把它吃到快和人间别离。"阿尔法不是常规部队，而是个特别小组。是这么叫的，不过大部分这种小组都聚不了多久。阿尔法维持了那么久，中央司令部最后只好把它当作常规部队来对待。明白么，多数特别小组都是这么来的，一支运输队从喀布尔出发，得经过赫尔曼德，他们必须得有人护送，明白么，有这么个任务，他们就凑出一个小组。他们从当地的驻扎兵站里扒出来几个排，让他们听命于运输队的指挥官，然后护送出去又护送回来。下到南方，这种任务可危险得很。出去五十辆卡车，也许就二十辆能从伏击圈里安全通过，就算只剩两辆也不是什么新鲜事。

"我们猜他们这么做是为了保护护卫部队。如果派护卫部队去执行任务，那在同一天，这些来自密苏里州的傻瓜，他们老家的人都要断子绝孙，这对中央司令部来说是一场噩梦。队长在运输队方面是个天才，也是因为这个才能把他，还有阿尔法，都坑个半死，结果就被当成常规部队了。队长带领运输队的时候，卡车就能安全通过，可要是我们歇下来待命，他们就会像对待常规军那样把我们扒走，多半是想把我们整个拆散。可有队长在可不行。

"多数时间我们搞定点搜查、布点罗网，向上级报告。阿尔法很活跃。我很快就把这部分任务给学会了，虽然他们一开始说我能当名'好兵'的屁话是骗我的。他们逼着每个人都学普什图语。要是你知道那些人都在说什么，岂不是更方便，对吧？然后你还可以给他们下命令，去这边或者去那边，站住，随便什么。我下到南方的时候，已经学会了不少短语，而一位情报中尉逼着我继续学。到了南边，我才发现了实际的情况。如果你操一口流利的普什图语，你就得延长，所以我很快就闭嘴了。"

"你是指延长服役？"格思里绕过嘴里的三明治问道。

"对啊。就是这个意思。队长的普什图语说得很好，除了滑头仔以外就数他最好。滑头仔都能用这破语言唱歌了。简直疯了一样。可这能力简直要了队长的命。要不是因为延长服役他早回来了，然后差点报废掉。他早就该回来的，想想就心寒。"

他们一直吃到多数盘子都已经见底。瓦斯克斯环视正方形的餐馆，看到几个人在盯着他们的餐桌看。格思里是"阿尔伯特餐馆"里唯一的白人。透过临街的巨大玻璃窗，第177街上的车流零零散散，似乎显露出这座城市正在沉睡，但布朗克斯的这个夏日傍晚完全不是这种感受，因为小店已经被人群挤得摩肩接踵。

"阿尔法很活跃。大部分常规单位，比方说野炮营、炮兵阵地、兵站、军用机场，或任何其他单位，多半都很消极。要是基地组织，也就是塔利班的另一个名字，有任何动作，活跃部队就把他们消灭掉。比方说他们的狙击手要包围一个兵站，一支活跃部队就会出手把他们清理掉。中央司令部就喜欢把航母或机场上的那些狗屁玩意儿派出来，然后就在天上等着。然后它们就会像鸟拉屎一样，炸掉任何引起他们注意的东西。"林尼皱起了眉头。"听起来挺棒的，对吧？"

"有时候我们也去驱赶那些狙击手，"林尼继续说道，"有时候我们也向他们丢炸弹。每飞一趟 A-18 就有那么一两个普什图人被炸飞。嘭呀！所以也许没有你想象的那么多交火。队长其实不是每件事都能插上一手。如果你等级不够高，很多行动你都碰不着。队长会时时留心。而我们就光顾着执行任务了。这可不容易让人神志清醒。"

退伍军人耸了耸肩。他啜饮了一口冷咖啡，然后吃了块苹果派。"那些普什图人能在一秒内把你杀掉。他们满脑子都是疯狂的想法。你做的事情可能跟他们一点边儿都搭不上，然后他们说你影子盖到他们山羊的奶子上了。三十分钟后，这人渣就已经趴在一块岩石后面，要开枪打你了。连在检查站值班都能惹得他们开枪打你。他们内斗起来就更糟糕了。他们就喜欢打打杀杀，而且他们特别记仇。我们也没法老是盯着他们。没人盯的时候，那就是他们的游戏时间！然后就发生了最糟心的事情。"

"怎么会这样？"

"一开始他们以为把塔利班都消灭干净了。这些人怎么会这么蠢？他们倒不如把灯给关了，假装阿富汗连一只蟑螂都没有。在我看来，所有普什图人都是塔利班分子。你盯着他们的时候，他们穿的是这一套衣服，你一走人，他们立马就换上另一套，而 AK-47 简直就是标配。你走之前还一切都好好的，然后第二天早上回来就发现果园地上排着一排无头尸体，苍蝇像包围糖浆一样围在四周。这些人没了头，或者脸被打凹进去了，你就不知道他们到底是不是你昨天才说过话的那些人，除非你今天又跟他们说了话。到底哪些是好人？就是这些破事，让那些头头觉得我们得全天候地监视他们。

"头头们以为，这些普什图人之所以这么做，就是因为他们没法相信我们，觉得我们不会给他们帮忙，所以他们回头又去了塔利班。这也太蠢了。他们是因为讨厌我们才回头去找塔利班的。这是基本常识。你要是讨厌黑帮，你才不会和他们混到一块儿去，你会站到另一边去。可是头头们不买账，他们想要个更好的解释，搞得他们简直不能相信，居然有人看不上美利坚的这一套。所以他们就整出了个所谓超级天才的主意，说是能搞定一切问题，就是把部队绑到每一个村庄去，也就是深度驻扎。就是从这时候开始，阿富汗的情况开始变得诡异。"

"这破烂主意听起来就已经很诡异了。"瓦斯克斯低声说道。

林尼点了点头。"你看，你就是一个平民，和我经过这一遭之前一样。平民对现实有完全不同的概念，我可没有冒犯的意思，这些人也是一样。"他手指把"阿尔伯特餐馆"的所有顾客都囊括在内，却在格思里面前停住了。"也许这位老家伙和你们又不太一样。我没法让你置身阿富汗。如果我给你看那边的照片，这就跟看电视没什么两样。你闻不到那场景的真实气味。典型的美国市民可不想跟那边的破烂事扯上关系。而典型的普什图人闻起来就像屁股、臭脚、山羊屎和火药。从他们嘴里出来的那味道简直让人不敢相信，宝贝。他们身上带着把枪，还有把省子弹用的匕首。他们可喜欢省子弹了。典型的美国大兵每天都要洗澡，手头带着一部游戏机，这种招摇的混蛋一餐里吃掉的东西够一个普什图人吃一礼拜。普什图人和美国大兵就好像油和水一样合不到一块儿去。让那些普什图人近距离观察大兵的生活，不会让他们心生敬畏。头头们根本没用脑袋在思考。"

"不过你要注意，我说的可是'典型'。阿尔法可不一样。"退伍军人嘴巴迅速地咀嚼了一会儿，然后停下来说道，"我们从这里出去吧。"他吃完了他的苹果派，喝光了他余下的咖啡。瓦斯克斯早就吃完了。格思里在桌上留了一张五十美元便跟着他们出去了。

餐馆外面的城市，刚刚过了行人道比天空还热的时辰，正缓缓地向着静谧攀去。他们转过街角走向汽车时，周围的交通搏动着。一条骨瘦如柴、貌似串了杜宾犬和罗特韦尔犬的野狗正在用鼻子嗅着老福特车的后轮胎，然后翘起了一条腿。

"好啊，真是条好狗。"格思里轻声说道。

退伍军人大声笑了。"下回，你还得被它吼呢，"他说道，"在布朗克斯可要待得开心。"他钻进后座之后，把两边的窗户摇了下来。

"你们知道吗，对我来说世界已经改变了，"林尼说道，"我回到这座城市，但是我眼中的世界已经不一样了。在去阿富汗之前，我觉得人生真是糟透了。我去了一趟回来，我明白这一切不过都是表面的虚饰。我妈妈试图教育我适应现实，但我对听从她的教诲并不感兴趣。现在？你懂的，让阿尔法和队长与众不同的就是它。没有表面的虚饰。任何狗屁的事情他都能给执行了。"他耸了耸肩，注视着外面一扫而过的街景，道旁的街灯和霓虹灯突兀地矗立在黑暗之中。

"阿尔法就被安排驻扎在一个名叫柯德在的鬼地方。我很长一段时间都不明白，这个鬼地方怎么能烂成这个样子，不过我们的任务执行起来很顺利，因为我们到了这个鬼地方简直如鱼得水。我们壮大了队伍，招纳了几个新人，然后停下来整训了一段时间。那段时间简直是我在那里的黄金时代。我在里面混得很好，一切都非常顺利。那些普什图人会在队长门前好好排队，放得很尊重。除此之外，他们爱死了滑头仔。你简直没法把他和普什图人区分开来，要是他把睡衣给穿上，就更不用提了。滑头仔比我们更花心思适应当地；我们没法跟当地人打成一团，可他却混得很熟。我有时候会拿这事儿跟他开玩笑；然后他会说'别担心，兄弟'，然后就走出门去。滑头仔除了插科打诨的时候，话并不多。然后他能跟任何家伙都吵翻。不过他找了个女朋友。我们都知道这人。"

格思里向老福特车的后座投去一脸惊讶的表情，林尼则回以坚定的眼神。"是啊，特别时间绝对禁止。违反了军规。那也是我唯一一次听到队长用那样的声音跟滑头仔说话。太可怕了，简直能把你的血给冻上，他甚至都没用喊的方式。然后队长再也没提过这茬。就那件破事产生了特别坏的影响。除了那件事以外，其他一切事情都特别顺利。"

"然后就出事了。那是在2008年的十月。普什图人要过节，反正就是个要牺牲山羊的节日。我们被抽调人手了……"退伍军人皱起了眉头。"这狗屁事是机密，对吧，莱文沃斯级别的机密。这些混账简直是幽灵。我没跟你说过这部分，要是任何人问起你，你懂得一位好侦探按照惯例该怎么处理。布置在阿富汗的这些幽灵无所不在，他们的任务是寻找基地组织。这些幽灵每一次需要人手执行肮脏的任务时就从阿尔法抽调人手，比方说搜查他们觉得基地组织可能潜伏的区域。阿尔法队伍壮大以后，他们总是想要抽调人手。

　　"反正这些幽灵在那个十月来了，而他们想要在柯德在潜伏下来。可这是我们的起居室，然后他们说这些基地组织在我们的餐桌上吃食，要不然就是我们在他们的餐桌上吃食。不管哪种说法，这狗屁话也太不尊重人了。队长马上就发飙了，因为他从来就跟这些幽灵处不来。他找塔利班的时候，他每次只找一个人。这些幽灵的做事方法完全不一样，他们一盯上目标，就喊鸟儿过来拉屎。根本不在乎把那里炸得一塌糊涂。"

　　林尼面露微笑，然后摇头摇继续说道："你要是杀了一个跟普什图人亲近的家伙，你转头就永远把他忘了。可他会恨你，永远都不会忘掉。他会抓住一切机会拿枪崩你。鸟屎都是美国鸟屎，每个美国兵都干这种事情。但队长不一样。他每次只杀掉一个混账。阿尔法每次只杀一个。普什图人很尊敬队长，因为他们看明白了他是怎么做事的。让他们明白花了很长时间，不过他们反正最后是明白了。所以队长和幽灵一直合不来，大概原因就是如此。他总会让飞机回去，甚至开枪示意他们中止任务。幽灵也不喜欢队长，不过他们怕他，不敢跟他乱来。

　　"幽灵想要把整个柯德在筛个底朝天。不管我们怎么应对，当地人都难免有怨气。我们开始执行任务时，就像往常一样朝他们大喊、挥拳、咒骂，简直跟马戏团一样，结果鸟屎直接就从天上掉下来了。他们把那个普什图老大住的院子给炸飞了。幽灵就是想要在搜索开始的时候引蛇出洞，瞄准，然后丢鸟屎。说是要筛个底朝天，其实根本就是幌子。我是从一个下士那里听说的，队长跑去跟幽灵算账的时候他就站在边上。结果队长要挟他们，他们就胡乱编了一个解释出来。

"滑头仔疯掉了。鸟屎落地的时候，他那个女人就在那个院子里。幽灵在烟、霾、残骸和孩子的哭声里进行搜查。普什图人都震惊了，好像他们没法相信我们都对他们做了什么。队长跟四个兵说了情况，让他看住滑头仔别找幽灵拼命。"林尼的手停了下来，然后放到了座位上。"从那以后，一切就结束了。你能怎么说呢？只能这样糟糕地歇菜。"

"所以这个被你们叫作滑头仔的家伙，他女人就这样遇害了？"瓦斯克斯问道。她的双眼透过后视镜的反射直指林尼。

"是啊。他气炸了。之后他恨上了所有人，简直就变成了一个普什图人。你听了之后觉得有点蹊跷么，哈？"

"他真名叫什么？"

"他名字很奇怪，听起来就怪，拼起来更糟。我估摸是法国南部人的名字。加尼奥。队长管他叫军士，我们其他人则管他叫滑头仔。"

瓦斯克斯有点不耐烦。几乎没等他说完，自己的问题就脱口而出："所以你知道他是什么时候回国的吗？"

"回国？没啦，这混账死掉了。"

格思里笑着摇了摇头，然后命她开向动物园。他知道动物园附近哪儿有卖好吃的冰淇淋，他们三人又在一起待了一会儿，然后就到了该去拉瓜迪亚机场的时间了。

25

两位侦探于深夜降落在里根国家机场，却没有奔赴波托马克河另一侧的首都。第二日清晨的大雾掩盖了弗吉尼亚州的海岸线。格思里驱车赶赴第一场会见，一路上郊区的风景从大雾中显现，具化在他们租来的汽车前。他们把车缓缓地停在促狭的停车位时，"德尔塔海上救助与补给店"还没有开业。他们目视着两位老人打开店门，又等了十五分钟，然后走了进去。

这家补给和服务中心由一座老旧的仓库改造而成，面朝波托马克河的墙面凸了出来，修出几条有顶过道，直通到河边的停泊码头。尽管外面一片天光，仓库里却十分阴暗。天花板的架构形似蛛网，被套有灯罩的吊灯挡在身后，隐蔽于黑暗之中。在这个宽敞的空间里，成排的货架、桶罐看起来犹如玩具。他们在落满灰尘的过道里走动时，其中一位老人盯着他们，然后又把目光收回到他面前展开的报纸上去。每隔几分钟，他都要咕噜咕噜地大声喝几口咖啡，提醒他们他还在等候。另一位老人站在一部吊起的发动机前，对着集合管扭动着扳手，嘴里咒骂着锈迹和愚蠢。

格思里和瓦斯克斯在陈旧的商品上摸脏了双手，直到半个小时后，一位头发银灰、高大年老的白人大步流星地跨进了大门。他身着政府发放的深蓝色、剪裁得体的西装，脚踏一双锃亮的皮鞋，仿佛配有防尘的执照。近观之下，他的面庞有足够担当祖父的岁月痕迹，但鹰钩鼻和颚裂却在他的脸上自然无比。远观的话，他宽阔的肩膀下倒三角的身材显得他更为年轻。

"孩子，你其实没必要给赖斯兄弟打电话的。"他上前和格思里握手，像吞下这位小个子一样把他抱在怀里，然后又开口说道："你知道我肯定会跟你接上头的。"

"你雇佣的那个秘书简直就是个路障，我跟他实在是吵得喉咙痛。"格思里说道。

高大男子目光尖锐地看了眼瓦斯克斯，然后皱起了眉头："她是谁？"

"蕾切尔·瓦斯克斯。今年夏天才开始给我干活。"

高大男子打量了她一番："她看起来不会太醒目吗？"

"除了她那对耳朵以外都还好吧，"格思里说着咧嘴笑了，"也许到了城市外面她就有点显眼了。"

"我说，你现在可就在城市外面。"

"也许你可以先给我解释一下，你这番话到底是什么意思？"瓦斯克斯问道。

"你这人当侦探太显眼了，"高大男子说道，"那家伙就跟你很不一样，不过别说，你们凑到一起反而更显眼了，"他仔细地端详她的脸庞，"你脸上这些是瘀伤？"

"这女孩子是从贫民区里出来的，她挺喜欢打架，"格思里说道，然后转头对着瓦斯克斯，"这老家伙名叫罗伯特·麦考尔，你要是觉得他有点问东问西多管闲事，可以找有关当局投诉他。"

"我好久都没听到你的消息了，孩子，"麦考尔说道，"你看起来混得不错啊。"他拿起了格思里的软呢帽看了看。"我估摸我不能再管你叫孩子了，你现在头上也有不少白头发。"

"也许吧。"

麦考尔笑了。"能再见到你真好。有点唤起我的回忆了。你还记得那个夏天么，肯尼教了你那堆鬼把戏？那是哪一年来着的？我想是1975年吧。你那会儿跟一只落水的浣熊差不多大。"

"肯尼？教我？他不过是喝醉了在找乐子。我当时也没什么见识，分不清好坏。那玩意儿可算不上武术……"

高个子老汉用笑声打断了他，"你倒是跟前老板说去啊！我还记得有一次他揪着你一顿骂，然后你趁他俯身的时候一脚踢到他屁股上，他翻了个筋斗居然还能站住，杯子里的啤酒也好好的，没有洒出来。那大概是1977年了吧。"

"唉，肯尼倒是把我给说服了。这么脚踢老板可以带来好运气。"

麦考尔眼里的笑意消退了："那都是很久很久以前了，孩子。你电话里的语气听着很严肃。如果你要问的事情和我想的一样，那最好还是严肃点。"

"我只需要名字、地址和照片……"

"1127号特遣部队是吧，"老人说道，"这部分我听得清清楚楚，简直清晰刺耳得让人恍惚。这玩意儿本不该出现在拦截名单上的，但左手也许也搞不清右脚到底想要干什么。我猜你根本没听明白我说的是什么意思，我把话说清楚好了：你最好有个说得过去的理由。"

格思里顿了一会儿，然后麦考尔继续说道："你这样子像是在编谎话，孩子。"

"这次可没有。"小个子侦探尽管好像没有被逗乐，却还是笑了。

"先跟我走，"麦考尔说道，"我得买卷线圈。"

格思里和瓦斯克斯跟随着他，在这片货架的迷宫里越走越深。货架上塞满的货物肮脏又灰尘满布，每一件上都贴着书写工整的价格标签。麦考尔仔细查看着铜线圈货架上摆放的商品，选了一件，小心翼翼地用白手帕包住取了出来。

"这支特遣部队有位来自第十山地师的长官，"格思里说道，"他现在正因为背上了一桩谋杀案的嫌疑而蹲在雷克岛监狱里，我觉得他这桩案子跟他的军旅生涯有所关联。"

麦考尔耸了耸肩："光这么点理由可说服不了我。"

"不确定因素太多，已经把案子搞得很复杂了。我这位客户还被人设计陷害了。真凶用了他的枪去作案，从那以后，目击证人连续被他灭口。我手头倒还剩下一位目击证人，能帮我指认照片。她是格林尼治村一位目光锐利、头脑清醒的老妇人。帮我提供这支部队线索的是城里的另一位退伍军人。他母亲最近也遇害了。我可不认为这是什么巧合。"

"你觉得1127部队里有个家伙视他们为眼中钉，"老人轻声说道，"他们到底怎么惹到别人了？"

"这点还不清楚。"

麦考尔眉头深锁。"你还记得越战时的凤凰计划吗？"

"读过些材料，"格思里说道，"中情局主持的一个清剿越共的计划，对吧？"

"差不多。简直又回到了那个年代。这支特遣部队到处都有情报队的人在染指。他们有总统的授权，只要是在反恐战争里，无论何时何地，都可以用任意方式清剿敌人。"他的笑容里有些许忧伤。"不知道了吧？它甚至都不是机密，孩子；只不过没有人会去谈论它。不过另一方面，你要是在这个密巢附近探东探西，你会吃到苦头。"

"你弄得到照片吗？"

"我弄得到。我的疑问是这些玩意儿会不会惹到特种作战司令部的注意？如果我小心谨慎办事，那就只能一点一点地把照片拿到手。不管怎么样，我会在六点以后再找你谈谈。"他从口袋里掏出一张叠好的纸，递给了格思里。"碰面地点写在上面了。"他又拿起了他那卷线圈。"我走后你等半个小时再出去，孩子。然后这边的电话都别碰，明白了吗？"

麦考尔步履迅捷地走向收银台，结了他那卷线圈的帐。尽管几位早起的顾客已经在货架间搜寻商品，但这座老旧仓库依然很安静。两位侦探等候着。CIA，字母表里靠前的这几个字母居然藏在这桩事件的背后，那么等上半个小时也是值当的。

待到烈日烧透了晨雾，它已像一个烧红的铁球，滚上了北弗吉尼亚的天空。格思里和瓦斯克斯闲聊着打发午餐前的时光。年轻的波多黎各女孩并没有什么黑历史可以分享，她太年轻了。所以基本都是这位来自西弗吉尼亚州小个子在喋喋不休。他任她行驶在郊区的路上，说话分散她的注意力，而她则要不断地收回心神，不要走岔了路。

可她还是走错了道，都快开到哈珀斯费里了，才晃过神来调转车头。她刚拐错弯之后，格思里就面露鲨鱼般的坏笑，告诉她迈克·英格尔伍德过去走路并不一瘸一拐。要是说这话的是个正常人，那么故事的发展绝对会跟英格尔伍德的脚有关。可话是从格思里嘴里吐出来的，瓦斯克斯只能苦苦思索其中的玄机，格思里就是这样让她没转过弯来，差点一条道开到黑。

当英格尔伍德还是一个刚从象牙塔里走出来的年轻警官时，他在中城工作。有一次他执勤时撞上了正在蹲点监视的格思里。格思里告知这位巡逻官他正在执行一项任务，可他为了把俱乐部的泳池周边尽收眼底，都爬到街对面的一块广告牌上去了，这严格来说可是违法的。他一直在跟踪一个骗子，想趁他游泳时把他逮个正着。英格尔伍德觉得，格思里哪里像个侦探，铁定是偷窥狂。一连七日，这位新晋的巡逻官三次把违反法律的格思里逮到辖区警署。最后格思里靠一顿鸡肉大餐才跟英格尔伍德握手言和解决了问题：做监视活嘛还是得待在车里，可是有时候呢，人总得去到他能看个清楚的地方。

"从此就快乐地在一起了？"瓦斯克斯问道。

"当然了。"格思里说道。他指着一块即将呼啸而过的路标说道，"这么急着问结局干嘛，难不成我们这去往西弗吉尼亚一路上，你不希望我能打个盹么？"

尽管走了岔路，两位警探还是提早来到了午餐的约见地点。格思里靠着第三方的引介和拉克斯特工搭上了线。这位联邦调查局的特工在阿灵顿一家名叫"贵妇"的餐馆预订了位置。当格思里看到入口处修剪齐整的花圃和橱窗上美观的金色广告文字时，他停下来叹了口气。橱窗装饰的周边还配有得当的美国式商业氛围，橱窗前是一条车水马龙的林荫大道，而街对面一家停车场和公交站都齐备的购物中心，在餐馆的窗户外面构成了一道令人不悦的风景线。

步入"贵妇"餐馆内部，侍应生打量了一番这两位衣着并不光鲜的顾客，然后秉持能离门口有多远就多远的原则为他们找了一张桌子。他们落座的这张狭小圆桌铺有深绿色的桌布，桌上摆着一篮新鲜的卷饼，旁边还有一小碟黄油。格思里吃了几口就消了气，而瓦斯克斯还在怒气冲冲。看来光预订还是不够的。不情不愿的瓦斯克斯在侍应生第二次来到桌前时摘下了头上的扬基帽。还好拉克斯特工在两边敌意升级前赶到了；他那一身行头完美地契合这周遭的环境，一身深蓝色的意大利正装、刮得干干净净的下巴，以及一看就觉得价值一百美元的发型。侍应生一步步把他引离前门的橱窗，拉克斯的脸色也一点一点地变得阴沉，待到看见了格思里和瓦斯克斯，却如晨曦降临般面露和老友重逢般的神采。

"我估摸你原以为会见着那种顶尖一流的侦探，而不是我们这种人吧。"格思里说道。

拉克斯笑了。"也许我是被这个社会的善意给误导了，"他说道，"纽约那边的人对您的评价非常高。"

"那我们还是回到正事上去吧。"格思里说道。

"一开始我想先明确一下我的立场，"拉克斯一边浏览着菜单一边说道，"本来联邦调查局是不允许我们对进行中的案件评论的。所以我们实际上并没有在谈论案件的调查。"他脸上露出了笑容。"我们谈论的是无关的话题。"

"我认为……"格思里开始说道。

"战略空军司令部一开始就持不同观点。曼哈顿办公室短暂地提出过一个反对观点，可是特工的意见起着更大的作用。"

"我们是在谈同一件事情吗？"格思里问道，"在我手上的案子里，好几名女孩在城市周边死于非命。你说的不是这个吧？"

"我们该先把饭吃了，"拉克斯说道，"然后可以去休息室谈天。这边但凡跟鱼有关的菜我都推荐。做的是布列塔尼海岸的地道菜。"

224 |

格思里点了点头。他们开始闲聊。拉克斯是联邦调查局行为科学部的一名研究员。这些心理学家常常都跟在实地调查员身后，笔记本上记满了各种根据行为模式做出的推断，试图从物证中找出行为的动机。他们通常不会去指认理应予以关注的起始点。这一才能只有那些具备几十年实地经验、帽子上缀着学术羽毛的高级特工才具备。尽管拉克斯没有明说，但他却明白无误地把纽约指认作各种案件的始发地。这顿饭美味极了，但它却隐没于他们极富目的性的对话中。

"贵妇"的休息室呈U字形，一张吧台位于朝向门口的一道短墙前。一位中年男子端着一杯鸡尾酒坐在吧台前，可是灯光太过耀眼了，让人没法沉醉在酒精里。他们点了咖啡，然后坐进了一个拥有皮质座椅的卡座。拉克斯又开始细细地端详两位侦探，然后在瓦斯克斯开始生气之前出声说话。

"连环杀人犯已经司空见惯了，想必不用我就此讲课吧。"他说道。

"就像电视上播的那样，对么？"瓦斯克斯说道。

"正是。我们对此有所定义，并会在案件中寻找匹配的细节。位于匡蒂科的行为科学分部就负责筛选数据，寻找前后一贯的行为模式和作案地点的分布规律。那恰好是我的专长。我负责寻找足迹，然后推断它们是否能证明某人从此处走过。我们的基本推断首先要找到对象，这种特定的人必然会犯下连环杀人案。"

"你不认同我的推断吗？我认为这个案子的背后就有这么个人。"格思里说道。

"我认同你的推断。"拉克斯说道，然后摆出一副难看的脸色。"可官方恐怕不会认同。我收集到的证据显示，这些案子背后是有一位身份不明的嫌犯，但他并不对死者进行性侵犯。"

"非得包含性侵不可吗？"

"把话说绝了，答案当然是并非一定要包含，但通常的正确答案是，肯定会包含，尤其是这名身份不明的嫌犯还反反复复地作案。杀人的冲动往往需要一种强烈的动机去支持，性便是这样一种动机。连环杀人是为了满足某种欲望，我们的分析将此作为一个给定的前提。我们的推论预设杀人犯是某种变态狂。他是个异常的人，不符合这个社会的准则。他陷入某种迷狂，事态升级，变得粗心，然后就被逮住了。"他笑了，"我终归还是开始讲课了。"

"那么我们待在雷克岛监狱的那位客户就不是你所说的那种连环杀人犯了。"瓦斯克斯说道。

"我只知道你们目前在调查纽约的一个案件，但我对嫌犯的具体细节没有任何了解，"拉克斯耸了耸肩，"就官方而言，我们目前没有登记在册的连环杀人案件。由于案件子虚乌有，那么嫌犯也就不存在了。"

格思里面带笑容喝完了他那杯咖啡。"所以你对我们的客户其实并不了解。那你对发生在纽约这一连串杀人案知道得详细吗？"

拉克斯点了点头。"连环杀人案都会有特定的标记，一种作案的手段，使得他们动机背后的欲望得以满足。这种共性可能是同一把武器，或者特定类型的受害人。标记很可能不易察觉。鲍曼谋杀案和这一区域的其他命案和我调查过的其他案件享有同一个标记。但从官方来说，这种标记并不存在，也就没有所谓的连环杀人犯。"

"怎么会是这种状况？"瓦斯克斯的疑问脱口而出。

"简单说来，就是他们害怕了，"拉克斯答道，"我前面提过有个行为科学分部负责筛选数据。符合潜在连环杀人案标记的受害人，要么是高危人群，要么被丢在道旁的垃圾站，要么被人先奸后杀，通常会达到一定的数量，除非作案动机很快被锁定到当地的某个嫌犯头上。咱们美国每年都会以相对恒定的数量产出这类命案，说明我们国家连环杀人凶手在数量上也很稳定。行为科学部得在案件进展到一定阶段就把凶手给抓住，不能让死者超出特定的数量限制。就美国而言，单个连环杀手的杀人数并不会很高。典型的是六七个或者十个出头。在其他有数据的地方，这一典型数字可能会高得多。在中国，一百人可能才算得上典型。他们之所以害怕，是因为我找到的标记可能比这数字还要大。这数字已经高到突破我们能够承受的极限了……"拉克斯目光锐利地看了瓦斯克斯一眼。"你之前听过这番话?"

"没有。我只是……"瓦斯克斯正要开口说。

"我觉得她不过是突然意识到,我们有一个嫌疑对象了,"格思里说道,"不过呢,虽则有。但他已经死了。我们还有两个目击证人,一男一女全都死于非命。如今我们还在寻找。"

"你手头有线索?"拉克斯问道。

"我得承认,我走进来的时候,我是想为我的一条线索收尾的,"格思里说道,"可如今我发现我其实才刚刚着手探索一条新线索。我之所以角度转得这么夸张,是因为我发现吊在我客户嘴里的那枚钩子已经松脱掉了。我知道这听起来很不应该,但我毕竟是要替他开脱罪名的。"小个子侦探咧嘴笑了。

"你并不认为这些案子跟你的客户有关?"拉克斯的声音激动了起来。

"现在正是要解决这个问题的时候,"格思里说道,"不过你连我的提议都没兴趣听吧,其实很简单。我需要更多的情报信息。既然你那边查验过不少尸体,那就把你手头受害人的情报给我。我能够对其进行交叉查验。"

"给我等一下!"拉克斯语气强硬了起来,"首先,你拿什么跟我交换?其次,你是要拿什么和它们进行交叉查验?数据该由我来负责才对,把你们手头的数据给我,事情才能快快地办好。"

格思里摇了摇头。他竖起了一根手指:"我可以把我调查的方向指给你看。"他竖起了第二根手指。"你手头没有案子,所以你现在还能把情报透露给我们。要是我给你的情报发展成了一桩案件,那么你的嘴巴就被封上了。而我就回到了原点,两手空空、一无所有。所以得你先给我东西。"

拉克斯嘴里发出一声抱怨,接着靠在了皮椅的靠背上。坐在吧台前的男人看了他们一眼,然后示意酒保再给他上一杯酒。"我对这一系列案件已经前后跟踪了十四个月。我发现的时间点离第一桩案子的发生相去不远,差不多只用往前推四个月,"他说道,"我想逮到他。要是他真的存在的话。从来没有哪个连环杀手杀人如此迅猛，贻害如此之广。他作案简直没有冷却时间。只是不停地杀人。"

"要是他真的存在的话。"瓦斯克斯语气轻柔地说道。

"正是如此。"联邦调查局特工把手伸进了西装外套，取出了一台掌上电脑。他打开电脑，塞进了一张光碟。"我给你的情报，其实你通过别的方式都能获取到。不过算你走运，这些情报可是汪洋大海。我们国家的每个验尸官都能够连接到国家的数据库。而我帮你节省的是筛选数据的时间，而你要永远对我心怀感激。"他的手指不停地操作着，选取着需要复制的文件。

两位侦探一言不发地等候着，直到拉克斯从掌上电脑中弹出了光碟，然后从桌面上递了过去。他微笑地看着瓦斯克斯取过光碟，收进了她的口袋里。"你这人真的好难对付，不过这可能是在纽约生活所必需的座右铭吧。"他说道。

"鲍曼谋杀案也带有你所说的标记，对吧？"格思里说道。"我有，或者说曾经有几位证人能证明我的客户是被人设计陷害的，这期间恐怕是某种私人的动机。而就在我调查的过程中，鲍曼案的两位证人都遇害了，此外还有一位调查员……"

"连警官都遇害了？"

格思里摇了摇头。"是一位律师的私家调查员。他们实际上是想对我们动手。"他用指尖指了指瓦斯克斯和他自己。

"那就是他了！"

"是他们。俄罗斯暴徒。"

"还有俄罗斯人。这倒解释了受害人庞大的数量。"

"我全部告诉你吧，拉克斯先生。奥尔西娅·林尼在布朗克斯发生的一起抢劫案中遇害了。她恐怕不在你的名单上，但你应该把她算在内。"

格思里和瓦斯克斯来到了阿灵顿郊区和北弗吉尼亚乡村的模糊交界，他们把车停在了杂草地上，旁边是一个名叫"便捷农庄"的物产市场。几十辆汽车和卡车松散地停在乡村道路的路肩，前后不齐地排列在农场的杂草地上，而头顶则是枝条粗壮、树冠庞大的一棵棵橡树。在谷仓空地的一侧有一间欢腾的农舍，里面的人与其说是在做生意，倒不如说是在开派对。空地上满是各种简易帐篷，遮盖着此处从谷仓里满溢出来的货摊。谷仓的备用厨房经过改造，如今成了罐头作坊，喷薄出一阵阵苹果和肉桂的香味，一直蔓延到道路上。十几个头戴发网的人给苹果削皮、切片、挑拣和冲洗，而另外更多的人则搅动着大缸、开动榨汁器，再收拢回一锅锅酱汁和苹果碎屑。

货摊的主人都非常友好，这座市场是合作性质的。进到谷仓里面，干货的边上摆着奶酪、水果和蔬菜。格思里购买了调味料、几罐蜂蜜、果酱和一麻袋燕麦，而瓦斯克斯则跟在他身后往返于谷仓和汽车之间。她向他提问说是不是还要买一头猪，反倒引得他好奇瓦斯克斯是不是真觉得后备厢大到可以塞下一头小猪。在把一袋去壳山核桃搬到汽车里后，罗伯特·麦考尔朝着正在空地上行进的他们吹了吹口哨。

"孩子，你真是一点都没变。"麦考尔说道。他看着自己大大的手里抱着的两只哈密瓜，捧起它们闻了闻。

"好吧，那你把地点定到这边来是要做什么？"

"至少不是给自己找个当蚂蚁的机会，"高大的老男人说完咧嘴笑了，"你肯定不会相信你小子有多走运。"

"我可没这种感觉。"

"那我就告诉你，让你知道知道：1127并不属于特种作战司令部，它实际上属于中央司令部。他们以迅雷不及掩耳之势掩盖了自己真实的归属，好吧，其实这是五角大楼的问题。我怀疑这大约就是你想要的东西，尽管它很耐人寻味。"麦考尔又咧嘴笑了，像个男孩一样一脸欢腾地看了看自己手里的两枚瓜。"所有绶带和金星都归特种作战司令部，而中央司令部却只能扛下所有失误的罪名。懂么，中央司令部实际上对战场上所有部队和物资都有调遣的职权。出了问题，责任都直接捅到上面的指挥官。特种作战司令部只有在需要的时候才借用这些部队和物资，却不用担任何责任，因为他们只不过是联络官而已。出了问题都算到实际的司令官头上，而不是那只骑在他肩膀上的鸟儿。"

"这事怎么就成了好消息了?"

"绝对是好消息,"麦考尔说道,"这支部队并没有被特种作战司令部染指,所以我不必担心情报队会找我麻烦了。1127曾经是一支被用来试验对叛乱分子的镇压策略的部队。上面那些智囊们从一开始就在分析所有事情。你想要的一切都已经写在一份四处发放的长名单上了。"

"所以你的意思是,罗伯特叔叔的屁股算是捂住了。"

"这还不是好消息吗?"老人问道,"你在犹豫什么,孩子。要不是因为这个好消息,我马上就会有一档子破事缠身。"

"你说它曾经是一支试验部队?"

"曾经是,"麦考尔确认道,"我查验过你那位第十山地师的军官奥尔森。他的有些资料我拿不到。不过上面的智囊对他的用词是典范。那支特遣部队就是围绕他组建的,在他退伍后也分崩离析了。这支部队在某个时间节点队伍壮大了,然后特种作战司令部和中央司令部之间就开始无休止地折腾。中情局表面上将其标注为自己的部队,但实际上的责任问题还是老样子。"

"这支部队之外的人还跟他们有牵扯吗?"格思里问道,"跟我多说说这方面的事情吧。"

罗伯特·麦考尔耸了耸肩,又打量起自己手里的瓜,然后把它们放回到篮子里。"也许是嫉妒吧。特种作战司令部老是在挖他们的人。"他皱起了眉头。"你之前是不是觉得奥尔森可能遭人报复?他的手下可从来没人抱怨过他的做事和为人。"

"这方面的问题我们也正在调查,"格思里说道,"那个情报队是怎么回事?"

"全名叫情报支援特遣队。他们做的是一个全新的领域,他们提供解决方案。我之前跟你说过的,他们有授权,何时何地,干什么都行。情报队确定时间、地点和对象,然后他们就把事情给解决了。"

瓦斯克斯双臂交叉,看着格思里。"林尼提到过这些家伙,"她说道，"但我不认为他们是我们在找的目标。"

"你最好祈祷自己找的不是他们吧，孩子。情报队的所作所为，中情局连做梦都不敢想。"高大的老人从口袋里取出一张光碟。"我往里面拷贝了十几组文档，有名字、地址、照片和日期，不过别以为查不到资料来源就不危险了。"

格思里拿过光碟，塞进了自己的口袋里。

"你明白你现在欠我一笔了，是吧？"

小个子侦探点了点头。

"不错。告诉丹尼·赖斯，他欠我一年份的威士忌。"

26

夜色深浓的时候，格思里和瓦斯克斯搭乘飞机返回纽约，并在拉瓜迪亚机场降落。经过一夜的休憩，他们赶在商店开始营业前驱车来到时装区。睡眼迷离的青少年在卷帘门前无所事事，在黎明之前的无影世界里啜饮着咖啡。两位侦探则有他们自己的提神方式：两张光碟。他们像往常那样开启了风风火火的办事处作业——烧煮咖啡、吞食面包圈、检查打印机的油墨和纸——然后陷入几近彻底的沉默。键盘上来回的指尖和屏幕前晃动的眼球是仅有的动作。街上的噪音缓缓腾起，先是传来叫喊声和口哨声，接着响起汽车的喇叭声，这一切外来的声响都在和打印机的呜呜声竞赛着。

"图片可真不少啊。"瓦斯克斯看着打印机上叠起一堆图片后说道。

"一支陆军部队当然有很多士兵了，"小个子侦探说道，"还会随着年岁的流逝越来越多。人员调动、短期服役、伤亡……是啊，图片可真不少。"他看起来也不太高兴。

"你不打算分类整理一下？"

他摇了摇头。"全部一次性过掉反而要简单一点。也许珍妮特能认出里面那个人。不行的话我们就麻烦了。"

瓦斯克斯皱了皱眉头。"你的意思是？"

"昨天夜里，我想这个问题想得睡不着觉。要是我们找的这个人不在阿尔法怎么办？我们知道是有这么个人，非常肯定。可万一他在情报队怎么办？这样就很勉强……"

"你都快把我逼疯了，老家伙。"瓦斯克斯说道。

"你以为只有你快疯了吗？所以我们要做的第一步就是携着照片去格林尼治村。要是他人在阿尔法，被珍妮特挑了出来，那我们就算是逮到人了。"

瓦斯克斯摇了摇头，然后转头去看她张贴在办公桌背后墙上的那幅美国地图。红色记号笔在地图上点出的圆点指示着谋杀案的事发地点，这份由拉克斯提供的命案清单，里面每一个案件都包含有他所说的连环杀人案标记。瓦斯克斯细细地研究了每一个文档，把每一起案件都标注在地图上。芝加哥、北加州和东北走廊是这些红点密集分布的三个区域。其他红点则杂乱零散地分布在地图上。她每点下一个红点，就要端详一番地图，就像一位占卜师细看墨迹一般。

等到打印机打完收工的时候，整个街区已经进入鼎沸的时辰。街上恒定地穿梭着手推衣服架子的人流，而那些恼怒的喇叭交响乐也像往常一样伴随左右。格思里归拢照片后，把福特车的钥匙丢给了瓦斯克斯。外面的空气厚重而又潮湿。高高的云朵成排布阵，仿佛要向广阔的天空宣战。瓦斯克斯取道第七大道直奔格林尼治村。

珍妮特·奥弗顿看到这一堆照片时露出微笑。她的丈夫菲尔打趣说这堆照片恐怕涵盖了这座城市的每一个人吧。时而停下来检视窗外宁静的街道，时而鼓励着在金罗美上屡战屡败的瓦斯克斯，老妇人就这样不急不慢地查看着这一堆照片。到了午餐时间，她挑出了一张照片。格思里看到照片上的文字说明时皱起了眉头，然后把它递给了瓦斯克斯。

她也看了一遍，然后问道："您确定吗？"

"就算是个老太婆，也绝对忘不了这么一只耳朵，亲爱的，"珍妮特·奥弗顿说道，"他就是那个送货员。我想我本该从他走路的方式就看出他在军队里待过。他的步履如此轻快。让我想起了菲利普刚卸下戎装回家的那个时候。"

照片里的男人顶着个军人的板寸发型，比麦考尔的还要稍短一些，但头发还是黑色的。他长长的睫毛下有一双绿色的眼睛，皮肤则呈经受风霜的古铜色。他也许是个意大利人、波多黎各人，或是希腊人，但他脸上铭刻的淡淡笑容暗示他自知是一位万人迷。他长得很好看，就像一头梳洗过毛发的瘦削小狼，露齿坏笑的表情也有一分狼的帅气。图片的下面是一行印刷上去的文字说明：马克·卢卡·加尼奥上士。

两位侦探沿着昆斯堤道来到了雷克岛。瓦斯克斯掌控着方向盘的这段时间里，格思里专注于思考，心情像过山车一样经历了从兴奋到解脱，再到愤怒的起起落落。探监需要经历的繁杂手续，让这位西弗吉尼亚州的小个子冷静下来，以至无法从他的面容察觉到他的心思，但他的手还是反复探着西装外套口袋里的那张照片，就像一只心神不宁的狗，反复地刨出新近埋下的骨头。会面室的摆设十分简陋，灯光又过于刺眼地照亮了四周坚硬的墙壁，使得整个房间都沾染上过往的人们呼出的冷漠和放弃抵抗的气息。除了钢筋和水泥反馈的回声以外，便只有阴郁的沉默在驻足等候。

两位身材结实的警卫护送着格雷格·奥尔森来到了会面室。警卫打量了一番格思里和瓦斯克斯，心想就算把这两人的体重加起来，恐怕都没有奥尔森一个人重。他们瞪了一眼奥尔森，在给他取下手铐的时候扭了一下他的手，又用推搡把他摁到椅子里，以示警告。格思里一言不发地旁观着。房门随着一声金属咔嗒声关上了，格思里从口袋里取出了加尼奥的照片，把它放在了桌面上。

他们起了争执，因为奥尔森坚信加尼奥已经是个死人。这个大个子男人因为矢口否认的怒火憋得满脸通红，双手也紧紧握成拳头。尽管他没有抬高声音，也没有站起身来，但他还是显得块头更大了，不过两位侦探用冷静的推理回答了他。格思里说话时在桌面上转着他的软呢帽，并用食指连点强调着他的话语。瓦斯克斯把双臂抱在胸前，两手消失在她红色的防风外套里，在她的座位和房门之间来回踱步。她一脸阴沉的表情，使得她乌青的眼睛更像是烟熏妆而不是破相。奥尔森怒目圆睁，据理力争，但他有的只是一厢情愿，而两位侦探手里则握着铁铮铮的事实。

然而官方认定加尼奥已经牺牲了，这冲淡了成功确定凶手所带来的喜悦。纽约警方不会花力气去找他；因为他是个在官方立场上并不存在的人。警方已然简化了他们的指控，放弃了所谓芭比娃娃杀人犯的罪名，只把奥尔森钉在了他们确信能够指证的那桩谋杀案上。如果格思里只能对加尼奥的假死提出捕风捉影般的推测，那么警方的立场就不会受到丝毫影响。就连奥尔森本人也不愿意相信，那具被简易爆炸装置炸得四分五裂，除了标签外无从辨认的加尼奥尸体竟然是个冒牌货。如果他们没法揭露加尼奥的伪装，那么这个大个子仍然要为他未婚妻的遇害而身陷囹圄。

"我们会逮到他的。"格思里坚定的语气里含有怒火。这句宣言隐含的反面意思对侦探的自傲是一种侮辱。"他就在这座城市里，肯定留下了足迹。也许他闯过红灯，也许他用过自动柜员机。我们也可能在别人的社交相册里看到他的面孔。不管怎么样，我们一定可以逮到他，因为他就在这座城市里，想要目睹你的悲惨下场。我们会逮到他的。"

"那么我就相信你，"奥尔森说道，"就像我相信加尼奥一样。他绝不会轻易被你逮住，尤其是他知道你现在踏破铁鞋四处寻找。其实你和军士在神态上还有几分相像。他每天都有大半时间跟你一样缄口不言，但余下时间还是很好相处的。"

瓦斯克斯抽出她的椅子坐了下来。她摘下了头上的扬基帽，搁在格思里的软呢帽边上，任由她前额的那缕短发垂挂下来。她看起来身心俱疲。"老家伙说得没错。他正躲在某个角落里虎视眈眈，"她说道，"他并不想干脆地把你给宰了，小伙子。我一直在思考这个问题。他是个怀有深仇大恨的人。置人于死地不足以解他心头之恨。你没什么姐姐妹妹算是很走运了。他其实早就可以要了你的命。他不光要杀掉你心爱的女孩，还要让你为此蹲监狱。他还杀了很多人，就是为了让你把牢底坐穿。你看明白了没有？"

"所以我能做点什么吗？"奥尔森问道。

"当然了。"格思里回答道。他用手指着桌上的那张照片，"告诉我该怎么逮住马克·卢卡·加尼奥。你了解他，格雷格。我现在手头的第一个问题是他名义上是个死人。不过更糟的是，他还不是孤身一人。告诉我他是怎么把那些俄罗斯暴徒收为己有。他们通常可不和外人为伍。这些跟你们海外服役的经历有关吗？"

金发大个子哼了一声，用强壮的右手抹了抹桌布。"我看你也是憋着好几个问题想要问个究竟，"他说道，"其实我怀疑自己是不是真的如我所想的那么了解他。我给他父母寄了悼念信，结果退回来的时候却盖上了'退给寄信人'的戳。他填在档案里的家庭住址实际上是巴吞鲁日城外的一家鸡肉加工场，所以他在遇上我之前，就开始谎话连篇。他从很早开始就对自己遮遮掩掩。"

"这些都是让你一头雾水的事情，"格思里说道，"告诉我你能够确定的事情。"

"加尼奥这号人物可不普通，"奥尔森说道，"他漂亮得像一个女孩子，身材矮小，但他为人的险恶可以推翻前面那儿个特征。'9·11恐怖袭击事件'发生的时候，他有位兄长在纽约遇害了，此后便自愿入伍。我从来没仔细考虑过这些事情，还有就是尽管他来自路易斯安那州，说起话来却不是那边的口音，像是嘴里含着一团毛线。加尼奥这人讷于言敏于行。除非他意图让别人注意到他，否则谁都觉察不到他的存在。"

"在我留心观察他一个星期之后，我发现只要我派他执行侦查任务，他总能把我想要知道的情报告诉我。他那双眼睛就像摄像头，能把一幅画面的细节填得翔实细致，却不添加任何遐想的细节，或是删减任何重要的细节。这可是名好哨兵。而且他不会乱开枪，也不会惹事，搞得别人注意到他。加尼奥满足于用眼睛去查看；他善于置身事外，因此也就容易在那边活下去。"

奥尔森皱起了眉头。"在阿富汗，有些人的手很脏。在我执掌阿尔法之前，我就开始对那些不至于毁掉一名士兵的行为睁一只眼闭一只眼。凡人哪里阻得住风往哪个方向吹呢？不过除了和贾麦简结婚，我印象里的加尼奥从来没惹过麻烦。在我们驻扎柯德在之后，他和纳瓦尔·阿克拉米的女儿坠入了爱河。"

"纳瓦尔·阿克拉米是当地的一位族长……"大个子停下话头，看了一眼格思里脸上的表情，"莫非你听过这个故事？"

"那个女孩被炸弹给炸死了，林尼跟我们说过这个故事。"

大个子摸着下巴点了点头。"林尼对故事前后的了解可能有所遗漏。我不知道加尼奥把普什图语学得有多纯熟。不过他就是这么跟当地的俄国佬搭上关系的。而鸦片就是通过这些车臣人运往北方。即便是在塔利班统治下，毒品的泛滥也从来没消停过。有太多的当地族长以间接的方式牵涉其中。纳瓦尔·阿克拉米的表兄贾鲁尔·阿克巴尔每到秋天就从他的表弟手里租借劳力来护送他的货物。"

"加尼奥认识这位毒枭？"

"他跟我一同参加过那边的族长会议，同纳瓦尔和贾鲁尔饮茶闲谈，聊了很多话，我已经记不清他们都聊过什么话题了。"

大块头退伍军人收住话头，注视着正在思索他话语的格思里。瓦斯克斯又站起身来回踱步。过了有一会儿，奥尔森问道："莫非这些情报帮不上忙？"

"帮得上忙，"格思里答道，"解释了他是怎么和那些俄罗斯人搭上关系。贾鲁尔·阿克巴尔是在还他的人情。"

"最好是他跟你聊过他在国内的经历，不过你说他来自路易斯安那州。我感觉这可跟那个在'9·11事件'里痛失亲人的家伙对不上号。他难道从来不提城市生活的话题吗？他不爱说话吗？"

"加尼奥在多数情况下都沉默不言。我不必跟他说话，就能跟他处得来。我有话就说，说完也不必担心对方不会把话题接下去。"

小个子侦探点了点头。"那么我们也许就剩下俄罗斯人这一个出发点了。也许经过一段时间的寻找，我可以在纽约城找到他们的踪迹，顺着线索再把加尼奥给逮住。"他皱起了眉头。"我要是能把你弄出来就好了。要是碰上什么谜团，就能直接让你去试着解决，我还可以拿你当诱饵吸引他出来。毕竟他的目标就是你。"

格思里的讲述把大个子脸上的疑云化成了赞同的点头。他是可以扮演诱饵的角色。

格思里和瓦斯克斯取道罗伯特·肯尼迪大桥回到了市区，在"波里肯之歌"享用了一顿迟来的午餐。他们在餐桌上打了一场不紧不慢的口头仗。无论加尼奥在城市里留下多少踪迹，只要那些踪迹不够新鲜，就很难帮助他们逮到他。他们手头的线索如此稀少，而这座城市又有这么多素未谋面的人。不过他们占有两项优势：其一是加尼奥自以为隐没人海无人知晓；其二是尽管需要一个虚假身份，他走在街上时却完全不必掩盖他的面容。

格思里和瓦斯克斯驱车回到了第34街的办事处。街道被推衣服架子的人挤得满满当当，瓦斯克斯只好把车停到了临近的街区。米歇尔·汤普金斯手里提着笔记本电脑和书本，正在大楼底下的大厅里等候他们。她看起来甚是普通，戴着宽边眼镜，身着一件宽松T恤和一件褪色的老旧蓝色牛仔裤，脚踩一双平底帆布鞋。

"格雷格刚刚告诉我说，你发现杀害卡米的凶手了。"她说道，紧紧跟上他们攀登楼梯的步伐。

"此话不假。"格思里答道。

瓦斯克斯打开办事处的大门，汤普金斯说道："可是他的语气听起来不太欢欣鼓舞。你真的解决了这桩谋杀案吗？还是不过是另找出一名嫌疑人？"

小个子侦探把汤普金斯让进了办事处，邀请她在沙发上落座。他把加尼奥的照片递给她，然后脱下了他的西装外套，又把头顶的软呢帽搁在桌上。这位年轻女子细细查看着照片，脸上却浮现出失望的表情。

"他长得比贾斯汀·比珀还好看。"她柔声说道，然后把照片放回到格思里的办公桌上。"我们就不能先把格雷格从监狱里保释出来？"

"我要是有钱，我也想把他保释出来。要是缺乏援手，这将会是一份充满艰难险阻的工作，此外我们还得谨慎行事，免得惊动到他。"他的手指着照片，顿了顿，"你那边怎么样？也许你能弄到两百七十万美元？"

汤普金斯涨红了脸，目光低垂下去。"弄不到，"她说道，"要过几年。"

"信托基金的口子开得还不够大吗？"格思里问道。

"你不该对惠特尼家族的钱财颐指气使。"

"那我们就被难住了，进展会非常缓慢，"小个子侦探说道，"除非你确信你叔叔会认可我们手头的证据，提供钱财上的援助。"

如果把格思里手头的证据铺展开来，它们之间的联系实际上淡得如同曼哈顿天上的云。尽管证人的接连遇害大约可以证明有人在阻挠格思里的调查，但留存的那个证人却指证了一位已被认定为死亡的人的照片。直到指证之前，珍妮特·奥弗顿都很令人信服；可在指证之后，常人多半会觉得她尽管口齿伶俐，但毕竟老眼昏花了。米歇尔·汤普金斯摇了摇头。两位侦探掌握的证据说服不了她的叔叔，但是他们又没有余下的路可走了。从阿灵顿取来的资料还没有经过交叉查验。因为把阿尔法的照片带给奥弗顿查看显然是个更为简便的选项。

于是两位侦探开始比对需要交叉查验的名单。格思里用蓝笔在瓦斯克斯的地图上点出了阿尔法士兵的家庭住址。而瓦斯克斯则继续在地图上点出余下谋杀案的案发地点。米歇尔·汤普金斯在办事处另一侧的几扇窗户间游荡，从她的位置可以看到第34街上的车水马龙，以及牛血色沙发背后的办事处外门，那些招牌上金字的倒影映在外门的毛玻璃上。她带来的书籍和笔记本电脑都放在咖啡桌上无人问津。

最直接的对比没有在这两份名单之间产生任何联系。服役于1127特遣部队的士兵都是男性；而带有拉克斯特工标记的受害人则都是女性。花时间细细观察，会发现那些家庭住址和谋杀案的案发地点都相距不甚遥远。两位侦探的兴奋感不断高涨，直到汤普金斯从窗边踱了回来。

"就算你从美国民众里任意选取一组男性和一组女性，"她说道，"也可能会找出这样的相似点。"她细细查看了地图。"很多人都住在芝加哥。所以你的名单里，有两名士兵和两名受害人都来自芝加哥。这种巧合司空见惯吧。不过那两个来自爱荷华州的人倒是可以作一番文章。"

格思里耸了耸肩。"看来幸好我们这边有人上过大学,"他抱怨道,"我们可没时间跑到爱荷华去挖掘这种东西。现在可不是时候,现在要做的是开始打电话。"

他把军队的名单分成两摞,提醒瓦斯克斯注意,电话要打给士兵最亲的亲人。这种突如其来的致电会先拿调查作借口。他们想获取一年半内的过世人口,这也是拉克斯那份名单的死亡时间范围。格思里假装出退伍军人行政调查的官方口吻,然后还练习了一会儿闲谈的用语,以去掉不合适的用词。

特遣部队的名单足足有四百多人。无人接听和迅速挂断的电话要远远多于愿意应答的人,不过在四个小时内,他们打通了百余人的电话,获取到三十二例死亡。他们先是撇开了其中六例男性。余下的二十六位母亲、姐妹、女儿、妻子、女友和侄女死于车祸、抢劫、醉酒失足、吸毒和其他诡怪的原因,有的出乎亲人的意料,有些则多少未卜先知了。其中还有一例死于癌症的老妇和一例早夭的女婴,后者被一个袖珍的拨浪鼓活活噎死,这玩具本不该出现在她的婴儿床里。任何一例都不像是蓄意谋杀的受害人。

格思里打了三通电话也没联系上爱荷华州的那家人,但地点上的巧合还有很多。有了特遣部队亲属的死亡名单作比较,拉克斯的标记名单匹配出二十具就近的尸体,亲属的死亡离案发时间都只有几天的差距,而离案发地点的距离也不到一百英里。格思里又给爱荷华州打了一通电话,在响了二十声之后把手机拍在他的办公桌上。

"凭一人之力可以犯下这么多罪行?"汤普金斯小声问道。

"据格雷格说,这个小个子天赋异禀,"格思里说道,"不过我感觉你确实又把我问住了,女大学生。我们来给所有的谋杀案列一条时间线。"

"每一起都要列吗?"瓦斯克斯问道。

"每一起都要列。"

办事处窗外传来一扇扇卷帘门关闭的声音，第34街的热火朝天正慢慢褪去。时装区又度过了赚得钵满盆满的一天。街对面灰色的大理石建筑亮着灯光。办事处里面，有更多的工作等待他们去完成。晚间打给西海岸的电话可以一直持续到东海岸午夜以后。格思里给汤普金斯也递去了一份名单和一部手机。他并不介意她边踱步边打电话，但他却受够了她光会出主意，却不去干活。

27

接连不断的电话让时间很快就走到了周末，他们发现的巧合已非常可观。住在爱荷华州的退伍军人家里也有一名女性亲属新近过世，同拉克斯提供的受害人在时间和地点上都相去不远。尽管遇害名单非常长，但凶手从未在同一时间出现在两处地方。相较而言，纽约反倒是加尼奥最鲜少活动的狩猎场。他在全国范围内每周杀害二至三人，但在城市里作案时则步调缓慢、更为谨慎。米歇尔其实不需要这两份经过匹配的表格就能被说服，但她想借此说服她的叔叔。时间跳转到星期日的深夜里，他们终于打完了电话，在大部分带有标记的谋杀案附近，都找到了相关联的受害军人家属。乔治·利文斯顿安排他们于周一清晨和 H. P. 惠特里奇见面。

这位老人的办公室位于公园大道上一栋建于六十年代的博物馆中。那是博物馆顶端一间像鹰巢般闹中取静的套间，入口设在下方的博物馆中。格思里和瓦斯克斯看起来就像是两位在周末进馆参观却迷路到周一的博物馆观光客。格思里身着皱巴巴的西装，只要把他色调不搭的软呢帽藏在身后不让人看见，就不会引起别人的注意，但瓦斯克斯看起来却像是个在参加夏日远足的假小子学生，也许口袋里还有一只青蛙和一把泥，正好同她乌青的眼睛与歪斜的帽子相配。米歇尔·汤普金斯身穿深蓝色的阿玛尼正装，一头黑发紧紧地挽成一个发髻，仿佛是一名护卫一般将他们领至楼上。惠特里奇的办公室凉意森森，包裹在木质的家具里，散发出老旧皮具的气味。宽阔高大的窗户则俯视着公园大道。

小个子概要地陈述了他们针对加尼奥的证据，汤普金斯则向惠特里奇争取将格雷格·奥尔森保释出来作诱饵。惠特里奇在她说完后端详了她好一会儿，然后缓缓地摇了摇头。

"我突然意识到，我之前从没发觉你和你的伯祖母南希如此相像，"他语气温柔地说道，"有时候这种亲缘的相似会跨辈。南希阿姨是个社会改革家，你脸上也有同样坚定的表情。"

汤普金斯气红了脸。"您就这样任由他蹲这冤狱吗？"她问道，"他不该蹲这冤狱！别说您不相信我们刚刚告诉您的一切。"

银发老人叹了口气。他靠在了他那张翼状靠背椅上。"我相信我曾经跟你说过，我和克莱顿·格思里有多少年的交情，"他说道，"而我也清楚，他已经完成了我们的所托：他找到了真凶。警察能接手余下的事情，又或许会是联邦调查局。"他停下话头端详着他的侄女。她把手搁在髋部，满脸愤懑地站在那里。他在她不耐烦之前把话头续了下去。"我又不认识格雷格·奥尔森，认识他的人是你。所以即便我不匆忙地站在他那一边，也不意味着我讨厌他。我能够客观地看待他的为人，实际上和那个杀害卡米尔的家伙相去不远。他们都是从那个顶尖杀手部队里出来的士兵。加尼奥是一门容易走火的大炮；他在大街小巷里为自己惨死的未婚妻报仇雪恨。而格雷格·奥尔森也不是一只你能够带回家用饭盆喂养的流浪猫。如果你把格雷格·奥尔森放到街上去，你以为他会做些什么？"惠特里奇用深锁的眉头强调了他的看法。

汤普金斯想要开口说话，但她明显被震住了。她合上了嘴巴，原先举起的那只手没来得及形成一个手势，就突然放了下来。

"正是如此，"他继续说道，"他也会逃逸到大街小巷中，下定决心要为卡米尔报仇雪恨。她也是你的朋友。这就是你想要的结局吗？"

"那不公平，"汤普金斯轻声说道，"我所想象的情景可不是这样。"

瓦斯克斯清了清嗓子吸引来惠特里奇的注意。"我得承认我考虑过这种可能性，"年轻的波多黎各女孩说道，"他想做的第一件事情，便是杀掉加尼奥。我对此反复思索，觉得它并不是一件坏事。加尼奥现在就必须得死，而不是一年以后，也不是某个长到足以说服纽约警方去搜捕他的时间。在过去的几天里，我一直在看那些被他杀害的女性。加尼奥不会收手的。他在过去的一年间已经杀掉了接近两百名女性。也许有什么人会觉得即便是这么严重的事情也不值得担心吧。先生，我们不能再让他活上一年，连一个星期都不行。"

惠特里奇身子前倾，皱起了眉头。他看了一眼格思里，却又把目光转回到瓦斯克斯身上。

"你们凭自己找不到加尼奥吗？"他问道，"如果把奥尔森放出来，他就能帮你们找到？"

"我不清楚，"她答道，"在这行我不过是个新来的。也许老家伙能变出点魔法，把人给找到，但他的口气听起来信心不足。也许有了奥尔森的助力，我们能够更快地把他找到。他很了解加尼奥。"

惠特里奇又看了格思里一眼，注意到这个小个子脸上阴郁的表情，然后又靠到他的座椅上。"米歇尔，你已经决意如此了吗？"他问道，"你是否准备好接受可能的后果？"

"您这话是什么意思？"她问道。

"我感到，你除了想把杀死卡米尔的凶手绳之以法外，想要的其实更多，"他说道，"这值得冒险吗？因为到时候就追悔莫及了，不管你现在明不明白。"

汤普金斯看起来有点不知所措，但她还是点了点头。

"那我就致电詹姆斯·伦德尔，命他安排保释事宜。"

从雷克岛返回城区的路上，格雷格·奥尔森一言不发地坐在格思里那辆老福特车的后座上，目视着窗外掠过的街景。浓密的云层黯淡了天空。米歇尔·汤普金斯坐在他身旁，手里像攘着泰迪熊一样攘着一个背包，里面装着从格罗夫街公寓收集来的奥尔森的日常用品。在穿越罗伯特·肯尼迪大桥的时候，她不言不语地把背包递给了他。

大个子翻看背包的时候，瓦斯克斯已经驶过了哈莱姆河。在背包的底部，他找到了一包奶油糖。一道微笑的阴影掠过了他的面庞，然后他给每人都分了一点。

"所以这算是和平赠礼?"他说道。

"我可不记得曾经向你宣战过。"汤普金斯回答道。

"可在我提交给马卡姆教授那堂课的论文上，你写的东西可一点都不友好。"

汤普金斯咧嘴笑了。"那玩意儿根本就是左翼分子的布道，总得有人踢作者的屁股一脚。那些鬼话是内维尔·张伯伦的鬼魂悄悄咬着你耳朵告诉你的吧。"

"无所谓了。"他说道。他又翻了一会儿背包，取出了几块奶油糖，然后把包递回给她。"我很感激你的援手。朋友遇害，嫌疑深重，大概没有人会在这种情况下还帮助我这种人吧。"

"我知道肯定不是你干的。"她说道，却转头向车窗外看去。天上的云朵飘下毛毛细雨，慢慢地用细碎的雨滴点缀着车窗。

菲利普·林尼像是一团贴地的雷雨云一样紧紧跟在他们身后，他那辆黑色凯雷德的副驾驶座上坐着一名青年黑人，被他叫作里特尔·普林斯。瓦斯克斯穿过哈莱姆河边的一个个街区，午餐时分的车流不断地在他们周围聚集又消散。他们同自转运部驶来的三辆马克卡车和一辆集装箱货车打了个照面。凯雷德沿着飓风护栏亦步亦趋地跟在后面，一旁堆叠的托盘和纸板箱像是迷你公寓社区，在细雨下显得影影绰绰。瓦斯克斯把车停在了远离桥墩的地方，河岸上腐朽的钢板桩就像缺齿一样零零落落。

凯雷德停在了福特前方，离桥下的桥墩要来得更近一些。里特尔·普林斯任由这辆凯迪拉克牌汽车的车门敞开着，绕着汽车踱了一圈，对这荒凉的景象露出阴郁的神色。身着黑色长衫外套，头戴黑色平边牛仔帽的他身形显得有些修长，但实际和林尼站到一块儿时，会发现他其实比林尼还矮上几英寸。头顶大桥的车流呼啸而过，时而夹着长长的停顿，犹如绵长的呼吸。奥尔森、格思里、瓦斯克斯和汤普金斯沿着桥底走着，脚踩在砾石和碎玻璃上发出沙沙的声音。身穿黑色西装的格思里看起来就像一位清醒节制的牧师，站在两位身穿牛仔裤，脚踏运动鞋的女孩子身边，仿佛是进错了片场。

奥尔森突然停下脚步。"来这儿的路上我就有不妙的预感，"他指了指桥柱，然后又指了指垃圾装卸卡车，"你看出来了没有，林尼？"

"我看出来了，队长，"林尼轻声说道，"不过还没看懂写的是什么。"

金发大个子走到一旁，从地上拾起一块酒瓶碎片。其中一段桥柱的周边厚厚的散落了一圈碎玻璃片；他像抛掷战斧一样把碎酒瓶摔在了桥柱上，嘴里骂了一声。碎酒瓶炸裂后散落了一地。林尼也拾起一个瓶子，抛掷出去，叫骂了一声。

奥尔森以怒目圆睁的表情回答了格思里疑问的神色。"是他干的，"他咆哮道，"尽管你一开始告诉我的时候，我对你的确信有点不情不愿，但确实就是加尼奥干的。"他又伸出指头指着那辆垃圾装卸卡车。"此时此地，我确信就是加尼奥杀害了她。"他迈开腿脚走到垃圾装卸卡车边上。汤普金斯跟在他几步之后。

"这里写得明明白白，一人已死，一人垂死。"他说道。垃圾装卸卡车的车头上喷着几条呈斜杠状的细瘦白色喷漆线条。他检视着地面，来回大步走动；汤普金斯跟在他身后想让他停下来。但他没法停步，结果开始跟汤普金斯绕圈圈。

格思里和瓦斯克斯互换了一个眼神。在他们看来，垃圾装卸卡车上的记号和桥下的其他涂鸦一样晦涩难懂。"那是某种手写体吗？"他问道。

"那东西……"他朝垃圾装卸卡车比画着开始说道。

"滑头仔这人是个疯子。"林尼说道。普林斯立在他身旁，双手垂在长衫外套的口袋里。"那玩意儿上面写的是'兄弟'，他让阿尔法每个兵都管别人叫'兄弟'。我初来乍到的时候，我还以为这些家伙在跟我搞什么鬼把戏呢。"

奥尔森这一次指着那段桥柱："而那东西……"

林尼点了点头。"是啊，我看出来了。看起来像是在对口令。我知道这一句：'你是一个么？'那是滑头仔会问的话，然后你说，'我就是。'他想知道你是不是他的'兄弟'。"他绘声绘色地说道。他看向奥尔森，眼睛因为伤心事上头而黯淡下去。金发大个子看起来就像是一枚导火索即将燃尽的庞然炸弹。汤普金斯把手搭在他的前臂上，他的双脚停下步伐，但他的胸腔仍在剧烈起伏。

"我原以为滑头仔讲的是二战的那套玩意儿，"林尼继续轻声说道，"兄弟连，不过其实是别的东西。他说杀掉兄弟是浪费时间；就算把他砍成十块，只会让你被十个兄弟扯碎。那些兵都对这狗屁特别狂热。滑头仔有时候脑袋不正常。他脚步在地上挪动的方式根本就不自然。"

奥尔森清了清嗓子，又伸出了手指。"那是加尼奥自创的记号，"他现在的声音很粗糙，"他在执行侦察任务的时候会用这些记号，这样跟在后面的我就能得知他到底看到了什么，或者是发生了什么，或者他的意图是什么。这个一人已死，一人垂死的标记是他看到基地组织伤亡的时候做的标记。"

瓦斯克斯摇了摇头。"你不是说他来自路易斯安那州么？"她向四周环顾着其他涂鸦。"有些涂鸦可不新，小伙子。"她指了指更多用其他颜色划成斜杠的喷漆、混凝土上的记号，以及他们四周的其他喷漆痕迹。"这些东西也都有特殊含义吗？"

大个子开始一个个观察过来。汤普金斯凝视着他的脸庞。专心致志软化了不久前猛烈的怒意。一阵狂风把雨点裹挟至桥下，外面又开始下雨了。

"这其中有些不太一样，"奥尔森自言自语道，"不过也有些内容都差不多，和我们摔瓶子叫骂的那个桥柱上的一模一样。看见那儿了没有？"他用手指着，然后大步走向一幅几近剥落的红色标记。"它的意思是'你从哪里来'。"

"这块看起来挺旧的。"瓦斯克斯看着这块喷漆说道。这块老旧的红色标记下面是一团乱麻一样的图案，各种颜色、各种图形错节盘根、相互覆盖。

"这些图案不可能都是他画的。"奥尔森说道。他的视线从一组标记跳动到另一组标记，脚步也随着视线的变动而移动。汤普金斯跟在他身后。大个子把一个个桥柱都查看过来，嘴里喃喃道："有些肯定是名字。在阿富汗的时候，加尼奥做标记可用不着写名字，反正无论他说什么，都是对我说的。这辆烧毁的丰田车后挡板上面的标记好像意味深长，不过还有些不过是'给我滚蛋'的意思。"他指尖跳动，指着一个又一个标记。"然后这些都是一模一样的东西，不过跟打头那个桥柱上的不一样。意思是两棵树。"

格思里仰天大笑。"就是它了。"他说道。

"就是什么?"奥尔森问道。林尼和大个子都转身对着侦探。

"埃塞克斯县的双橡木，"格思里说道，"警方在那边发现过两具尸体。"

"所以他人就躲在那边吗?"奥尔森问道。

"阿迪朗达克山脉上有很多古旧的山间别墅，其中一栋就叫这个名字。如果你想要脱身藏于城市之外，却离得又足够近，那么双橡木是个好地方。我想我会从那里开始搜索。"

"要我说，我觉得不该两手空空地过去。"奥尔森说道，双手摆出拿着一把枪的姿势。他脸上肆虐的怒火犹如把雨点引至桥下的狂风。

"这事儿我们得好好讨论一下。"格思里说道。

汤普金斯低头看着她的双脚。运动鞋的鞋尖显露在她蓝色牛仔裤的边沿下。"我猜我得去弄双靴子。"她说道。

"你上课用不到靴子。"奥尔森说道。

"我可不会一个人待在这里，而让你们……"

"要是我们发现了他，你能做些什么呢?"奥尔森问道。

"别傻了，"她说话时嘴角漏出嘶嘶声，"还是说你忘了，卡米每次去练习射击的时候，都是我陪她去的? 我的枪法比她准多了，而且……"

"我明白她是你的朋友。"大个子用他颀长的双臂抱住了她的肩膀轻轻地晃了晃她。她蓝色的眼睛因为惊诧而睁得圆圆的。"加尼奥可不会固定在你七米之外，米歇尔。多年以来，他都是我在阿富汗最得力的侦察兵。他是个杀手。"

"可我才不……"她本要开口申辩，却还是收回了话。她瞪着瓦斯克斯。"她就可以去？"

"我拿人钱财，替人消灾，"瓦斯克斯说道，"所以说还没踏上社会就别冒这种风险。"她双脚并拢，昂起了下巴，不过她其实知道汤普金斯在想些什么。她去不了完全是因为自己是个女孩子。

"米歇尔，这次行动可不是去对话，"奥尔森说道，"以前跟你聊天的时候，我常觉得只要给你时间，你就能把道理说到天涯海角。你让我意识到，其实只要我们换一种方式，我们在阿富汗还大有可为。可是加尼奥不会跟你废话。他从来话就不多，为人简直像一块磐石。这是他唯一和普什图人处不来的地方，他连笑都不会笑。"

"我知道你没有夸大其词，我懂了，"她轻柔地说道，"但任何事情仍然还是要有对话。"

"那当然了。"他说道，"不过这次会是一场肉体对话。"他的手从她的肩膀上落下来，但她没有挪步。她点了点头。她明白奥尔森有他的理由。这一次要面对的人，和那些让他征战八年的人可不一样。

雨点淅淅沥沥地落在桥面的水泥道上，也把哈莱姆河对岸的布朗克斯区掩盖成昏暗的阴影。曼哈顿的天空一片昏沉。

28

　　克莱顿·格思里乐于接受自己正鸿运当头。破解疑难案件是需要点运气的。比方说破解犯罪现场的涂鸦就是好运一桩，省却了格思里监视 V. I. 马斯卡连科以确定加尼奥是否会拜访他的麻烦。在汤普金斯拦下的士返回下城之后，瓦斯克斯开车载着他们回了办事处。细雨落在第五大道上，小个子侦探看着车窗外匆匆掠过的公园。

　　"如果这条路子走不通，我们就得探访布鲁克林了，"他说道，"不过在她帮忙把你保释出来之前，这本来也是我们的原定计划。"

　　瓦斯克斯开口笑了。"布鲁克林？整片布鲁克林，还是说只是弗拉特布什这片小森林？"

　　"好吧，笑话讲得不错，行了吧？"他说道，"那是我们的备选方案，不过我可不着急去找那些俄罗斯人的麻烦。"他回头看那辆仍旧跟在身后的凯雷德。"格雷格，后面这人到底是怎么回事，你给我讲讲。"

　　金发退伍军人也回头看了一眼，然后点了点头。林尼对加尼奥行踪的关切并不需要解释，他的母亲关涉其中。而那个年轻人的动机也相去不远。里特尔·普林斯是林尼参军之前，奥尔西娅·林尼从街上抱回来的。他也就成了菲利普的弟弟和奥尔西娅的幼子。林尼披上戎装时和街头的混混切断了关系，普林斯却接掌了他的位置。

林尼自从退伍以来，一直没能说服普林斯改变他在道上混的主意。打工的话连辆福特都买不起，更别提凯迪拉克了。奥尔森耸了耸肩。林尼和普林斯在以他们自己的方式挣扎着前行，外人施以援手实际上等同于出手阻挠。

时装区正喧嚣鼎沸。雨中推衣服架子的人不得不在时装上盖起塑料雨披。人反倒比平时加倍了，更多的人来人往，更拥挤的交通，变本加厉的混乱。瓦斯克斯把车停在了隔壁的街区，雨并不大，他们步行至办事处时甚至没有被淋透。格思里叫了外卖比萨。小个子侦探翻找着电话簿，而奥尔森和林尼则就林尼是否该回去工作，以及奥尔森是否留在这里过夜争吵着。

"安静点。"格思里说着按下免提开始拨号，"我是开着免提的，所以你们得给我安静点。"

双橡木边上的布卢里奇园区管理中心设有一个问讯处和一个警卫站。格思里编了个故事糊弄警卫，说是家人离散，一对着急的父母正在寻找他们最小的儿子，只求他平安的消息，而他的一位朋友指点他们致电双橡木问询。警卫告知说，这座山间别墅下方是有些营地，可以作为游子短期的避风港。这里还有座露营停车场，通有电力，停有不少其貌不扬的野营拖车，以及一大堆赶在夏末到来的野营车、自然爱好者和赋闲的退休人员。整个露营地像是一座远离尘嚣的迷你城市。格思里把存在电脑里的加尼奥照片拷贝到手机上，传送给那位警卫拜托他看一眼。第一位警卫对他没有任何印象，不过第二位常常在露营地巡逻的警卫声称在露营停车场见过此人。格思里表示心忧的父母需要看看孩子的近照，却让两位警卫陷入了沉默。他放下电话，耸了耸肩。

"如果你不去工作就是为了来帮我，我倒觉得自己有担心你的理由了，"奥尔森说道，"还有，我觉得其他人都不会赞同你的想法。"

林尼开口大笑。"你这人撒谎都一板一眼。"

"所以我们什么时候出发去捉拿他？"普林斯问道。

小个子侦探轮流注视着办事处的每一张面孔，然后点了点头。

他站起身脱下他的西装外套，现出臂弯下藏匿的手枪。"我可不想跟你们这些人一起去蹲监狱，"他的声音并不大，"所以你们得做出选择：给我离开这间办事处，除非我喊你，否则不准回来，或者一切行动的内容、时间和方式都得照我说的来。你们都听明白了没有？"

办事处四下回答他的是迷茫的眼神和沉默，只有普林斯脸上露出了愤怒的表情。屋外的车流似乎提高了分贝。

"听好了，这儿可不是阿富汗。如果你在纽约开枪打死人，你就是个杀人犯。如果你对此还事先有所谋划，"他用手指把每个人都扫了一遍，"那就是谋杀。就刚刚这一会儿，你们就在谋划杀人。"

"哎哟，我说，这家伙是怎么回事？"普林斯说道。

"你给我闭嘴。"林尼说道，对着年轻人皱起了眉头，然后又转向格思里。"老家伙，你得说得更明白些才行。"

"好吧。鲍曼谋杀案的嫌疑如今可还在格雷格头上。尽管我们认为加尼奥才是凶手，但假使我们没法给出证据，怎么办？格雷格就会因为洗脱不了罪名回到监狱里去。所以避免这种情况在我的清单上具有最高的优先级。再比如我们要是拿到了证据，可结果我们中的某人杀死了加尼奥。我可不想跟纽约警方去解释为什么会沦落到这种境地，我可是认真的；也就是说，我寻找这个人，找到他，拿着武器接近他，接着起了争执，开枪把他打死了。在纽约，这已经构成谋杀了。如果你申辩说，是他先杀了你的母亲，只会让你挨上一针，被注射死刑。而至于你的未婚妻？"他现在看着奥尔森，"也是一回事。我说得够明白了没有？"

"简直是放屁。"林尼抱怨道。奥尔森的脸庞涨得如血般鲜红，不过他双手握拳置于膝盖上，并没有出声。

"明白了没有。无论加尼奥犯过什么罪行，无论我们能拿出什么证据。只要你杀了他，那就是谋杀。你还要去解释你杀死他的原因，只能证明你不是个乱杀人的白痴，却不能洗脱谋杀的罪名。如果藏匿尸体，掩盖枪杀，那么格雷格就被钉死在鲍曼谋杀案上了。

我这么说是为了大家都能好好听明白。瓦斯克斯，你要是那个开枪的人，那么你之前对惠特里奇说过的那番话就成了你的作案动机。你还记得吧？"

"你已经说得非常清楚明白了，老家伙！"她口气严肃地说道。"我们不能要了他的命！所以我们该做些什么？"

"我们在等比萨外卖，"格思里说道，"填饱肚子之前，我们什么都不做。"

瓦斯克斯沿着哈德逊河的东侧，奔赴在前往露营停车场的路上。在越过扬克斯和弗农山之后，地势起伏的卡茨基尔把身后的城市远远地掩盖起来。路边一整排古典的别墅和修剪平整的植被藏匿了山川的荒蛮，使它们像一只只戴着项圈、训练有素，不愿放任自己去玩耍的宠物狗。奥尔森在福特车的后座上睡着了。而林尼和普林斯则开着凯雷德跟在后面。格思里坐在副驾驶座上沉思，眼前是车窗外掠过的路标和栅栏。

一路向北，身后的凯雷德渐渐地变成了瓦斯克斯的宽慰，因为它总能提醒她身后仍然是城市。这些自治村镇路面僵硬，道路直来直往。她其实还是一个城市的孩子；混凝土这个语汇，对她而言并不包含任何玄乎的含义。当狂风扫荡乔木的树梢和底下的灌木，吹得它们随风摇曳时，阿迪朗达克山脉似是投射出幻象的微光。从云层背后的天空投下的幽微光线照得乡间缺乏色彩而又显得距离遥远，只有当公路坑坑洼洼，或是被道旁的树木围抱时才令人身临其境。所有事物都显得非常遥远。当瓦斯克斯还是个小女孩的时候，她和家人会飞去波多黎各度假，但他们从不会去到内陆，只待在巴兰卡村，那是爸爸位于海岸线上的家乡。驶向露营停车场是她生命中离大海最为遥远的一趟旅程。

早些时候，格思里用吃饭的仪式，确保大家在和两位退伍军人一起回忆加尼奥时，能够保持冷静。在比萨盒见底之后，小个子侦探问道："你们认为加尼奥会配备武器吗？"

林尼开口笑了；两位退伍军人对视了一眼，然后一同点了点头。"真正的问题在于他配的是什么枪，"林尼说道，"滑头仔很喜欢全自动手枪。"

"他枪法准吗?"格思里问道，"以前有没有过一枪爆头?"

奥尔森摇了摇头。"有一次，我安排他拿一头牛来练习射击，结果他都打在它屁股上了。不过有次他在黑暗中朝一辆奶油色的丰田侧面开枪时，倒是一发未失。"

"队长，那是你看走眼了吧。"林尼说道。

大个子咧嘴笑了。"所以他的真实水平可能没那么好。"

"现在可没时间开玩笑。"小个子侦探说道。"如果他枪法精妙，那么我们的安排就要有所变动。"

"好吧，他枪法很差。"奥尔森沉下声音说道。

"他在饮食和睡眠方面有什么习惯?"

"滑头仔随时都会吃东西，"林尼说道，"他口袋里也总是有糖。"

"以前他总是赖床。他讨厌在早上操练。"奥尔森说道。

小个子侦探哼了一声，开始在电脑上查找从阿灵顿带回来的文档，然后耸了耸肩，"很可惜，他没有糖尿病。"接下来的一个小时里，格思里用加尼奥的各种私人习惯轰炸了两人，好像完全没有满足的时候。但没有任何一个答案能够给他们带来突破口。

在休息的过程中，格思里整理着需要的装备。他对普林斯稍施伎俩，说"只是拿来看一看"，就骗得他交出了手枪（一把被抹去序列号的格洛克手枪），不肯归还给他。普林斯向林尼求助，后者只装听不见，耸了耸肩说道："你明知他是个骗子，对吧?"

格思里把装备都塞进了老福特的后备厢。除了露营装备和食物外，他还有一箱无线对讲机、手铐、泰瑟电击枪和胡椒喷雾剂。普林斯嘴里嘟囔着几句类似"警察狗屁"的骂人话，不过在小个子侦探递给他一把科尔特1911A1型手枪后，就整个声调都变了。格思里从他偷藏的装备里拿出五把科尔特手枪和五把M1加兰德步枪，而普林斯和两位退伍军人则去搬运食物。在出城的路上，他们还停下车购置了防弹衣和给枪械配备的蓝色橡皮子弹。

瓦斯克斯从莱克乔治的北端驶入了埃塞克斯县。东北方向是盘结的原生态山峰，而逐渐疏朗的云层中洒下的阳光也和煦地照射在它们绿色的山脊上。从远处看，山坡如天鹅绒般平整，但它们像城墙一般堵住通往马西山的道路。双橡木就坐落于一座从中间断开的矮小山脊上，它始建于十九世纪，原先是一位铁路大亨的避暑别墅。度假村经历了家族的动乱，最终跌入了废弃和无人问津。而自从度假变得与其说是远离尘嚣，不如说是享受人群的目光之后，长岛就把阿迪朗达克山脉的度假客们都吸引走了，只有这僻静山谷周边，散布在蜿蜒的乡村道路旁的露营地还有常客光顾。

越过第一道山脊线，深入到露营园区深处，他们就被包围在绿色的空间里。树木随着道路的深入愈发茂密，却在道路转弯的时候像被拉起的窗帘一样全部消失，现出下方的溪谷。阳光依旧照亮着开阔的草甸，但茂密的树冠下是夏日也无法夺走的清凉黄昏。当道路开始迂回时，奥尔森醒了过来，在后座上坐直身躯。格思里越过座位给他递去一个保温杯，里面装着热气腾腾的咖啡。

园区管理中心实际上只有一个小小的问讯处、一个访客卫生间和一个被树荫遮盖的狭长停车场。格思里租下了高居于山腰上的三号营地，俯视着底下地势相对平坦的露营停车场。他们收集到几本手册，里面包含周围营地的简要地图和互通道路，还有吸引游客的图片，以及供审慎人士参考的费用表。

天黑前的余晖还剩下数个小时，普林斯带着一台摄像机去露营停车场拍摄汽车牌照。他们几人当中，格思里只能确定这个小混混不会被加尼奥认出来；这项冒险的工作默认就该是他的。格思里反复地告诫他不要引起任何人的疑心，并拿走了他的手枪，以确保他不会莽撞行事。

三号营地位于露营停车场的上方，有一条二级公路顺着山腰盘旋而下。园区管理中心为三号营地搭建了好几处木质地基，好使得这个位于斜坡上的营地有更大的使用面积。从这里看向山谷的视野非常清晰，但问题是这边同样需要遭受风吹和日晒。

营地的上方是继续往上的山坡。而山脊线之上，一湾狭长的湖水分隔着真正的山顶和山谷。这湾湖水正是这座山间别墅的特色所在。它原先被用作猎人的驻足处，后来又成了钓鱼、游泳和休闲的去处。尽管它远比云泪湖要小，但这番比较不过是说某某人的财富远没有洛克菲勒那么多而已。在太阳缓缓西沉，落到山背后去的这段光景里，格思里和奥尔森研究着地图，查看了这片区域。

凯雷德在夜幕降临之前爬上了营地。瓦斯克斯和林尼在一处木质地基上搭起了一个大帐篷，并用廉价的蚊帐包裹起来。他们的营火便是一个炭火盆。在下午的等待时光里，瓦斯克斯练习着如何从汽车牌照开始，用信息手段追踪格思里在曼哈顿的行踪。小个子侦探几乎到哪儿都只用现金，但是数据公司依然记录有他的指纹。过路系统的电子收费和自动柜员机的取款也能够对他进行定位，而肥仔提供的万能钥匙使得他们可以从这些场所的安保摄像头里获取照片。在这座城市里，没有人能够隐藏自己的行踪。

天空密布的云层和滞留的潮气使得傍晚十分清凉，但是随着日光的消散，北部森林里的昆虫像军队一样群聚起来。在大自然里，它们具有天然的优势，通常无往不利。格思里和瓦斯克斯研究着拍回来的录像，写下牌照号码，而奥尔森和林尼则在烤牛排。两位侦探坐在他们笔记本电脑屏幕晕出的光池里，他们周围回旋着安静的对话，内容几乎没有什么实质性的意义。

"那个叫滑头仔的小鬼，从你遇见他起就是个疯子吗?"普林斯问道。

"没有啊，"林尼说道，"我刚到阿尔法的时候，他还挺靠谱的。"

蟋蟀在外面的黑暗里鸣叫，试图在音量上不输给青蛙。"不过在所有这一切发生之后，我突然明白到底是什么东西把军士给逼疯了。"奥尔森说道。

"队长，你是我见过反应最慢的傻屄。"林尼说道。

大个子咯咯地笑了，不过他再出声时口气却很严肃："他跟我说，他在'9·11事件'里痛失一位兄长。所以他才参军打仗。要是山姆大叔把他心爱的女孩给炸死了，事情又会发生什么样的转折呢?"

"糟糕透顶。"

"必须的。"

"滑头仔这人死脑筋，又是个闷葫芦，"林尼说道，"当时还有街头传闻。那些兵里面传的，'你知道滑头仔都做过什么吗?'差不多这样的话。我想不通他怎么会是那种一枪崩了娘们的人。在我看来根本就讲不通：我进了阿尔法第二次轮岗的时候，我跟这个搞侦查的一起出去。我觉得他简直脑子有病。滑头仔一句屁话都不说。他只会说'站这边，看那边。看到什么东西动就吱一声'。后来他就变样了。"

"真的变样了?"普林斯问道。

"不过是个说法。别打岔。别给我捣乱。他其实在盯着你，或者让别人盯着你，直到他相信你能照他说的做。不过我干侦察还挺像样的。"

"好了，那些普什图人在六点的时候，对我们布置在马山的村庄兵站发动游击，然后我们就追击他们。那天真是热得直冒泡，没有云，除非你把尘埃算进去。滑头仔拉走了两个队，然后我们一百米一百米地往前突。我一开始就感觉，他是想要超到他们前面，他知道该去哪里，不过他拖着我们又是过灌木林，又是走岩石地。那一趟路让人记得可深刻了，对吧? 我们爬上了一段崖，另一边下去那段路脚硌得跟鬼一样。"

"你说的是马扎里沙里夫吧，"奥尔森说道，"六点是我们第二次经过那边的时间点。"

"我没听明白，"普林斯说道，"你们就没有卡车? 或者直升机吗?"

"靠那些东西你可追不上普什图人，噪音太大了。"林尼说道。

过了有半分钟，蟋蟀的鸣声更为嘈杂了。"那天真是热成狗。"林尼的声音低沉。

随着这两位退伍军人的讲述，轮流纠正对方并补充细节，黑暗愈发深沉地转化为夜色。两位侦探整理完普林斯从露营停车场拍回来的视频，从中提取出车牌号，列成表格进行跟踪。每遇到一条死路就告诉对方一声。夜幕降临已久，格思里站起来伸了个懒腰。他的背部咯咯作响。"试试这个。"他说着递给瓦斯克斯一张纸。

"那是什么？"奥尔森问道。

"先让她好好研究一下。"格思里说道。

他信步向前，走到了炭火盆发出的柔光里。他撕下一块巧克力的包装纸，把巧克力插在铁丝上，然后放在炭火上炙烤。当巧克力发出嘶嘶声时，他把手收了回来，咬上一口。

"哟，给我也来一份。"普林斯说道。林尼和奥尔森同他一起围到炭火盆前。

"格雷格，自从我们聊过那件事情之后，我脑海里一直翻来覆去地想一个问题。"

"什么事情？"

"加尼奥。我明白他为什么要杀害那些女孩子了。虽然我不觉得这其中的缘由有什么实际的意义，不过弗吉尼亚州的那位联邦调查局特工想知道是为什么。那位特工并不知道自己在找的杀手究竟是谁。他局里的领导并不认为有加尼奥这样一号人存在，因为他杀人不是出于性欲。他们没法相信竟然会有人因为性欲以外的其他原因，杀掉这么多人。所以他就不可能存在。他是我们想象力的创造物。"

"先不管他们，调查局的那个家伙把一百多具尸体都算到加尼奥头上，这还没算上我们关联到他身上的受害军属。但我不确信他是不是真的疯了。"他又把那块巧克力放到火上烤。"我记得曾经有那么一个人，他也大杀四方，背后的原因和加尼奥一样。也许我们现在落座的这个地方就曾是他的杀戮场所。"

普林斯开口笑了。"你是在讲鬼故事，对吧？"

"想得倒挺好，"格思里说道，"那是三四百年前的事情了。有些老旧的名字，都没法用现在的语言表述了，不过我的伯祖父管他叫'切骨'。老人说他在公平的决斗里就杀过五十多人，蓄意谋杀的就更多了。"

"印第安人，对吧？"普林斯问道，"那会儿跟现在不一样。那

258

时候人们都滥杀无辜。"

格思里摇了摇头，一口吃掉他那块巧克力。"他们的行事方式确实与现在不同，但也不是滥杀无辜。不过我认为，老人讲这个故事，是为了指出他犯下的错误。切骨在奥内达加人里面算是大块头了。我已经忘了故事的多数细节，我过去还能把这个故事完整地复述出来。我的伯祖父的故事是这么打头的：切骨的哥哥在落叶之战的一个月黑之夜被人杀害。"

"那个时候的世界和现在很不一样。一个人被杀死之后，他的女人有资格再觅新人。男人是属于女人的。所以切骨的哥哥被杀掉之后，他的嫂子就想找个新人。新人得和旧人有几分相似。比方说他们说话的方式相像，走路的方式相像，喜欢吃同样的东西，或者喜欢讲同样的笑话。这种东西是灵魂的记号，意味着新人其实在方方面面都和旧人相似。遴选新人需要时间，几个月，甚至是几年，因为新人要学会他肩上担负的责任，不管他替换的那个人是位酋长还是位萨满。

"在这个学习阶段，要是有任何人对他不满，那就完了。他可以为自己唱起死亡之歌了。他们会把他杀掉。施加在他身上的是那种骗子应得的惨死，被活活烧死或者凌迟处死。而切骨把那些顶替他哥哥的人都杀掉了。他杀人甚众，可能有四五十个，后来没人再愿意当他的哥哥。他有时会等到他们启动替换的最终仪式，才冲进去把他砍死。"

"我的伯祖父说他杀人并非出于恶意，"小个子侦探说道，"当然了，当他用棍子搅烂一个人的五脏六腑，他当然是为了伤人夺命。不过他杀害他们的原因，是因为他确信他们不是他的哥哥。他一遍又一遍地尝试，让这些灵魂把他的哥哥带回人间。所以我觉得这就是加尼奥接连不断地杀害女孩的原因。他试图寻找相似的人，最后却意识到她不过是个骗子，然后就把她干掉了。"

"混账东西。"林尼骂道。

"那还用说。"奥尔森附和道。

"你们都在说什么，我没听到。"瓦斯克斯说道。她脸上深锁的眉头刻画着不解，被电脑屏幕的光微微照亮。她的手正缓慢地点在触控板上。

"没事儿，你查到哪里了？"格思里在他的裤子上掸了掸手。

"一辆注册在布鲁克林区迈克尔·沃森名下的黑色沃尔沃，"她说道，"买家信息含有社会保险号和一处布鲁克林区的地址。收据有一堆，不过没有今天的。"

格思里点了点头："都是哪里的收据？"

瓦斯克斯复述其店名和地址：杂货铺、洗衣店、加油站、药店、酒肆。她耸了耸肩。

"是不是每处地址都在小俄罗斯区？"

她的双眼又紧盯到屏幕上，手指啪啪地敲打着。"该死。"她抱怨了一句。

"查一下车管局的资料。看看他长什么样？"

"我不需要你……"瓦斯克斯瞪了他一眼。她的双手愈发忙碌，然后她说道。"老家伙，你用不着提醒我。我很聪明的。自己能打通其中的关节。"

"他人就在下面，"格思里说道，"明天早上我们就去细细查看一番。"

两位退伍军人赶忙冲到瓦斯克斯的电脑屏幕前。迈克尔·沃森的车管局登记照片神似马克·卢卡·加尼奥。

29

"你们要搞清楚的是，我们待会儿下去只是看一看。"格思里说道。他坐在立于炭火盆上的咖啡壶旁，并没有抬头。尽管日出即将到来，凉爽的黎明仍然一片漆黑。

互相对视的奥尔森和林尼都露出不情愿的神色。

"迈克尔·沃森没有犯下任何罪行，购买外国车，住在布鲁克林区，出门露营都是合法的行为，"他语气温和地继续说道，"尽管我们知道他是如假包换的加尼奥，但这于事无补。"

咖啡壶冒出嘶嘶声，大家都期待地捧起了各自的空杯子。奥尔森抱怨了一声，然后说道："你又来这一套，上回也是，先是笼统地概述一番你预定的行动步骤，然后总结说……"

"对，你就是这么说话的，有话直说。"林尼打断道。

"我们要骗得他先动手。"

"得了，别告诉我你想说的，是我们得让这个混蛋先开枪。"林尼说道。

小个子侦探只是耸了耸肩。他给自己倒了一杯咖啡。在早餐的时间里，他反复地查看自己的手表，最终打了一通电话。他租来一辆丰田的陆地巡洋舰，用作阵前的观察哨，然后打电话给布鲁克林的肥仔，想付钱给他，让他把车从市里面开过来。结果这个韩裔大胖子已经动身去委内瑞拉了；他的答录机留下的信息示意致电的人下个月再尝试联系。格思里不爽了一会儿。联系不到肥仔，他就不得不依仗韦茨了，而韦茨在去年圣诞假期就辞职不干了。在一番简短的交谈后，她同意载着一堆监视设备，把陆地巡洋舰开到露营停车场来，但是小个子侦探其实并不想去麻烦她。

普林斯从他那辆凯雷德的后座爬出来，吃了一顿冠军的早餐（糖和可乐），然后询问了格思里当天的安排。得知竟然只能监视，令这位年轻人颇不耐烦，不过林尼领着他散了一趟步，说服他要听从安排。瓦斯克斯没有出声。她跟这个小混混一样，对监视的活很不耐烦，但是她已然见识过监视有时候会收获丰硕的成果。现实生活并不像那些时长一个小时的电视节目一样快节奏。

到了午餐时分，韦茨终于开到了布卢里奇，然后打来电话询问接下来去山腰上的这个营地该怎么走。天上的云都已经散去了，阳光甚是明媚。带有拖车的陆地巡洋舰像是一头昏昏睡睡的牛驶上了三号营地。韦茨停好车，然后打开拖车车门，把她那辆杜卡迪摩托车推了下来。

韦茨是一位身材纤长的年轻女性，大约比瓦斯克斯年长十岁，一头黑发剪得比桑德·惠滕还短俏。她走路的姿势有点趾高气扬。她在换上骑摩托用的皮靴时快速地环顾营地。她得赶回市里面去补觉。昨天晚上她在布鲁克林的一个停车场值夜班，蹲守几个最近在打游击的偷车贼；所以她整晚都没合过眼。她打量瓦斯克斯和奥尔森的时间最久，然后和格思里简短地聊了几句，就骑上摩托下山去了。

格思里把陆地巡洋舰开到了下面的露营停车场。他绕着停车场开了一圈，寻找他们事先租下的那个位置。一圈环道包裹着成方格状的土路，其中有很多野营车紧紧地停靠在一起。相比之下，活动住房区允许人们拥有更多的隐私。分布不均的橡树投下一片片树荫，却没有树篱或其他挡风的构造。前面成排的温尼贝格房车排列整齐，像是田径跑道规整的内场。个头小些的野营车则混杂地停在树下，车身一侧支起的窗台则围聚着众多孩子。离入口更远的地方，所见的野营车会更为老旧和破烂，倒更像是布满灰尘的铁皮车厢，只能拖在旅行车，或是轻型货车后面。两座公共浴室坐落于一对混凝土地基上，与一旁的松树融为一体。早晨关于加尼奥的讨论如今变得毫无意义。因为在格思里停好租来的陆地巡洋舰时，他已经把车缓缓地驶过了停车场的每一处角落。那辆黑色的沃尔沃已经不见了。

小个子侦探在布置车里的监视设备时，并不理睬其他人长达半个小时的抱怨。他在拖车里为摄像头搭了一排临时支架；然后把数据线缠成一束，连到车舱中间的一排显示器和录音机上。他手头还有一些无线摄像头，可以在晚上的时候安装到陆地巡洋舰周围的树上。

待到格思里完工的时候，之前还抱怨个不停的普林斯现在只有愠怒的表情和沉默。小个子侦探给自己倒了杯咖啡，坐了下来，看着这位年轻人。两位退伍军人尴尬地等他说话。瓦斯克斯则坐在前车的驾驶座上，透过车窗观察着两对老年夫妇，下着弹力尼龙裤的他们正围坐在一张折叠桌旁玩皮纳克尔。

"他肯定是返回城市去了。"格思里说道。

"所以我有点怀疑，难道你还指望用这边的摄像头捕捉到他的行踪？"奥尔森问道。

"我可不打算跟他在城市里玩捉迷藏，格雷格。他回城市，是为了跟踪你的近况，或是搞别的鬼把戏。等他累了的时候，他就会回到这里。我们已经找到了他的避难所。如果我们跑到城市里去追踪他，很难说谁会先发现谁。我可不打算玩这种掷骰子的游戏。"

"那么我们得等多久？"

"等到能抓住他为止，"格思里说道，"我觉得在这个地方，我可以设局把他给困住。给我点耐心。谁想退出的话，现在还来得及。"他直接地看向普林斯，用勺子搅动着他的咖啡。

"别了，哥们，我能等。"小混混吼了回去，可是他站起来，从拖车里走了出去。廉价的车门没能摔出令他满意的声响。

自从两位侦探做好长期守望的准备之后，他们周身的露营停车场就显得十分宁静。退休老人们玩着节奏缓慢的扑克牌游戏，沐浴在阳光中时而打盹。忙碌的母亲们把孩子们排成一串，让他们相互扶着蹒跚学步。井然有序的休闲像抗菌剂一样把他们周围的荒野隔离在外，仿佛身处一间郊外的起居室。就连那些顽皮的男孩都衣着整洁，被游戏机牢牢地锁住；他们组成一个沉默的圆环，按键上抽动的手指，以及胜利或失利的耸肩是他们仅有的动作。侦探和两位退伍军人都被困在租来的汽车里。只有普林斯可以不戴帽子和墨镜跑到外面去。大家要么玩纸牌，要么喝咖啡，要么就反复地给手枪装卸子弹。

随着下午迫近尾声，郊区住民们点起了炭火堆，喷洒起驱虫剂。在停车场深处，几个胡子拉碴的人堆起了篝火堆。原本锈迹斑斑的野营车都发动起来，像是沙滩上的肌肉男一般在停车场里游走。在引擎发动之前，瓦斯克斯以为这些破铜烂铁不过是些垃圾，还在奇怪这些晒得黑黑的人为什么还费劲打开车盖在里面修修补补。当那些退休老人安顿下来听起广播节目、吃起包装食品时，吉他手出现在篝火旁。年轻的波多黎各女孩目不转睛地看着，被这番突如其来的改变吸引住了眼球。

几个小年轻从这些郊区的野营车里跑了出来，出来时鬼鬼祟祟地回头看，仿佛是横穿铁轨的中部美洲人，不过他们在天彻底变黑之前又赶忙回到车里。跳舞的人从一处篝火漫步至另一处篝火，推杯换盏，饮酒作乐。他们醉意深浓的合唱歌声从很远的地方就能听见。瓦罐从篝火上飞旋而过，人们像接新生儿一样小心翼翼地把它们接住。当天空出现星辰时，人们已经喝醉了，像鬼混的公猫一样推搡打架。侮人话和口水仗之后紧接着便是拳打脚踢、咒骂、骇人的要挟、你追我赶，以及抛掷的石头，最后总是被赶来的女人阻拦住。温暖的夜色像是一条无尽的天鹅绒毯包裹着他们。

气温凉下来之后，格思里从野营车里溜了下来。人们仍然群聚在篝火旁，不过刚才热闹的气氛已经软化成宁静了。轻柔的音乐和故事的讲述代替了舞蹈。小个子侦探爬上一棵棵树木放置好他的摄像头，而瓦斯克斯则站在下面告诉他有没有藏好，他再相应地进行调整。在沃尔沃原先停放的环道深处，现在停着两辆老旧的金属皮拖车，中间夹着一辆巨大崭新的拖式野营车。他认为这辆新野营车应该是加尼奥的。他把手头四枚摄像头中的两枚都布置在它近旁。

一辆以杂草为窝的生锈拖式卡车，停在其中一辆老旧的拖车旁，后面是堆成小山的托盘。格思里像一道影子般潜过去，拍下了它的牌照。普林斯白天在路边上没有拍清楚。回去后联网查对，他们发现这辆拖式卡车是在路易斯安那州报废掉的。而持有者奥丽尔·罗巴塔耶并没有驾照。

及至早晨，彻夜的等候已经把这些监视者的神经绷得像细绳一样紧张。任何动静都会引起他们的注意和评论。普林斯把他愤怒的眼神藏匿在墨镜背后，但他的情绪却在感染着众人。他同林尼的一番争论也没能缓解压力，因为他根本就不信任格思里。小个子侦探自顾自地玩着纸牌，时而查看显示器，时而打个电话。林尼和普林斯午餐吃着花生酱三明治的时候，听到格思里把亨利·达伦手下的一位私家侦探乔·霍洛韦调遣过来。小个子侦探想要拉他过来帮忙一起监视，并且敦促亨利·达伦说，一定要派他最为得力的侦探过来。普林斯偷听电话的时候完全不掩饰他脸上嫌恶的表情。

"见鬼啊你，"林尼目视这个小混混在桌前来回穿梭好几遍之后说道，"出去，别给我回来。你就只会啰里吧嗦，我已经听够了，简直都受不了了。"

普林斯先是惊讶了一下。"屁嘞，这摊子事儿才见鬼。这软绵绵的监视慢得跟屎一样，都快把我给等爆炸了，真想快点结束。你别忘了，又不是只有你，这案子跟我也有关系……"

"然后呢？妈妈把你捡回来，你就觉得自己有瓜葛了。你可没有权力把我们这件事给搞砸了。"

"搞砸什么呀？你是说他的计划吗？除了这个慢吞吞的臭小子坐在那里干等一辆车能开回来以外，我可没发现有任何计划。妈的那辆车从那天晚上起就不在了。我现在就可以派我的手下把城市里每块砖都翻一遍，把这个混蛋找出来。那才是他现在待的地方，那也是我们该去的地方。"普林斯回转过来的眼神闪着恶毒。而格思里正对着他的手机大笑。

"我一早就让你别跟那些混账东西来往了，你现在简直跟他们一样蠢。那帮家伙连北都找不到。还软绵绵？"他看向了驾驶舱，奥尔森正坐在副驾驶座上望着挡风玻璃外的风景出神。"你都被道上的那些东西带坏了。你都不知道要办成一件事情有多困难。你就会对着一个沿着墙跑的缩头乌龟打光你的弹匣，可这样解决不了问题。既然你这么想知道，我反倒担心的，就是某个白痴会给我出岔子，正好被他们回来发现了马脚，结果就知道我们在这边摆阵了。我担心的是这个，我还拉了个白痴过来，指望他能够像一个男人一样把事儿给办了，我真想给自己来一脚。要不是我把你拉住，你昨晚就跑出去，亮出你那大金牙，几下就喝个烂醉，把你知道的一切都倒出来，还想让大家吃上一惊。"

"滚你！"

"滚你。你杀过几个混账，普林斯？有几个？你永远也搞不清楚，因为你从来都没有单枪匹马地干过。总是三四个白痴对着一个人开枪。打的是谁都不知道。问是谁开的枪每个人都招。你没蹲监狱已经是运气很好了。妈妈一直说你的就是这些破烂事，替你这个混蛋操碎了心。而且你知道更糟的是什么吗？是我把你领到道上的，然后你还有样学样了。滑头仔的事情我就跟你说到这里。我们还真得有点运气。要么是我们逮到他出岔子的时候，要么就是他手里的人命再添上几个。"

小混混安静了一会儿，他眉眼低垂地看着窄窄的桌布。"那你干嘛一开始还把我拉进来？"

"因为我用得着你的眼睛，"林尼说道，"但我更得用上你的大脑。你给我好好想一想，普林斯，跟道上那些东西说拜拜吧。现在你看到的是一个新的世界，也许你有机会赶上来。"

"我可不打算去当兵。"

"我可又没让你去当兵。"

"那你就什么都没说。"

林尼嗤鼻道："你根本就连周围的地基都看不到，我怎么可能帮你把房子给搭起来。"退伍的黑人又掰下了一片面包，扭开了花生酱的盖子。

"好吧。"普林斯说道。他站起身，从兜里掏出了凯雷德的钥匙。"那我就回去了。"

"给我保证，闭牢你那张大嘴巴，别把我们的事情又跟你家几个娘们讲。"

"滚你。"

在拖车门咔嗒一声关上后，奥尔森问道："所以你觉得这么让他出去不会给我们惹上麻烦？"

"不会的，"林尼说道，"小屁孩就是光会纸上谈兵，现实嘛屁都不懂。"

普林斯不见后，租来的野营车显得安静而又空荡。窗外飘荡的是一个慵懒的夏日午后，仅仅在一对老夫妇就一盘皮纳克尔的争吵中才透出点活力。扑克牌在他们的折叠桌上等候着他们，直到他们端着柠檬汁耸着肩膀和解地返回桌旁。三伏天尽管早就过去，夏天还依然炎热。尽管从他们的挡风玻璃处可以看到环道好大一部分，但黑色的沃尔沃滑过他们的车旁时，他们差点没有注意到。他们赶忙移至车窗旁，仔细查看，然后回到了显示器前。他们看到沃尔沃停在了深陷杂草丛的拖式卡车前。一位身材矮小的黑发男子从车里爬出来伸了伸懒腰。两位退伍军人都认为这司机便是加尼奥。他步履平稳地走向了大拖车，没有敲门就走了进去。杀手已回到家中。

奥尔森和林尼开始把枪套往身上绑，可格思里阻止了他们。他希望两人能多点耐心，因为他的后备人员还没有到场。首先，他又给乔·霍洛韦打了个电话。他和戴维·利伯曼答应从城里一同过来帮忙捉拿杀人犯。利伯曼逮过几年保释逃匿者之后，打算做份更为安稳的工作，于是便受雇于这家律师事务所。格思里指望他们能帮忙一同抓住加尼奥。

加尼奥其实有可能在他们做好准备之前便又驱车离开，不过小个子侦探似乎并不在意这种风险。人是有规律的生物，他很确信就算加尼奥再度离开，最后也还是会回到这座露营停车场。此外，他那项计划的重要一环还待在城里。迈克·英格尔伍德还欠着他一份人情；格思里跟这位纽约警方的警探约定好，只要他亲自来埃塞克斯县，那么他们这笔账就一笔勾销。电话沟通十分简短；格思里让他抓紧时间，过来跟他谈一个私人问题。格思里说完后便是一小段沉默，不过英格尔伍德的回应清晰明确："我已经上路了。"小个子侦探笑着挂断了电话。

在夜幕降临之前，所有人都到齐了。在他们等候的过程中，加尼奥加入到篝火旁的人群；瓦斯克斯和两位退伍军人假装是狂热的鸟类观察者，实则在监视着他。两位私家侦探抵达时，格思里告诉他们还须再等一人，两位侦探并没有追着他刨根问底。堵人的工作有时候会非常棘手，不过在离婚和监护案件里倒也司空见惯。私家侦探手头的脏活比这可厉害多了。英格尔伍德抵达之后，格思里像山迪·柯法斯平稳的投球一样向他摆明了证据。英格尔伍德算是他的保险措施，他那一部分最为简单。到时候他就只管盯着显示器，一旦加尼奥开枪就向警方报警。

"我说，格思里，你可能是有一点脑袋不正常。"英格尔伍德在听完他的计划后说道。

格思里耸了耸肩。"可你们那栋大楼里的上司根本不会去逮他，而弗吉尼亚那帮家伙甚至都不相信他的存在。我还能怎么着？"他问道。

"我不过是想说，如果你是打算亲自去敲那扇门的话，你倒不如再试试别的计划。"英格尔伍德说道。他看了一眼奥尔森，然后把自己鼻子上那副用胶带粘住的眼镜往上推了推。"对吧？"

金发大个子伸手紧了紧他那件防弹背心上的勒带。"你说的没错。"他的声音低沉得有点含糊。

30

加尼奥像一片随风舞动的落叶在露营停车场里四处游荡。他在每处篝火旁都绕上几圈，被各式的交谈、食物和酒所拦住。随着他们的监视，夜色愈发深沉，不过奥尔森和林尼提醒其他人，加尼奥不到午夜之后是不会卧床休息的。在监视刚开始的时候，英格尔伍德第一次见到了他们的猎物，他正站在火光之中，和一位女性起了争执。加尼奥一把把她推开，她冲他大喊大叫，然后他便飘然走去了另一堆篝火。

英格尔伍德环顾着野营车里的其他人，对着奥尔森、霍洛韦和利伯曼比画起怀疑的手势，而这几个人都是大个子。"那家伙跟你差不多个头，格思里，"纽约警方的警探说道，"结果你拉过来一堆高个子去包围他，你觉得能行吗？"

"如果你也一起来的话，我们也许可以把他团团围住。"格思里说道。

"你看看他那两条腿。那家伙敏捷得很；他一下子就能把我闪过去。"英格尔伍德矮身坐在长条车座上，眼睛盯上了显示器。

这些屏幕当然没法覆盖整个露营停车场。格思里没有那么多摄像头可以布置。瓦斯克斯在拖车的车窗间来回走动，用望远镜捕捉摄像头盲区里加尼奥的行踪。位于停车场深处、那辆拖式卡车近旁的两辆拖车看得最为清楚；因为它们被两部摄像头包夹在中间。夜晚的庆典在他们的监视中放缓了步履。

　　加尼奥进出他的拖车有好几次，而其中一次，那位和他起争执的女性试图跟着他进到里面去。然后紧跟着便又起了争执，两人大吵大闹，还动起手来，直到最后一对年长的夫妇把这年轻女子给拉走了。而在此之后，那位年长的男性安静地站在拖车外，面露失望，双手放在屁股后面。他的下巴上是郁郁葱葱的黑色胡须，胸膛壮得像是啤酒冷却器，而下面则没有相应的大肚子。在凌晨四点四十五分的时候，加尼奥回到了他的拖车里，没有再出来。格思里又盯梢了半个小时，才心满意足。

　　在狭小的拖车里挤了这么久之后，外面的凌晨体感有些凉意。一弯月亮照亮了地面，使他们不至于低头看不到自己的双脚。这些哨兵们看起来就像是一串阴影；格思里领着他们在营火和拖车间行进，注意避开昏睡的人群。滤光镜使得显示器上的影像比实际要明亮，不过加尼奥那辆拖车周围的场地还是十分昏暗。离他最近的篝火在大约四十码开外的环道旁，比起拖车，反倒是离露营停车场的入口更近些。小个子侦探把林尼和瓦斯克斯安排在拖车的后面，而其他人先稍事休息，等候他们就位。

　　"后面有扇门，"无线电对讲机上传来林尼压低的声音。他们每一个人都配备有耳麦对讲机、防弹背心、泰瑟电击枪、胡椒喷雾剂、手铐，以及填装有橡皮子弹的武器。至于较为年长的几位，他们身上的手枪都是真枪实弹的。"这一侧有两扇窗。"

　　"很好，"格思里说道，"也许他会想从车门处突围，一定要明确让他知道，他已经被包围了。"

　　"没问题。"奥尔森的声音有点含糊。

　　大个子退伍军人肩上扛着一把加兰德步枪，一步步向拖车车门走去。格思里则沿着拖车的边沿潜行至离车门最近的那扇窗户。利伯曼、霍洛韦和普林斯则站在后方守候。奥尔森在看了小个子侦探一眼后，敲响了拖车的车门。他的任务很简单：挑衅加尼奥，迫使他动用武力，奥尔森其实就是陷阱里的那块诱饵。

　　奥尔森又重重地敲响了车门。整辆拖车都随着他的拳头微微摇晃。"给我开门,军士!这么久以来你一直把自己出卖给魔鬼!现在是要付出代价的时候了!阿尔法的鬼魂已经在这里把你重重包围,军士!快点出来!"大个子用阅兵场的语调拖长他喊出的每一个字。拖车旁的蟋蟀都沉默了,夜色在他喊完后陷入了诡异的静谧。拖车发出咯吱的响声。最近那团篝火旁的人们似乎问了句话,但篝火和拖车间遥远的距离却让问题听不分明。

"队长,你是个有勇气的人,"拖车的内部传来了加尼奥的声音,"可你不该来到这里。"

"那么就给我从里面出来!"奥尔森咆哮道,又用手重重地敲在拖车脆弱的车门上。

杀手的回答却是一轮猛射。子弹从门边和门上激射出来,发出钝钝的撞击声。奥尔森迅速地趴到地上,嘴里咒骂着。格思里用他那罐胡椒喷雾剂的外壳砸碎了车窗上的玻璃,然后举着喷雾剂对着拖车的内部一顿胡乱地喷射。远处的篝火传来了喊叫声。人们正向着加尼奥的拖车聚集过来。睡意绵绵的夏日凌晨爆发了;各个方向都亮起灯光,伴随而来的则是愤怒的叫骂。

"够了,格思里,"英格尔伍德在对讲机里说道,"我已经在给埃塞克斯县的治安官打电话了。往后靠,留住他就行。"

小个子侦探仍在往破碎的车窗里喷胡椒。奥尔森打了个滚,把自己掩蔽在拖车的一角。人们冲上前来,却在看见黑暗中驻守的两位私家侦探和普林斯时停住了步伐。拖车后高大的橡树在拖车上伸展着枝条,遮蔽了天空。昨晚那个黑胡子男子从人群中走了出来。没有了摄像头的滤光镜,他身上那件格子衬衫现在看起来几乎是黑色的。

"我说,你们在这边是想干什么?"他问道。

一位年轻女性迅速地扫视了一圈正在守候的私家侦探们,然后大喊道:"马克!马克!外面有人要找你麻烦!"赶来的人越来越多。他们的叫喊声混合成一首愤怒的低音部合唱曲。

远离车门的前部车窗突然被打碎了,然后伸出了一只握着手枪的手。加尼奥对准格思里开枪。小个子侦探迅速蹲下朝拖车的底角躲去。普林斯拔出了他的科尔特手枪，朝着黑黢黢的窗户连开了几枪。加尼奥则急忙丢下手枪，把手抽回到窗户里面。部分围观者开始撤离，他们奔袭的脚步踩在地表的落叶上发出沙沙的声音，但是却有更多的人跑来填补了他们的位置。

"在拖车下面，马克！"有人喊道。

有人朝空中开了一枪，然后一位瘦削的长发男子从人群中走了出来，举枪对着两位私家侦探。"你们够了！"他叫喊道，"都给我走开！"

普林斯转身就朝着这位长发男子开枪。一轮枪击像闪光灯一样点亮了夜晚，照见了四散的看客、震惊的脸色、举起的手枪和奋起的反击。举枪射击的人纷纷俯身隐蔽到树后，而那些没有武器的人则四散逃开。一些身处黑暗中的人则停下脚步抛掷起石头，出声咒骂，令整个停车场不得安宁。英格尔伍德从显示器上观看着现场的混乱，在对讲机里轻声骂着。

"哎哟！"霍洛韦说道，"光穿背心没用，该把我的防弹内衣裤都带过来的。"

"你挨枪了？"

"哎哟！"霍洛韦重复道。

加尼奥那辆拖车上方郁郁葱葱的树木遮蔽了光线，使得拖车后面的地面几近遁入隐形。整辆铝皮拖车像一块白色的长条石灰岩漂浮在黑色的水面上。瓦斯克斯从她藏身的树木背后冲了出来，踏过稀疏的杂草丛来到了拖车旁。林尼对她嘘声示意。但她没有理会，径直朝拖车的一扇车窗里看去。然后她用手里那把加兰德步枪的枪管将整面窗玻璃都捅下来。玻璃破碎的声响在拖车另一侧的枪声和叫喊声中几乎听不见。她把步枪斜靠在拖车上时，林尼又朝她嘘声示意。她咳了几声，然后抓住窗沿跃入了车窗内。退伍的黑人看着她双足没入车内，也只能干骂一声。

在拖车前部的边沿下，奥尔森从肩膀上取下他的步枪，然后匍匐在地上。本来这把加兰德里装的是橡皮子弹，不过就怕万一，所以他们的手枪里装的是真子弹。有些游客已经决定要逃离这是非之地。环道沿线的喊叫声为这些隆隆作响的发动机附上了低音部的旋律。而突入其中的枪声则像是错置的鼓声。

普林斯朝着一处停车位旁的杂草丛开了几枪，可奥尔森没在那边看到任何人影。大个子瞄到一个光膀子的男人拔出手枪，正瞄准着路对面一名己方私家侦探，于是便朝他开了一枪，还把子弹扫向几处匍匐的阴影。光膀子男人和那几块阴影都遁走了，嘴里喷出痛苦的呻吟声。步枪的声响特别大，枪口火焰明亮得犹如雾灯一般。

格思里沿着拖车的下边沿匍匐前进，在车门处起身作蹲伏状。他试了试门把手，门并没有锁住。他趁奥尔森给步枪填弹的时机朝他咧了咧嘴。夺路而逃的游客们将车开向停车场的另一端，他们的前灯像互砍的刀剑一样交错。一群衣衫不整的年轻人从远离环道的几辆野营车里溜了出来，向他们投掷石头，又遁起身来。普林斯咒骂了几句，他的手枪也随着他四肢着地而沉默了。

"也许你应该先撤退，格思里。"英格尔伍德建议道。

利伯曼朝着几处匍匐的阴影砰砰地不住射击，而在不久前，那些阴影处闪过几下枪口火焰。木屑在清凉的晨风中飘荡。露营停车场被笼罩在一层疯狂的黑暗中，只有车辆的阴影，以及在营火和车窗光亮中偶现的小片绿色植被依稀可见。车辆前灯挥舞出的光弧间或闪过逃跑的人群，照得他们像时明时灭的萤火虫。利伯曼根本弄不清楚自己是不是在朝幽灵射击，但他手上闪烁不断的枪口火焰却让自身暴露无遗。加尼奥把手里AK–47的枪头伸到了车窗外，一顿猛射——这把冲锋枪总算是找到了可以打击的目标。利伯曼斜斜地倒了下去。

"哎哟！"霍洛韦呻吟了一声，调头朝车窗开火。

加尼奥的拖车里满是胡椒喷雾的气味。瓦斯克斯从水槽滑身而下，落在厨房满是碎玻璃的地板上。厨房的两扇窗已经被打碎了。一面隔墙拦住了拖车的余下部分。拖车前部开有一道窄门，而中间舱一块铺展开来的台面可以用作餐桌。年轻的波多黎各女孩起身作蹲伏状，给科尔特手枪上了膛，然后在台面上把枪伸了出去。加尼奥正跪在前门对面的那扇窗后，眼睛瞄着AK–47的准星，半边身子笼罩在从窗户投下来的微光之中。他的咳嗽声听起来犹如口吃。

瓦斯克斯打中了加尼奥。蓝色橡胶子弹把这个小个子从窗边打飞；他像一个杂耍演员一样在地上打滚，没入中间舱边沿的一张沙发背后。他的怒骂声生生地被自己的咳嗽声打断。然后他从沙发的另一侧滑出，用AK-47对着厨房的墙壁一顿扫射。瓦斯克斯猛地朝布满碎玻璃的地面扑去，耳朵几乎都被枪声炸聋了。格思里扯开前门，发动泰瑟电击枪射穿这个局促的房间。泰瑟电击枪打出的飞镖封锁住沙发的一角。加尼奥打开后舱门滚了进去，而小个子侦探则拔出他的科尔特手枪，咳嗽了一声。

奥尔森不急不慢地瞄准，朝五个方向射出五枚子弹，与此同时，英格尔伍德也只能在对讲机里不紧不慢地叫骂。五发子弹招致了四声惨叫。地上的那摊阴影都消失掉了。不断鸣响的喇叭声加入到枪声、奔腾的引擎声，以及叫喊声的大合唱里。再没有新加入的人来填补怒火之后，混乱正如其突然开始一样，突然终止了。霍洛韦匍匐着前来查看利伯曼和普林斯的伤情。那位被打倒的私家侦探正死死地攥着一条无法动弹、不断流血的手臂。小混混耳朵上方的头皮被打得血肉模糊。他虽然找回了自己脱手的手枪，却没法再把平边牛仔帽戴回到肿起的头上。

在拖车里面，格思里用身体冲撞着后舱的房门，而厨房里的瓦斯克斯则用力站起身来。小个子侦探被房门弹了回来，撞翻了墙角的一张小桌子。一连串的咳嗽声令他咽下了失利的咒骂。拖车的后门随着吱呀一声突然洞开，林尼举起枪瞄准拖车的内部。可房间内透出的灯光过于刺眼，退伍军人不得不倚靠在树上等眼睛适应这光亮。突然间，一枚手榴弹从门框里飞了出来。林尼惊诧地只懂得呆呆地看着它。爆炸产生一道强光和开山炮一样的震响。加尼奥从后门滚出来的时候，林尼只能反射性地盲目开枪。小矮子顿住了身形，他手上那把AK-47突突作响。拖车里的格思里和瓦斯克斯猛地扑倒在地上，但是加尼奥瞄准的是林尼。沉重的子弹将这位退伍军人鞭笞到地上，然后杀手冲过了杂草丛，钻进了树下深沉的黑暗中去。

突然复归的安静犹如耳聋一般。格思里终于踢开了锁上的房门，而奥尔森也从拖车底下爬了过来。他们喊着林尼的名字，却没有得到任何回应，最终用手电筒探到了他。他的防弹背心阻住了绝大多数子弹，但是一枚离群的子弹击中了他的脖颈。死亡令他变得如此宁静，仿佛是身下土地的一部分。

"他从我们的包夹中逃掉了，迈克。"格思里凝视着树下的黑暗，对着对讲机说道。环道后方的山坡起势非常之陡。

"小孩头上肿了个南瓜大的包，"霍洛韦说道，"戴维休克掉了，我的屁股也中了几发。不过我们这边的战况已经结束了。"

英格尔伍德叹了口气："简直一筹莫展。我给这边的治安官打过电话了。你们接下来打算怎么办？"

"我要去追他。"格思里答道。

瓦斯克斯眉头深锁，先是瞄了一眼树林下绝对的黑暗，尔后又观察起小个子侦探的表情。奥尔森把步枪甩到肩膀上，出声表示反对。

"你说什么？"格思里问道。

"军士的计划总是非常缜密。他肯定对此做过准备，而你要是不戴夜视镜，肯定会在里面走失方向，晕头转向地撞到自己屁股上去。"大个子审视着格思里的神色，然后皱起了眉头。"难不成你算得上半只猫？"

"那可没有，不过是有些事情我只能按老式的方法去办，"小个子侦探说道，"也许他早就计划好了，也许他也在里面晕头转向，或是伺机等候。我不以身犯险是不会知道的。反正离破晓也不远了。"

"那我就紧紧跟在你身后。"奥尔森说道。

小个子侦探摇了摇头。"迈克，也许你该好好查看一番他的拖车，对吧？"

"我可以效劳，"英格尔伍德说道，"不过你真的打算去追这个丧心病狂的罪犯吗，我劝你最好三思。他差不多把你的人手都抢倒了。现在你只剩下三个人了，我这身子骨可爬不动那座山……"

"迈克，别废话了。"格思里怒斥了一句。他弯下腰，掬起了一捧落叶，将其揉碎，洒在林尼的尸体上。"我非要逮住这个混账不可。"他轻声说道。

小个子侦探将奥尔森安排在加尼奥那辆拖车的后门处，观察山上是否有灯光，或者是否有人活动的迹象。他让瓦斯克斯跟在他身边，命她留心观察并保持安静。刚开始一分钟，她只能死跟着他，集中注意力不让他离开自己的视线，过了一会儿她的眼睛才开始在黑暗中分辨出周围事物的轮廓。她留神听着，可是即便自己停下脚步，也听不到格思里的脚步声。从远处看，林间的地面平顺犹如一张地毯，但在黑暗中，每一步都可能暗藏危机。

黯淡的曙光从东边的天际泄漏下来，但瓦斯克斯还是得依仗加尼奥的拖车来给自己定位。格思里在拖车后方的这座山上沿着半圆的路线前进，每走几步就要停步屈膝，用指尖滑过地上的落叶来感受它们是否被人踩过。好几次瓦斯克斯在他留神聆听时还踩踏脚步，他不得不向她嘘声示意。年轻的波多黎各女孩尽管心里愤懑却仔细地观察着他的行动。他只走完了半圆的二分之一便停步转弯，朝远离拖车的方位行去。他的指尖在落叶间无声地擦过，借此为自己领着路。他的脚步无声无息；他每次右手擦过地面时，都靠他的左膝平衡着身上的步枪。慢慢地，他向上爬了几十英尺，然后站起身来向上方看去。

瓦斯克斯也朝同一个方向投去她的目光。树木在黑暗中影影绰绰。她和格思里正沿着这座宽大高耸的山脊东面攀登。双橡木在山脊线上等候着他们。小个子侦探像一位醉酒老汉伏贴在地面上，在黑暗中摸索着失落的酒瓶，她看着这番景象，突然在想他是不是真的是个疯子。然后格思里又迈动步伐，向前跨着大步，时而停下弯腰用手指探查着地面。他每走几步都要停下来观察，但他的步履在渐渐加快。

几分钟之后，小个子侦探爬上了一株分岔的大树。他拦住瓦斯克斯，在树上转了一圈，然后又回到最先抱住的树干位置。他在几乎就是她脚边的位置发现了一把AK-47，旁边还有一段麻绳和一只空垃圾袋。

"这是他停留的第一站。"他喃喃自语道。他指着上坡的位置："然后他朝那个方向走了。"他对那棵大树细细查看了一番，然后把一枚塑料片钉在上面。

"你有什么发现吗，格雷格？"格思里对着对讲机问道。

"什么都没发现。"

"找到了他暂时藏身的地方，"格思里说道，"他丢下了冲锋枪，然后继续向上爬。我们上边都有什么？"

"几处营地，然后是那间老屋。山坡上共有两条路。"大个子顿了一顿。"你确定他是在向上爬吗？他有留下记号解释自己不会跟你绕圈圈吗？"

小个子侦探叹了口气："他会在上午中间时分爬到山顶。他脚步非常快。你也到山上来。用灯往山上打。我现在身处的这个中转站有一面反射镜。"

山下亮起一道手电筒的光芒，照过他们后很快就被掐掉了。奥尔森掠过落叶向山上攀登。现在天色已经愈发明亮，林间地面的细节也开始从他们足下的黑暗中显现出来。

"你为什么这么确定，老家伙？"瓦斯克斯细声问道。

"你不能光盯着他到底是要往哪儿去；而是要想清楚他的行事方式。"他轻声回答道。奥尔森抵达之后，小个子侦探指了指加尼奥前进的方向，并用手电筒飞快地探过去。一棵树反射回光亮。这位杀手事先布置过这条线路，好使得它即便在深夜里也能够用来跑路。

奥尔森检查了一遍冲锋枪，发现弹匣已经打空了。大个子长长地吐出一口气。"他肯定还在什么地方藏有武器，"他说道，"等他拿到手，就是他反击的时刻。"

"我们还是得活捉他，格雷格。我们要尽可能跟住他的行踪，然后最好能抄到他前面去。"格思里看着树影间隐约可见的东方天空。"再过半个小时，我就可以直接靠眼睛来跟踪他了。这边地上的行踪跟我老家西弗吉尼亚州一样显眼。等我能看清楚之后，我也许能破解出他逃跑的最终方向。"

"老家伙，你真是个疯子。"瓦斯克斯说道。

"你说的没错。"奥尔森附和道。

31

黎明将要冲破黑暗，庞大的山体笼罩在两位侦探和奥尔森的头顶，而加尼奥的踪影已然消失，他正赶赴一个事先选定的洞窟，而他们只能跟瞎猫一样凭运气去寻找。格思里凭借着森林知识和手指触感的指引缓慢前进，像是一只正在追赶冠蓝鸦的蚂蚁。隐约的树木和杂草丛近到一臂之内才轮廓分明，带着一股挥之不去、几近腐烂却又甜香的潮湿气味。顶层的落叶上积聚着干燥的灰尘，下方潜藏着阴凉和光滑，其间行进着一支状如基因突变的昆虫大军。但黑暗之下其他的一切都几乎看不分明。

瓦斯克斯挣扎地跟在格思里身后。小个子侦探行动起来悄无声息，但她自己的每一步却都踩出砂纸摩擦的声音。而跟在她身后的奥尔森也没比她好多少。不过幸运的是，他们并没有碰上什么陷阱；而他们对伏击的忧心恐慌也渐渐消散了，因为格思里的预感是正确的。加尼奥正朝着山顶全速前进。不断升起的太阳从山脊的东面露出身形，照亮了峡谷的西侧，而他们也在黎明将歇中继续攀登。

有了日光之后，格思里的动作变得更为迅捷。杀手的靴子留下的足印对他来说犹如书页上的文字一样直白。他们一路上经过了三号营地，近到可以看见粗糙的木质平台，接着又消失在山峰掬起的双手里。包围在他们四周的岩石像是一堆破碎的指节和弯曲的手指，从中突起的橡树和枫树像地表的碎片一样向上插入隐蔽在绿色之间的天空。格思里顿住身形，在这座山的嶙峋的膝盖上找了一处位置，观察其突兀的顶峰。他指了指山体高处的一道隘口。

"他要去的就是那里，"格思里说道，"可他这样走是在绕远路，东南方向的鞍部地势更低，走起来更快。"他又指向另一处。

奥尔森扫了一眼山顶，然后说道："如果要让人猜的话，他多半会觉得那道隘口的背后会直达山的另一侧吧。"

"确实，"格思里答道，"你家军士会怎么选？"

"直截了当和不择手段是阿尔法的行动规范。"他答道。

格思里又看了看那道隘口。"我并不觉得直接走隘口会更快。"

大个子退伍军人哼了一声。"所以要是他走到一半调头往回，我们为了抄近道却扑了个空，你觉得这样也无所谓吗？"

老侦探摘下了他的软呢帽，用袖子擦了擦他的前额。他忧心地盯着帽檐看了一会儿。"他可能领先我们有半个小时，但我们跟着他去攀那个隘口可没法弥补这个时间。"

"所以我们得分头行动，"奥尔森说道，"我可以走那条鞍部，然后再绕回到那间老屋，可我没法像你一样地读懂地上的足迹。所以你得跟着他闯隘口，迫使他不能够折返回来。"

"你能够只打他的膝盖吗？"小个子眉头深锁地问道。"你能把枪口压低点吗？"

"我的枪法可非常高明。"奥尔森答道。

小个子侦探从外套口袋里取出了几个方形的加兰德步枪弹盒。里面子弹的弹头可不是橡胶做的，都是黄铜弹头。他给奥尔森手里塞了两盒，又把第三盒塞到瓦斯克斯手里。他看着他们给步枪重新上膛。即便是在一个温暖的夏日早晨，这山上灰色的石灰岩也令这山谷寒冷得犹如墓地。格思里指向了鞍部的捷径，然后在奥尔森闪出他们视野之前，转向了杀手所选取的那条道路。

加尼奥攀向隘口的行程虽然更短，但攀爬难度却高得多，他的踪迹紧贴着隘路和山溪，所以即便在陡峭的地方依然能找到踩脚的地方。几个小时的艰难徒步之后，清晨的凉意已经消散。两位侦探最终爬到了一条山溪边上，直直地攀向那个隘口。即便是瓦斯克斯都能看到裸土上新鲜的踩踏痕迹，以及干枯的落叶上深陷的卵石。爬到顶部，加尼奥的行踪继续穿过了一个宽阔的浅洼地，其中的水都向山溪流去。洼地里布满了高大的松树，在底下平整的肉桂地毯上撑起了一把深绿色的伞。洼地的西面是山体的绝壁；一株橡树守卫着这一圈土地，而松树则在一旁虎视眈眈。橡树的树干上系着一根跳伞绳，加尼奥的行踪到此为止。

　　山脊线西侧的山体是接连不断的悬崖和溪谷，仿佛是被巨大的锄头和铲子掘击而成。各处悬崖上都密布着树木，却也最终都堕入虚无。尽管时候已经不早了，清晨的阴影却像未剃干净的胡须一样残留着。山峰的底下是空旷的原野，而树冠间还能零星地看见那座废弃别墅的老式庄园和草坪。

　　跳伞绳垂落的下方是一个圆形的山谷。底下延伸几百英尺的山坡光滑而又陡峭。除了几株成材的树木、几片蕨类植物和夹杂在裂缝中的落叶外，整段山坡都是裸露的岩石。再下去便是交错的橡树和松树林，它们的树冠挤作一团，仿佛在互相耳语。再底下的景物已经小得如同蚂蚁，格思里和瓦斯克斯都不能再分辨清楚了。如果忙着赶路，那么沿着山坡滚上十五分钟，大概就可以抵达双橡木，但眼下的重峦叠嶂，挡住了这栋老式的建筑。格思里像一只饥饿的山羊沿着悬崖来回跑动，他的注意力被加尼奥的踪迹和眼前的绝路拉扯着。突然两道步枪的声响刺破了山间的宁静；所有的鸟儿都停下了它们的窃窃私语。

　　"没打中他，"奥尔森报告道，他的声音因为脚底的步伐而显得断断续续。"要是朝着肚子开枪，估计就打中了。"

　　格思里和瓦斯克斯跑动起来。小个子侦探并不需要进一步的警醒，杀手就在前方，逃过了奥尔森的阻击，而他们已经落在了后头。格思里选了一条相对安全的路，但是这样陡峭的山坡和其中包含的突兀岩石只能让人在疯狂地滑下去时颠得七荤八素。空旷的山坡对他们的焦急不理不顾，固执作着他们路途之中的拦路虎。

　　"感觉我还能再瞄准一枪，"奥尔森调整着呼吸补充了一句，

"得先过了那段栅栏。"又几下重重的脚步声之后传来了一句:"没看见他身上有武器。"

格思里和瓦斯克斯起身狂奔起来。她尽管跟不上小个子,却也没有放弃。他们承受着树木枝条的刮擦步履坚定地向前冲刺,但是山腰这条长长的路崎岖难行,每一道拐弯都只够一个人冲过去。

前方又传来了两声步枪的声响,接着便是奥尔森的咒骂声。大个子的呼吸显得很困难。"他跑到那栋房子里去了。"他的脚步声愈发沉重缓慢。

"从东边进去的?"格思里问道。

"是,我会从南边进去。肯定还有别的门。"

"等等我们。我们就快赶到了。"

奥尔森的气息里发出呼呼声。"我拒绝。"他的脚步声消失不见了。

格思里和瓦斯克斯还在奔跑,广阔的天空在他们头顶打开,仿佛太阳掀开了他们上方的绿荫顶盖。这片开阔土地上的植被残缺而不齐整,但在过去的某个时间段里,园丁们曾经小心翼翼地修葺过这边的草坪和园地。双橡木别墅的正面由粗壮的木材拼成,上面凿刻出窗户,屋顶则十分高耸,整体看来像是一圈围在牌桌旁、头戴大礼帽、身着礼服大衣的维多利亚绅士。一连串消音的半自动手枪声敦促着他们加快脚步。在平整的地面上,他们奔跑起来更为迅捷。他们在东侧找到了一处不大的入口,正赶上又一串半自动手枪的枪响。其中没有哪怕一道听起来像是加兰德步枪尖锐的声响。

格思里和瓦斯克斯冲过了这个没有门的入口,进到一间狭长的厨房中央。黑色的石板地面上铺着一层灰尘和被风吹来的落叶,他们的靴子踩在地面上发出的咔嗒声泄露了他们的行动。内墙上立着一扇高大的双开门,半开向一条长长的走廊。

"他中了我的计谋。"对讲机里传来奥尔森轻柔的声音,接着是几声咳嗽。

"你在哪里?"格思里嘶哑地说道。

"里面的院子,"奥尔森答道,"被别墅包在里面。"

出了厨房后，大厅的对面是几扇宽大的门，光线从几扇状如舷窗的窗户里洒将下来，和厨房房门的风格正相匹配。其中一扇门坏了一处合页，像一名醉汉一样歪歪斜斜地挂在门框上。走廊上堆叠着灰不溜秋的盒子、木材、水桶和麻袋，而这些物料上无人打扫的灰尘覆盖住标签，显示出曾经有过的改造计划也搁置已久。仍然完好的那扇门打开时发出的尖啸声仿佛一位遭人抛弃的恋人，门被打开后里面则是一间正式的餐厅。格思里驻足聆听，瓦斯克斯则擦身而过。高大的窗户为餐厅采足了亮光。她冲向长桌的尽头，把手伸向一扇损坏的门。

通往内院的门在瓦斯克斯通过后便复又反弹回去。两排由木质华柱顶起的弧形游廊包裹着狭长的内院；门道和窗口像疲乏的观众一样打着哈欠，显露出没有牙齿的黑色阴影。年轻的波多黎各女孩沿着后墙疾奔，双眼注视着内院的远端。奥尔森正斜靠在左侧的墙上等待着他们。瓦斯克斯跑到奥尔森身边时，格思里从餐厅闪了出来。她屈下身子时大个子面露出微笑；鲜血正静默地从他的身体里淌出来。他左手那把科尔特手枪的套筒锁住了，而他的膝盖上则放着一个空弹盒。鲜血从他右臂和大腿上的枪伤里涌出来，打湿了他的衣物，仿佛他刚从水里被救上来一样。

"他中了我的计谋，"他再一次说道，"我很确定打中了他，至少有一发。"

格思里也停在瓦斯克斯身边，奥尔森举着他弹尽的手枪，虚弱地朝着内院的远端比画着。小个子侦探点了点头转身离去。他步伐迅猛，扫视着游廊，但并没有抬起手里步枪的枪口。

"你的计谋没有得逞，小伙子，"瓦斯克斯低声说道，"你被他搞惨了。"她伸手抓住他夹克的翻领。"我该怎么做？"

"把枪伤给堵上，用布包住，然后扎紧了。"大个子说道。瓦斯克斯把她的步枪放在他身旁。在她包扎枪伤的当口，奥尔森继续说道："他确实中了我的计谋。他没料到我还有手枪。"

格思里在内院的另一头发现了血迹，洒在地上像霓虹箭头一样夺目。加尼奥停下开门的地方，血迹滴出了好几枚银币的大小，但他继续前行后，便变得更为零星和狭长了。血迹之下的足迹经过了两个宽敞而又空无一物的房间，穿过一道宽阔的门道，进入到一处石板露台。奥尔森的声音跟随着小个子侦探追赶的步伐，却因为瓦斯克斯处理伤口时他倒吸的凉气，以及从牙隙间喷吐的气息而变调。

"在前门入口处赶上了他。在那里差点就把他逮住了。他动作太快，"他低沉的声音被混乱的声响和呼吸声打断着，"他有一把贝瑞塔。"

石板露台远端的一排刺柏树篱上盖着一层厚厚的像假发一样的忍冬。格思里把步枪夹在肩膀上，跟着血迹一路奔袭，绕过了树篱的一角。

"我用我的步枪枪柄给他设了套，"奥尔森低声道，"在阿富汗，我们逮到落单的基地组织分子时，总会用步枪枪柄好好修理他一番。"他咳嗽了几声。"所以我拔出手枪，用左肘抱住步枪，把手枪藏在枪柄后面对准他。"

"这就是你所谓的计谋？"瓦斯克斯轻声问道，"赔上了你的腿、你的髋和你的手臂……"

奥尔森怒骂了一句。"可我不会赔上我的心脏和我的头颅。"

"是啊，不过你以后会怀念你失去的那些东西。"

"也许你说得没错吧。不过我还是搞到他了。我是不是搞到他了，格思里？"

刺柏树篱的背后还有几道灌木，底下则是散布的树影。还没来得及凝固的血液在干燥的落叶上十分醒目。一排沐浴在晨曦中的黄杨木藏住了背后一小圈沾着血污的落叶和几片碎布。沿着黄杨木继续的行踪不再包含血迹，加尼奥在这里停下处理了他的伤口。

树篱的尽头是一圈用石板围住、生长过度、枝叶纠缠的花圃。而花圃的侧翼则是双橡木别墅前门芜杂的草坪；加尼奥的行踪离开茂密的灌木丛后就像箭头一样直指着别墅的前门。格思里咒骂了一声。这把戏未免也太简单了，分明是要绕回去把受伤的猎物解决掉。小个子侦探急忙向对讲机里发出警告，一边狂奔向双橡木的前门。

瓦斯克斯能救下奥尔森多少有点运气成分；一边处理大个子的伤口，一边要接受这么多黑暗的窗户和门道的注视，她几乎压不住心里沸腾的狂想。格思里那边一言不发。奥尔森因失血过多而招致的乏力默默地偷走了她心里的自信。年轻的波多黎各侦探打开了最近的房门，用从恐惧里生发出的力量把大个子拖了进去。

闭上房门后，房间内阴暗得像一间剧院，等待着戏剧最后一幕的开场。从一扇肮脏的小窗处透进来的光还算足够明亮，照见了一张用原木拼出来的粗糙工作台，远处墙上的房门，以及堆叠在角落里的几个木制板条箱。升腾着大量灰尘的空气十分静谧。瓦斯克斯一边从窗户看着内院，一边毫不必要地蹲伏起来。其实从内院根本看不到房间内的任何情形，然而奥尔森留在地上的血径，就像一块深红色的迎宾毯，指示着他藏身的地点。

加尼奥从别墅的前门进来，向着内院里探看。他仔细端详着地上的血迹，然后望向房门旁的那扇小窗，可是窗户上的玻璃像沥青纸一样把光线全部吸收掉了。杀手的本能深入骨髓，他不敢冒险穿越这片空地。他转过身去绕过这栋大别墅的一个个房间，要从另一侧接近这扇房门。

加尼奥在格思里出声警告前抵达了。当杀手摸到房门处时，奥尔森正在喃喃自语。微弱的光线不足以令他透过房门上的缝隙查看到房间内的情况，他推动房门时它发出了嘎吱的响声。瓦斯克斯急转过身来，抓起加兰德步枪的前托将它举到身前。这位反应过度的少女把加尼奥吓了一跳。她半藏身于敞开的门后面，而奥尔森则躺在房门的另一侧，她的脚步声吓得加尼奥跳了回去。

瓦斯克斯扣动了扳机。加兰德步枪的枪口火焰照亮了房间和游廊；每一枪打出的沉重的子弹都在墙上掀起灰泥的喷泉。加尼奥坐倒在游廊里，滚倒在几个老旧的玻璃瓶近旁，一边举起他的贝瑞塔手枪还击。瓦斯克斯有意朝着房门的两侧射击，可是杀手的位置实在是太低了。

枪战声震得奥尔森从他的头晕目眩中回过神来。他从工装裤的口袋里摸出一梭橡胶子弹。他那把科尔特手枪却从他的膝上滑落下去。加兰德步枪打空子弹后，瓦斯克斯又陡然地扣动两下扳机，而听到动静的加尼奥则在门外蹒跚地站起身来。瓶子像吱吱叫的老鼠一样从他的足边蹦走了。

加尼奥跃入房间，瓦斯克斯丢下步枪，拔出了她那把真枪实弹的"长官专用"型。闪烁而过的子弹照亮了工作台；加尼奥矮身滚至其下，一边前进一边朝瓦斯克斯开枪。瓦斯克斯连番激射。他们共同的枪声响如铜鼓，也把杀手的位置暴露给侦探，他们面对着面，两把手枪的套筒同时锁住，打空了子弹。奥尔森手拍着地面，想要找到他那把科尔特。瓦斯克斯丢下了打光子弹的"专用"型，伸手去拔那把装着橡胶子弹的备用手枪。

奥尔森摸到了他的科尔特，然后意识到他受伤的手根本就塞不进弹匣，更别提枪战暂歇后他已经看不到目标了。加尼奥朝前迈进，用他的空枪打中了瓦斯克斯；在黑暗中，她脸上涌出的鲜血完全是黑色的。她跌跌撞撞地后退，从后腰的皮套里抽出手枪，而加尼奥则像一名舞者紧跟而上。

瓦斯克斯单手前撑试图开枪，而加尼奥则挥枪砸中了她的手腕。手枪脱手了，先是在她的手指上勾了一下，然后飞撞在灰泥墙上。奥尔森把科尔特固定在已无知觉的右手和他的大腿之间，找准角度试图把弹匣顶到手枪里去。瓦斯克斯草率地用左手挥出一拳，却掠过了杀手的肩膀。

加尼奥又前进了一步，他的身形在窗户的微光下清晰可见，然后伸手抓住了瓦斯克斯的马尾辫。她试图抽身后退，但他一把抽得她失去了平衡，扯住她甩向了墙壁。她生生地撞在墙上又弹了回来。他又用手枪削中了她下颚的边沿。瓦斯克斯瘫软地跪在地上，头晕目眩，勉强被加尼奥的手挂住。

杀手丢下了他的手枪，从皮带里抽出一柄利刃。刀身微弯的弧度状如老虎的牙齿，在这个小矮子高抬的手中就像一柄短剑。科尔特枪身一弹，载入了一枚橡胶子弹。奥尔森举起这把沉重手枪的左手微微颤抖。

"加尼奥军士！"他咆哮道。

杀手转头向大个子看去，但他手头的动作并没有停下。

格思里冲过双橡木前门的台阶时丢下了步枪，抽出了他的手枪。沉重的门半开着。原木筑成的入口内是一道宽阔的楼梯。穿过楼梯旁成对侧门的橡木拱门，进入到一个宽敞的双人间，紧接着又是一个客厅。客厅两边的壁炉像面对鬼影一般面对着灰蒙蒙家具的沉默审判。内院的光亮从高大、狭窄的窗户透入到客厅里去。小个子侦探从窗户向内院看去时，迎接他的是一连串沉闷的枪响。

奥尔森的血迹标示出他藏身的地方。小个子侦探冲过一张沙发，扯开通向内院的房门，跌跌撞撞地跑到外面。他疾奔过内院时，房内又爆出几道枪声，但待到他的肩膀撞上房门时又复归安静。门砰的一声打开了，正撞在举枪瞄准的奥尔森的脚上。

瓦斯克斯伸手去够那只攥着她头发的手。从她的眼角处，她可以看到身后的加尼奥正挥刀向她砍来。格思里和杀手近在咫尺，他摇摆的枪口都擦到加尼奥的头发了。他开了一枪。子弹击中加尼奥的手肘，利刃脱手飞出后直插在工作台上。然后格思里迅速地迈出一步，用他脏脏的步行靴踢在了加尼奥的脸上。

"混蛋。"瓦斯克斯说道。

手铐的金属声响在枪声之后显得特别微弱。"他的枪有没有打中你？"小个子侦探问道。

"没有。"

"我们运气还不错，"格思里柔声说道，"要是出点岔子，他就有可能把我们三个都干掉。"格思里掐住了加尼奥碎裂的手肘，他呻吟了一声醒转过来。

"所以我把他逮住了？"奥尔森问道。

"是的，你把他逮住了。"

32

　　纽约城的暑气在九月份飞快地消散了。大西洋把充足的云和雨送过长岛，抹消了夏天的热气；日头渐短的每一天都阴沉沉的。华盛顿高地的三一墓地状如一个浅碗的平底，而周围包裹的景象却又被灰色的天空压在底下。疲惫的云层淅淅沥沥地坠下细雨。人影罕至的寒凉墓地里，有两个身形站在一处坟墓边上。格思里身穿一件黑色长大衣。韦茨则站在他身旁打着伞。她心神不宁地看着他。韦茨下着绿色长裙，脚踩一双跑鞋，上身则搭配着背心和纽扣衬衫。小个子侦探在一块整洁的圆形墓石前放上鲜花，用手整理了几番，直到他觉得花朵已处在最美的形态。他退回一步站在她身旁，小心地避开她的伞，手里攥着那顶棕色的老旧软呢帽边沿，而细雨则打湿了他斑白的头发。

　　"我很感谢你能够陪我过来。"格思里说道，他的眉头深锁，双眼注视着灰色的墓石。细长的花束里，鲜花开向不同的方向，"我自己一个人可不愿来到这里。"

　　"别客气。"她说道。她仔细地看了眼墓石上的字。"真是红颜薄命啊，1993年才出生的。"

　　"一场意外。也许你会觉得，只要一个人找到了自己的守护天使，就能够久久地活下去，但显然事与愿违。"

　　除了呼啸的风声外，天空十分宁静。车流似乎也离得很远。

"这也是他起初不愿离去的缘由。"她说道，语气与其说是疑问，倒更像是陈述。

"我尽量去找了，"格思里说道，"但他后来也销声匿迹了。我猜这个女儿是他仅有的一切。"

雨愈下愈大。格思里把帽子扣在头上。韦茨环顾着墓园，好似在查看是否有人偷听他们的对话。对于侦探来说，疑心是一种习惯。她比瓦斯克斯更为年长，五官更为圆润，却同样美不胜收。

"那个新搭档怎么样？"她问道。

他耸了耸肩。"她下巴伤得不轻。不过已经出院了。奥尔森还在治疗他的枪伤。"

"她干得还不错，对吧？"

"他们把加尼奥关到监狱里去了，现在正要从他嘴里问出答案。会真相大白的。"

"那么你的新搭档接下来要怎么办？"

格思里又耸了耸肩。

"我还有点事需要有人给我帮忙，"他说道，"有个大学男生得找人修理一下，拿走他的玩具，然后再教给他一点为人之道。"

她瞥了他一眼，她翠绿的眸子里绽出光彩。"打什么时候开始，连你都需要别人帮忙了，格思里？"

（京权）图字：01-2016-0759

图书在版编目（CIP）数据

切骨 / ［美］阿拉里克·杭特 著；陶泽慧 译. -- 北京：作家
出版社，2016.11

　　ISBN 978-7-5063-9251-8

　　Ⅰ. ①切… Ⅱ. ①阿… ②陶… Ⅲ. ①长篇小说 - 美国 - 现代
Ⅳ. ① I712.45

中国版本图书馆CIP数据核字（2016）第285467号

CUTS THROUGH BONE.Copyright© 2013 by Alarci Hunt.All rights reserved.
Printed in the United States of America.For information,address St.Martin's
Press,175 Fifth Avenue,New York,N.Y.10010.

切　骨

作　　者：［美］阿拉里克·杭特
译　　者：陶泽慧
责任编辑：宋辰辰
装帧设计：王一竹
出版发行：作家出版社
社　　址：北京农展馆南里10号　　　　邮　　编：100125
电话传真：86-10-65930756（出版发行部）
　　　　　86-10-65004079（总编室）
　　　　　86-10-65015116（邮购部）
E-mail:zuojia@zuojia.net.cn
http://www.haozuojia.com（作家在线）
印　　刷：北京明月印务有限责任公司
成品尺寸：152×230
字　　数：251千
印　　张：18.5
版　　次：2016年12月第1版
印　　次：2016年12月第1次印刷
ISBN 978-7-5063-9251-8
定　　价：32.00元